INHALTSVERZEICHNIS

PIA FAUERBACH + PETER R. KRÜGER

KOLONIE 85

DER AUFBRUCH

KAPITEL 1

›Die Geschichte lehrt uns, dass Irrtümer immer wieder geschehen und manchmal sogar ganz beabsichtigt verbreitet werden. Heute kann man sich kaum noch vorstellen, dass die Menschen einst tatsächlich glaubten, die Welt sei eine Scheibe und würde man über ihren Rand segeln, wäre der Sturz in einen ewigen Abgrund die Strafe dafür.

Auch gab es einst Theorien, dass die Erde der Mittelpunkt des Universums wäre und die Sterne und Planeten wie an einer Käseglocke herabhingen.

Die Wissenschaft konnte vieles von dem, was uns als Wahrheit dargeboten wurde, aufklären und widerlegen. Nicht jedoch ohne ein gewisses Maß an Risiko. Lange Zeit wurde sie als Ketzerei verurteilt. Die Inquisition verfolgte die sogenannten Ketzer und Häretiker, ließ sie verurteilen und verbrennen.

Natürlich steckte hinter all dem auch die Angst, an Macht zu verlieren. Wer würde noch darauf hören, dass die Welt eine Scheibe ist, wenn das Gegenteil schon lange bewiesen wurde?

Und doch steckte noch mehr dahinter, als selbst die weisesten Menschen seinerzeit vermuteten. Ein Geheimnis sollte verborgen werden, dessen Offenbarung möglicherweise die gesamte Weltordnung ins Wanken hätte bringen können.

Doch die Fragen existierten bereits, nur traute sich niemand, sie laut zu stellen.

War es möglich, die Erde zu verlassen, um andere Planeten zu besuchen? Gab es vielleicht sogar Leben da draußen?

Unsere Generation tat, was vorher nicht möglich war. Wir flogen zu den Sternen, um Antworten zu erhalten. Unser Sonnensystem war mittlerweile erkundet, der Mars besiedelt. Aus den Nationalstaaten wurden Unionen, aus den Unionen erwuchsen Kontinentalregierungen und die Feinde der Wissenschaft verloren im Laufe der letzten Jahrhunderte an Macht.

Der erste interstellare bemannte Raumflug sollte der Menschheit endlich Antworten auf die Fragen bringen, die so lange unbeantwortet blieben.

Der Wissensdurst berücksichtigt jedoch selten die Tatsache, dass diese Art von Aufklärung oftmals neue Fragen aufwerfen und das Leben meist noch komplizierter machen. Wenn dann die Ergebnisse nicht so ausfallen, wie man es sich erhofft hatte, kann Unwissenheit durchaus ein Segen sein.‹

Die Wiege der Menschheit
Michael Barnetti

Fünf Jahre war das erste interstellare Raumschiff der Erde unterwegs, um das nächstgelegene Sternensystem, Alpha Centauri, zu erforschen. Es trug den Namen ›Voyager‹, in Anlehnung an die ersten Raumkapseln aus dem zwanzigsten Jahrhundert der Erde, die den Weltraum erforschen sollten. Diese ›Voyager‹ startete im Jahre 2233 von der Orbitalstation ›Babel‹, welche in einer nahen Umlaufbahn zum Planeten Mars positioniert war.

Die vierköpfige Besatzung wurde aus Gründen der Versorgung und Lebenserhaltung in Kältestasis versetzt, während ein Hochleistungscomputer die Reise überwachte. Die Stasiskammern bewirkten, dass die Besatzung während der langen Reise kaum Vorräte verbrauchte. Die wenigen Nährstoffe, welche die Körper in diesem Zustand benötigten, um ihre Lebensfunktionen aufrecht zu erhalten, wurden ihnen durch ein ausgeklügeltes System in der Recyclematrix der Kammern zugeführt. Der Alterungsprozess war über die Jahre durch die spezielle Technologie dieser Kälteschlafkammern kaum messbar.

Der Computer musste während der Reise lediglich eine Kurskorrektur aufgrund gravimetrischer Störungen, die durch Sonnenwinde verursacht wurden, vornehmen.

Das gesamte Schiff glich einem Geisterschiff. Kein Leben an Bord, nur vereinzelt blinkten Dioden in der Dunkelheit, die durch ihr grünes Leuchten anzeigten, dass sämtliche Prozesse des Bordcomputers einwandfrei funktionierten, einschließlich der Kontrolle der Kälteschlafkammern.

Nur kurze Zeit bevor die ›Voyager‹ das Sternensystem Alpha Centauri erreichte, schaltete der Bordcomputer die

Kälteschlafkammern um, damit die Mannschaft aufwachte. Der Prozess dauerte mehrere Tage, denn die Vitalfunktionen der Körper mussten auf die Umgebung eines natürlichen Ablaufs umgestellt werden.

Der Computer öffnete die Kammer von Captain Alexandra Scott. Sie war die Erste, deren Vitalfunktionen den Normwerten entsprachen.

Captain Scott leitete als einziges militärisches Crewmitglied zusammen mit Michael Barnetti, die Mission der ›Voyager‹. Während Barnetti das zivile Kommando besaß, war es Captain Scotts Aufgabe, im Falle militärischer Entscheidungen das Kommando zu übernehmen. Des Weiteren wurden ihre Kenntnisse in den Bereichen der Informatik und der Linguistik als äußerst nützlich für diese Mission eingestuft.

Noch bevor sie ihre Augen öffnete, wurde vom Bordcomputer ein gedämpftes Licht eingeschaltet, das den runden Kammerraum erleuchtete.

Captain Scott blinzelte. Es dauerte eine Weile, bis sich ihre Augen an das gedämpfte Licht gewöhnten. Ein leises Zischen verriet ihr, dass die benachbarte Kapsel, in der Michael Barnetti ruhte, sich ebenfalls öffnete. Die Kammern von Leandra Thuis und Arthur Jones waren noch nicht soweit.

Alexandra versuchte, sich langsam zu bewegen, jedoch scheiterte dieser Versuch kläglich. Noch nie war ihr so übel gewesen. Schlimmer war aber, dass sie kein Gefühl in den Beinen besaß. Sie zwang sich einige Male ruhig durchzuatmen, ihrem Körper mehr Zeit zugeben und vor allem nicht in Panik zu geraten. Die Ärzte hatten die Crew darauf eingeschworen, dass auch eine noch so hochentwickelte Kälteschlafkammer den Muskelabbau nicht gänzlich verhindern konnte. Ebenfalls brauchte ihr Kreislauf Zeit, sich an die neuen Begebenheiten zu gewöhnen.

Langsam kehrten ihre Lebensgeister zurück. Sie konnte ihre Gliedmaßen bewegen und auch den Kopf soweit drehen, um zu Barnettis Kammer zu schauen, der mit ähnlichen Problemen kämpfte. Eine widerspenstige Haarsträhne fiel ihr dabei ins Gesicht, doch sie hatte noch nicht die Kraft, sich darum zu kümmern. Als Scott versuchte, eine Faust zu ballen, bemerkte sie, dass ihre Fingernägel sich in die Handinnenfläche bohrten. Das würde sie schnell ändern müssen. Ein weiterer Punkt, in welchem die Kammern eine mangelnde Funktion aufwiesen, sie hielten das Wachstum von Haaren und Nägeln nur in begrenztem Maße zurück.

Sie atmete nochmals tief durch und wagte einen erneuten Versuch. Und diesmal gelang es. Mehr schlecht als recht wankte sie zur Computerkonsole, um die Funktionen der anderen Kammern zu überprüfen.

Nach den Anzeigen zu urteilen, würden Jones und Thuis noch einige Zeit benötigen. Solange würde sie warten, ehe sie den Gravitationsstabilisator betätigte. Ein Grund, warum es ihr nun so schnell gelang, aus der Kammer aufzustehen, war die niedrige Schwerkraft. Momentan betrug sie nur ein Drittel der Erdgravitation, das würde auch ihren Mitreisenden das Erwachen vereinfachen. Nachdem sie wegen ihrer viel zu langen Fingernägel einige Tasten verfehlte, brauchte sie länger, um weitere Anzeigen zu überprüfen. Barnetti hatte diese Zeit genutzt und wankte nun mit unsicheren Schritten auf sie und die Computerkonsole zu.

/////

»Und Captain, sind wir da, wo wir hinwollten?«, fragte er ohne Umschweife, in einem gemäßigten Tonfall, wobei er versuchte, seine braunen Haare mit den Fingern nach hinten zu streichen. Waschen, kämmen und eine Rasur, das waren die Dinge, die Michael Barnetti erledigt haben wollte, ehe die Mission richtig startete.

»Ja, laut Anzeige werden wir das Sternensystem in zweiundvierzig Stunden erreichen«, antwortete sie dem zivilen Missionscommader pflichtschuldig und fixierte ihn mit ihren tiefgrünen Augen. »Innerhalb der nächsten drei Stunden werden auch Thuis und Jones aus der Stasis erwacht sein.« Insgeheim wurmte es sie noch immer, dass die Mission von Zivilisten geleitet wurde und sie alleine das Militär repräsentierte.

»In Ordnung, dann haben wir ja noch Zeit«, sagte Mike, während er sich genüsslich streckte, um die Steifheit aus den Knochen zu vertreiben. Obwohl er stets nur das Mindestmaß an Sport trieb, zu dem ihn die World Space Administration auf der Erde angehalten hatte, bemerkte er mit einer gewissen Zufriedenheit, dass sich sein Körper während des Kälteschlafs ganz gut gehalten hat. »Wie lange haben wir eigentlich geschlafen?«

»Genau vier Jahre, elf Monate, neunzehn Tage, elf Stunden und fünfundvierzig Minuten«, gab sie nüchtern zur Antwort.

»Wie, Captain, keine Sekundenangabe?« Er versuchte, sie, mit einem Lächeln im Gesicht, zu necken und etwas aus der Reserve zu locken.

»Und dreiunddreißig Sekunden.«

Damit war für beide klar, absolut nichts hatte sich an ihrem beiderseitigen Verhältnis geändert.

»In Ihnen steckt einfach zu viel Militär und zu wenig Humor«, meinte er schließlich mit einem eher ernüchterten Unterton und versuchte abermals, seine Haare nach hinten zu kämmen. Er musste sich eingestehen, dass er sie durchaus attraktiv fand. Vor allem, wenn sie, wie jetzt, ihr langes rotbraunes Haar nicht streng zurückgeflochten hatte, sondern offen trug. Aber ihre egozentrische Art und ihr oft arrogantes Verhalten halfen ihm nicht dabei, sie mehr zu mögen als einen Fahrkartenkontrolleur. Im Laufe ihres Trainings auf der Erde und dem Mars einigten sie sich zwar darauf, sich gegenseitig mit ihren Spitznamen anzureden, aber das funktionierte nur mäßig. Besonders Alexandra ›Alia‹ Scott hatte offensichtlich Schwierigkeiten damit, ihre militärische Haltung fallen zu lassen und lockerer zu werden. Wie er später erfuhr, hatte sie dieses Zugeständnis im Trainingslager nur deshalb gemacht, weil die Verantwortlichen des Programms Schwierigkeiten in der Sozialkompetenz der Gruppe sahen und man es ihr befohlen hatte. Insgeheim bedauerte er es ein wenig, doch er versuchte, sich damit abzufinden.

»Wenn Sie meinen«, war ihre einzige Antwort auf seine Bemerkung. Er sah sie an. Am liebsten hätte er versucht, sie irgendwie zum Lachen zu bringen, aber mittlerweile hielt er es für aussichtslos. Stattdessen bewegte er sich auf die Tür zu.

»Ich werde mal sehen, ob sich irgendwo ein Kaffee auftreiben lässt. Es gab doch irgendwo eine Bordküche.« Er grinste sie noch einmal an. »In fünf Jahren vergisst man den Grundriss des Schiffes. Ich mache mich mal auf die Suche.«

/////

»Sie dürften von den fünf Jahren bestenfalls ein paar Minuten miterlebt haben!«, rief sie ihm hinterher, ehe ihr bewusst wurde, dass er sie eben auf den Arm genommen hatte.

›Vollidiotischer Pausenclown‹, dachte Alia gereizt und blickte ihm wütend nach. Michael ›Mike‹ Barnetti hatte schon während des Vorbereitungstrainings versucht, sie aus der Reserve zu locken. Jedoch war er immer gescheitert und dabei wollte sie es belassen.

Langsamer als gewohnt flocht sie ihre Haare zurück, da ihr ständig die langen lockigen Strähnen ins Gesicht fielen. Sie hätte sich vor dem Flug eine Kurzhaarfrisur gönnen sollen, wie Lee es getan hatte. Das wäre effizienter gewesen. Jetzt merkte sie, dass ihre Feinmotorik noch etwas träge war. Sie entschloss sich, mit kleinen Übungen gegen die Nachwirkungen des Kälteschlafs anzukämpfen. Strecken, Muskeln anspannen, die Finger bewegen. Ein kurzes Aufwärmen, um den Körper wieder in Schwung zu bringen.

Danach kontrollierte sie nochmals die Daten an der Computerkonsole und berechnete den vorläufigen Kurs der ›Voyager‹, solange die Navigatorin, Leandra Thuis, noch schlief. Dabei fiel ihr eine Kurskorrektur auf, welche das Schiff vorgenommen hatte. Ein Aspekt, den sie sich in den nächsten Tagen noch einmal genauer ansehen wollte. Vertieft in die Analysen, bemerkte Alexandra die Rückkehr von Michael erst, als er ihr eine Tasse heißen Kaffee unter die Nase hielt. Glücklicherweise hatten die Theoretiker mal mitgedacht und ihnen Spezialgeschirr für verschiedene Schwerkraftverhältnissen mit auf die Reise gegeben.

»Danke«, sagte sie und nahm die Tasse von ihm entgegen, ohne den Blick vom Bildschirm abzuwenden. Aus dem Augenwinkel heraus beobachtete sie, wie er unmerklich mit den Schultern zuckte und sich ein Stück von ihr entfernt auf einer der Transportkisten niederließ.

/////

Mike ließ seinen Blick durch den kleinen Raum schweifen, während er auch auf die Navigationskontrolle schaute, an der noch immer der Captain stand. Die Sensoren an Thuis' und Jones' Kammern gaben in regelmäßigen Abständen blinkende Signale ab, ein Zeichen dafür, dass ihre Stasis auch bald ein Ende haben würde. Er wandte sein Augenmerk wieder auf Alia, die auf die Anzeigen starrte. Mike nahm sich für einen Moment die Zeit, sie etwas genauer zu mustern und weiter seinen Kaffee zu trinken. Als er den Captain damals kennengelernt hatte, war es ihm zuerst schwergefallen, zu glauben, dass Alia Neu-Ägypterin war. Im Gegensatz zum Großteil der ägyptischen Bevölkerung war sie ziemlich groß und mit einem Meter und 77 Zentimetern nur einen halben Kopf kleiner als er selbst. Wobei er mit seinen sieben Zentimetern mehr auch kein Riese war. Auffallend an Captain Scott waren aber besonders ihre helle Haut und die tiefgrünen Augen. Sie besaß eigentlich keine landestypischen Eigenheiten bis auf die markanten Gesichtszüge und die Augenpartie, die ihn sehr an antike Wandmalereien aus ihrer Heimat erinnerten. Er erinnerte sich wieder daran, dass Scotts Vater ein hohes Tier in der Armee der Nordamerikanischen Union war und aus Bosten stammte.

»Wollen Sie mir etwas sagen, Barnetti oder gaffen Sie mich nur an, weil Ihnen langweilig ist?«, riss ihn Alias säuerliche Stimme aus den Gedanken. Dass sie Mike mit seinem Nachnamen ansprach, war ein deutliches Zeichen ihrer Verärgerung.

Er musste lächeln, was Alia jedoch weniger amüsant fand. »Wissen Sie, Captain-« Er verstand sich ebenfalls darauf, förmlich zu werden. »-in den letzten fünf Jahren haben Sie sich überhaupt nicht verändert. Fast dachte ich, Sie könnten doch etwas umgänglicher geworden sein. Doch ich muss feststellen, dass Sie noch immer genauso hart und korrekt sind, wie es jede Militärakademie verlangt.« Er belegte ›hart‹ und ›korrekt‹ extra mit einem sarkastischen Unterton, um sie noch etwas zu reizen. Vielleicht würde sie ja doch einmal darüber nachdenken, dass diese Mission kein Kriegseinsatz war, sondern dazu diente, der Menschheit neue Wege in die Galaxie zu bahnen. Sollte sich herausstellen, dass Alpha Centauri bewohnbar war, dann könnte diese Erkenntnis der erste Schritt zu weiteren Planetensystemen sein.

»Wie ich schon mitgeteilt habe, dürften Sie nur wenige Minuten der letzten fünf Jahre bewusst wahrgenommen haben. Daher vergeude ich meine Zeit nicht damit, unqualifizierte Bemerkungen von mir zu geben«, antwortete Alia dann. Das saß!

Mike setzte sich in Bewegung, um den Raum zu verlassen.

»Ich werde das Flugprotokoll durchgehen. In den letzten Jahren sind sicher einige Aufzeichnungen von den Bordsensoren vorgenommen worden, die meiner qualifizierten Kenntnisse bedürfen. Dann störe ich Sie auch nicht mehr bei Ihrer Studie über die Vitalkontrolle unserer Besatzung.« Er ließ sie hörbar wissen, dass er beleidigt war, wusste aber genau, dass es den Captain nur wenig stören würde.

/////

Nachdem sie davon überzeugt war, sich Barnetti vom Hals geschafft zu haben, wandte sich Alia von der Konsole ab und nahm genüsslich einen Schluck Kaffee. Sie und die Anderen hatten ein mehr als 4,35 Lichtjahre entferntes Ziel erreicht. Bis vor wenigen Jahren hielt man es noch für unmöglich, dass Menschen eine solche Entfernung überwinden konnten und nun waren sie da. Unglaublich!

›Was hättest du wohl dazu gesagt, David?‹ Sie gönnte sich etwas Auszeit und hing ihren Gedanken nach, ohne zu bemerken, wie schnell die Zeit verging. Durch ein leises Audiosignal wurde sie aus ihrem Gedankengang gerissen. Es war die Kammer von Leandra ›Lee‹ Thuis. Sie würde sich in wenigen Minuten öffnen.

»Barnetti, kommen Sie wieder in die Schlafkammer. Thuis wacht gerade auf.« Sie nutzte das interne Kommunikationssystem an Bord des Schiffes.

Heimlich bewunderte sie Lee Thuis für ihre lebensfrohe Art etwas, auch wenn sie es nie freiwillig zugegeben hätte. Lee war eine geniale Raumfahrttechnikerin, die sogar alteingesessene Professoren gelegentlich vor den Kopf stieß. Ihren Master für Aircraft und Flight Engineering hatte sie mit den besten Noten bestanden.

Nur eine Minute nach ihrer Durchsage war Barnetti wieder da, mit einer weiteren Tasse Kaffee, diesmal für Thuis. Ohne, dass sie es bewusst gewollt hätte, schoss Scott plötzlich ein Bild durch den Kopf, welches ihn als Bedienung in einem antiken Café zeigte.

Nur mit Mühe konnte sie ein Lächeln unterdrücken und schaute auf die Anzeigen von Thuis' Stasiskammer, um wieder auf andere Gedanken zu kommen.

Die Kammer öffnete sich langsam. Scott sah Thuis einige Male blinzeln, damit sich ihre Augen an die neuen Lichtverhältnisse gewöhnten.

»Versuche, dich langsam zu bewegen, Lee«, riet Mike und reichte ihr seine Hand, als sie Anstalten machte, aus der Kammer zu steigen.

»Ihnen wird zunächst schwindelig sein und Lähmungen der Gliedmaßen werden auftreten, doch das ist nur von kurzer Dauer«, erklärte Captain Scott sachlich, ehe sie fortfuhr. »Da Sie noch nicht aufgewacht waren, habe ich bereits den vorläufigen Kurs auf Proxima Centauri berechnet.«

Lee wuschelte sich durch ihren kupferfarbenen Haarschopf. Aus ihrer glatt anliegenden Kurzhaarfrisur war nun ein Bob geworden, der in alle Richtungen abstand.

»Cool, danke! Dann haben wir unser Ziel erreicht?« Ohne eine Antwort abzuwarten, redete sie weiter. »Was macht Junior, oh, ich meine Arthur?«

»Laut Computer dürfte es bei ihm maximal noch zweiunddreißig Minuten dauern, ehe er aufwachen wird.« Scott bemerkte, dass Lee ihre militärisch-korrekte Aussage zwar zur Kenntnis nahm, aber sie selbst ignorierte. Ihre Aufmerksamkeit galt vielmehr Mike.

»Oh Kaffee! Mike, du bist mein Held!«, rief sie freudig und nahm die Tasse entgegen.

»Gerne«, antwortete Mike knapp, setzte ein leichtes Lächeln auf, was dank seiner schiefen Nase merkwürdig aussah. Scott konnte ein Verdrehen der Augen nur mit Mühe unterdrücken. Das war schlimmer als jede Seifenoper.

Lee nippte an ihrem Kaffee und sah sich im Raum um.

»Man kann nicht gerade sagen, dass es hier besonders wohnlich ist, oder?«

Sowohl Captain Scott, als auch Mike stimmten ihr zu. Die Räumlichkeiten waren funktionell gehalten, die Wände glatt und in einem angenehmen warmen Weiß getönt. Seit der ersten Besichtigung des Schiffes in der Werft wirkten alle Innenräume des Schiffes eher wie ein Teil eines Krankenhauses.

»Na ja, wenigstens schmeckt der Kaffee schon mal. Sobald Arthur wach ist, sollten wir uns auf der Brücke an die Arbeit machen«, meinte Lee zwischen zwei Schluck Kaffee und versuchte dabei, sich langsam an die Schwerkraft zu gewöhnen.

Der Captain wollte dies kommentieren, doch Barnetti kam ihr zuvor und nickte »Ja, Arjay braucht noch ein wenig. Er sollte gleich die Technik prüfen. Ich denke zwar nicht, dass wir Überraschungen erleben werden, doch ist mir wohler bei dem Gedanken, zu wissen, dass alles in Ordnung ist.«

»Nenn ihn doch nicht immer Arjay«, protestierte Lee daraufhin. »Du weißt genau, dass er das nicht mag.«

»Er geht allen auf den Geist, das liegt in seiner Natur«, mischte sich Scott mit einem Nicken in Mikes Richtung ein.

Dieser wirbelte herum und nahm eine gespielt empörte Haltung an. Dabei fielen ihm wieder die langgewachsenen Haare ins Gesicht.

»He, das ist unfair. Nur weil das Neu-Ägyptische Militär keinen Spaß versteht, heißt das noch lange nicht, dass wir uns hier alle wie gefühllose Maschinen aufführen müssen.«

Lee ging dazwischen »Es reicht jetzt. Ihr beide solltet nicht dauernd eure kleinen Streitereien so aufbauschen.«

Stille. Keiner der Drei sagte für einen langen Moment auch nur ein Wort. Bis Mike durchbrach: »Es stimmt, was Lee sagt. Also, ich versuche, etwas zurückhaltender zu sein, wenn du etwas lockerer wirst. Was hältst du davon?«

Der Captain war drauf und dran einfach ›nein‹ zu sagen, überlegte es sich dann doch anders. »Ich weiß, dass Sie …« Sie zögerte einen Moment. »… du Zivilist bist. Ich werde versuchen, das in Zukunft zu berücksichtigen.« Es kostete sie viel Überwindung, Barnetti dieses Zugeständnis zu machen. Alia wusste um ihre Defizite des sozialen Umgangs und Verhaltens, doch sie war nicht hier, um Freundschaften zu schließen, sondern um eine Mission zu erfüllen. Ein Punkt, den die anderen Beiden scheinbar nicht hoch priorisiert hatten.

»Dann wäre das ja geklärt«, sagte Mike lächelnd, als er Alia die Hand zum Einschlagen anbot. Mit etwas Zurückhaltung nahm sie schließlich den Handschlag an.

»Jetzt werde ich aber schnell nachsehen, ob Arjays Kaffee fertig ist. Nicht, dass der Gute ohne ihn wach werden muss.«

Gerade als er den Raum verließ, öffnete sich auch schon die letzte Kammer, und Arthur Jones erwachte aus seinem Kälteschlaf.

»Ruhig, Arthur.« Diesmal war es Lee, die half. »Sei vorsichtig, du musst dich wieder daran gewöhnen, deine Muskeln zu beanspruchen. Setz dich mal hin. Mike wird dir gleich einen Kaffee bringen.«

Alia war dankbar dafür, dass sich Lee Jones annahm. Sie hatte eine Ersthelfer-Ausbildung und war im Umgang mit anderen Menschen weitaus geübter als Alia selbst. Aber sie sah auch, dass Arthur Jones die Reise von allen Besatzungsmitgliedern am schlechtesten überstanden hatte, obwohl er biologisch das jüngste Bordmitglied war. Auch seine Haare waren länger geworden und der für ihn sonst so typische Stoppelhaarschnitt war ziemlich verwachsen. Mit seinen braunen Augen wirkte er fast wie ein Teddybär. Arthur versuchte, mit sehr weichen Knien auf die Füße zu kommen.

»Himmel, diese Kammern sind wirklich scheußlich. Ich komme mir vor, als wäre ich in einem üblen Albtraum gefangen.«

Alia blickte auf und musterte ihn. Er war noch keine Dreißig, hatte braune Haare, ein scharfes Kinn und war sehr hager. Doch trotz seiner eher schmächtigen Figur, gab es laut Diagnosecomputer keine wirklichen Schwierigkeiten. Das Ergebnis wurde für alle sichtbar an einer Holoprojektion dargestellt.

»Na, da bin ich ja schon mal beruhigt«, antwortete er aufrichtig, während Lee ihn etwas genauer untersuchte.

»Ich hätte nicht gedacht, dass ich meine Kenntnisse aus der Saniausbildung schon so früh benötigen würde«, sagte sie im Scherz, »aber sie hat sich schon ausgezahlt.« Arthur musste lächeln.

»Wenn das so ist, dann hätte ich meine ja gar nicht machen brauchen.«

»Oh, doch!«, protestierte Mike, der gerade mit einem frisch gebrühten Kaffee für Arthur in der Hand wieder in den Raum kam und ihm diesen übergab. Alia fragte sich, ob er das wohl die ganze Reise über machen wollte. Es wirkte einfach lächerlich, dass der kommandierende Offizier wie ein Praktikant jedem eine Tasse Kaffee brachte. Allerdings hatte das Getränk, dass stets gerne als Kaffee bezeichnet wurde, einen weitaus nützlicheren Wert. Tatsächlich lieferte es dem Körper viele Vitamine, Salz, Kalzium und andere Aufbaustoffe, um den Körper nach den fünf Jahren Kälteschlaf wiederaufzubauen. Sie alle wussten das und Alia beließ es dann auch einfach dabei, dass es vermutlich zu Mikes Pflichten gehörte, alle Besatzungsmitglieder mit den notwendigen Aufbaupräparaten zu versorgen.

»Wenn du es nicht gemacht hättest, dann wäre wohl Alia diejenige gewesen, die den zweiten Kurs belegt hätte. Und während ich dann im Notfall von Lee geheilt werde, würde dich dann unsere reizende Amazone in den Schwitzkasten nehmen.«

Alia schaute Mike mit einem vernichteten Blick an, sagte aber nichts.

Lee allerdings schon. »Mike!«

Er zuckte leicht zusammen. Er hatte nicht darüber nachgedacht, was er eher für Arthur als Erheiterung ausgesprochen hatte. Erst, als Mike den Mund wieder geschlossen hatte, wurde ihm bewusst, wie er in Alias Ohren klingen würde. »Entschuldigung, das war vielleicht-«

»Total daneben«, beendete Lee seinen Satz brüskiert und für einen unangenehm langen Moment herrschte bedrücktes Schweigen.

Mike Barnetti nickte und stimmte Lee zu. Grundsätzlich hatte er kein Problem mit Alia oder ihrer zurückhaltenden Art, vielmehr hatte er eine Abneigung gegen das Militär an sich. Das ganze Kompetenzgerangel und Dienstgradgehabe war ihm stets zuwider. Er hatte es damals geschafft, sich von seiner Wehrpflicht bei den eurasischen Verbänden entbinden zu lassen, indem er sein Studium und später seine Doktorarbeit vorschob, bis er schließlich das Höchstalter für den Wehrdienst überschritt.

Wäre Alexandra Scott nicht ausgerechnet beim Militär gewesen, hätte sich Mike niemals so danebenbenommen. Er wusste das und bis zu einem gewissen Maß tat es ihm sogar leid, denn er mochte sie auf eine Art, nicht aber, wofür sie stand.

Trotz Lees Eingreifen, und dem Versuch, die Situation zu entschärfen, schaute Alia noch immer wütend zu ihm hinüber. Sie sagte etwas auf Italienisch zu ihm, was weder Lee noch Arthur verstanden. Mike war zunächst überrascht, doch dann wurde er zornig. Sie hatte ihn beleidigt und gönnte sich dann noch nicht einmal den Triumph eines Grinsens.

»Ich bin auf der Brücke.«, erklärte Alia in ihrem typischen arroganten Tonfall und verließ daraufhin ohne ein weiteres Wort den Raum.

/////

Wie gebannt starrte Mike noch einen Moment auf die Tür.

»Mike, was hat sie zu dir gesagt?«, fragte Lee neugierig und besorgt zugleich.

»Und seit wann kann sie italienisch sprechen?«, setzte Arthur nach.

Alle wussten, dass Alia eine ausgebildete Linguistin war, aber in der gesamten Zeit des Trainings hatte sie nie ein Anzeichen darauf gegeben, dass sie Italienisch beherrschte.

»Dieses arrogante …«, begann Michael seinem Ärger Luft zu machen. Am liebsten wäre er ihr nachgegangen und hätte sie zur Rede gestellt. Was fiel ihr überhaupt ein, so mit ihm zu reden?

Lee unterbrach ihn ziemlich rüde: »Du bist selbst schuld! Warum provozierst du immer wieder?«

»Was heißt denn hier provozieren? Ja, dass mit der Amazone vorhin war vielleicht etwas über das Ziel hinausgeschossen, aber sie fasst doch alles als Provokation auf«, versuchte er sich zu verteidigen, aber im Prinzip hatte Lee Recht. Mike wusste, dass er seine Abneigung gegen das Militär manchmal auf Alia direkt projizierte und ihr damit vielleicht auch manchmal Unrecht tat.

»Ja und das wissen wir alle, sie ist ja nicht erst seit heute so.« Lee machte eine kurze Pause, um sich einige kupferfarbenen Haarsträhnen aus dem Gesicht zu streichen. »Und um unser alle Seelenheil darf ich dich bitten, zumindest zu versuchen, dich mit ihr zu arrangieren. Wir sitzen hier für eine ziemlich lange Zeit auf engstem Raum zusammen.«

»Außerdem würde sich ein Mord ziemlich schlecht im Missionsbericht machen«, mischte sich nun auch Arthur ein. Es herrschte kurz Stille, bis alle in lautes Lachen ausbrachen.

»Das gilt auch für dich, Arthur«, sagte Lee, nachdem sie sich wieder gefangen hatte. »Du weißt, wie schnell sie dich auf die Palme bringen kann. Also, ab sofort sind alle im universellen Gleichgewicht der Gelassenheit unterwegs«

»In Ordnung«, gab Mike mit fester Stimme von sich. »Wie gesagt, ich versuche mich zusammen zu reißen. Aber ich kann für nichts garantieren, wenn Captain Scott wieder jedem vorhalten muss, wie großartig sie ist.«

»Das ist doch ein Wort.« sagte Lee gelassen. »Mit Alia werde ich auch noch mal reden, wenn sie nicht mehr ganz so übellaunig ist.«

Mike fragte sich im Stillen, wann und ob dieser Zeitpunkt wohl kommen würde. Alia war nahezu immer übellaunig und wenig einsichtig, wenn es um solche Angelegenheiten ging. Als sie damals als Militärangehörige dem Voyager-Projekt zugewiesen wurde, gab es bereits nach kurzer Zeit recht bald Spannungen untereinander. Die Verantwortlichen der World Space Administration nahmen die Einwände der drei Zivilangestellten zwar zur Kenntnis, drangen aber darauf, dass sich alle Beteiligten professionell verhalten sollten.

Mike war Lee sehr dankbar, die Situation so schnell entschärft zu haben. Dank ihres Eingreifens hatte er sich wieder beruhigt.

»Also gut, dann lasst uns auf die Brücke gehen und unsere Arbeit machen«, meinte Mike schließlich und machte sich auf den Weg. Lee und Arthur folgten ihm. Noch immer war die Schwerkraft reduziert, wodurch sie es recht leicht hatten, das Schiff zu durchqueren.

»Der Computer hat mir verraten, dass die Schwerkraft im Laufe der nächste Tage auf Erdniveau angepasst wird«, erzählte Mike unterwegs, »Damit wir uns langsam wieder an unsere bekannten Verhältnisse gewöhnen.«

Die ›Voyager‹ war kein sonderlich großes Schiff. Achtzig Meter lang und fünfzehn Meter hoch, bei einer Breite von dreiundzwanzig Metern. Rechnete man noch die Flügelspannweite hinzu, lag die Gesamtbreite des Schiffes bei knapp vierzig Metern. Bei der Konstruktion des Schiffes wurden Überlegungen angestellt, es sogar noch kleiner zu konstruieren, doch Triebwerke, technische und wissenschaftliche Ausrüstung und Labore, Sauerstoffaufbereitung und andere lebenswichtigen Bereiche konnten auf einer so langen Reise nicht verkleinert oder sogar weggelassen werden.

/////

Alexandra verließ, so schnell sie konnte, den Raum, ohne den Eindruck zu erwecken, sie würde fliehen. Jedes Mal schaffte es Mike Barnetti innerhalb kürzester Zeit, sie in Rage zu versetzen, ohne eine Erklärung für diesen Umstand zu finden. Alia ließ sich sonst nicht schnell reizen und bis jetzt waren ihr solche Menschen, die es darauf anlegten reichlich egal – nur bei Barnetti funktionierte ihre Taktik nicht.

Alia durchquerte auf dem Weg zur Brücke zuerst Deck II und fand damit auch ihr kleines Quartier, ihr sehr kleines Quartier, um genau zu sein. Allerdings war sie sehr froh darüber, dass jeder von ihnen überhaupt einen eigenen Raum als Rückzugsmöglichkeit zur Verfügung hatte.

Alia öffnete eine der drei Transportboxen und begann alles auszuräumen. Viele persönliche Dinge hatte sie nicht mitgenommen, obwohl jeder von ihnen dreihundert Kilogramm an ›Eigenbedarf‹ zur Verfügung gehabt hatte. Außer einigen altmodischen Büchern und wenige private Kleidungsstücken hatte sie noch einige Fotos von ihr und David mitgenommen. Jetzt war es aber wichtiger, das Maniküre-Set auszuprobieren, dass man ihnen mit auf die Reise gegeben hatte. Sie schnappte sich eine Schere und kürzte ihre Nägel soweit es ging. Die Bilder waren schnell aufgestellt und ihr restliches Hab und Gut verstaute sie auch in ihrer Kabine. Bevor sie ihre Kabine verließ, konfigurierte Alia den Bordcomputer gegen unbefugtes Betreten oder Eindringen.

Es dauerte nicht lange. »Bitte nennen Sie einen Satz mit mindestens vier Wörtern zur Stimmenanalyse«, meldete eine Computerstimme.

»Es ist meine Schuld.«

»Stimmenanalyse abgeschlossen.« Danach verließ Alexandra ihr Quartier mit dem Ziel, auf die Brücke zu gehen.

KAPITEL 2

›Wenn der Glaube Berge versetzen kann, dann können wir auch Fesseln lösen, die uns vor Jahrhunderten angelegt wurden. Die Grundsätze jedes Glaubens beinhalten eine wichtige Regel, die viel zu oft missachtet wurde. Liebe deinen Nächsten, wie dich selbst.

Unter Beachtung dieses Gebots kann die Toleranz anderen Menschen gegenüber jede Hürde überwinden, ja sogar das Unmögliche erreichen. Toleranz ist das Schlüsselwort, um auch unsere geistigen Fesseln zu lösen und uns selbst zu etwas Besserem zu machen.‹

Aus den Glaubenslehren der Hinduchristlichen Vereinigung

»Ich bin immer wieder erstaunt, was dieses Schiff alles kann«, erklärte Arthur, als er seine Analyse der Bordtechnik begann. »Wer hätte sich noch vor ein paar Jahrzehnten träumen lassen, dass wir es schaffen würden, mit ein und derselben Mannschaft von unserem Sonnensystem zu einem anderen zu fliegen? Wusstet ihr eigentlich, dass die ersten Planungen für eine solche Reise das Konzept des Generationsschiffes Omega 3 beinhalteten?«

»Omega 3?«, fragte Lee und sah ihn dabei stirnrunzelnd an. »Du meinst, eine Crew fliegt los und deren Kinder kommen an?«

»Deren Enkel oder vielleicht sogar Urenkel, um genauer zu sein«, klärte er Arthur auf. »Die ersten Prognosen seinerzeit besagten, dass ein Raumschiff für die Strecke, die wir jetzt zurückgelegt haben, siebzig bis achtzig Jahre brauchen würde.«

»Wirklich so lange?«, mischte sich nun auch Mike ein, der die Computerdaten der bisherigen Reise weiter aufbereitete. »Ich weiß, wovon du redest, aber das ist ja schon zig Jahre her. Lass mich mal überlegen.«

»Es war ziemlich genau vor dreiundfünfzig Jahren, als die ersten ernsthaften Versuche gestartet wurden«, half Arthur Mike auf die Sprünge.

Nun fiel es ihm auch wieder ein. »Stimmt. Als ich Kind war, erzählte mir mein Vater davon, dass so etwas bald schon möglich sein würde. Über das Sonnensystem hinaus zu anderen Sternen reisen und das in einer Geschwindigkeit, so langsam, dass die erste Generation das Ziel der Reise nicht mehr erleben konnte, während die nächste Generation die Erde nie gesehen hatte. Er hielt das alles irgendwie immer für Science-Fiction, aber er war fasziniert davon.«

»Zurecht«, meinte Arthur daraufhin, während er den nächsten Systemcheck startete. »Stellt euch doch mal vor, wenn sie damals mit dem Projekt gestartet wären. Dann hätten wir dieses Generationenschiff heute bereits überholt.«

»Die dritte Generation wäre jetzt erst geboren worden«, sinnierte Lee. »Sie würden erst in etwa zwanzig Jahren ankommen und wer weiß, was sie dann vorgefunden hätten. Vielleicht wäre Alpha Centauri dann schon eine Kolonie der Erde.«

»Versteht ihr, was ich meine? Es ist doch total irre, was dieses Schiff nur fünfzig Jahre später kann. Wir brauchten fünf Jahre und können damit sogar wieder zurückreisen. Die ›Voyager‹ ist das modernste Forschungsschiff, das es gibt.«

»Mich macht der Gedanke eher traurig. Stell dir vor, das Schiff wäre wirklich gestartet und würde erst in zwanzig Jahren ankommen. Drei Generationen hätten ihr Leben quasi umsonst dort verbracht.« Kaum hatte Lee diesen Gedanken laut ausgesprochen, wurde es still. Lediglich ein gelegentliches Piepen des Computers war zu vernehmen.

»Du hast recht«, sagte Arthur nach einem Moment. »Wenn man es sich so überlegt, wären sie irgendwie zu bedauern.«

Für eine Weile war nur wieder das Signal des Computers zu hören. Erst als Captain Scott auftauchte, wurde die Stille durchbrochen und alle setzten ihre Arbeiten schweigend fort. Jeder gab sich die größte Mühe, kein Wort auf den Vorfall im ›Schlafzimmer‹ zu verwenden.

»Alle Schiffssysteme arbeiten auf sechzig Prozent.« Alexandra durchbrach mit ihrer Meldung die Ruhe. »Der Computer baut die Kommunikation zur Erde auf. Es kann in etwa zwölf Stunden mit einer Antwort gerechnet werden.«

»Der Navigationscomputer hat den optimalen Kurs errechnet und gesetzt.« warf Lee fröhlich ein, »Wenn nichts schiefläuft, werden wir in etwa achtunddreißig Stunden an unseren geplanten Zielkoordinaten eintreffen.«

Es gab eigentlich wenig, was ihr die gute Laune verderben konnte. Nicht einmal Alia und ihre herablassende Art. Lee hoffte, dass es so bleiben würde. Sie war begeistert darüber, an dieser Reise teilnehmen zu dürfen. Als sie erfahren hatte, dass ausgerechnet Professor Castle sie vorgeschlagen hatte, konnte sie es kaum fassen. Immerhin hatte sie ihren ehemaligen Mentor während eines Vortrages über das gemeinsame Spezialgebiet dem Spott der versammelten Fachwelt ausgesetzt. Damals war es für Lee einfach unmöglich gewesen, ihm nicht zu widersprechen und so den Spott aller Fachleute auf sie beide zu ziehen. Doch nur ein halbes Jahr später erhielten sie und Professor Castle, die verdiente Anerkennung, als die Richtigkeit ihrer Arbeiten bekanntgegeben wurde.

Castle hatte ihr später gesagt, dass sie ihren Erfolg nicht nur ihrem schlauen Köpfchen, sondern auch ihrem großen Mundwerk zu verdanken hatte. Nur sollte sie in Zukunft etwas mehr darauf achten, wann sie wem etwas an den Kopf warf.

Lee hatte ihn damals nicht sehr ernst genommen, da sie glaubte, er würde es ihr noch immer nachtragen. Sie musste lernen, dass der Professor sie nur hatte unterstützen wollen und sie ab und zu wirklich auf ihre Worte achten sollte. Nach ein paar Jahren war ihr nun klar, wie recht Castle damals hatte.

Sie war nur noch wenige Stunden vom nächsten Sonnensystem entfernt und so neugierig, was sie dort erwarten würde. Ob man Alpha Centauri wirklich kolonisieren konnte? Lee fürchtete, all ihre Fragen konnten in einem Menschenleben nicht beantwortet werden.

»Erde an Lee! Hallo, bist du noch bei uns?« Arthurs Stimme drang langsam zu ihr vor. Lee hatte überhaupt nicht bemerkt, dass sie ihren Gedanken nachgehangen war.

»Was? Ja klar«, antwortete sie schnell mit einem Lächeln.

»Du schienst eben schon die Wohneinheiten auf dem Planeten zu verteilen«, sagte Arthur daraufhin.

Lee musste lachen. »Nur nicht frech werden, Junior.«

Er quittierte ihre Antwort mit einem schiefen Grinsen. Zu Beginn des Trainings hatte er ihren Namen einfach mit Lea abgekürzt, verwarf es aber bald darauf wieder, nachdem er schnell festgestellte, wie wenig der Name zur Person passte. Lea klang viel zu nüchtern. Und so wurde daraus schnell ein kurzes und freches ›Lee‹.

Sie brachte das Team mehr als einmal aus der Fassung, wenn sie einfach Kommentare abgab, die überhaupt nicht zum Thema passten oder plötzlich neben Sicherheitswarnungen kleine Smileys gemalt waren.

»Dann wird es höchste Zeit, dass jemand die Ausrüstung im Frachtraum überprüft«, warf Mike mit einem breiten Grinsen ein.

Niemand machte die Inventur an Bord gerne, doch alle wussten, dass es notwendig war, die Ausrüstung für einen Außeneinsatz zu kontrollieren. Eine Fehlfunktion oder der kleinste Defekt könnte tödliche Folgen haben.

Arthur meldete sich: »Ich denke, das werde ich gleich machen. Der Computer braucht noch ein wenig, bis er mit der Systemanalyse fertig ist. In der Zwischenzeit kann ich mir die Sachen mal ansehen.«

Mit einem leicht zerknirschten Gesichtsausdruck verließ er die Brücke Richtung Ebene 3, wo sich der Frachtraum befand.

Nachdem sich die Tür hinter Arthur geschlossen hatte, widmeten die Verbliebenen sich ihren Computerstationen. Lee beobachtete Alia dabei, wie sie konzentriert und schnell die Neukalibrierung der Energiesysteme initiierte. Nachdem die gesamte Besatzung erwacht war, mussten diese wieder in den Normalmodus geschaltet werden. Die Systeme des Schiffes waren so konstruiert, dass dieser Vorgang auch vollautomatisch ablaufen konnte. Doch Alia hatte einmal die Bemerkung gemacht, dass sie automatisierten Systemen nicht traute. Vor allem weil es bei den automatisierten Probeläufen zu mehr Fehlfunktionen gekommen war, als durch die manuelle Kontrolle. Ob jedoch alle Systeme wirklich nach der Neueinstellung auf einhundert Prozent arbeiteten, würde erst Arthurs vollständige Analyse zeigen.

Auch Lee arbeitete an ihrer Station und scannte den vor ihnen liegenden Raum nach Kommunikationsanzeichen. Doch alles, was der Computer anzeigte, waren Nulleffekte.

»Der Computer findet nur die üblichen durch das All fliegenden Signale. Scheint, als wären wir allein hier.« Den letzten Satz fügte sie lachend hinzu.

Während der Vorbereitungen auf dem Mars hatte sie sich immer spaßeshalber mit Arthur gekabbelt, ob sie im Nachbarsonnensystem etwas entdecken würden, das auf extraterrestrisches Leben schließen ließ.

»Was hast du denn erwartet, Lee? Kleine graue Männchen oder sogar grüne?«, foppte Mike sie ein wenig, um so die Stimmung aufzulockern. Dabei warf er einen Seitenblick zu Alia, die weiterhin schnell Befehle eingab.

»Bitte, wir wissen doch schon seit Beginn des zwanzigsten Jahrhunderts, dass die grünen Männer vom Mars kamen.« Lee imitierte unbewusst den Ton, den sonst Alia anschlug, wenn sie wieder einmal jemanden belehren wollte. »Und wenn man den sehr kreativen Drehbuchautoren glauben kann, waren die grauen Männchen nur auf der Erde, um Menschen für merkwürdige Experimente zu entführen«, fügte sie lachend hinzu, als sie den Fauxpas bemerkte.

»Du hast-«, weiter kam Mike nicht, als er von einem Alarmsignal des Schiffscomputers unterbrochen wurde.

Alia stoppte ihre Arbeit und eilte an Arthurs unbesetzte Arbeitsstation. »Es ist ein defekter Innensensor.« Sie betätigte einige Tasten und der Alarm endete.

»Bist du sicher, dass es nur ein defekter Sensor war und keine wichtige Alarmmeldung?« Mike war sichtlich unwohl bei dem Gedanken, dass der Fehlalarm schon so früh losginge. Eine umfangreiche Funktionsstörung wäre zu Beginn der Mission wirklich übel.

»In Anbetracht der Tatsache, dass es auf der Brücke nicht über achtzig Grad Celsius warm ist, handelt es sich um eine Fehlfunktion der Innensensoren«, antwortete Alia schnippisch, ohne ihn eines Blickes zu würdigen.

Mike drehte sich von ihr weg und verzog genervt das Gesicht in Lees Richtung. Wenn das die ganze Zeit so weiterging, würde er für nichts garantieren können, das wusste sie.

»Tja, das kommt davon, wenn die WSA ein Schiff aus vierzehn Millionen Billig-Einzelteilen baut.« Lee versuchte, mit ihrem Einwurf die angespannte Atmosphäre wieder zu entschärfen. »Ich fang dann mal mit einer Strichliste an. War bestimmt nicht der letzte Fehlalarm.«

»Falsche Sparsamkeit ist ein Problem seit Beginn der modernen Raumfahrt«, schaltete sich Alia ein. »Sie führte zu einige der schwersten Unglücke im einundzwanzigsten Jahrhundert.«

»Danke!« kam es sarkastisch von Lee. »Du findest auch bei jeder noch so schlechten Nachricht etwas Positives. Nach diesen beruhigenden Worten geht es mir wesentlich besser.«

Die Wissenschaftlerin hatte sich nicht beherrschen können, aber anscheinend hatte sie mehr Erfolg, den Captain auszubremsen als Mike. Denn sie erwiderte nichts darauf und widmete sich wieder ihren Aufgaben.

Im Stillen fragte sich Lee, was Alia dazu bewogen hatte, sich für diese Mission freiwillig zu melden. Sie schien im Gegensatz zu Arthur, Mike und ihr selbst überhaupt keine Freude an der Forschung zu haben. Doch ein Interesse an der Wissenschaft musste vorhanden sein, denn Alia hatte in einem der sehr seltenen privaten Gespräche erzählt, dass sie neben der Informatik auch einen Abschluss in Altertumsforschung hatte. Von Mike wusste sie, dass Alia ihren Informatik-Abschluss auf der Militärakademie gemacht hatte. Doch von einer Doktorarbeit war nie die Rede gewesen. Niemand studierte ein solches Fach und schloss mit Auszeichnung ab, wenn nicht ein Hauch von Interesse vorhanden war. Zumindest war dies Lees Vermutung.

/////

In der Zwischenzeit war Arthur im Frachtraum angekommen. Er sah sich um, konnte aber keine sichtbaren Schäden erkennen. Der Frachtraum wirkte aufgeräumt, obwohl dort etliche Ausrüstungsgegenstände untergebracht waren. Raumanzüge, mobile Kommunikatoren, die wissenschaftliche Ausrüstung und der Alpha Centauri Erkundungstransporter, kurz ACET, schienen auf den ersten Blick unbeschädigt zu sein.

Der ACET war ein kleines Schwebefahrzeug, das Bodenunebenheiten bis zu zwanzig Metern ausgleichen konnte. Damit sollte sichergestellt werden, dass die Besatzung der ›Voyager‹ bei der Erkundung der Planetenoberfläche auch schwer zugängliche Gebiete erreichen konnte.

»Na gut …«, sagte Arthur schließlich, nachdem die erste Sichtprüfung der Gerätschaften durchgeführt war. »… dann wollen wir mal ans Eingemachte.« Er holte seine Prüfgeräte aus einem Lagerspind und begann mit der technischen Prüfung.

Arthur kam schneller als erwartet mit der Inventur voran, jedenfalls bis er zum ACET kam. Schon ohne gründliche Prüfung erkannte er, dass die Maschine nicht in Ordnung war. So wie es aussah, war eine Lagerkiste ungünstig verrutscht und auf den Transporter gefallen. Einige Teile waren abgebrochen und hier und da zeigten sich offene Kabelbäume, vor allem am Steuerungsmodul.

»Na herrlich! Das Ding ist gerade mal zwanzig Meter gefahren und schon totaler Schrott.« Arthur hatte mit sich selbst gesprochen, während er in die Knie ging, um sich die Schäden genau anzusehen. »Aber es scheint alles reparabel zu sein. Mit Unterstützung.«. Er betätigte eine Taste der Comstation an der Wand, um die Kommunikation mit der Brücke herstellen zu können.

»Hier Arthur. Ich könnte Hilfe gebrauchen«, meldete er knapp.

»Was ist los?« Mikes Stimme drang durch den Lautsprecher.

»Eine Kiste ist auf den ACET gestürzt, ich kann den Schaden reparieren, aber ein wenig Hilfe wäre nicht schlecht.« Arthur hoffte inständig, dass nicht Alia die Hilfe sein würde. In ihrer Gegenwart fühlte er sich unwohl. Sie gab ihm das Gefühl, weit unter ihrer Würde zu stehen. Vermutlich tat sie das bei vielen Leuten.

»Bin schon unterwegs, Arj- äh Arthur.« Schallte ihm Lees gut gelaunte Stimme entgegen. ›Gott sei Dank‹, dachte Arthur.

»In Ordnung«, hörte man auf der Brücke die gelassene Antwort. »Ich warte.«

Er umkreiste den ACET erneut, um zu prüfen von welcher Seite aus man die Kiste anhob, um den Schaden gering zu halten. Dabei kam ihm in den Sinn, dass durch den Sturz nicht nur oberhalb des ACET Schäden aufgetreten sein könnten.

/////

Als Lee wenige Minuten später den Frachtraum betrat, fand sie Arthur unter dem Fahrzeug liegend. Offenbar prüfte er gerade den Unterboden.

»Hey, Arthur, was gibt‘s?« Sie sprach normal, doch Arthur erschrak sich so sehr, dass er mit dem Kopf gegen den Unterboden des Fahrzeugs stieß.

»Au, verdammt!«, fluchte er und Lee verzog das Gesicht. Dem Geräusch nach zu urteilen, war das ›Au‹ berechtigt.

»Kopf und Unterboden noch heil?« Sie beugte sich zu ihm runter, als Arthur unter dem Fahrzeug hervorrobbte.

»Ich glaube schon.« Er rieb sich die schmerzende Stelle. Lee nickte andeutungsweise und streckte ihm die Hand entgegen, damit sie ihm beim Aufstehen helfen konnte. Arthur nahm die Hilfe gerne an.

»Was ist denn genau beschädigt?«

»Es hat die Steuereinheit erwischt und einige Teile müssen ausgetauscht werden«, setzte Arthur mit seiner Erklärung an. »Das wird eine Menge Arbeit.«

»Bevor wir anfangen, eine Frage: Wo sind die Ersatzteile?« Lee schaute sich fragend um, ehe sie weitersprach. »Lass mich raten, in den untersten Kisten?«

Arthur nickte. »Das ist Murphys Gesetz.«

»Wahnsinn, endlich einer, der das Gesetz kennt.« Lee lachte und knuffte ihn an der Schulter. »Dann mal los. Die Kisten tragen sich nicht von allein.«

Arthur versuchte, das Gespräch am Laufen zu halten. »Wie lief es auf der Brücke?« Er nahm Lee eine Kiste ab.

»Gut, bis auf einen defekten Innensensor. Und natürlich den beiden Streithähnen. Ich bin gespannt, ob sie sich vertragen, solange kein Anstands-Wauwau dabei ist.«

»Spätestens, wenn ein Alarm losgeht, wissen wir, dass sie wieder gestritten haben.« Es sollte ein Scherz sein, doch beide konnten nicht darüber lachen. Sowohl Mike als auch Alia waren gut ausgebildete Profis und hatten die psychologischen Tests bestanden. Lee war es ein Rätsel, warum es zwischen ihnen ständig zu Streit kam.

»Jetzt ist mir klar, warum wir die Saniausbildung bekommen haben«, seufzte sie ein wenig genervt und räumt eine weitere Kiste beiseite. »Einer muss die beiden ja wieder zusammenflicken, wenn sie sich zerfleischen!«

»Interessant, während unseres Fluges sind wir in einen Sonnensturm geraten«, las Mike in Gedanken versunken von seinem Display ab.

»Wurden Daten vom Computer aufgezeichnet?«, fragte ihn Alia, die aufgehorcht hatte.

Mike erschrak. Hatte er das laut ausgesprochen oder konnte sie Gedanken lesen? Langsam drehte er sich zu ihr um.

»Was ist nun?«, fragte sie mit genervten Gesichtsausdruck.

Er deutete auf das Display vor sich »Hier steht es. Passierte vor knapp zwei Jahren.«

Sie ging zu seinem Terminal, um sich die Sache genauer anzusehen. »Das ist ja interessant«, murmelte sie.

»Sage ich doch.«

Alia überhörte die Bemerkung. »Sehen Sie ...«, sagte sie stattdessen und deutete auf den Monitor. »... den Computerprotokollen zufolge ist das nicht nur ein einfacher Sonnensturm gewesen.«

»Nicht?« Mike richtete sich auf und versuchte nachzuvollziehen, was sie meinte.

»Die Partikeldichte und molekulare Zusammensetzung stimmt mit keinem Forschungsergebnis über die allgemeine Struktur von Sonnenwinden überein.«

»Und das wissen Sie genau?« Mike konnte sich nicht vorstellen, dass der Captain ausgerechnet diese Details aus dem Kopf heraus wusste. Schließlich gehörte das zu seinem Fachgebiet. »Erklären Sie mir mal, was sie genau meinen!«, verlangte er.

Alia deutete auf die entsprechenden Datenfragmente. Demzufolge traf das Schiff tatsächlich nicht auf einen Sonnenwind, sondern vielmehr auf eine Art Wolkenband, in dem sowohl Sonnenstaubpartikel als auch unzählige andere Molekularteilchen enthalten waren.

»Wie konnte ich das nur übersehen?«, fragte sich Mike selbst, während Alia zur Navigationskontrolle ging. Die Staubpartikel verhielten sich nicht typisch und wurden von Sonnenlicht nach außen getrieben, sondern verwirbelten.

»Wie ich es vermutet habe.«

Mike verstand nicht. »Was meinen Sie?«

»Die Wolke. Ihre Zusammensetzung und die Verwirbelungen in ihrem Inneren bewirkten, dass die ›Voyager‹ eine Kurskorrektur vornehmen musste.«

Wieder sah er sich die Daten der Sensoren an. »Alles lässt darauf schließen, dass sich die Wolke bewegt.«

Sie kam zurück zu Mike und stützte sich auf einer kleineren Konsole ab. »Aber warum wurde dieses Wolkenband nie von unserem Sonnensystem aus bemerkt?«

Mike überlegte kurz, dann sagte er: »Vielleicht, weil die Teilchen kein Licht reflektieren.«

»Sie wäre somit also nahezu unsichtbar.«

»Für das Auge könnte es höchstens eine Art Flimmern geben, durch das sich die Wolke optisch bemerkbar macht. Wie ein Film, der sich vor ein Objekt schiebt, das man eigentlich beobachten will. Natürlich würde es auch von keinem Teleskop aufgenommen werden.«

Alia nickte. »Sie sagten, die Wolke würde sich bewegen«, bemerkte sie dann und versuchte, anhand der Daten festzustellen, worauf sich Mike bezog. »Wie kommen Sie darauf?«

»Das lässt sich ohne genauere Untersuchung natürlich nicht sagen. Immerhin sind wir vor etwa zwei Jahren nur kurz hindurch geflogen. Aber wenn Sie sich die Verwirbelungen ansehen, die hier angezeigt werden.« Er deutete auf eine Reihe Zahlen auf dem Monitor. »Dann können Sie sehen, dass die Partikel einem ganz bestimmten Muster folgen.«

Sie sah sich die Daten genau an und nickte anschließend. »Ähnlich wie ein Kometenschweif.«

»Nicht ganz«, widersprach er daraufhin. Sie sah ihn skeptisch an und er erklärte genauer: »Der Kometenschweif wird von einem großen Körper, dem Kometen, hinterhergezogen. Die Materie scheint eher geschoben worden zu sein. Sehen Sie hier.« Erneut deutete er auf eine Zahlenreihe. »Der äußere Ring weist eine höhere Partikeldichte auf, als der Rest. Es sieht so aus, als würde die Wolke sich konkav mit der Bewegung vom Ausgangspunkt entfernen.«

»Konkav mit der Bewegung?«

Mike hörte an ihrem zweifelnden Unterton, dass sie nicht hundertprozentig von seiner Erklärung überzeugt war.

»Aber wodurch kann denn so etwas zustande kommen?«

Er zuckte mit den Schultern. »Genau weiß ich das auch nicht. Vielleicht durch eine Explosion oder astronomische Verwirbelungen, die eine Beschleunigung der Wolke verursachte und sie regelrecht beiseiteschob. Genau kann man das nur durch eine intensive Untersuchung der aufgezeichneten Daten herausfinden.«

»Aber so wie es aussieht, bewegt sie sich nicht gerade schnell … nach astronomischen Maßstäben.«

Mike lächelte. »Nein, wahrlich nicht. Würde sie unseren Kurs rückverfolgen, benötigt sie wahrscheinlich noch fünftausend Jahre bis zur Erde. Falls sie überhaupt jemals ankommt.«

Mike lächelte plötzlich. »Hey, wissen Sie eigentlich, dass wir die ersten Menschen sind, die dieses Phänomen untersucht haben. Wenn auch nur am Rande.«

Nun konnte sich auch Alia ein leichtes Lächeln nicht verkneifen. »Das macht uns zu Entdeckern, irgendwie«, meinte sie ungewohnt entspannt.

»Das stimmt.« Er stand auf und trat ans Cockpitfenster. Mike sah einen Moment hinaus und beobachtete Staubpartikel, die wie kleine Sternschnuppen vorbeizogen. Er sah Sterne in Formationen, die er so noch nie wahrgenommen hatte und er versuchte, irgendwo in diesem Meer aus hellen Punkten im dunklen Gewand des Alls eine neue Sternenkonstellation zu entdecken. Fasziniert von dieser Aussicht verweilte er für ein paar Sekunden, ehe er sich dann wieder Alia zuwandte. »Wir müssen es benennen. Und da Sie das Wolkenband als erste als solches identifiziert haben, schlage ich vor, es die ›Scott'sche Wolke‹ zu nennen.«

Alia schaute ihn mehr oder minder verwundert an. »Bitte was?«

Dann schüttelte sie den Kopf und aus ihrem Mund drang ein selten gehörtes Lachen. »Das ist doch nicht Ihr Ernst!«

»Doch, ist es«, meinte er daraufhin und versuchte, eine würdevolle Haltung anzunehmen.

Alia hörte auf zu lachen. »Aber Sie haben die Wolke zuerst entdeckt.«

»Ich hielt sie für einen Sonnensturm«, meinte er. »Sie haben das richtiggestellt.«

Alia verstummte. Wieder nahm sie eine militärische Haltung an. Für einen Moment herrschte Stille. Beide schienen zu überlegen, ob an dem, was der jeweils andere sagte, wirklich etwas dran war.

Dann brach Alia die Stille. »Scott'sche Wolke?«, fragte sie.

Mike nickte nur und versuchte, ein gewinnendes Lächeln aufzusetzen.

»Na gut«, willigte sie in ihrem gewohnt überheblich militärischen Ton ein, wovon er sich aber nicht beeindrucken ließ. Diesmal nicht.

»Lassen Sie uns das im Logbuch festhalten«, schlug Alia vor und ging sogleich zu ihrer Computerkonsole, um den Logbucheintrag vorzunehmen.

»Hey, Alia.« Mike ging vorsichtig ein paar Schritte auf sie zu, während sie sich umdrehte und ihn fragend ansah.

Er schien etwas verlegen zu sein. Er dachte an all die Streitereien und Wortgefechte zwischen ihnen, an welchen sie beide nicht ganz unschuldig gewesen waren. Keiner hatte sich besondere Mühe gegeben, den Konfrontationen aus dem Weg zu gehen. »Das war eben eine gute Zusammenarbeit«, meinte Mike schließlich und lächelte sie erneut an, während er ihr die Hand reichte.

Alia sah ihn an. Einen Moment lang hatte er den Eindruck, als würde sie ihn argwöhnisch mustern. Doch dann ergriff sie seine Hand.

»Danke, Mike«, sagte sie schlicht und ging wieder an ihre Station.

Mike sah ihr einen Moment hinterher. Er war sich nicht sicher, ob sie sich zusammenriss, weil die Anderen nicht auf der Brücke waren oder ob es daran lag, dass er auf Sticheleien verzichtete. Doch für einen Moment fühlte er sich in ihrer Umgebung ganz wohl. Etwas, dass nur äußerst selten vorkam.

/////

»Also gut, jetzt haben wir den gesamten Lagerraum inspiziert und umgeräumt«, sagte Lee, während sie sich mit dem Ärmel die schweißgebadete Stirn abwischte. Arthur sah ähnlich durchnässt aus. Wie beide befürchtet hatten, waren die Ersatzteilkisten am unzugänglichsten platziert worden.

»Wie fangen wir jetzt am besten an?«, fragte Lee und setzte sich auf eine der großen Kisten, die sie gerade hervorgezerrt hatten. Er beobachtete sie argwöhnisch dabei. »Keine Angst, die Kiste hält mich aus, so schwer bin ich nicht. Außerdem weiß ich so, wo die Teile sind.«

»Ähmm, ich wollte nicht andeuten, dass du zu schwer bist. Nur ähm, ja ...«, erklärte er sichtlich verlegen und wurde etwas rot. »… ich schlage vor, wir demontieren zuerst die defekten Teile, dann kommen die Kabelstränge der Steuerfunktion dran und zum Schluss werden die neuen Teile montiert und das Computersystem kalibriert.« Während er das alles runtergerattert hatte, suchte er das passende Werkzeug zusammen. Je eher der ACET wieder voll funktionstüchtig war, desto besser.

»Arthur, nur, weil du es schnell sagst, wird die Arbeit nicht schneller erledigt.« Sie saß nun im Schneidersitz auf der Kiste und schaute amüsiert zu ihm hinüber.

»Das ist mir auch klar, Lee.« Er schnitt eine Grimasse und sie musste darüber lachen. »Es würde aber schneller gehen, wenn du mir etwas helfen könntest.«

»In Ordnung. Was soll ich tun?«

»Ich fange auf der linken Vorderseite an, die Verkleidung zu lösen. Du kannst dir die rechte Seite vornehmen.«

»Okay.« Zielstrebig ging Lee zur linken Seite des Fahrzeugs.

»Ähh, Lee, das andere Links.« Arthur zeigte mit einem Schraubenzieher auf die rechte Seite des ACET. Er fragte sich manchmal, ob sie solche Sachen mit Absicht machte oder einfach so schusselig war.

»Ja, klar. Das war nur ein Test, Junior.« Sie strich sich zur Verdeutlichung ihrer Aussage die Haare aus dem Gesicht und machte sich an die Arbeit.

»Nenn mich nicht Junior«, grummelte er.

»Ach, Arthur!. Arjay darf man dich nicht nennen, gegen Junior hast du was und ich habe keine Lust, ständig Arthur oder sogar King Arthur zu sagen.« Lee ereiferte sich richtig und mit jedem Wort wurde ihre Stimme höher. Sie konnte einfach nicht verstehen, warum er so ein Problem damit hatte.

»Au! Verdammt.« Arthur war so von Lee abgelenkt, dass er sich an einem Scharnier den Ringfinger einklemmte. »Kann es sein, dass dir Mikes Kaffee nicht bekommen ist?« fluchte er.

Nicht nur, dass ihm Alia furchtbar auf den Keks ging, jetzt fing Lee auch an.

»Wäre möglich. « kam ihre Antwort kleinlaut. »Immerhin habe ich seit fünf Jahren keinen Kaffee mehr getrunken. Ist vielleicht eine Überdosis Koffein. Aber der Körper befand sich in Stasis, daher sollten die Auswirkungen nicht so schlimm sein …« Sie hielt einen Moment inne. »Nein, ich glaube, ich bin gerade nur etwas aufgeregt.« Arthur antwortete darauf nichts und beide arbeiteten schweigend weiter.

Lee tat es leid, dass sie Arthur in ihrer eigenen Art anscheinend vor den Kopf gestoßen hatte, was nicht in ihrer Absicht gelegen hatte. Wie üblich war das ihr Problem. Manchmal redete sie erst, bevor sie darüber nachdachte. Nicht, dass sie dabei etwas Falsches sagte, nur wie eben bei allen anderen, gab es auch bei Arthur Dinge, die besser nicht angesprochen werden sollten.

/////

Alia bemerkte, dass Mike sie noch kurz beobachtet, ehe er sich wieder der Datenauswertung widmete. Sie konnte es sich beim besten Willen nicht erklären, warum ausgerechnet er so einen Narren an ihr gefressen hatte. Insgeheim musste sie sich eingestehen, dass er recht ansehnlich war und sie gestattete sich einen kurzen Blick zu ihm. Auch wenn er es mit seiner schiefen, großen Nase nie über die Haustürschwelle ihrer Eltern geschafft hätte, war er ein durchaus gutaussehender und stattlicher Mann. Alia fragte sich, warum er nicht längst verheiratet war, drei Kinder hatte und eine Professur mit geregelten Arbeitszeiten von Neun bis Fünf hielt.

Aber mit seiner überfreundlichen Art trieb er sie in den Wahnsinn und das musste sie ihn spüren lassen. Dennoch hielt sie ihn für äußert intelligent und auf seinem Spezialgebiet konnte sie bei Weitem nicht mithalten. Dass sie die Wolke entdeckt hatte, war nicht ihren astronomischen Kenntnissen zuzuschreiben, sondern viel mehr ihrem relativ guten Gedächtnis. Die Zahlen stimmten einfach nicht mit ihrer Erinnerung überein. Aber mit absoluter Sicherheit würde sie das nie zugeben, weder gegenüber ihm noch jemand anderem. Schwäche zu zeigen, wäre gleichbedeutend damit, hilflos zu sein. Und das wollte Alia nie wieder sein.

Sie schüttelte leicht den Kopf um diese Gedanken zu vertreiben und ging weiter die Computerprotokolle des letzten Jahres durch. Auf dem letzten Stück ihrer Reise war überhaupt nichts passiert. Keine Kurskorrektur, kein Weltraumphänomen, gar nichts.

»Wo kommt eigentlich der Name Alia her?« Mike hatte sich zu ihr umgedreht und wartete gespannt auf eine Antwort. Doch es kam keine. Die Angesprochene hatte nicht einmal ein Anzeichen gezeigt, dass sie Mike überhaupt gehört hatte. »Hallo! ›Voyager‹ an Captain Scott.«

›Gott, er kann einem wirklich auf die Nerven gehen‹, dachte sie verärgert. Betont langsam wandte sie sich von den Protokollen ab und schaute Mike missgünstig an.

Offensichtlich war die Entdeckung der Wolke und ihre kurzfristige Zusammenarbeit genug des Guten gewesen. Er hätte sein Glück nicht noch einmal auf die Probe stellen sollen. Ihr übellauniger Gesichtsausdruck machte klar, dass er keine Antwort erhalten würde.

KAPITEL 3

›Nie werde ich diesen Anblick vergessen, als die beiden Planeten vor unseren Augen in das Licht der Sonne eintauchten. Nicht unsere Sonne. Es war die rote Zwergsternsonne des ersten Sternensystems, das die Menschen seit Anbeginn der Zeit besuchten.

Für einen majestätischer Augenblick lang waren wir uns der Schönheit des Weltraums bewusst und standen wie angewurzelt auf der Brücke der Voyager. Alpha Centauri hieß uns willkommen.‹

Auszug aus den persönlichen Aufzeichnungen von Leandra Thuis

Scheppernd klappte Arthur die Wartungsluke des ACET zu, als er mit der Montage des letzten Teils fertig war. Lee und er waren ölverschmiert und schmutzig.

»Eigentlich dachte ich, dass das nur eine kleinere Reparatur wird«, beschwerte sie sich, doch er musste grinsen.

»Was meinst du, warum ich um Hilfe gebeten habe? Sicher nicht, weil es eine leichte Aufgabe war.«

»Danke«, sagte sie etwas empört, »das habe ich auch mitbekommen.«

Sie atmete tief durch und beobachtete, wie er sich den Schweiß von der Stirn wischte.

»Hoffentlich funktioniert der ACET jetzt wieder«, meinte sie schließlich und versuchte ihr Gesicht mit einem Tuch zu säubern.

Arthur tat es ihr gleich. »Das werden wir sehen, wenn wir das System neu kalibriert und eine vollständige Diagnose durchgeführt haben.«

Lee legte das Tuch beiseite. »Das klingt zumindest so, als würde es nicht so schmutzig werden.«

er bestätigte ihre Annahme, während er verzweifelt damit beschäftigt war, seine Finger vom Schmutz zu befreien.

»Noch nie in Benutzung«, schimpfte er, »und schon kaputt. Das Schlimmste ist, dass man nach der Reparatur aussieht, als hätte man an einem altertümlich Verbrennungsmotor herumgeschraubt.« Er deutete auf einen Montagetisch in der Nähe. »Sei doch bitte so nett und bring mir den Diagnosecomputer. Wir müssen ihn an die internen Systeme anschließen.«

Lee tat, wie ihr geheißen und da Arthur noch immer damit beschäftigt war, seine Finger zu säubern wollte sie das Gerät anschließen. Doch im Cockpit befanden sich so viele Anzeigen, Hebel und Schalter, dass sie nicht wusste, wo der passende Anschluss war.

»Wo muss ich den denn anschließen?«

Arthur hatte inzwischen Lösemittel zur Hilfe genommen, dessen Anwendung erste Erfolge zeigte. »Unter der Höhenanzeige ist eine kleine Klappe«, rief er ihr zu. »Ungefähr in der Mitte der Konsole.«

Lee fand sie. »OK, was nun?«

»Jetzt schließt du den Diagnosecomputer mit dem beiliegenden Kabel einfach daran. Da kannst du nichts falsch machen. Sobald das Ding dran ist, schaltest du es einfach ein.«

Tatsächlich war es kinderleicht. Allerdings überlegte Lee, warum Arthur viele Gegenstände oftmals als Ding bezeichnete. Diese Angewohnheit hatte sie schon beim Training mit ihm irritiert, da sie irgendwann vor lauter Dingern nicht mehr so recht wusste, welches gemeint war.

Lee glaubte, dass seine merkwürdige Art darin begründet lag, dass er viele Jahre allein gearbeitet hatte, weshalb es nur selten nötig geworden war, seine Handgriffe zu erklären. Im Laufe der Zeit hatte sich das enorm gebessert, doch gelegentlich brach seine Ding-Sprache wieder durch.

Inzwischen war der Diagnosecomputer online und führte automatisch einen kompletten Systemcheck des ACETs durch. Diese Standardprozedur dauerte nur wenige Augenblicke.

Arthur betrat das Cockpit mit blitzblanken Händen und nahm den Computer an sich.

»Danke«, sagte er zu Lee und startete sogleich das Kalibrierungsprogramm, nachdem die Diagnose keine weiteren Fehler registrierte. Wenigstens hatten sie eine positive Bestätigung über die Funktionalität der ausgetauschten Komponenten.

Doch die Freude war zu verfrüht gewesen. Kaum war der

Systemcheck angelaufen, wurden die ersten Fehlermeldungen auf dem Display eingeblendet.

»Es wäre auch zu schön gewesen, wenn das Ding auf Anhieb funktioniert hätte«, seufzte er.

»Was ist denn?« Lee war schon dabei, die ausgebauten Teile in die Kisten zu verpacken und aufzuräumen.

»Ich fürchte, das Programm hat Schwierigkeiten, alle neuen Komponenten in das System zu integrieren.« Arthur versuchte es mit einigen neuen Einstellungen der Software, doch kaum war der eine Fehler verschwunden, tauchte ein neuer auf.

Lee sah ihm eine Weile schweigend zu, bis sie ihn schließlich unterbrach. »Arthur, vielleicht sollte Alia sich das ansehen.«

Er warf ihr einen entsetzten Blick zu.

»Ich weiß, sie wird es dir vermutlich sehr lange unter die Nase reiben, aber möglicherweise ist es besser, unser IT-Genie ranzulassen.« Lees Stimme klang beinahe tröstend, und Arthur nickte zustimmend. Man konnte von Alia denken, was man wollte, aber am Computer war sie ein echter Profi, zumal sie sich auch an der Entwicklung des Kalibrierungsprogramms des ACET beteiligt hatte.

»In Ordnung, dann machen wir hier noch schnell Klarschiff und erlösen dann Mike auf der Brücke ab. Immerhin haben wir fast vier Stunden gebraucht«, antwortete Lee auf Arthurs Nicken hin. »Und binde ihm nicht gleich auf die Nase, dass ich rechts und links verwechselt habe. Das wäre peinlich … eine Navigatorin, die links und rechts nicht auseinanderhalten kann … stell dir das mal vor«, sagte sie und schaute ihn durchdringend an. Arthur nickte, ihm fehlten gerade die Worte.

/////

Etwas später betraten Lee und Arthur verschwitzt und verschmutzt die Brücke.

Alia nahm keine Notiz von ihnen, Mike begann jedoch zu lachen.

»Mein Gott, wie seht ihr denn aus?«

»Hör auf zu lachen, sonst kannst du das nächste Mal den ACET reparieren«, protestierte Lee lautstark, aber man konnte hören, dass sie es nicht böse meinte.

»Der ACET ist soweit wieder intakt, nur kann das Kalibrierungsprogramm nicht alle neuen Komponenten verarbeiten und meldet ständig Fehler. Wir dachten, Alia könnte sich das mal ansehen. Wir brauchen ja noch ein paar Stunden bis nach Alpha Centauri.« Arthur hatte zwar mit Mike gesprochen, aber Alia angesehen, die nun ihren Blick auf ihn richtete.

Der junge Mann hatte, genau wie Mike zuvor, das Gefühl, einer Musterung unterzogen zu werden. Doch anders als Mike schaffte Alia es, Arthur zu verunsichern. Er wich ihrem Blick aus.

»Natürlich kann ich das.« Ihr Ton war hochnäsig und arrogant, auch als sie fortfuhr: »Ich sehe darin keine Schwierigkeit.« Ohne auf einen Kommentar oder gar eine Erlaubnis zu warten, verließ sie die Brücke.

»War sie etwa die ganze Zeit so drauf?« Lee hatte Alia noch einen Augenblick hinterhergeschaut, ehe sie sich erneut an Mike wandte.

»Nein, sie hat sogar einmal gelacht.«

»Kaum vorstellbar«, meinte Arthur daraufhin und schüttelte den Kopf, um seiner Aussage den nötigen Nachdruck zu verleihen. »Ich glaube, ich werde mich mal gründlich waschen, bevor ich irgendetwas anderes mache.«

Er warf einen Blick auf den Bildschirm seiner Station. Offenbar hatte die Diagnose der technischen Bordsysteme keine Fehler angezeigt. Das erleichterte ihn.

»Wisst ihr …«, meinte Arthur dann, als er gerade im Begriff war, die Brücke zu verlassen, »ich werde mich häuslich einrichten und dann ein wenig hinlegen.«

»Was?« fragte Lee und sah ihn überrascht an. »Meinst du das ernst? Nach fünf Jahren Kälteschlaf willst du schon wieder ein Nickerchen machen?«

Er hielt inne, drehte sich um und lächelte sie höflich an. »Hast du mal einen Blick auf die Uhr geworfen? Wir haben die ersten zwölf Stunden Arbeit schon hinter uns. Also, warum denn nicht? Für mich war der Kälteschlaf selbst nicht mehr als ein Nickerchen. Ich bin müde und möchte mich hinlegen.«

Jetzt stand Mike auf und ging zu Arthur hinüber. »Mach das ruhig. Ist vielleicht auch gar keine schlechte Idee«, meinte er dann und klopfte ihm dabei mit seiner rechten Hand auf die Schulter.

»Der Körper muss sich von den Strapazen regenerieren. Dass wir so lange im Kälteschlaf waren, bedeutet nicht, dass sich unser Körper für die kommenden fünf Jahre ausreichend erholt hat. Ich sage dir dann Bescheid, wenn Nachrichten von der Erde eintreffen.«

Lee saß mittlerweile an ihrer Navigationskontrolle. »Schön, wie ihr meint. Ich brauche jedenfalls noch keinen Schlaf. Aber etwas zu essen wäre nicht schlecht. Vielleicht ein Sandwich, Pasta oder Pizza.«

»Ja, Lee, ich glaube, wir haben verstanden, dass du Hunger hast«, brüskierte sich Mike gekünstelt. »Ich werde mich deinem Vorschlag anschließen und auch etwas essen. In etwa achtundzwanzig Stunden können wir die Planetenoberflächenstruktur mit etwas Glück bereits ohne optische Hilfsmittel erkennen. Das gibt uns allen ausreichend Zeit, unsere Quartiere herzurichten, die ersten Nachrichten an die Erde vorzubereiten und alle Systeme auf Hundertprozent zu bringen.«

»Kaffee?« Lee machte große Augen und zwinkerte übertrieben. Mike schien es, als hätte sie alles andere gar nicht gehört.

»Der braucht nur zwei Minuten«, meinte Mike und schob sich und Arthur durch die Tür auf den Flur hinaus.

Lee sprang auf, nicht ohne sich zu vergewissern, dass der Kurs stimmte und der Autopilot fehlerfrei arbeitete. »Das reicht, um mich schnell von den Spuren unserer Reparaturarbeiten zu befreien. Ich treffe dich dann gleich in der Kombüse, Mike.« Schnell drängte sie sich an den Männern vorbei, die beide nicht anders konnten, als über Lees hektisches Davonstürmen zu lachen.

/////

»In Ordnung, nachdem das die endgültige Bestätigung für Lees Kaffeesucht ist, haue ich mich aufs Ohr«, verabschiedete sich Arthur, noch immer grinsend, von Mike und schlenderte zu den Privatquartieren.

Als er Deck II erreichte, kam er zuerst an Lees Wohneinheit vorbei. Eine Kiste blockierte die Tür, sodass sie nicht schloss und er einen Blick hineinwerfen konnte. Lee stand in ihrem Raum und zerzauste gedankenverloren ihr Haar.

»Ich wusste gar nicht, dass ich so viel mit auf die Reise genommen habe. In dem kleinen Raum stehen so viele Kisten, dass man meinen könnte, ich würde mit einem Vierpersonenhaushalt umziehen.« Sie lächelte ihren Kollegen etwas verlegen an.

Lee hatte ihr Gepäckvolumen voll ausgeschöpft und sogar von Alias übriggebliebenem Freigewicht noch etwas mitbenutz Sie wollte während der Forschungsreise auf nichts Wichtiges verzichten und irgendwie war alles wichtig. Arthur nickte und verstand, was Lee meinte. Auch er hatte seine Lagerkapazität bis auf das letzte Gramm ausgenutzt.

»Solange du noch weißt, wo du was hingelegt hast, ist es nicht so schlimm«, antwortete er höflich.

Sein Blick wanderte durch ihr Quartier. Eigentlich hatte er gar nicht vor, sich bei ihr umzusehen, doch irgendwie geschah es automatisch. Gerade als er sich wieder umdrehen wollte, blieb sein Blick an etwas haften.

»Sehe ich das richtig?«, fragte er ungläubig und betrat ihr Quartier, ohne seinen Blick von dem abzuwenden, was ihm ins Auge gefallen war.

»Was meinst du?« Lee war mit ihren Gedanken so sehr woanders und merkte nicht, wie Arthur ihr Zimmer betrat und sich ihre Sachen ansah. Als sie jedoch plötzlich einen gequält klingenden Ton hörte, wandte sie sich um und riss die Augen auf.

»He!«, rief sie entrüstet, »du kannst doch nicht einfach meine Geige nehmen!« Mit zwei schnellen Schritten war Lee bei Arthur und nahm ihm erbost die Geige aus der Hand.

Schuldbewusst mit einem überraschten Gesichtsausdruck versuchte er sich zu entschuldigen. »Entschuldige, ich wusste nicht, dass du deine Geige mitgenommen hast. Ich …« Er verstummte. Erst jetzt wurde ihm bewusst, was er angestellt hatte. Man nahm nicht einfach das Eigentum Anderer in die Hand.

»Das war ein Geschenk von meiner Ma«, erklärte sie und griff nach dem Instrument. Mit einem kurzen Nicken deutete sie an, dass sie ihm den Fehltritt schon wieder verziehen hatte. Einen Moment herrschte Stille im Raum, als Lee das Instrument beinahe liebevoll von allen Seiten betrachtete. Arthur beobachtete sie und schwieg.

»Ich hab schon als Kind gerne Geige gespielt«, flüsterte Lee leise, während sie durch sanftes Zupfen der Saiten prüfte, ob diese sich verstimmt hatten. »Meine Ma wollte mir dann zu meinem zwanzigsten Geburtstag eine besondere Freude machen.« Sie lächelte selig und hob den Bogen, um ihn zu inspizieren. »Sie wollte mir damit zeigen, wie sehr sie mich liebt und dass sie mich immer unterstützen würde … bei allem.«

Arthur beobachtete wortlos, wie sie den Korpus anhob und unter ihr Kinn schob.

»Das hier…«, sagte sie und deutete mit ihren Augen auf die Geige, »… ist eine Replika einer der berühmtesten und teuersten Geigen der Welt. Eine Stradivari-Copy von 2174, und sie ist mir das Liebste auf der Welt.«

Dann schwieg sie und strich stattdessen mit dem Bogen über die Saiten, langsam, leise und mit viel Gefühl. Arthur merkte, wie er allein durch das feinfühlige Spiel eine Gänsehaut bekam. Mit großer Hingabe intonierte Lee eine Melodie, die ihm unbekannt war. Er schwieg, aus Angst, dass jedes noch so kleine Wort den Moment zerstören könnte. Obwohl sie nur kurz spielte, war ihm, als hätte er eben ein ganzes Geigenkonzert erleben dürfen. Der Moment der Stille, der nun herrschte, ließ in ihm ein Echo der Melodie widerhallen.

»Oder besser, im ganzen Universum«, zerschnitt Lee plötzlich die Stille und verstaute die Geige wieder an ihren Platz.

Arthur verstand nicht. »Wie bitte?«

»Die Geige«, kicherte sie und räumte ihren Tisch frei, den sie mit allerlei Bilderrahmen, Figuren und anderen kleinen Dingen vollgestellt hatte.

»Sie ist mir nicht nur das Liebste auf der Welt, sondern im gesamten Universum.« Mit einer ausholenden Handbewegung deutete sie eine unsichtbare Kugel an und kicherte erneut.

Arthur musste grinsen. »Natürlich, weil sie von deiner Mutter ist, und wegen der Entfernung zur Erde«, wiederholte er für sich selbst.

Unterdessen verteilte Lee alle ihre Sachen in ihrem Quartier. Offenbar willkürlich, so schien es Arthur jedenfalls.

»Du sagst es.« Sie sah ihn wieder an. »Hast du nicht auch etwas, was dir mehr als alles andere am Herzen liegt?«

Er nickte. »Mein Sohn, Timothy«, antwortete er mit einem Lächeln im Gesicht. »Und natürlich meine Frau.«

»Ja, Tim. Er ist wirklich ein prima Junge.« Arthur hatte seine Familie ein paarmal ins Trainingslager auf der Erde gebracht, »Fehlen sie dir manchmal?«

Er nickte. »Sicher. Aber die meiste Zeit haben wir ja in den Stasiskammern geschlafen.« Für einen Moment blickte er in sich hinein. Dann lächelte er wieder. »Meine Frau und ich, wir haben das alles genau besprochen. Ich bin glücklich, dass sie mich so sehr unterstützt. Und stell dir vor, wie stolz Tim eines Tages auf seinen Vater, den Astronauten, sein wird.« Mit großen Augen und wackelnden Händen mimte er ein staunendes Kind, und dann lachten sie beide herzlich über diese Vorstellung.

»So wird es wohl sein«, meinte Lee noch immer kichernd. Irgendwie war sie mit dem Platzangebot in ihrem Zimmer unzufrieden. Überall lagen Sachen von ihr herum, die ihr gerade im Weg waren.

»Verdammt, ich muss unbedingt Ordnung schaffen. Das ganze Zeug macht mich verrückt.« Sie sah sich noch einmal in ihrem Quartier um, bevor sie einen Entschluss fasste. »Ich muss jetzt erst mal unbedingt was gegen meinen Hunger unternehmen. Aufräumen kann ich später immer noch.«

Arthur nickte. »Viel Erfolg«, sagte er und legte eine Spur Sarkasmus in seine Stimme, als er grinsend ihr Quartier verließ.

»Mach dich nur lustig«, rief sie ihm hinterher, während sie eine ihrer Kisten beiseiteschob. »Du könntest mir ja auch helfen.«

Er konnte nicht verstehen, warum manche Frauen so viele Dinge mitnehmen mussten, die sie gar nicht brauchten. »Mike hat sicher den Kaffee schon fertig.«

»Oh, stimmt. Bis später dann, und lass dich nicht von den Bettwanzen beißen«, sagte sie schnell und schlug den Weg zur Bordküche ein.

/////

Inzwischen hatte sich Alia des ACET-Kalibrierungsprogramms angenommen. Lee und Arthur hatten wirklich nicht übertrieben, was die Schäden anging, auch die Software war zerschossen.

Sie hatten den Computer am Fahrzeug angeschlossen gelassen, sodass sie gleich an die Arbeit gehen konnte. Offensichtlich hatten die Hauptprogrammierer nicht daran gedacht, dass genau diese Kombination an Teilen auf einmal ausgetauscht und neu kalibriert werden musste. Sicher konnte man nie alle Eventualitäten einkalkulieren, doch gerade die komplexen Systemkonfigurationen der Steuereinheit wären angebracht gewesen.

Mithilfe der Bedienungsanleitung, die durch die Anzahl der Seiten jeder Beschreibung eines ›Hand‹-buches spottete, begann sie mit der Kalibrierung der Teile. Sie liebte Papier, auch wenn es heute nur noch synthetisch hergestellt wurde, um die Natur zu schützen. Doch in diesem Fall war sie dankbar, für das elektronische Handbuch auf dem Tablet.

Die Computeraufzeichnungen der letzten fünf Jahre hatten im Verlauf der Reise sehr interessante Sternenkonstellationen aufgenommen, die sie sich angeschaut hatte, bevor Arthur sie um Hilfe bat. Es war eines der wenigen Dinge, die sie wirklich spannend fand.

Nach etwa einer Stunde war Alia mit der Neuprogrammierung fertig und startete abermals das Kalibrierungsprogramm, das die neuen Komponenten nun fehlerfrei erkannte. Während das Programm seine Arbeit tat, lehnte sich sie etwas zurück und gähnte herzhaft. Sie warf einen Blick auf die Uhr, tatsächlich war sie schon mehr als sechzehn Stunden im Dienst.

»Da komme ich ja mit der frischen Tasse Kaffee genau richtig.«

Alia erschrak und ließ das elektronische Handbuch fallen, als Mike plötzlich neben ihr stand.

Sie fluchte laut auf Arabisch, und verwirrte damit Barnetti wohl etwas, wenn sie nach seinem irritierten Gesichtsausdruck ging.

»Entschuldigung, ich dachte, Sie hätten mich gehört, aber wie üblich ignoriert.« Mikes sarkastischer Unterton war nicht zu überhören. Dennoch lächelte er sie freundlich an und machte Alia Platz, als sie aus dem ACET kletterte. »Ihr Kaffee.«

Alia nahm die Tasse kommentarlos entgegen und trank.

»Sie schulden mir außerdem immer noch eine Antwort«, sagte er nach einer Weile, um das andauernde Schweigen zu unterbrechen.

»Erstens: Wissen Sie eigentlich, wie nervtötend Sie sind, Mike? Und zweitens: Ich schulde Ihnen überhaupt nichts.« Schon während des Sprechens, fühlte sie sich mit einem Mal so, als würde sie sich rechtfertigen. Das gefiel Ihr ganz und gar nicht.

»Wenn Sie es nicht sagen wollen, dann muss es entweder sehr peinlich oder sehr dämlich gewesen sein, wie Sie zu ihrem Namen gekommen sind, Alia.«

»Es war keines von beiden, nur die Logik eines achtjährigen Jungen.« Ihr herablassender Ton war sehr schneidend.

»In Ordnung, soweit wären wir dann schon mal. Und wie ist dieser ominöse kleine Junge auf den Namen gekommen?« Mike trank einen Schluck Kaffee und blickte sie erwartungsvoll an.

Alia war klar, dass er nicht gehen würde, bis sie es erzählt hatte.

»Er fand meinen Namen zu lang. Und nach seiner und der allgemeinen Meinung leitete sich Alexandra von Alexandria ab. Also nahm er die beiden ersten Buchstaben und die beiden letzten. Fertig war Alia.« Im Stillen fragte sich Alia, warum sie ihm das erzählte. Normalerweise gelang es ihr immer, persönliche Fragen, zu ignorieren oder zu umgehen. Nur Mike schaffte es irgendwie, sie soweit zu bringen. »Nun zufrieden?«

Er lehnte sich glücklich gegen eine nahestehende Kiste und lächelte. Es war ein freudiges Lächeln, und Alia erlaubte sich, ebenfalls ein leichtes Lächeln aufzusetzen.

»Sehen Sie, so schwer war es doch gar nicht«, meinte er dann und trank noch einen Schluck Kaffee. »Und ehrlich gesagt, finde ich die Logik des kleinen Jungen gar nicht mal so abwegig.«

Sie sah Mike mit einem schiefen Blick an, nicht sicher, ob er diese Aussage ernst meinte oder sie nur auf den Arm nehmen wollte. Doch die Frage blieb unausgesprochen. Stattdessen fragte er nach, ob sie den Fehler im ACET beheben konnte.

»Ja«, antwortete sie dann knapp. Auf seinen fragenden Blick hin, erklärte sie ausführlicher: »Die Kalibrierung ist jetzt im vollen Gange und müsste in der nächsten halben Stunde abgeschlossen sein. Erstaunlich, dass der ACET schon vor seinem ersten Einsatz so schwere Mängel hat.« Sie sah von dem Bildschirm auf, nahm einen Schluck Kaffee und sah dann zu Mike. »Ich fürchte, hier wurde an wichtigen Qualitätskomponenten gespart.«

Er nickte versehend »Hoffen wir, dass der Rest der Ausrüstung umso hochwertiger ist und uns der ACET nicht in einem kritischen Moment im Stich lässt. Ich werde Arthur sagen, dass er noch ein paar Ersatzteile extra einstecken soll, bevor wir irgendeine Planetenoberfläche damit erkunden.«

»Das könnte durchaus sinnvoll sein«, stimmte Alia zu.

»Gut, dann genießen Sie Ihren Kaffee. Oder möchten Sie sich uns zum Essen anschließen? Lee und ich werden danach das Anflugsprozedere und die Schubumkehrroutine durchgehen. Wenn wir die ›Voyager‹ nicht abbremsen, krachen wir womöglich noch in einen Planeten hinein.«

»Dann wünsche ich viel Erfolg dabei«, meinte Alia und wandte sich schon wieder den angezeigten Daten der Kalibrierung zu. Gerade als Mike den Frachtraum verlassen wollte, rief sie ihm hinterher: »Wann werden Sie das Bremsmanöver einleiten? Ich schlage vor, eine Simulation zu starten. Zudem sollte das gesamte Schiff auf ungesicherte Fracht geprüft werden.«

Die Kräfte, die beim Abbremsen sowohl auf das Schiff, als auch auf den Körper einwirken würden, waren eine enorme Belastung, selbst für Alia, die durch ihre militärische Ausbildung abgehärteter war als die restliche Besatzung.

Mike nickte und gab ihr mit einem vielsagenden Gesichtsausdruck zu verstehen, dass sie nicht die einzige war, die die Prozedur hasste. Im Training war der Abbremsvorgang oftmals überraschend eingeleitet worden. Das sollte bewirken, dass die Besatzung innerhalb kürzester Zeit jeden nötigen Handgriff in Sekundenschnelle vollführte, um sich zu sichern. Letztlich erreichten die Trainer des Raumfahrtzentrums jedoch nur, dass die Leute hinter den Reglern sie immer weniger mochten.

»Ich schätze mal, dass wir noch etwa zweiundzwanzig Stunden Zeit haben, ehe wir uns mit den Vorbereitungen befassen«, meinte Mike, und Alia nickte bestätigend. Daraufhin verließ er den Frachtraum in Richtung Kombüse.

/////

Eine Dreiviertelstunde später war der ACET wieder in der Transporthalterung und Alia auf dem Weg zur Bordküche. Bevor Alia auf die Brücke ging, wollte sie auch noch etwas essen.

Als sie die Kombüse betrat, warf sie erneut einen Blick auf die Uhr. Sie hatte doch länger als ursprünglich geplant für die Neukalibrierung gebraucht. Unwillkürlich erinnerte Alia sich an das letzte Manövertraining auf dem Mars, als man sie eine ähnliche Reparatur mit anschließendem Bremsmanöver hatte simulieren lassen. Alia hatte damals einem der Entwickler Prügel angedroht, sollte er nochmals einen abrupten Stopp des Schiffes nachahmen – natürlich inoffiziell. Daraufhin hatte er sich für zwei Wochen krankgemeldet.

Ein gemeines Grinsen spiegelte sich auf ihrem Gesicht, während sie das Kühllager öffnete, in dem sich die Non-Instant-Lebensmittel befanden. Sie fand Sandwiches und fischte zwei aus dem Karton. ›4,35 Lichtjahre von der Erde entfernt, und die erste Mahlzeit an Bord ist ein Sandwich‹, überlegte sie. Nahezu im gleichen Augenblick betraten Barnetti und Thuis die Bordküche, sodass sie ihrem Gedankengang nicht weiter folgen konnte. Alia hatte gehofft, dass die beiden die Kombüse bereits wieder verlassen hatten, aber offensichtlich war dem nicht so. Alia legte keinen Wert auf Gesellschaft. Die Sandwiches konnte sie auch in ihrem Quartier essen.

»Drei Dumme, ein Gedanke«, rief Lee laut aus. Bevor Alia Gelegenheit zu einem Widerspruch erhielt eilte Lee an ihr vorbei in das Kühllager.

Sekundenlang überlegte Alia, ob sie nicht einfach die Tür schließen sollte, denn Thuis würden ein paar Minuten Abkühlung sicher nicht schaden. Doch Barnetti würde lautstark protestieren, und sie verspürte nicht die geringste Lust, sich erneut in einem Wortgefecht mit ihm wiederzufinden. Also zuckte sie nur mit den Schultern und ging zu der Küchenarmatur, um das belegte Brot aufzutauen.

»Alia, wo sind die Sandwiches?«, rief Lee aus dem Lagerraum.

»Erstes Regal, Boden 3, Fach 9 bis 11«, lautete ihre völlig korrekte Antwort.

Mike verdrehte ein wenig die Augen. Es hatte nur noch ein Sir am Ende gefehlt.

»Bring mir bitte auch eines mit, Lee«, rief Barnetti ihr nach.

»Klar doch.« Kurz darauf hörte Alia, wie Lee den ganzen Karton umräumte, bis sie ihre Lieblingssorte gefunden hatte, und kam kurz darauf ein wenig durchgefroren wieder aus dem Lager.

Alia wollte sich gerade zum Gehen wenden, als sie rief: »Alia, am Tisch sind genug Plätze frei. Du kannst dich gerne dazusetzen und vom ACET berichten. Funktioniert wieder alles?«

Die freundliche Aufforderung brachte Alia in die unangenehme Situation, der sie sehr bewusst aus dem Weg zu gehen versucht hatte. Ihr blieb im Moment nichts anderes übrig, als an dem Ecktisch Platz zu nehmen.

»Ja, natürlich läuft der ACET wieder. Wurde etwas anderes erwartet?« Offenbar machte ihr Tonfall Barnetti aggressiv, sie sah, wie sehr er sich zusammenriss, um es nicht zu zeigen.

»Wie zum Teufel machen Sie das eigentlich, Alia?« Mike nahm ihr gegenüber Platz und schenkte ihr Kaffee nach.

»Wie mache ich was?«, fragte sie mit einem genervten Tonfall und schaute ihn grimmig an.

Wenigstens hatte er es endlich geschafft, sich zu rasieren und nicht mehr wie ein Obdachloser auszusehen. Alia war vielleicht vorhin im Kammerraum zu weit gegangen, ihm das so zu sagen, aber er trug es ihr anscheinend nicht nach.

»Ich meine, wie können Sie das alles behalten?« Er hatte sich bestimmt alles Mögliche gemerkt, aber nicht, in welchem Regal, auf welcher Höhe und in welchem Fach genau die Lebensmittel aufbewahrt wurden, die man gerade suchte.

»Ich besitze ein fotografisches Gedächtnis«, erklärte sie überheblich und biss in ihr Sandwich, um zu unterstreichen, dass es keiner weiteren Erklärung bedürfe.

»Das kenne ich von einem meiner ehemaligen Kommilitonen – Stanley McFurson. Komischer Kauz. Der hatte auch ein fotografisches Gedächtnis. Nur hat der immer Zitate aus ›Krieg und Frieden‹ wiedergegeben«, mischte sich Lee in das Gespräch ein und setzte sich auf den noch freien Platz neben Alia.

»Wow, wenn dein Kommilitone das alles auswendig aufsagen konnte, ist er wirklich außerordentlich begabt. Immerhin hat das Werk ja doch einen gewissen Umfang«, antwortete nun Mike, um das Gespräch am Laufen zu halten. Ein kurzer Blick zu Alia verriet ihm, dass sie sich wohl nicht mehr daran beteiligen wollte.

»Na ja …« Lee hatte gerade herzhaft in eines der Brote gebissen, wollte sich aber den anderen beiden unbedingt mitteilen. Für einen kurzen Augenblick sah sie dank ihres runden Gesichts wie ein Nager aus, der seine Nahrung in den Backen hamsterte. Schnell schluckte sie den Bissen herunter und verschluckte sich fast daran. »… Auf seine spezielle Art war er begabt. Aber dafür war er echt total sozial inkompatibel. Ich meine, er war ziemlich genial bei der Aufstellung einiger sehr interessanter Theorien, aber meistens war er echt nur ein arroganter, eingebildeter Fachidiot, der nicht über den Tellerrand schauen konnte. Ich glaube, er ist heute Buchhalter in einer Marketingfirma. Zumindest war er das, als wir abgeflogen sind. Wenn er das vorher gewusst hätte, hätte er sich das mathematische IT-Studium sparen können.« Lee hatte während ihres Monologs mehr auf ihr Brot als auf die beiden anderen geachtet und war nun verwundert, warum keiner ein Wort sagte. Schnell schaute sie wieder hoch. Alia zeigte eine leicht rötliche Schattierung auf ihren Wangen. Mike hingegen hatte seine Unterarme auf den Tisch gelegt und damit seinen Teller eingerahmt. Er saß irgendwie verkrampft da, fand Lee.

»Mike? Alia? Was ist los?«

In diesem Moment konnte sich Mike nicht mehr zurückhalten und fing schallend zu lachen an. Es war ein volles Lachen aus tiefstem Herzen.

»Was ist denn so lustig?«, fragte Lee, die gerade die Welt nicht mehr verstand. Doch Mike musste so lachen, dass er einfach keine Antwort geben konnte. Alia tat dies auch nicht. Stattdessen funkelte sie Lee böse an, erhob sich und stellte ihren Teller auf der Küchenplatte ab, jedoch schepperte er mehr als beabsichtigt.

»Entschuldige bitte, Lee …« Langsam gelang es Mike, sich wieder unter Kontrolle zu bringen, »… Einen Moment lang hatte ich eine sehr merkwürdige Vorstellung …« Mike bekam wieder einen Lachanfall, bevor er zu Ende erklären konnte. Jetzt verstand auch Lee.

»Oh nein! Alia! Nein, ich wollte damit nicht sagen, dass du eine arrogante Fachidiotin wärst … Ich meine, du weißt ja bestimmt, dass du nicht immer so einfach bist, aber hier ging es nur um den doofen Stan. Wirklich!« Lee wusste gar nicht, was sie noch sagen sollte. Sie hatte Alia wirklich nicht mit ihm vergleichen wollen. »Mike, hör doch auf zu lachen, und sag jetzt auch mal was«, flehte sie ihren Kameraden an. Verzweifelt knuffte sie seinen Arm über den kleinen Tisch hinweg.

»Bitte entschuldige, Lee. Natürlich war damit nicht Alia gemeint. Und ich habe auch nicht über Sie gelacht, Alia, sondern über Stan«, sagte Mike. Aber sowohl er als auch Alia wussten, dass das nicht ganz der Wahrheit entsprach. »Kommen wir wieder zum fotografischen Gedächtnis zurück.«

»Es besteht keine Veranlassung, sich zu entschuldigen, Lee«, gab Alia ehrlich zurück. Viel eher war sie wütend auf Mike, der Lees Erzählung auf sie projiziert hatte. »Es ist nicht das erste Mal, dass meine Fähigkeiten auf …«, sie suchte nach dem passenden Wort, »… Verwunderung stoßen.«

»Aber trotzdem haben Sie vorhin auf das Computerhandbuch zurückgreifen müssen.« Es war sicher ihr Tonfall, der Mike dazu brachte, sie wieder zu provozieren.

»Natürlich. Ich kenne, oder besser gesagt, kannte das Handbuch nicht komplett. Sollte ich erneut etwas am System des ACET zu tun haben, werde ich es nicht mehr benötigen.«

»Sie wollen mir also wirklich erzählen, dass Sie Texte nur einmal sehen müssen, um dann die darin enthaltenen Informationen anzuwenden?« So merkwürdig Alia auch war, aber das konnte er sich beim besten Willen nicht vorstellen.

»Nein, das habe ich nicht gesagt. Ich sagte, dass ich mir den Inhalt merken kann, was aber nicht gleichbedeutend damit ist, dass ich ihn auch verstehe oder begreife.«

»Na super. Endlich hast du auch mal einen offensichtlichen Makel, Alia. Und wo wir gerade dabei sind, wie wäre es, wenn du und Mike euch ab sofort mit Du ansprecht? Das mit eurem Siezen ist nämlich echt anstrengend«, platzte Lee heraus.

»Echt anstrengend?« Unisono stellten Mike und Alia die Frage und schauten einander verdutzt an.

»Ja. Und ich weiß, wovon ich rede, immerhin habe ich fünf jüngere Geschwister, und die schlagt ihr um Längen.« Lee hatte das seelenruhig gesagt und sich weiter mit ihrem Essen beschäftigt.

»Nun gut, da es sich offensichtlich nicht vermeiden lässt – und bevor ich mir nochmals einen so hochqualifizierten Wortschatz von dir anhören muss, von mir aus«, meinte Mike nur schulterzuckend.

»Prima«, stellte Lee nun sichtlich zufriedener fest und biss genüsslich in ihr frisch aufgetautes Sandwich.

Alia und Mike sahen sich einen Augenblick lang wortlos an. Lee hatte manchmal eine so einfache und sorglose Art an sich, dass es den beiden schon mehrfach die Sprache verschlagen hatte. Vielleicht war es einfach auch nur ihre Art, zu versuchen, den ›Stan‹ wiedergutzumachen. Mit ihrem Wesen passte sie recht gut zu Arthur, der ebenfalls ein herzensguter, aber manchmal etwas naiver Mensch war.

Bevor sie jedoch das Gespräch fortsetzen konnten, hörten sie alle einen langgezogenen Piepton, der eine eingehende Kommunikation meldete.

»Ich hole Arthur«, meinte Mike und verließ den Raum.

Alia und Lee nickten und machten sich auf den Weg in Richtung Brücke.

/////

Noch bevor Mike die Tür zu Arthurs Quartier öffnete, hörte er ihn schnarchen offensichtlich befand er sich im Tiefschlaf. Die Tür war nicht verriegelt, Mike öffnete sie und schaltete das Licht ein. »Aufstehen, Arthur. Nachrichten von zu Hause.«

»Was? Wo sind wir?«, fragte Arthur etwas benommen und schien langsam wach zu werden.

Mike nahm Arthurs Kleidung und reichte sie ihm. »Wir sind fast da«, sagte er dann. »Alpha Centauri. Und Nachrichten von Zuhause.«

Arthur nickte. Langsam kehrten seine Lebensgeister zurück. »Komm mit. Die Damen sind schon auf der Brücke und warten auf uns.«

Gähnend rieb Arthur sich die Augen. »Ich bin fix und fertig«, meinte er schließlich, während er sich anzog. »Im Training haben die einen nicht darauf vorbereitet, was für einen üblen Jetlag man haben würde.«

Mike lachte herzhaft »Dann hätten sie wohl auch keine Freiwilligen für diese Mission gefunden, was?«

Der Pulli rutschte gerade über Arthurs Kopf, als dieser, nun wieder wach, antwortete: »Nur deswegen wäre ich nicht abgesprungen.« Er fuhr sich mit seinen Fingern durch die Haare. »Ist doch schließlich auch was, um Geschichte zu schreiben.«

Beide lachten, als sie Arthurs Quartier verließen.

»Dann komm mal mit, du historische Persönlichkeit«, scherzte Mike, und Arthur nickte lächelnd. Tatsächlich hoffte er, mit dieser Reise als einer der Pioniere der Langstreckenraumfahrt in die Geschichtsbücher einzugehen.

Als die beiden die Brücke betraten, fanden sie Alia Befehle eingebend an ihrem Terminal vor, während Lee wie ein kleines Kind hinter ihr hin und her sprang. Arthur konnte schon beim Eintreten sehen, dass Alia ziemlich sauer war.

»Alia, wie lange noch?«, fragte Lee und schaute ihr gespannt über die Schulter.

Sie ignorierte Lee und machte sich daran, die gesamte Nachricht vom letzten KomSat auf den Schiffscomputer der ›Voyager‹ zu laden.

Es war ein sehr ausgeklügeltes System, das die Wissenschaftler auf dem Mars entwickelt hatten, um Nachrichten mit unvorstellbarer Geschwindigkeit durchs All zu transportieren.

Die ›Voyager‹ hatte bei ihrem Start etwa fünfzig der kleinen Hochfrequenzverstärker mit an Bord genommen, die während der Reise automatisch in immer gleichen Abständen ausgesetzt worden waren. Dadurch konnte die Zeit von etwas weniger als fünf Jahren, die die Kommunikation auf herkömmlichem Weg in Anspruch nehmen würde, auf wenige Wochen verkürzt werden.

»Die Decodierung läuft. Es wird dreizehn Minuten dauern, bis wir die Nachrichten öffnen können«, informierte Alia gereizt. Arthur fragte sich im Stillen, wie oft Lee sie das wohl in den letzten paar Minuten gefragt hatte. »Oh Mann, ich bin gespannt, was es alles Neues auf der Erde gibt.« Lee überschlug sich beinahe.

/////

Während der Computer an der Decodierung arbeitete, hing Alia ihren Gedanken nach und überlegte, ob auch für sie eine persönliche Nachricht dabei war. Arthur, Lee und Mike warteten sicher auf Nachrichten ihrer Familien und Freunde.

»Lass doch mal sehen, was es für Neuigkeiten gibt …«, quengelte Lee wieder. Alia vermutete, dass sie sich gleich an ihre Konsole drängeln würde, um die Nachrichten lesen zu können.

»Lee! Setz dich jetzt an deine Konsole und warte ab«, antwortete sie äußerlich ruhig. »Die Decodierung dauert noch. Ich werde euch die persönlichen Nachrichten auf eure Konsolen schicken, wenn der Computer fertig ist.«

Lee ging wie ein schmollendes Kind an ihren Platz und ließ sich mit vor der Brust verschränkten Armen auf den Sessel fallen. Alia sah, dass Mike sich sehr zusammenreißen musste, um nicht laut loszulachen.

»Das ist eine gute Idee«, bestätigte er stattdessen. Trotzdem ging er zu Alia und blieb hinter ihr stehen. Er schaute über ihre Schulter auf die Anzeige. Sie hatte bereits die allgemeinen Meldungen heruntergeladen, die persönlichen Mitteilungen würden wohl noch eine Weile dauern.

Alia fühlte sich unwohl, da Mike keine Anstalten machte, hinter ihr wegzugehen. Unbewusst rutschte sie nervös in ihrem Sessel hin und her.

»Es dauert noch zehn Minuten, bis alle Daten heruntergeladen sind«, sagte sie, nachdem sie Mike zwar fragend angesehen, er jedoch keine Antwort gegeben hatte.

»Hab ich mir schon gedacht. Ich möchte wissen, was daheim passiert.«

»Willst du nicht erst mal deine private Nachricht lesen?« Lee war verwundert.

Mike schüttelte den Kopf, sah Lee aber nicht an, sondern starrte auf die Konsole. Nach einer Weile antwortete er schließlich. »Die kann ich mir nachher noch in Ruhe in meinem Quartier ansehen. Jetzt will ich erst mal wissen, was uns so in den letzten fünf Jahren entgangen ist.«

»Gut.« Alia war offenbar soweit, die offizielle Nachricht abzuspielen. »Ich habe eure Konsolen mit meiner verknüpft, sodass sich jeder die allgemeine Nachricht auf seinem Platz ansehen kann.« Während sie die letzten Worte sprach, warf sie Mike einen Blick zu, der ihm unmissverständlich sagte, dass er sich zu seiner Konsole begeben sollte.

»Ich starte die Nachricht jetzt«, sagte Alia einen Moment später und drückte ein paar Tasten.

Die Bildschirme aller vier Konsolen flackerten einen kurzen Augenblick, bevor der Kopf von Juan Hofer, dem Leiter der World Space Agency, zu sehen war.

»Guten Tag, Commander Barnetti, Captain Scott, Dr. Thuis, Mr. Jones. Wir freuen uns, Ihnen nunmehr die erste Transmission aus Ihrem Heimatsystem schicken zu können. Die Übertragung ist dank der Astraltransmitter nur wenige Wochen unterwegs, sodass wir unsererseits hoffen, auch bald Neuigkeiten von Ihnen hören zu können.« Der Mann setzte eine ernste Miene auf. »Jetzt möchte ich Ihnen aber erst einmal Informationen zur aktuellen politischen Lage geben. Schließlich haben Sie die letzten fünf Jahre verpasst: Vor etwa zwei Jahren entstand eine politische Meinungsverschiedenheit zwischen dem Inka-Territorium und der nordamerikanischen Union über die Abbaurechte der Rohstoffe auf dem Mars.

Während sich die anderen Regierungen bereits vor einigen Jahren während eines Gipfeltreffens auf dem Mond mit dem Lunarabkommen darauf geeinigt hatten, welche Gebiete sie für sich beanspruchen, konnten sich die nordamerikanische Union und die Inka-Regierung nicht einigen.

Die eurasische Regierung versuchte in diesem Konflikt zu vermitteln, scheiterte jedoch. Inzwischen ist auch der Streit um das Anrecht auf Mittelamerika ausgeweitet worden.

Der Gemeinschaftsbund der Weltregierungen befürchtet hier einen ernsten Konflikt, wenn sich Nordamerika und die Inka-Regierung nicht einigen können. Sowohl Neu-Ägypten, die Australische Union, als auch die vereinigten Asiatischen Staaten halten sich diesbezüglich auf der diplomatischen Bühne bislang noch zurück.« Der Mann räusperte sich, um die nächste Neuigkeit anzusagen.

»Die Forschungsarbeiten am Institut von Neu-Alexandria bezüglich der Hochgeschwindigkeitsreisen in interstellaren Flugobjekten schreiten gut voran. Wir vermuten, dass schon in drei Jahren ein erster Prototyp des neuen Interstellarflugzeugs gebaut werden kann.

Wenn alles nach Plan läuft, kann die Strecke, die Sie in fünf Jahren zurückgelegt haben, in nur dreieinhalb Jahren geschafft werden.«

Alia erinnerte sich in diesem Moment, an die Entstehungsgeschichte der Stadt, deren Name auch ein Teil ihres eigenen war. Vor über einhundert Jahren wurde die Stadt Alexandria in den Kriegen der damaligen Nationalstaaten fast dem Erdboden gleich gemacht. Als im Zuge der Versöhnungspolitik die Nationalstaaten nach und nach verschwanden und von den neuen

Territorialregierungen abgelöst wurden, entschied die Regierung von Neu-Ägypten, die Stadt Alexandria neu aufzubauen und zu einem weltweit führenden Zentrum für Wissenschaft und Technik zu etablieren. Ganz nach dem antiken Vorbild der großen Bibliothek von Alexandria. Nunmehr sollte dem Institut von Neu-Alexandria allem Anschein nach tatsächlich der entscheidende Durchbruch gelungen sein.

»Glücklicherweise konnte im Lunarabkommen festgeschrieben werden, dass keine Regierung allein einen Anspruch auf das Binärsternsystem Alpha Centauri und seine Planeten erheben kann. Vermutlich würde sonst der amerikanische Konflikt auch auf dieses Sonnensystem ausgeweitet werden.«

Erneut räusperte sich der Mann. Sein Gesicht wurde wieder etwas entspannter. »Da die Verbindung nun hergestellt wurde, erwarten wir in Kürze einen ersten Bericht von Ihnen. Wir werden uns in den nächsten Tagen wieder bei Ihnen melden. Viel Erfolg. Wir beneiden Sie um diese großartige Chance.«

Damit endete die Nachricht.

Für einen Moment herrschte Schweigen auf der Brücke.

»Die Inka-Regierung und die nordamerikanische Union …«, überlegte Mike dann laut. »Seit die Inkas vor gut hundertfünfzig Jahren die Unabhängigkeit erkämpft und Südamerika unter ihre Territorialregierung gestellt haben, herrschen immer wieder Konflikte zwischen ihnen und Nordamerika.«

Alia stimmte ein. »Nur diesmal scheint der Konflikt größere Ausmaße anzunehmen. Mittelamerika war schon lange Thema, doch noch nie wurde das Land in den Vordergrund geschoben, da es immer als Pufferzone zwischen diesen Regierungen herhalten musste.«

Auch Lee mischte sich ein und schüttelte den Kopf: »Meine Familie lebte in Buenos Aires, die sind inmitten des Geschehens. Warum können die Regierungen sich eigentlich nicht genauso einigen wie alle anderen? Das Lunarabkommen wurde doch schon vor langer Zeit von den meisten Regierungen unterzeichnet.«

»Wahrscheinlich, weil einer von ihnen nicht genug bekommt«, meinte Mike ernst.

»Oder beide«, sagte Alia trocken und blickte dabei stur auf ihre Konsole.

»Wenigstens können sie ihren Streit nicht hierhertragen.« Mike richtete sich in seinem Sitz ein wenig auf. Während der Nachricht hatte er sich zurückgelehnt, um es sich etwas bequemer zu machen. »Wir sollten jetzt zumindest eine Nachricht an die Erde schicken, dass wir kurz vor der Einleitung unseres Bremsmanövers stehen und bald einen ausführlichen Bericht senden werden«, wechselte er dann das Thema.

»Das Signal wurde bereits automatisch zurückgeschickt, als ich begonnen habe, die Daten der Nachricht zu laden«, kommentierte Alia sachlich. Dieser Automatismus war eingebaut worden, als Alia bei einem der Testläufe auf dem Mars versehentlich die gesamte Kommunikation lahmgelegt hatte. Statt die Nachricht abzusenden, hatte sie die SatKoms lahmgelegt.

»Daher schlage ich vor, dass sich jeder etwas Zeit nimmt, den ersten Bericht abzufassen, um ihn möglichst bald mit einer Kopie des Logbuchs zur Erde zu senden«, sagte Mike.

»Ich will zuerst noch meine Nachrichten von zu Hause ansehen. Mike, da es im Moment wirklich wenig für mich zu tun gibt, weil der Autopilot alles steuert, werde ich in mein Quartier gehen, die Nachrichten anschauen und dann noch eine Runde schlafen.« Lee war schon aufgesprungen. »Und duschen sollte ich wohl auch«, setzte sie noch nach.

Er nickte ihr lächelnd zu, und nur einen Augenblick später war Lee von der Brücke verschwunden.

Mike wandte sich nun an Alia, die desinteressiert auf ihre Konsole starrte. »Alia, du solltest dir auch ein paar Stunden Ruhe gönnen.«

Sie schien den Satz als Vorschlag anzusehen, den sie ignorieren wollte. Stattdessen schaute sie ihn nur grimmig an und machte keinerlei Anstalten, ihren Posten zu verlassen.

»Ich möchte, dass der taktische Offizier bei dem uns bevorstehenden Bremsmanöver fit und ausgeruht ist«, setzte er nach. Damit hatte er Alia die Basis eines möglichen Widerspruchs genommen.

»In Ordnung. Ich werde in vier Stunden wieder auf der Brücke sein. Dann kann ich schon mit den Vorbereitungen beginnen«, antwortete sie.

»Ich will dich erst in acht Stunden wieder hier sehen. Dann kannst du immer noch mit den Vorbereitungen beginnen«, ordnete Mike an. Alia nickte nur kommentarlos und ließ Mike und Arthur auf der Brücke allein.

KAPITEL 4

›Seit Anbeginn der Zeit ist es ein ungeschriebenes Gesetz, dass derjenige, der über großes Wissen verfügt, auch große Macht erhält. Die Menschheit strebte schon immer nach Wissen. Doch genauso wohnt ihr die Furcht vor dem Unbekannten inne – ein Paradoxon.

Was daraus werden kann, wenn zu viel Wissen auf zu viel Furcht trifft, sehen wir hier vor uns. Wir werden immer wieder die gleichen Fehler begehen, denn das vorbestimmte Schicksal kann man nicht ändern.‹

Auszug aus einem Interview mit Alexandra Scott

Als Alia in ihrem Quartier angekommen war überlegte sie zuerst, ob es nicht besser wäre, ein paar Stunden zu schlafen und sich dann um die Berichte und ihre privaten Nachrichten zu kümmern. Doch ein Blick in den Spiegel genügte und sie beschloss, dass es besser wäre, erst eine Dusche zu nehmen. Sie wäre dann auch wieder wach genug, um die Berichte zu schreiben und die Mitteilungen ihrer Vorgesetzten durchzusehen.

Während sie das angrenzende kleine Badezimmer betrat, das diesen Namen kaum verdiente, schweiften ihre Gedanken wieder zu den Meldungen von der Erde ab. Offensichtlich hatte jeder der Anderen private Nachrichten erhalten. Obwohl es Alia im Prinzip anders erwartete, hoffte sie, zumindest von ihrer Mutter zu hören, auch wenn diese nur über Belangloses wie das Wetter erzählen würde.

»Was für ein Luxus«, sagte sie zu sich selbst, als ihr bewusst wurde, dass sie gerade in einem anderen Sonnensystem duschte, mit richtigem, warmem Wasser.

Einige Minuten später trat Alia wieder in ihr Quartier. Nun war sie nicht mehr ganz so müde und auch ein wenig entspannter, dafür fror sie erbärmlich. Ihr fehlten die Sonne und der warme Wind Neu-Ägyptens. Dort herrschten meist um die dreißig Grad Celsius, und selbst im Winter war die Temperatur noch zweistellig. Hier, auf dem Mars oder im Trainingslager auf der

Erde war ihr immer kalt gewesen, da half es auch nur wenig, die Zimmertemperatur anzuheben – Zuhause blieb eben Zuhause. Auch wenn sie ihr Elternhaus seit nunmehr fünfzehn Jahren nicht betreten hatte, fehlte es ihr dennoch.

Alia ging zu ihrem Schrank und holte frische Kleidung hervor. Sie entschied sich gegen den extra für die Mission entworfenen Overall, sondern griff stattdessen nach einem Jogginganzug, der bedeutend angenehmer zu tragen war als der hässliche khakifarbene Schiffsanzug.

Dann endlich setzte sie sich an den Computer und schaute ihre Nachrichten an. Die erste stammte von Colonel Ravo, ihrem direkten Vorgesetzten.

»Guten Tag, Captain Scott, wir hoffen, dass Sie und Ihre zivilen Begleiter die Reise gut überstanden haben. Sicher wurden Sie bereits über die politischen Spannungen auf der Erde informiert. Wir gehen davon aus, dass sich der Konflikt noch weiter ausweiten und zwangsläufig auch die Neu-Ägyptische Regierung darin verwickelt sein wird. Wir erwarten von Ihnen sofortige Informationen in Bezug auf neue Rohstoffe oder anderweitig nutzbare Entdeckungen.

Ihre weiteren Befehle finden Sie in einer Textdatei. Guten Tag.« Die Nachricht endete erwartungsgemäß ziemlich abrupt. Einen Moment lang ließ Alia die Meldung auf sich wirken. Es war die einzige Videonachricht.

Wenn man jetzt schon der Meinung war, dass noch weitere Regierungen in den Konflikt hineingezogen werden konnten, war die Problematik weitaus brisanter, als Alia bisher geglaubt hatte. Ihre Regierung wollte sich durch die Forschungsergebnisse der ›Voyager‹-Crew schon jetzt einen Vorteil verschaffen. Unter Umständen würden die anderen ähnliche Aufforderungen ihrer Regierungen bekommen.

›Von wegen, dass sie ihren Streit nicht hierhertragen können‹, dachte sie beunruhigt. Alia war von den noch vorliegenden Textnachrichten darüber informiert worden, dass ihre Mutter nun als Mitglied im höchsten Regierungskreis von Neu-Ägypten agierte und als Ministerpräsidentin der einzelnen Länder berufen wurde. Ihr Vater war vor zwei Jahren in den Ruhestand gegangen, wurde aber dennoch von der nordamerikanischen Union zu Beratungen hinsichtlich militärischer Fragen hinzugezogen. Persönliche Nachrichten hatte sie keine erhalten, nur ein kleines Datenpaket mit wunderschönen Naturaufnahmen ihrer Heimatstadt. Beim Durchsehen wurde sie etwas melancholisch. Nachdem Alia ein paarmal tief ein- und ausgeatmet hatte, begann sie mit dem Verfassen ihrer Berichte. Es ging schneller, als erwartet. Nachdem Alia nochmals alles durchgelesen und für gut befunden hatte, speicherte sie die Dokumentationen über ihre bisherige Reise ab und stand auf. Dabei schoss ihr ein Schmerz in die rechte Seite. Einige Sekunden später war der reißende Schmerz wieder verschwunden, aber Alia bewegte sich trotzdem nur vorsichtig.

Es war einfach lästig. Auf fünfzehn Prozent ihrer Haut hatte sie gar kein Gefühl mehr, aber dort, wo das Narbengewebe auf gesunde Haut traf, versuchte ihr Körper offensichtlich einen Ausgleich.

»Ich hasse den Weltraum«, sagte Alia. zu sich selbst Das Weltall mit all seinen Geheimnissen war nie ihre Welt gewesen, genauso wenig wie die Informationstechnologie, in der sie so glänzte und weswegen sie für diese Mission ausgewählt worden war. Zwar hatte sie immer ein Faible für die moderne Technologie gehabt, aber das, was sie seit ihrem Eintritt in die Armee tat, war nur Mittel zum Zweck. Sie teilte Arthurs, Mikes und Lees Leidenschaft für das Weltall nicht. Alia hatte auch bei David nie verstanden, warum es ihn in den Weltraum zog, wo es doch auf der Erde noch so viel Unerforschtes und Neues zu entdecken gab. Einen Moment lang blieb sie still vor dem Bild stehen, das sie und ihren Bruder zeigte, und wartete darauf, dass er ihr eine Antwort gab, aber nichts geschah. Noch einmal durchfuhr sie ein unangenehmer Schmerz, aber diesmal bei weitem nicht mehr so intensiv, dass sie sich erneut krümmen musste.

Ein Blick auf die Uhr verriet ihr, dass sie noch fünf Stunden Zeit hatte, ehe sie wieder auf die Brücke musste. Langsam ging Alia zu ihrer Koje. Komfortabel war das Bett nicht, aber besser als einige andere Schlafmöglichkeiten, die man ihr in ihrer Militärlaufbahn zur Verfügung gestellt hatte. Kaum hatte sie sich hingelegt, da schlief sie schon tief.

/////

»Nur noch etwas mehr als vierzehn Stunden, bis wir Proxima Centauri b erreichen«, sagte Mike, nachdem Alia und Lee die Brücke verlassen hatten.

»Kaum zu glauben, dass wir tatsächlich auf dieser Mission sind.« Arthur klang aufgeregt. »So müssen sich Gagarin oder Armstrong gefühlt haben.«

Mit leichtem Lächeln im Gesicht konterte Mike: »Oder Ham. 1961.«

»Was?« Arthur stutzte einen Moment, während er sich von seiner Konsole zu Mike umdrehte. »Der Schimpanse?«

Mike musste lachen. »Sehr gut«, rief er dann, als hätte Arthur eine Quizfrage richtig beantwortet. »Aber welchen Menschen haben die Amerikaner zuerst ins All geschossen?«

»Das war …« Arthur verdrehte die Augen und sah dann zur Decke, als stünde dort der richtige Name.

»Na?«

»Mist, es liegt mir auf der Zunge.«

»Also? Wer war's?«

Nach weiterem Überlegen gab Arthur auf.

»Alan …«, half Mike mit einem Lächeln, doch als Arthur noch immer nicht darauf kam, fuhr er langsam fort: »Sh…e…p…«

»Shepard, ja! Natürlich, Alan Shepard. Der Mann, der als erster Mensch auf dem Mond Golf gespielt hat.«

»Das war aber erst später«, wandte Mike mit erhobenem Zeigefinger ein.

Jetzt musste auch Arthur lächeln. »Ja, sicher«, meinte er, warf einen Blick auf die Konsole und überprüfte die angezeigten Daten. Nachdem er festgestellt hatte, dass alles in Ordnung zu sein schien, fragte er Mike: »Wie hieß eigentlich euer erster Astronaut?«

Mike verzog das Gesicht. »Das ist gar nicht so leicht, wir haben nämlich drei davon.«

»Gleiche Mission?«, fragte Arthur irritiert.

»Ganz falsch«, korrigierte Mike kurz. »Zwei deutsche Staaten. Und damit zwei Raumfahrer. Und von meiner italienischen Seite aus, gibt es auch noch einen.«

»Ach so?«

Mike nickte. »Der erste hieß Sigmund Jähn, das war 1978. Der nannte sich allerdings Kosmonaut. Ein paar Jahre später, 1983, hat dann die andere Hälfte Deutschlands nachgezogen und Ulf Merbold als Astronaut ins All befördert. Ja und 1992 war Franco Malerba der erste Italiener im All.«

Arthur machte einen anerkennenden Gesichtsausdruck. »OK, das ist was Besonderes. Aber weißt du auch, wen die britische Krone als erstes ins All ließ?« Man konnte sehen, wie sich seine Brust vor Stolz hob. Aber noch ehe Mike zu einer Antwort ansetzen konnte, schoss es aus ihm heraus: »Helen Patricia Sharman, 1991. Dafür wurde sie später sogar mit dem Order of the British Empire geehrt.«

Diesmal musste Mike anerkennend nicken. »Bei der ganzen Männerriege fehlte ja auch was Weibliches.«

»Das will ich meinen«, bestätigte Arthur, warf einen Blick hinter sich, als würde er etwas suchen, und meinte schließlich mit ernstem Blick wieder zu Mike gewandt: »Ob sich wohl spätere Generationen auch an uns vier erinnern werden?«

»Proxima Centauri b wird ja nur die erste Station werden«, antwortete Mike.

Jetzt erhellte sich Arthurs Gesicht für einen Moment. »Ja. Weißt du noch, wie unsere Ausbilder immer darauf bestanden, dass wir von Proxima Centauri b redeten und nicht einfach nur von Proxima Centauri?«

»Natürlich!«, bestätigte Mike mit einem Lächeln im Gesicht und verstellte sogleich seine Stimme, um einen der Ausbilder nachzuahmen. »Sie landen schließlich nicht auf der Sonne, sondern auf dem Planeten, der diesen Stern auf seiner habitablen Zone umkreist.« Beide Männer mussten lachen.

»Das war doch selbstverständlich, dass wir von Proxima Centauri b geredet haben«, meinte Arthur fröhlich, doch nur einen Moment später schien sich wieder eine dunkle Wolke ihren Weg zu bahnen.

»Was ist?«, fragte Mike, der den missmutigen Gesichtsausdruck bemerkt hatte.

»Das Bremsmanöver. Ich habe das immer gehasst. Nur jetzt gibt es noch einen entscheidenden Unterschied.«

»Welchen?«, fragte er, der die Tätigkeit an der Konsole unterbrach, um Arthur seine volle Aufmerksamkeit zu widmen.

»Das hier ist keine Simulation. Kein Training. Wenn etwas schiefgeht, dann wird keiner mehr sagen, dass wir das noch mal üben müssen.« Arthurs Stimme klang deprimiert.

»Hey, Kopf hoch«, meinte Mike dann »Wir werden das schon schaffen.«

Arthur nickte. »Wahrscheinlich mache ich mir nur viel zu viele Gedanken«, erwiderte er schließlich. »Immerhin ist das Schiff in einem sehr guten Zustand, die Crew ist motiviert, und bis jetzt ist ja auch alles gut gegangen.«

/////

Es vergingen mehrere Stunden, in denen Mike und Arthur immer wieder die Anzeigen prüften und sich teils über die Mission, teils über belanglose Dinge unterhielten. Als sie schließlich zum Thema Cybersoccer kamen, eine High-Tech-Variante des altehrwürdigen Fußballspiels, bemerkten sie gar nicht, wie die Zeit verflog. Erst als Alia im Beisein von Lee die Brücke betrat, wurde ihnen klar, dass inzwischen gut acht Stunden vergangen waren.

Die beiden Frauen gingen, eine kurze Begrüßung murmelnd, direkt zu ihren Konsolen und nahmen auf ihren Sitzen Platz.

»Bericht«, verlangte Alia schließlich im knappen militärischen Tonfall von Lee. Die Navigation und Schubkontrolle war nunmehr die wichtigste Station des Schiffes. Ein Fehler in der Anflugphase konnte die gesamte Mission gefährden. Einzig die technische Kontrolle, die Arthur überwachte, konnte dann noch einen Notstopp einleiten, der die restlichen Treibstoffreserven verbrauchen und die Hülle des Schiffs unter enorme Belastung setzten würde. Mike hoffte inständig, dass es nicht dazu kam. Herzhaft gähnte er, und Lee konnte sich ein Lachen nicht verkneifen.

»Mike, auch du solltest dir dringend noch eine Pause gönnen.« Sie hatte recht, doch Mike war hin- und hergerissen.

»Ich kann Lees Aussage nur zustimmen.«, mischte sich nun Alia ein, als Mike nicht sofort reagierte. Alle sahen sie verwundert an. »Du hattest noch keine Ruhepause. Eine vollwertige

Konzentration während der Anflugphase, die erst in sechs Stunden eingeleitet werden wird, kann so nicht sichergestellt werden.«

›Ja, Alia ist wieder da‹, dachte Mike. In diesem Moment wurde ihm erneut bewusst, wie sehr er und Alia sich unterschieden.

»Danke für den Hinweis«, sagte Mike nur, stimmte innerlich aber zu, dass er zumindest noch ein paar Stunden schlafen sollte, bevor das Bremsmanöver begann. Seine privaten Nachrichten wollte er erst ansehen, wenn die ›Voyager‹ sich in einer sicheren Umlaufbahn um Proxima Centauri b befand.

»Lee, bitte lass zusammen mit Alia eine Bremsmanöver-Simulation in Echtzeit für die Schiffssysteme durchlaufen, dann sind wir hier schon mal auf der sicheren Seite.« Währenddessen transferierte er seine Kontrollen auf Alias Konsole. »Arthur? Ist im Frachtraum alles wieder angeschnallt und verpackt?«

Arthur nickte zur Bestätigung. »Ich werde jedoch noch mal einen Kontrollgang durch das Schiff machen, damit uns nicht so was wie eine Gabel die Wand durchschlägt. Oder ein Geigenbogen.« Mit den letzten Worten schaute Arthur zu Lee, die ihn geflissentlich ignorierte.

»Gut, dann sehen wir uns in ein paar Stunden.« Mike verließ die Brücke um sich zu seinem Quartier zu begeben. Ihm wurde erst jetzt bewusst, wie müde er war.

Er brauchte noch eine Weile, um sich zu entspannen. Obwohl er müde war, konnte er nicht einschlafen. Schubkontrolle, Bremsmanöver, Drosselungsklappen, Brandschutznotsysteme … ihm gingen alle möglichen Details durch den Kopf, die im Zusammenhang mit dem heiklen Manöver standen. Sekundenlang wollte er Arthur insgeheim recht geben. Wenn hier etwas schiefging, konnte sie niemand mehr retten.

Er schüttelte seinen Kopf, um diesen Gedanken zu vertreiben. Sie alle waren so gut auf diese Mission vorbereitet worden, wie es eben ging. Was sollte schon passieren?

Mike löschte das Licht, drehte sich um und fiel in einen unruhigen Schlaf.

KAPITEL 5

›Leben ist überall. In jedem Tier, in jeder Pflanze. Selbst im Wasser oder der Luft befinden sich Mikroorganismen, die als Leben bezeichnet werden können. Leben ist unabdingbar für die Evolution. Es gehört zum Kreislauf der Dinge, ebenso wie die Geburt und der Tod. Nicht jedoch auf Proxima Centauri b. Dieser Zyklus wurde offenbar abgeschlossen. Endgültig.‹

Die Wiege der Menschheit
Michael Barnetti

Einige Stunden später betrat Mike wieder die Brücke. Er wurde in einem kurzen Bericht von Lee darüber informiert, dass sie und Alia inzwischen eine Simulation gestartet hatten, die ohne Komplikationen verlaufen war und Arthur währenddessen alle Räume geprüft hatte, sodass sich während des Manövers keine Dinge selbstständig machen konnten.

»Alle Kontrollen sind jetzt bereit«, beendete Lee ihren Bericht. »Schubumkehr kann eingeleitet werden.«

»Alle Schiffsysteme arbeiten einwandfrei, permanente Datenübertragung gestartet«, setzte Alia noch hinterher.

»Gut, dann schnallt euch mal an.«

Mike zurrte seine Gurte fest, während er die Distanzanzeige im Auge behielt. Auch Lee, Alia und Arthur sicherten sich mit ihren Gurten. Jeder von ihnen wusste, dass das Bremsmanöver wie ein Ritt auf einem wild gewordenen Mustang war, holprig und sehr gefährlich. Jeder von ihnen überprüfte nochmals alle Systeme. Lee und Alia bereiteten die letzten Berechnungen vor, bis schließlich der Countdown losging.

»Noch zwei Minuten bis zur Zündung.« Alia hatte ebenfalls die Distanzanzeige auf dem Schirm. Sollte Mike während der Mission irgendetwas zustoßen, so hätte sie die Kommandobefugnis über die ›Voyager‹. Das schloss mit ein, dass sie auf sämtliche Kommandokontrollen uneingeschränkten Zugriff hatte. Zudem konnte Alia auch Lee bei der Navigationskontrolle unterstützen.

›Wenn die Berechnungen stimmen, dann müsste die Planetenoberfläche in einer Minute mit dem bloßen Auge zu erkennen sein‹, dachte Arthur und blickte immer wieder aus den Fenstern der Brücke hinaus, um Proxima Centauri b erspähen zu können.

Auf einmal schien sich einer der Sterne aus dem Firmament herauszuschälen. Das musste einer der beiden Sterne von Alpha Centauri sein. Das Licht wurde heller, und wenn man genau hinsah, schien man auch einige Planeten in der Nähe des Sterns sehen zu können, kaum größer als Stecknadelköpfe. Doch das war noch nicht das Ziel. Die ›Voyager‹ steuerte daran vorbei und nahm direkten Kurs auf einen weiteren leuchtenden Punkt. Nicht ganz so hell und auch etwas kleiner. Und vor ihm war nur etwas später ein kleiner Punkt zu erkennen, der stetig näherkam und größer wurde. Proxima Centauri und der Zielplanet Proxima Centauri b.

»Arthur, siehst du das?« Das war Lee. Genau wie alle anderen wusste sie, dass Arthur von diesem Moment geträumt hatte, seit sie das Training für die Mission begonnen hatten.

»Ja, es ist einfach fantastisch«, murmelte er vor sich hin und wagte es dabei nicht, seinen Blick abzuwenden. Diesen Moment wollte er in sein Herz brennen, um den Anblick niemals zu vergessen.

»Zündung!«, brüllte Alia plötzlich im Kommandoton.

»Festhalten!«, rief Mike schnell hinterher.

Lee startete die Schubumkehr, und mit einem lauten Aufheulen starteten die Bremstriebwerke.

Ein lauter Knall hallte durch die ›Voyager‹. Klirren und Scheppern folgten. Offenbar war irgendein größeres Teil nicht korrekt festgezurrt worden und bahnte sich nun seinen Weg zur nächsten Wand, die den Gegenstand aufhalten würde.

Das ganze Schiff begann zu vibrieren. Irgendetwas quietschte in kurzen Abständen.

»Was ist das?«, wollte Mike wissen. Diese Vibrationen waren in keiner Simulation vorgekommen.

Lee wurde hektisch. »Ich weiß es nicht. Ruderkontrolle ist positiv. Die Geschwindigkeit verringert sich wie berechnet.«

»Wir haben eine Störung in Triebwerk drei«, meldete Arthur, während er blitzschnell auf den Tasten seiner Konsole Befehle eingab. »Offenbar eine Verstopfung der Ausgleichsdüsen.«

Die Vibration verstärkte sich. Wieder schepperte etwas, und die gesamte Besatzung spürte, wie sich der Druck erhöhte. Sie wurden in ihre Gurte gepresst.

»Ich kann es nicht ausgleichen.« Arthurs Stimme überschlug sich. Es war eindeutig, dass er kurz vor einer Panikattacke stand.

»Ruhig bleiben, Arthur.« Alia hatte den Defekt bereits überprüft. »Versuche, die Schaltkreise zu überbrücken und das Triebwerk zu drosseln.«

»Aber dann rasen wir an Proxima Centauri b vorbei«, protestierte Arthur.

»Nicht, wenn wir die Schubkraft der anderen Triebwerke entsprechend erhöhen. Aber dazu musst du die Schaltkreise-« Plötzlich sprang hinter Alia eine Verkleidung mit lautem Krachen ab. Eine Leitung des Lebenserhaltungssystems war geplatzt und hatte durch den entstandenen Überdruck eine der Abdichtungsplatten aus ihrer Verankerung gerissen. Ein Stück davon prallte gegen Alias Sitz und hinterließ eine stark blutende Platzwunde am Hinterkopf. »Ah, verdammt!«

Das Vibrieren wechselte nunmehr zu einem regelrechten Schaukeln. Die Besatzung wurde schwer durchgeschüttelt, während das Schiff Geräusche von sich gab, als würde es jeden Moment auseinanderbrechen.

»Lebenserhaltung auf der Brücke ausgefallen!«, rief Mike den anderen zu. »Alia, alles okay?«

»Ja, mir ist nichts passiert.« Mike wusste, dass das nicht stimmte, doch es gab wichtigere Dinge.

»Was ist mit den Triebwerken, Arthur?«

Arthur hämmerte auf seine Tastatur. »Nur noch einen Moment.«

Sie waren dem Planeten nun erheblich nähergekommen. Der Kurs wurde automatisch korrigiert, da Lee eine Umlaufbahn um den Planeten Proxima Centauri b als Zielkoordinaten angegeben hatte. Allmählich hörte das Schaukeln auf. Die Vibrationen ließen nach, und auch die klappernden Geräusche im Inneren des Schiffs ebbten nach und nach ab.

Arthur jubelte. »Ja, King Arthur hat es geschafft. Wir sollten in wenigen Minuten gemütlich die Umlaufbahn erreichen.«

»Sehr gut, Arthur.« Mike kontrollierte die Anzeigen. Trotz der Störung in Triebwerk drei konnte die Geschwindigkeit planmäßig reduziert werden. Er wollte gerade aufatmen, als ein heftiger Ruck das Schiff durchfuhr und ein ohrenbetäubendes Krachen allen Besatzungsmitgliedern Todesangst einjagte. Das Schiff bäumte sich für den Bruchteil einer Sekunde auf als würde ein bockendes Pferd seinen Reiter abwerfen wollen. Anschließend schien es wie ein Flugzeug in einem Sturm plötzlich in ein Luftloch zu sacken.

»Was war das denn?«, wollte Mike wissen.

Alia antwortete zuerst. »Hüllenbruch auf der untersten Ebene. Wir verlieren Sauerstoff.«

»Die Hüllenintegrität ist gefährdet«, fügte Arthur panisch hinzu. »Wenn wir nicht irgendetwas unternehmen, werden wir zerrissen.«

Lee versuchte unterdessen, den Kurs zu halten. »Alle Navigationskontrollen aktiv. Wir sind mit etwas zusammengestoßen, können aber auf Kurs bleiben.«

Schnell wie der Wind huschten Alias Finger über die Tastatur. »Kritischer Bereich wurde abgeschottet. Druckverlust ausgeglichen.« Sie gab blitzschnell einige Befehle in ihre Konsole, doch als sie offenbar nicht zum gewünschten Ergebnis kam, krachte ihre Faust gegen ein Panel seitlich von ihr. Ein kurzes zufriedenes Lächeln zeigte, dass Sie Erfolg hatte. »Luftzufuhr auf der Brücke wieder aktiv! Lee, kompensiere die Schubumkehr, die Außenhülle wird sonst der Belastung nicht standhalten.«

Ein langgezogenes, kratzendes Geräusch durchdrang das Schiff. Die Bremstriebwerke heulten noch lauter auf. Die ›Voyager‹ wurde durchgeschüttelt. Warnlampen blinkten an allen Konsolen auf. Der Hauptkontrollmonitor zeigte an, dass die ›Voyager‹ mit einem sehr kleinen Objekt aus der höheren Umlaufbahn um Proxima Centauri b kollidiert war. Die Besatzung versuchte die Folgen der Kollision schnellstmöglich auszugleichen.

»Lee, der Planet!« Mike stand kurz davor, ebenfalls panisch zu werden. Das Schiff raste auf den Planeten zu. Offenbar war die Abbremsroutine durch den Zusammenprall unterbrochen worden.

»Ich sehe ihn«, antwortete Lee, während sie die Schubumkehr neu justierte, um die ›Voyager‹ zum Stillstand zu bringen.

Endlos lang schienen die nächsten Sekunden zu sein. Sie zogen seit der Kollision eine regelrechte Trümmerspur hinter sich her, während das Schiff gefährlich nah an den Planeten heranflog.

Vorsichtig leitete Lee die Kompensation der Schubumkehr ein, um den Auswirkungen des Zusammenstoßes entgegenzuwirken. Obwohl ihre Bemühungen zunächst keine Wirkung zeigten, beruhigte sich die ›Voyager‹ nach der Erhöhung der Kompensation spürbar.

Mike registrierte die Stabilisierung des Schiffs. »Sehr gut, Lee. Transferiere die Navigationskontrolle auf meine Konsole, damit ich dich unterstützen kann.«

Lee drückte ein paar Tasten und gab ihm durch ein kurzes Nicken zu verstehen, dass die Navigation nun mit auf seiner Konsole lag.

Sogleich versuchte er, den Kurs vorsichtig zu korrigieren. Die ›Voyager‹ reagierte nicht sofort. Erst als Mike eine größere Kurskorrektur eingab, schwenkte das Schiff in eine stabile Umlaufbahn um Proxima Centauri b ein.

»Die Navigation scheint vom Aufprall beschädigt worden zu sein«, rief Mike den anderen zu.

Alia schüttelte den Kopf. »Das kann mit der Kompensation der Schubumkehr zusammenhängen.« Mittlerweile war ihr Haar blutdurchtränkt. Die Wunde musste dringend behandelt werden.

»Wir haben es fast geschafft«, jubelte Lee. Es gelang ihr, die Folgen der Kollision zu kompensieren und das Schiff in der Umlaufbahn, die Mike eingegeben hatte, soweit abzubremsen, dass die ›Voyager‹ die Höhe halten konnte. »Autopilot aktiviert. Wir sind auf den Umlaufbahnkoordinaten von Proxima Centrauri b angekommen.«

»Dem Himmel sei Dank.« Arthur atmete erleichtert auf. Die Gefahr, dass das Schiff mitten im Weltall zerreißen würde, war gebannt. Als er die erleichterten Gesichter der anderen sah, wusste er, dass sie genauso viel Panik gehabt hatten wie er. Dann blickte er zu Alia, die schlaff in ihren Gurten hing. Ihr Kopf lag in einer kleinen Blutlache auf der Konsole.

KAPITEL 6

›Zum ersten Mal wird der Mensch dieses Sonnensystem verlassen. Alle astronomischen Forschungen haben ergeben, dass Alpha Centauri ein unbewohntes und friedliches System ist. Wenn das Forschungsschiff ›Voyager‹ *seine Reise antreten wird, um dieses System zu erreichen, wird ein Menschheitstraum die Besatzung begleiten – Die Reise zu den Sternen.*

Selbst wenn die Arbeit in diesem System und nahe des Exoplaneten, Proxima Centauri b kaum mehr als Routine werden wird, so wartet doch ein großes Abenteuer auf die Mannschaft und auf die Menschheit. Noch nie ist jemand bis zu diesem Planetensystem vorgedrungen.‹

Aus einer Pressemitteilung des Internationalen Raumfahrtverbandes im Jahr 2233

»Alia!« Arthur erhielt auf seinen Ruf keine Antwort, während er überstürzt versuchte, sich aus den Gurten zu befreien. Durch den Aufschrei waren auch Lee und Mike aufmerksam geworden. Die beiden waren erfolgreicher beim Abschnallen und erreichten Alia beinahe gleichzeitig. Vorsichtig hob Lee den verletzten Kopf des Captains an und gab Mike zu verstehen, dass er ihren Oberkörper festhalten solle, während sie nach der Kopfwunde sah.

Mike musste schlucken. Mittlerweile war Blut über ihr Gesicht gelaufen, und auch der Overall war am Halsansatz dunkelrot. Vorsichtig brachten sie Alia wieder in eine sitzende Position.

»Alia, hörst du mich?« Lee wartete auf eine Reaktion. Als sie schon dachte, es würde nichts mehr kommen, begann Sie ihre Augen zu öffnen.

»Wie viele Finger siehst du?«

Lee hielt ihren Zeige- und Mittelfinger vor die Augen des Captains.

»Vi … vier«, antwortete sie langsam. Arthur beobachtete die beiden Frauen und hatte den Eindruck, als wusste Alia im ersten Moment überhaupt nicht, wo sie war, geschweige denn, wer vor ihr stand. Sie verzog schmerzverzerrt ihr Gesicht.

»Was ist mit ihr?« Arthur hatte es endlich geschafft, sich abzuschnallen, und trat neben Lee, die gerade Alias Kopf nach der Wunde absuchte.

»Sie hat eine ziemlich üble Platzwunde am Hinterkopf und wahrscheinlich auch eine Gehirnerschütterung.« Lees Hände waren voller Blut. »Wir müssen sie ins Krankenzimmer schaffen.«

Während Mike und Arthur Alia festhielten, versuchte Lee die Gurte zu lösen.

»Bleib wach, Alia!« Arthur schrie sie förmlich an, als sie das Bewusstsein erneut zu verlieren schien. Sie alle wussten, wie wichtig es war, dass ein Patient mit Gehirnerschütterung wachblieb.

»Nehmen Sie Ihre Hände weg«, murmelte Alia beinahe unverständlich und halb weggetreten, als Mike ihr unter die Arme griff, damit sie nicht aus dem Sitz rutschte. Lee löste die Schnallen. Die beiden blickten sich nur wortlos an. Selbst in diesem Zustand war Alia noch ganz dem Militär und ihrem typischen Kommandoton verschrieben. Als Mike ihrer Aufforderung aber nicht nachkam, begann sie sich gegen ihn zu wehren und versuchte sich aus seinem Griff zu winden. Mike hatte seine Probleme, sie nicht fallen zu lassen.

»Arthur, hilf mir. Es ist nicht zu glauben, welche Kraft sie noch hat.« Er versuchte es, wollte Alia dabei aber auch nicht wehtun, was sich nicht gerade als einfach erwies. Sie schwankte hin und her und bewegte sich sehr unkontrolliert, doch das war kein Wunder. Er wollte gar nicht wissen, wie hart die Abdeckung sie getroffen hatte.

»Ein Wunder, dass sie nicht gleich K.O. gegangen ist«, meinte Arthur schließlich, während er Alia von einer Seite stützte.

»Und ein großes Glück dazu. Gott sei Dank war sie noch in der Lage, die Schotten zu schließen, sonst hätte es die ›Voyager‹ auseinandergerissen«, fügte Lee hinzu. »Alia? Alia, sag etwas.«

Sie war erneut ohnmächtig und konnte so ohne weitere Probleme in das Krankenzimmer geschafft werden.

/////

Im Krankenzimmer begann Lee die Wunde zu säubern und mit einer Medigun zu schweißen, das war effektiver, als eine Wunde zu nähen. Mike verabschiedete sich daraufhin möglichst schnell und wartete außerhalb des Krankenzimmers. Es verging einige Zeit, in der er angestrengt versuchte, nicht an die Verletzung und das Blut zu denken, bis er Lees Stimme hörte.

»Du kannst wieder reinkommen, Mike.« Er betrat das Zimmer und sah Alia schlafend mit einem großen Kühlverband um den Kopf im Bett liegen. Sie hatten ihr auch das angetrocknete Blut von Gesicht und Hals gewaschen.

»Wie ich es mir schon gedacht habe, hat Alia eine Gehirnerschütterung, aber die Verletzung am Kopf ist nicht schlimm. Arthur wird noch bei ihr bleiben. Sie schläft jetzt erst einmal ein paar Stunden und wir sollten uns um die ›Voyager‹ kümmern.«

»OK, dann lass uns mal sehen, was wir noch alles kaputtmachen können«, sagte Mike daraufhin scherzhaft. Er war froh, dass Alia das Schlimmste überstanden hatte und der Rest der Besatzung wohlauf war. Als Lee die Wunde behandelte, fiel Mike wieder ein, wie sehr er Blut und Ärzte hasste. Solange er selbst mithalf, Alia zum Krankenzimmer zu bringen, war noch alles in Ordnung, doch dann wurde ihm mulmig in der Magengegend. Glücklicherweise konnte er sich jetzt erst einmal um andere Dinge kümmern.

»Wir müssen herausfinden, was das Schiff aufgerissen hat«, sagte er zu Lee, als sie auf dem Weg zur Brücke waren. »Und wieso die Sensoren nichts entdeckt haben.«

Sie nickte. »Ich werde eine Analyse der Schiffsstruktur durchführen. Hoffentlich ist der Schaden nicht so groß, dass wir manövrierunfähig in der Umlaufbahn hängen.«

Sie eilten an ihre Computerkonsolen auf der Brücke, um die Lage einschätzen zu können.

Beide Besatzungsmitglieder gaben zielstrebig Befehle in die Konsolen ein. Der Bordcomputer analysierte die Schäden am Schiff und zeigte das Ergebnis auf Lees Monitor.

»Anhand der Schiffsanalyse sind unsere Triebwerke glücklicherweise nicht beschädigt«, meinte Lee dann. »Aber das Schiff wurde durch den Aufprall stark in Mitleidenschaft gezogen. Wir müssen das Leck in der Hülle irgendwie stabilisieren, sonst wird das Schiff bei jedem Flugmanöver mehr und mehr belastet, bis es dann schließlich ganz auseinanderbrich Wenn wir nicht schnell etwas unternehmen, kann das früher passieren, als uns lieb ist.«

Mike nickte, während er die Kurzstreckensensoren mit einigen schnellen Eingaben an seiner Konsole neu justierte. »Gut, das wird ein Job für Arjay sein.«

Inzwischen kamen die ersten Messergebnisse auf den Bildschirm. »Offenbar haben wir ein kleines, kugelförmiges Objekt gerammt, das in einer höheren Umlaufbahn um Proxima Centauri b seine Kreise zog. Möglicherweise ein technisches Gerät und praktisch unsichtbar für unsere Sensoren.«

Lee glaubte nicht, was sie da eben hörte. »Ein technisches Gerät?«

Er blickte von der Konsole auf und nickte wortlos. Lee ging zu ihm hinüber, um die Auswertung der Sensoren selbst zu sehen. Tatsächlich zeigte das Ergebnis ein kugelförmiges Objekt aus unbekanntem Rohstoff an. Dem Schaden am Schiff nach zu urteilen musste es sich um ein Material handeln, das härter als die Titanummantelung der ›Voyager‹ war.

»Unglaublich«, sagte Lee dann. »Das Objekt ist kaum größer als dreißig Zentimeter im Durchmesser.« Sie hielt die Luft an. »Da wird eine elektromagnetische Signatur angezeigt«, platzte es aus ihr heraus.

Mike lächelte kurz. »Ich sagte doch, dass es ein technisches Gerät sein muss. Was mich nur irritiert«, meinte er dann, »ist die Frage, warum sich das Ding ausgerechnet in unserer Flugbahn befand.«

Lee wandte ihren Blick zu Mike. »Weißt du denn nicht, was das bedeutet?«, fragte sie ihn aufgeregt. Statt zu antworten, sah er sie nur fragend an. »Wenn hier draußen solches Gerät herumfliegt-« Sie konnte ihre Begeisterung kaum zurückhalten. »-dann ist das der Beweis dafür, dass es hier andere Lebensformen geben muss.« Sie jubelte auf. »Das muss ich gleich Arthur und Alia erzählen.« Im Hinausrennen entschuldigte sie sich bei Mike, der über ihre übersprudelnde Freude lächeln musste.

Er gab einen neuen Scanbereich ein, nachdem der Computer die Umlaufbahn des Objektes herausgefunden hatte. Mike wollte anhand der Berechnungen lediglich überprüfen, ob das Objekt eine statische Position hielt oder um den Planeten kreiste.

Als das Scanergebnis auf dem Monitor erschien, verging ihm das Lächeln.

/////

»Arthur! Du glaubst nicht, was wir gerade-« Lee platzte ohne Vorwarnung in das Krankenzimmer. Arthur zuckte erschrocken zusammen, und Alia fuhr so schnell aus dem Bett hoch, dass sie beinahe herausgefallen wäre. »Oh, entschuldigt bitte. Alia, alles okay?« Lee sah besorgt, wie Alia sich vorsichtig den Kopf hielt und fragend den Verband abtastete. »Du musstest geschweißt werden und hast eine Gehirnerschütterung«, erklärte Lee daraufhin, noch bevor Arthur etwas sagen konnte. Sie ging zu einem Schrank, hantierte mit etwas herum, dass weder Alia noch Arthur sehen konnten und reichte Alia schließlich ein Glas Wasser und Schmerztabletten.

»Schweißen?«, Alia verstand nicht recht.

»Ja, das wird so genannt, wenn die Medigun eine Wunde verschließt. Dabei wird ein Gemisch aus DNA-verträglichem Gewebe auf der Wunde verteilt, das sich umgehend mit deinem eigenen Gewebe verbindet und so den Heilungsprozess sehr effektiv unterstützt.«

»Das reicht mir, Lee. Sind wir in der Umlaufbahn?« Alias leise Stimme hatte noch immer einen leicht überheblichen Ton. Das werteten Lee und Arthur als gutes Zeichen dafür, dass es der Neu-Ägypterin nicht allzu schlecht gehen konnte.

»Ja, und stellt euch vor: Das Teil, mit dem wir während des Eintritts in die Umlaufbahn kollidiert sind, besitzt eine elektromagnetische Signatur. Wisst ihr, was das bedeutet?« Lee überschlug sich erneut vor Freude, wie vorher schon auf der Brücke bei Mike.

»Bist du dir da absolut sicher, Lee?« Arthur schaute sie völlig perplex an.

»Ja, Mike hatte die gleichen Ergebnisse auf dem Bildschirm. Er ist noch auf der Brücke und startet weitere Scans. Vielleicht gibt es ja noch mehr Hinweise auf Leben.« Lees Gesichtsausdruck wurde ernst. »Aber zuerst sollten wir uns um das Schiff kümmern. Wenn wir nicht schnellstens den Riss in der Außenhülle reparieren, kann es die ›Voyager‹ beim nächsten Navigationsmanöver auseinanderreißen.«

»Ist schon eine flächenbezogene Strukturanalyse der Außen-hülle berechnet worden?«, mischte sich Alia wieder in das Gespräch ein.

»Nein, aber ich glaube, dass Mike gerade dabei ist.«

»Ich dachte, er scannt gerade den Raum nach weiteren Objekten? Dann hat er noch nicht mit der Analyse begonnen.« Erst als Alia aufzustehen versuchte wurde Lee klar, worauf sie hinauswollte.

»Oh nein. Du bleibst liegen. Eine Gehirnerschütterung ist nicht auf die leichte Schulter zu nehmen.« Arthur versuchte zu protestieren, doch Alia ignorierte seine Ansprache und schob Lee aus dem Weg.

»Wo ist mein Overall?« Alia war jetzt gereizt und ließ es alle spüren. Sie schubste Arthur beiseite, warf das Glas Wasser durch den Raum und wiederholte ihre Frage mit einem zischenden Unterton. Zusätzlich war es sicher nicht von Vorteil, dass sie nur in Thermounterkleidung vor Lee und Arthur stand.

»Den haben wir entsorgt. Dunkelrot und Kaki passen einfach nicht zusammen«, spottete Lee und konnte sich abermals ein Grinsen nicht verkneifen. Die sonst so toughe Captain Scott ging vorsichtig und leicht zitternd durch den kleinen Raum, auf der Suche nach ihrer Uniform.

›Gott, jeder andere schwitzt sich halbtot, und Alia friert, obwohl sie ein langärmeliges Shirt und eine lange Hose trägt, auch noch in der Thermoausführung. Sie ist und bleibt seltsam‹, ging es Arthur durch den Kopf, aber er behielt seine Gedanken für sich und sagte etwas ganz anderes. »Alia, es ist besser, wenn du dich wenigstens noch ein paar Stunden schonst.«

»Kümmere dich um deine eigenen Probleme, Arthur. Wenn ich sage, dass es mir gut geht, ist es auch so, und ich bin durchaus in der Lage-« Sie stoppte mitten im Satz und musste sich an der Wand abstützen, so schwindlig war ihr plötzlich. Arthur seufzte. Sie sollte doch wissen, wie man sich bei einer Kopfverletzung zu verhalten hat.

»Ja, das sieht man.« Lee stand nun neben ihr. »Los, geh wieder ins Bett.«

»Nein. Ich muss-«, begehrte Alia auf, doch Lee unterbrach sie rücksichtslos. »Nein, die Arbeit kann auch einer von uns übernehmen. Wir werden es schon schaffen, ein paar Stunden ohne dich zu überleben.«

Alia wurde mit einmal kreidebleich. »Aus dem Weg!« Das letzte Wort verschwand in einem Schwall von Erbrochenem. Mit einer Hand vor den Mund gepresst stürmte sie an Lee vorbei und verschwand im angrenzenden Bad um sich nunmehr ungehindert zu übergeben. Arthur wurde schlagartig blass. Mit Blut hatte er wirklich keine Probleme, aber das war für seinen Magen zu viel.

»Arthur, du gehst besser auf die Brücke und kümmerst dich um die ›Voyager‹. Ich bleibe hier bei unserer Patientin. Und warne Mike schon mal vor. Wenn Alia sich weiterhin so störrisch anstellt, muss ich sie mit einer starken Beruhigungsspritze für längere Zeit außer Gefecht setzen.« Sie wartete nicht darauf, ob Arthur noch etwas zu sagen hatte, sondern ging Alia hinterher.

KAPITEL 7

›... Wie oft habe ich mir später gewünscht, dass die ›Voyager‹ bei dem Bremsmanöver auseinandergerissen worden wäre [...] Wir konnten die politischen, religiösen und wirtschaftlichen Probleme noch nicht einmal auf unserem eigenen Planeten lösen, aber trotzdem strebten wir danach, einen neuen Lebensraum zu erschließen [...] wir haben es bald hinter uns, aber was wir durch unser Handeln den nachfolgenden Generationen angetan haben, ist nicht mehr gutzumachen. Ich war nie ein sehr gläubiger Mensch, doch ich bin fest davon überzeugt, dass wir damals auf Proxima Centauri b die Höllenpforte geöffnet haben ...‹

Rekonstruiertes Brieffragment von Alexandra Scott,
Empfänger unbekannt.

Mike überprüfte die Daten immer und immer wieder, doch das Ergebnis blieb gleich. Offenbar war im Alpha Centauri-System mehr los, als die Wissenschaftler auf der Erde und dem Mars gedacht hatten, denn die Aufzeichnungen der Schiffssensoren lieferten Angaben über Anzahl und Position mehrerer Planeten, die in einer scheinbar fixierten Stellung hinter den Doppelsternen Alpha Centauri A und B wie angewurzelt platziert waren. Von der Erde aus unmöglich zu entdecken. Doch Proxima Centauri selbst wies ein seltsames gravimetrisches Feld auf, das möglicherweise einen erheblichen Beitrag zu der schwer zu berechnenden Flugbahn des roten Zwergsterns lieferte. Es war lange Zeit strittig, ob Proxima Centauri überhaupt zum Alpha Centauri System gehörte, da die exakte Radialgeschwindigkeit des roten Zwergsterns Proxima Centauri nicht bestimmt werden konnte. Später gab es verschieden Theorien zur Flugbahn des Sterns und dann, im Jahre 2016, wurde ein Planet entdeckt. Proxima Centauri b. Weitere Beobachtungen der damaligen NASA, der ESA und anderen Raumfahrtbehörden ergaben immer deutlichere Erkenntnisse zum Dreifachsternsystem und spätestens seit die einzelnen Behörden im zweiundzwanzigsten Jahrhundert zur

World Space Administration, kurz WSA, zusammengeschlossen wurden, entschied man sich dazu, Proxima Centauri dem Alpha Centauri System endgültig zuzuordnen und schließlich den Planeten Proxima Centauri b als Anflugziel für die erste interstellare Weltraummission auszuwählen. Den Berechnungen der Wissenschaftler auf der Erde und dem Mars zufolge, bestand die Möglichkeit, dass Proxima Centauri b eine Atmosphäre besitzen könnte und aufgrund seiner Umlaufbahn in der habitablen Zone um den roten Zwergstern als sogenannter Exoplanet durchaus Flora und Fauna besitzen könnte.

Der Planet jedoch schien nicht nur nicht bewohnt zu sein, sondern tot.

»Das kann einfach nicht wahr sein«, murmelte Mike vor sich hin, als er die erste Datenauswertung Planetenoberfläche studierte.

Den Anzeigen zufolge gab es auf Proxima Centauri b kein Leben, nicht einmal Vegetation. Nichts.

In diesem Moment kam Arthur auf die Brücke. »Mike, ich soll dich vorwarnen, dass Alia-«

»Nicht jetzt!«, fiel er ihm ins Wort und hob seine Hand, um Arthur zu bedeuten, er solle ruhig sein.

Neugierig ging dieser zum Commander hinüber. »Was hast du da?« Er starrte auf die Auswertung, konnte die Daten aber nicht interpretieren.

Mike drehte sich zu Arthur, um dessen Gesicht sehen zu können.

»Arthur, das Schiff braucht unbedingt eine Reparatur. Die kritischen Bereiche wurden zwar abgeriegelt, aber in diesem Zustand kann das Schiff nicht manövriert werden, ohne dass wir Gefahr laufen, dass uns alles um die Ohren fliegt! Du musst das Leck in der Außenhülle flicken, sonst haben wir kaum Chancen, den Weiterflug zu überstehen.«

Arthur nickte. »Ich weiß. Lee hat es schon erzählt. Sie meinte auch, dass das Ding, mit dem wir zusammenkrachten, Hinweise auf außerirdisches Leben gibt.«

»Gab«, korrigierte Mike, doch der Bordingenieur verstand den Hinweis nicht.

»Was?«

»Dass es hier Leben gab. Nicht gibt.« Er deutete auf die Scanergebnisse der Oberfläche. »Da unten gibt es nichts mehr.«

Arthur riss die Augen auf. »Dann ist Proxima Centauri b nicht bewohnt?«

»Sieht so aus«, bestätigt Mike. »Aber ich möchte gerne etwas überprüfen, ehe ich mehr sage. Bevor du gleich in deinen Raumanzug steigst, um das Schiff zu reparieren, mach bitte eine der Sonden startklar, damit wir die Oberfläche einer genauen optisch-sensorischen Untersuchung unterziehen können.«

»Geht klar«, erwiderte er, ging zu seiner Konsole und gab verschiedene Befehle ein. Er arbeitete in Windeseile, doch Mike kam es vor, als ob es eine kleine Ewigkeit dauerte. Ungeduldig tippte er mit den Fingern auf seiner Computerkonsole herum.

Endlich hatte er es geschafft. »Fertig«, meldete Arthur schließlich. »Die Sonde kann starten.«

»Danke. Kümmere dich jetzt bitte um den Hüllenbruch.«

»Das werde ich«, bestätigte Arthur, ging direkt zu Alias Station.

Er merkte, dass Mike ihn fragend ansah. Noch ehe er etwas sagen konnte, versuchte er, ihm zu erklären, was er tat. »Ich muss erst eine flächenbezogene Strukturanalyse der Außenhülle durchführen, damit ich weiß, wie schwer der Schaden tatsächlich ist. Alia hatte uns darauf hingewiesen.«

Das reichte Mike als Erklärung. Im Grunde war es ihm auch lieber, wenn diese Analyse vom Bordingenieur durchgeführt wurde, weil damit sichergestellt war, dass niemand Arthur erklären musste, was erledigt werden musste. Er nickte lediglich und wandte sich wieder seiner Konsole zu.

»Dann wollen wir uns die Sache mal ansehen.« Eine kurze Kombination, die er auf der Tastatur eingab, bewirkte, dass die Sonde startete und ihren Sinkflug zum Planeten begann.

Noch übertrug sie nur die sensorischen Daten. Die optische Auswertung wurde erst aktiviert, sobald die Sonde eine Höhe von etwa einhundert Kilometern über der Oberfläche erreicht hatte. Das würde allerdings noch einige Minuten dauern.

»Willst du nicht wenigstens ein bisschen was verraten?«, fragte Arthur dann gespannt. Er wollte Mike nicht drängen, doch seine Neugier war einfach zu groß, als dass er sich hätte zurückhalten können.

»Wegen des Dings, mit dem wir zusammengestoßen sind?«

»Genau. Hast du da schon was rausgefunden?«

»Ich will gerne noch was überprüfen, Arthur«, meinte Mike daraufhin, ohne sich von der Konsole abzuwenden, »aber eins kann ich dir jetzt schon sagen. Das war nicht der einzige Trabant in einer höheren Umlaufbahn um Proxima Centauri b.«

»Nicht?« Arthur traute seinen Ohren nicht. »Wie viele gibt es denn?«

Jetzt drehte sich Mike zu Arthur um. Sein Gesichtsausdruck war betreten. »Tausende«, sagte er dann. »Sie bilden ein regelrechtes Netz um den Planeten.«

»Es ist kein Netz. Es ist eine Blockade.« Beide schauten überrascht auf und sahen Lee und Alia auf der Brücke stehen. Arthur schaute besorgt zu Lee hinüber, die aber nur mit den Schultern zucken konnte. Offenbar hatte sich Alia durchgesetzt und stand nun hinter Mike, um den Bildschirm besser sehen zu können. Sie wirkte mit ihrer blassen Hautfarbe und den dunklen Augenringen krank.

»Was meinst du mit Blockade?«, fragte Mike.

»Sieh dir einfach mal die Lage der Satelliten an. Sie sind so positioniert, dass eventuell noch ein kleines Schiff hindurchpasst, ohne etwas zu rammen. Selbst die ›Voyager‹ ist nicht groß, und wir hatten schon erhebliche Probleme.«

»Ja, weil wir auch nicht wussten, dass es dort etwas gibt, dem man ausweichen muss«, konterte Lee.

»Trotzdem. Die Dichte der Trabanten weist klar darauf hin, dass entweder niemand den Planeten ansteuern soll oder, was ich für wahrscheinlicher halte, niemand ihn zu verlassen hat.« Alia hatte zum ersten Mal, seit Mike sie kannte, etwas erklärt, ohne gleich ihren besserwisserischen Ton an den Tag zu legen.

»Natürlich, durch die Atmosphäre muss ein bestimmter Steigwinkel eingehalten werden. Das will ich genauer wissen.« Lee ging an ihr Terminal und gab einige Daten ein. Gespannt warteten sie alle auf das Ergebnis. »Es dauert zwei Minuten. Ich lasse den Computer einen simulierten Start berechnen.«

»Hat die Sonde schon etwas Genaueres aufgefangen?«, fragte Alia leise, dass nur Mike sie verstand.

»Nein, der Sinkflug dauert noch etwas. Bis jetzt hat sie nur wenige Ergebnisse gesendet. Alia, alles in Ordnung?« Sie war noch etwas blass.

»Wenn du dafür sorgen könntest, dass sich die Brücke nicht mehr dreht, und mir endlich deinen Sitzplatz anbietest, wäre ich dir sehr verbunden.« Alia hielt sich krampfhaft an der Rückenlehne von Mikes Sitz fest, damit sie ihr Gleichgewicht nicht verlor. Sie hasste es, ihre Schwäche vor den anderen zeigen zu müssen, doch im Moment hatte sie keine andere Wahl.

»Oh …« Mike stand auf, und Alia nahm Platz, ohne auch nur einen Moment zu zögern. Bevor einer von beiden noch etwas sagen konnte, durchbrach Lee die Stille.

»Die Simulation ist fertig, und ich fürchte, Alia hat recht. Die Satelliten sind so angeordnet, dass ein Durchkommen kaum möglich ist. Es ist wirklich eine Blockade.«

Eine bedrückende Stille trat ein. Einen Moment lang schwiegen alle.

»Jede Blockade kann durchbrochen werden«, meinte Alia schließlich. »Nur ist das im Moment nicht unsere größte Sorge. Bevor wir daran denken, verschwinden zu können, sollte zumindest die ›Voyager‹ wieder in respektablem Zustand und manövrierbar sein, ohne dass es sie in Stücke reißt.«

»Ich werde das sofort in Angriff nehmen«, meinte Arthur nun, aber anstatt sich auf den Weg zu machen starrte er fassungslos auf einen der Monitore.

»Dann mach dich mal auf den Weg, Arthur. Oder willst du hier Wurzeln schlagen?« Lee merkte, dass sich Arthur nicht einen Millimeter bewegt hatte, seit sie die Startsimulation hatte berechnen lassen.

Arthur schüttelte seinen Kopf. »Nein, natürlich nicht. Ich wollte nur wissen-« Er brach mitten im Satz ab, da ihm die Worte fehlten.

»Keine Sorge«, meinte Lee mit gespielter Fröhlichkeit. »Wenn wir kleine grüne Männchen sehen, sagen wir dir Bescheid.« Arthur verzog das Gesicht zu einer ablehnenden Grimasse. Offenbar fand er die Bemerkung nicht lustig. Ohne ein weiteres Wort verließ er die Brücke, um sich dem Schaden an der Außenhülle zu widmen.

Alia und Mike starrten indes gebannt auf den Monitor, der erste Daten und Bilder der Planetenoberfläche lieferte. Als Lee sah, dass Informationen der Sonde auf seinem Bildschirm auftauchten, eilte sie zu den Beiden hinüber.

Gespannt warteten sie auf Hinweise, die ihnen Antworten geben konnten.

»Sieht nach einem Wüstenplaneten aus«, meinte sie. Seit mehreren Minuten gab die Sonde die gleichen Analysedaten der Bodenbeschaffenheiten durch. »Überall Sand«

Mike ließ den Bildschirm nicht aus den Augen »Wahrscheinlich wird die Sonde auch nichts anderes finden«, prognostizierte er einen Moment später, während Alia einige Berechnungen anstellte. »Wie es aussieht, ist die Atmosphäre voll mit giftigen Stoffen. Wenn ich das richtig sehe, ist sogar ein geringer Anteil einer undefinierbaren säureartigen Substanz in der Atmosphäre. Da unten kann nichts leben.«

»Aber warum dann diese Blockade?«, fragte Lee ungläubig. »Wer bewacht denn einen toten Planeten?«

Mike drehte sich zu ihr um. »Ich weiß es nicht. Aber vielleicht soll die Blockade dazu dienen, dass niemand den Planeten versehentlich anfliegt.«

Alia, die noch in ihren Berechnungen steckte und nebenbei die Daten beobachtete, die von der Sonde kamen, mischte sich ein: »Das halte ich eher für unwahrscheinlich. Wenn die Blockade andere von dem Planeten fernhalten sollte, dann wären wir gewarnt worden.«

»Es sei denn, die Satelliten haben eine Fehlfunktion«, widersprach Mike.

Alia schüttelte den Kopf. »Das ist nicht anzunehmen«, meinte sie trocken.

»Ach? Und was macht dich da so sicher?«, wollte Lee wissen.

»Weil dann eine so dichte Blockade unnötig wäre«, antwortete sie, als ob ihre Aufklärung eigentlich überflüssig war. Als sie merkte, dass sowohl Lee als auch Mike auf eine nähere Erläuterung zu warten schienen, begründete sie ihre Aussage. »In diesem Fall würde es reichen, einige Satelliten in eine höhere Umlaufbahn zu schicken, die permanent Warnmeldungen auf mehreren Frequenzen senden, um Unwissende fernzuhalten.

Die Anordnung dieser Blockade sagt mir aber, dass sie dazu eingerichtet wurde, um ein Entkommen von der Planetenoberfläche zu verhindern.«

»Das ist doch Unsinn!«, fuhr Mike entrüstet dazwischen. »Auf der Oberfläche ist kein Leben möglich.«

»Korrekt«, räumte Alia trocken ein. Inzwischen war sie mit ihren Berechnungen fertig. »Jetzt nicht mehr.«

Lee glaubte nicht, was Alia eben sagte. »Willst du damit tatsächlich andeuten, dass es auf Proxima Centauri b einmal Leben gegeben haben könnte?«

»Nein«, widersprach Alia, ohne sich umzudrehen. Sie starrte nunmehr auf den Monitor mit den Daten der Sonde. »Nicht könnte«, meinte sie kalt. »Es gab Leben auf Proxima Centauri b. Immerhin wurde der Exoplanet nicht umsonst als zweite Erde eingestuft.«

Lee und Mike blieb sekundenlang die Luft weg. Woher wollte Alia wissen, dass ihre Theorie richtig war? Nichts deutete darauf hin, dass es auf dem Planeten unter ihnen jemals Leben gegeben hatte, doch sie behauptete es, als sei es eine unerschütterliche Tatsache.

Noch bevor einer der beiden etwas sagen konnte, beantwortete Alia die ungestellte Frage: »Wenn unsere Sonde nicht plötzlich eine Fehlfunktion hat, dann fliegt sie gerade über die Überreste einer alten, zerfallenen Stadt.«

Wortlos starrten Lee und Mike nun ebenfalls wieder auf den Monitor. Es stimmte. Den Daten zufolge war die Ruinenstadt groß genug, um einst mindestens eine Million Menschen oder andere Lebewesen beherbergt zu haben.

»Du lieber Himmel!« Mike war absolut fassungslos. »Was um alles in der Welt ist hier bloß passiert?«

»Die Stadt wurde bombardiert.« Alia wartete nicht auf eine Nachfrage, sondern ließ auf dem Monitor Markierungen anzeigen, die die typische Kraterform einer Bombendetonation aufwiesen. »Allerdings erklärt das allein nicht die unglaubliche Zerstörungskraft.«

»Wie meinst du das?« Lee war nicht sicher, worauf Alia hinauswollte, und nach Mikes Blick zu urteilen, ging es ihm genauso.

»Seht euch den Krater an. Nach den Aufzeichnungen der Sonde ist er etwa einen Meter tief und sieben Meter im Durchmesser. In einem Feld von einem Quadratkilometer gibt es etwa 345 Einschläge.« Alia war langsam genervt, dass die anderen beiden nicht verstanden, worauf sie hinauswollte. Es war klar und deutlich auf dem Monitor zu erkennen, auch für jemanden ohne militärische Ausbildung.

»Die Ruinen erstrecken sich über mehrere Quadratkilometer, aber nur etwa die Hälfte litt unter der Bombardierung, das sieht man an den Einschlägen«, warf Mike ein. Anscheinend hatte er endlich erkannt, worauf der Captain der Neu-Ägyptischen Armee hinauswollte.

»Exakt. Egal was hier passiert ist, für diese Zerstörungskraft waren die Bomben nur teilweise verantwortlich. Es muss eine Massenvernichtungswaffe gewesen sein, die hier zum Einsatz kam.«

»Wir sollten die Sonde noch einmal über die Ruinen fliegen lassen und dann zurückbeordern. Ich lade die gesammelten Daten in den Schiffscomputer.« Mike hatte sich an Alias Terminal begeben und ließ seinen Worten Taten folgen.

»Seht euch mal die Ergebnisse der Atmosphärenuntersuchung an.« Mike legte sie auf den Monitor, vor dem Alia und Lee saßen.

»Das ist völlig unmöglich, die Sonde muss eine Fehlfunktion haben.« Lee konnte nicht glauben, was sie las. »Wir müssen-« Weiter kam sie nicht, denn urplötzlich wurde der Sicherheitsalarm im Schiff ausgelöst.

»Was zur Hölle ist jetzt schon wieder kaputt?«, drang Arthurs Stimme aus dem Lautsprecher.

»Die Sonde wurde auf dem Rückflug von einer Energieladung getroffen und zerstört.« Alias kalter Ton war genauso erschreckend wie die Nachricht, die sie ausgesprochen hatte. »Das klärt die Frage nach dem Zweck der Satelliten«

/////

»Zerstört? Von einer Energieladung?« rief Arthur durch die Bordlautsprecher. »Ich breche ab!«

Er war gerade dabei gewesen, die strukturellen Schäden der ›Voyager‹ zu reparieren. Als Nächstes wollte er in einem Raumanzug die äußeren Schäden begutachten und reparieren.

Doch jetzt wurde er hysterisch. Die Aussicht, eine falsche Bewegung zu machen und durch einen der Blockadesatelliten gegrillt zu werden, jagte ihn einen kalten Schauer über den Rücken.

»Arthur«, erklang Mikes Stimme über Funk, »ganz ruhig. Die Sonde kam von der Planetenoberfläche und stieg noch etwa zweihundert Kilometer, bevor die Satelliten reagierten.«

»Und wer sagt, dass sie hier oben nicht sofort reagieren, wenn ich mich auch nur einen halben Meter in die falsche Richtung bewege? Nein, das Risiko gehe ich nicht ein. Ich breche ab! Verstanden?«

»Arthur, beruhige dich«, wiederholte Mike erneut.

»Hör zu!« Man konnte ihm die Angst geradezu anhören. »Wenn du raus willst, dann geh! Ich werde mein Leben nicht riskieren, nur um ein paar Schäden zu beseitigen.«

Aus dem Hintergrund vernahm er plötzlich Alias Stimme »Befiehl es ihm, Mike. Er ist der Ingenieur. Er hat die Pflicht, die ›Voyager‹ wieder flugtauglich zu machen.«

Auch Lees Stimme erklang, jedoch über Funk »Ohne Reparaturen riskieren wir einen weiteren Hüllenbruch«, meinte sie nervös und er hörte die Geräusche ihrer Konsole. Offenbar gab sie Berechnungen ein. »Wenn wir nichts unternehmen, dann werden wir in zwei Wochen den Orbit verlassen und zur Oberfläche herabsinken.«

Mikes Stimme erklang wieder »Immer mit der Ruhe. Ja, wir müssen etwas unternehmen, aber es kommt hier nicht auf Sekunden an. Wir haben Stunden, wenn nicht sogar Tage«, sagte er. »Arthur, wenn dir das zu gefährlich ist, dann kann ich das unter diesen Umständen verstehen. Uns geht es allen nicht anders! Komm erst mal rauf. Wir treffen uns im Labor für eine Lagebesprechung.«

/////

Arthur erschien als letzter im Labor. Es war einige Zeit vergangen, bis er sich wieder aus dem Raumanzug geschält hatte. Nach Lees Empfinden war Arthur eine Spur zu blass und schien furchtbar nervös. Offenbar schämte er sich jetzt für sein Verhalten aufgrund der Panikattacke. Auf der einen Seite konnten ihn sicher alle verstehen. Er war der Jüngste im Team und mit Sicherheit noch nie einer solchen Situation ausgesetzt gewesen, aber auf der anderen Seite ging es den übrigen Besatzungsmitgliedern nicht anders. Es war also für alle die gleiche beängstigende Situation, nur mit dem Unterschied, dass Arthur die Nerven verloren hatte.

»Entschuldigt bitte«, begann Arthur, wobei niemand genau zu deuten wusste, ob er sich für sein Zuspätkommen oder für sein Verhalten entschuldigte.

»Setz dich. Wir müssen besprechen, was wir nun weiter unternehmen werden.« Mike versuchte, so gut es ging, die Lage nicht eskalieren zu lassen.

»Das Schiff muss repariert werden, das sollte sofort unternommen werden«, meldete sich Alia zu Wort.

»Das ist allen klar. Jedoch sollten wir uns erst einmal genauer mit den Blockadesatelliten beschäftigen, meinst du nicht auch?« Mike wusste, dass Alia recht hatte, aber wenn sie Arthur jetzt angriff, würde er sich garantiert nicht mehr nach draußen wagen. Leider hatten aber weder er noch Alia oder Lee seine Fähigkeiten, was das Ingenieurwesen betraf.

»Auch gut. Also -« Alia aktivierte den großen Bildschirm im Labor, und ein Lageplan der Satelliten erschien. »Ich habe die Position von 99,78 Prozent aller Blockadetrabanten feststellen können. Die fehlenden 0,22 Prozent befinden sich auf der Rückseite des Planeten und können im Moment nicht von den Scannern der ›Voyager‹ geortet werden. Unsere derzeitige Umlaufbahn wird es uns aber in Kürze ermöglichen, auch den fehlenden Rest zu orten.« Sie setzte sich wieder, und Lee ergriff das Wort.

»Die Sonde konnte problemlos bis zur Planetenoberfläche vordringen und sie überfliegen.« Auf dem Schirm blendete sie der Flugweg ein. »Als sie dann von uns zurückberufen wurde, aktivierten sich die Abwehrmechanismen etwa zweihundert Kilometer über der Oberfläche.«

»Außerdem reagieren sie in keiner Weise auf die ›Voyager‹. Ihre Zielpeilung ist auf die Oberfläche gerichtet. Es soll definitiv verhindert werden, dass eine Flucht vom Planeten möglich ist.«

»Und das heißt, dass wir jeden Moment abgeschossen werden könnten.« Arthur steigerte sich schon wieder in Panik und sprang auf, als hätte er so etwas an der Lage ändern können.

»Arthur! Reg dich ab!« warf Lee ein. »Wenn das der Fall wäre, hätten uns diese Dinger doch schon längst abgeschossen.« Sie war zwar keine Waffen- oder Militärexpertin, doch die Lage war sogar ihr klar. »Solange wir keine Anstalten machen, die Umlaufbahn zu verlassen, haben wir keine Probleme. Und noch haben wir etwas Spielraum bei der Navigation.«

»Was sich aber sehr schnell ändert«, entgegnete Mike. »wenn das Schiff nicht wieder instandgesetzt wird. Die ›Voyager‹ kann die Position in ihrem jetzigen Zustand nicht lange halten und nach Möglichkeit will ich es vermeiden, noch tiefer in den Minengürtel hineinzufliegen.« Mike hoffte sehr, dass Arthur es richtig verstand und so zu überzeugen wäre, seine Arbeit wieder aufzunehmen.

»Aber das ist doch sowieso egal. Wir können nicht mehr aus der Umlaufbahn raus. Warum sollte ich mein Leben riskieren und da draußen herumturnen, wenn wir hier gefangen sind?« Arthur wollte es nicht verstehen. Nun erlebten er, Lee und Mike zum ersten Mal, dass Alia ihre militärische Haltung ganz aufgab.

»Jetzt hör mal zu, Prinz Eisenherz, damit selbst du es verstehst: Wenn wir sinken, können wir abgeschossen werden, und wenn wir hier oben falsch navigieren, genauso. Solange du das Schiff nicht reparierst und wir nicht richtig navigieren können, steigt das Sterberisiko stündlich. Also, schwing deinen Hintern raus und setz dieses verfluchte Schiff in Gang.«

Arthur provozierte es regelrecht, dass Alia kurz davorstand, ihn am Kragen zu packen. Im Moment hielt offenbar nur ihre Verletzung sie zurück.

»Wenn du so davon überzeugt bist, geh du doch raus und mach es selbst, arrogantes Miststück.« Jetzt war genau das eingetreten, was Mike zu vermeiden versucht hatte.

»Beruhigt euch jetzt alle mal. Das ist deine Arbeit, Arthur. Dafür bist du auf die Mission geschickt worden«, versuchte er zu beschwichtigen. »Und du solltest dich bei Alia entschuldigen.«

»Ich denke ja gar nicht daran. Seit wir uns zum ersten Mal gesehen haben, treibt sie jeden mit ihrer Arroganz und Rechthaberei in den Wahnsinn.«

»Wenn du nicht gleich ein paar Level runterfährst, verpasse ich dir ein Beruhigungsmittel, Arthur.« Lees Kommentar kam für alle völlig unerwartet.

»Aber Lee …« Arthur verstand nicht, warum auf einmal alle gegen ihn zu sein schienen.

»Kein aber. Es ist dein Job, du bist der Ingenieur der ›Voyager‹, also tu deine Arbeit.«

Er sprang auf. »Schön! Dann lass ich mich da draußen eben abknallen. Immer noch besser, als mit euch Zeit zu verschwenden.«

»Arthur!« Mike wollte ihn aufhalten, doch Arthur rannte stampfend aus dem Labor.

»Ihr kotzt mich alle an!«, rief er auf dem Flur und trat gegen eine Wand.

Lee und Mike sahen sich fragend an. Für einen Moment fehlten ihnen die Worte. Arthurs Verhalten schockierte sie. Natürlich waren sich alle der Gefahr bewusst, aber die Fassung zu verlieren half niemandem.

All die Trainingssimulationen konnten einen nicht emotional darauf vorbereiten, mit einer solchen Situation fertigzuwerden. Sie alle spürten die Anspannung.

»Wir sollten ihn jetzt seine Arbeit machen lassen«, schlug Mike dann vor und setzte sich wieder an den Tisch. Alia schüttelte jedoch verständnislos den Kopf.

»Das kannst du nicht durchgehen lassen«, beschwerte sie sich und sah hilfesuchend zu Lee hinüber.

Diese biss sich auf die Unterlippe.

»Was soll ich denn deiner Meinung nach mit ihm machen, Alia? Vielleicht wieder in die Stasiskammer einsperren? Oder mit Beruhigungsmitteln vollpumpen?«

»Vielleicht wäre das gar keine schlechte Idee«, fauchte sie zurück. »Dann könnten wir uns wenigstens um die Sachen kümmern, die jetzt höchste Priorität haben.«

»Genau das werden wir auch tun«, erwiderte Mike aufgebracht und schlug mit der flachen Hand auf den Tisch.

Lee fuhr vor Schreck hoch. »Was machen wir denn jetzt?«, fragte sie und sah erst Alia und dann Mike an.

Er atmete tief ein. »Die Situation scheint nicht gerade besonders viele Optionen für uns bereitzuhalten. Während Arthur das Schiff repariert, sollten wir überlegen, was wir unternehmen können.«

»Ich werde die Satelliten weiter untersuchen«, schlug Alia vor. Anhand ihres Tones hätten Lee und Mike jedoch eher angenommen, dass sie sich selbst den Befehl dazu gab. Auf jeden Fall duldete sie keinen Widerspruch.

»Gute Idee«, stimmte Mike zu. »Vielleicht findest du einen Weg, uns hier rauszubekommen.«

»Es könnte sein, dass ich ein paar Sonden brauche, um einige Berechnungen anzustellen.«

Mike nickte. »Gewährt!«

»Dann mache ich mich sofort an die Arbeit.« Sie stand auf und verließ das Labor.

Jetzt saßen nur noch Lee und Mike am Tisch.

»Ich schlage vor«, sagte Mike dann, »dass du den Kurs der ›Voyager‹ im Auge behältst und ihn korrigierst, so gut es geht. Ich möchte nicht, dass wir dem Planeten zu nahekommen.«

»Geht klar«, bestätigte Lee. »Und was machst du?«

»Ich werde noch eine Sonde zum Planeten starten.«

Lee sah ihn verwundert an. »Aber ich dachte, dass Alia die Sonden alle braucht.«

Mike lächelte. Offenbar machte er sich darum weniger Gedanken. »Es sind genug Sonden da. Ich will wissen, ob es da unten irgendetwas gibt, das uns weiterhelfen kann. Die letzte Sonde hat uns Daten geliefert, die einfach nicht stimmen können. Ich will das noch einmal überprüfen. Wenn die zweite Sonde die gleichen Daten liefert, dann muss da unten eine Katastrophe unglaublichen Ausmaßes passiert sein.«

»Und was ist, wenn die Lebewesen auf Proxima Centauri b unter diesen atmosphärischen Bedingungen gelebt haben?«

»Unvorstellbar«, wehrte er ab. »Um diese Säurekonzentration, ohne Atemgeräte zu überstehen, müssten sie schon Lungen aus …«, er überlegte, »Titan gehabt haben.«

Lee kicherte unwillkürlich bei der Vorstellung von Lebewesen mit Titanlungen.

»Du hast recht«, bestätigte sie dann. »Das ist eher unwahrscheinlich. Hoffe ich jedenfalls.«

»Und deshalb muss ich die Daten noch einmal überprüfen«, erklärte Mike, während sie beide aufstanden, um das Labor zu verlassen. »An die Arbeit.«

/////

Sie traten auf den Gang hinaus. Wortlos nahmen sie den Weg zur

Brücke und hingen beide ihren Gedanken nach. Am Ziel angekommen fanden sie eine wie besessen arbeitende Alia vor, die offensichtlich versuchte, drei Computerterminals gleichzeitig zu bedienen. Lee fragte sich ernsthaft, wie lange ihre angeschlagene Gesundheit das wohl mitmachte, auch wenn es den Anschein hatte, als wäre Alia in diesem Moment in bester gesundheitlicher Verfassung.

»Was hast du vor?« Lee stellte sich an eines der Terminals und schaute sich die Daten an.

»Ich habe vier Sonden gestartet, die Kurs auf die Planetenoberfläche nehmen und dann in verschiedenen Höhen wieder anfangen zu steigen«, erklärte Alia noch gereizter als vorhin im Labor.

»Kannst du die tiefste Sonde nochmals über den gescannten Bereich fliegen lassen? Ich will die Daten noch einmal überprüfen.« Mike ging überhaupt nicht auf ihre schlechte Laune ein. Sie alle standen unter enormem Stress, wenn sie sich nicht am Riemen rissen, würde diese Mission in einer Katastrophe enden.

»Das hatte ich ohnehin vor.« gab sie schnippisch zurück und setzte gleich hinzu: »Der Scanbereich wird diesmal umfangreicher sein, und eine Verarbeitungszeit von exakt zwei Stunden und siebenunddreißig Minuten benötigen. Die anderen Sonden bleiben solange auf einer Standby-Position.«

›Arthur hat recht. Sie ist ein arrogantes Miststück‹, dachte Mike und ließ sich an seiner Station nieder. Wieder trat ein betretenes Schweigen ein, und jeder machte sich an seine Arbeit.

Lee gab eine Kurskorrektur ein und hoffte so, die ›Voyager‹ zumindest einige Stunden auf der gleichen Stelle halten zu können, als ein Kollisionsalarm ertönte.

»Lee?« Mike fuhr erschrocken zusammen und blickte zur Navigatorin, die ihm aber keine Antwort gab, sondern stattdessen über Funk Arthur rief.

»Arthur, bist du noch an Board?« An ihrer Stimme konnten alle hören, dass etwas ganz und gar nicht stimmte.

»Ja, warum?«

»Dann halt dich gut fest. Das gilt für alle!« Ohne weitere Erklärungen leitete Lee ein Ausweichmanöver ein. Das Schiff wurde kurz und heftig durchgeschüttelt, hielt der starken Kurskorrektur aber stand.

Alia verlor den Halt an ihrer Station und stürzte zu Boden. Nur mit größter Anstrengung gelang es ihr, nicht vor Schmerzen aufzuschreien. Das Schiff wurde ein zweites Mal kurz durchgeschüttelt, beruhigte sich aber alsbald wieder. Neben diversen Piepgeräuschen der Computer war einen Moment lang nur Alias Keuchen zu hören.

»Okay, die ›Voyager‹ ist wieder auf Kurs. Entschuldigt bitte die abrupte Kursänderung, aber es hätte nicht viel gefehlt, und wir wären mit einem Trümmerstück zusammengestoßen. Die Lage ist jetzt wieder normal.«

»Sicher ist … es ein Schiff gewesen, … das auch von der Planetenoberfläche abfliegen wollte.« Alia lag immer noch auf dem Boden, gab aber trotzdem ihren Kommentar ab.

»Um Himmels Willen, Alia! Alles in Ordnung?« Mike eilte los und wollte ihr aufhelfen.

»Ja, es geht.« Sie griff nach seiner Hand und zog sich mit seiner Hilfe wieder hoch.

»Du solltest dich dringend ausruhen. Keinem ist geholfen, wenn du zusammenbrichst.«

»Und im Moment kannst du nicht viel machen, da die Sonde ja noch mindestens zweieinhalb Stunden braucht.« Lee mischte sich ein, da sie Mikes Vorschlag für sinnvoll hielt.

»Zwei Stunden und einunddreißig Minuten«, korrigierte Alia sie.

»Von mir aus auch das. Ich begleite dich zum Quartier.« Mike hatte die Befürchtung, dass sie es allein nicht bis dahin schaffen würde. Sie stand immer noch ziemlich wacklig auf den Beinen.

»Ich brauche keinen Babysitter!«, fauchte sie ihn an.

»Alia, gib jetzt endlich Ruhe. Es reicht, dass wir einen Ingenieur haben, der die Nerven verliert. Niemand braucht noch einen taktischen Offizier, die keinen Fuß vor den anderen setzen kann, ohne dabei die Botanik grün zu kotzen.« Lee ging fast die Luft aus, als sie Alia überzeugen wollte, sich auszuruhen. Alia gab darauf keine Antwort, aber Lee konnte deutlich an ihrem Gesicht ablesen, wie wenig es ihr gefiel. Sie konnte im Moment wirklich nichts tun, als abzuwarten, bis die Sonde wieder zurückkehrte. Kommentarlos ging sie von der Brücke.

/////

»Verrücktes Weib!«, fluchte Arthur, der sich nur mit Mühe festhalten konnte, als Lee die Warnung durchgab. »Pass beim nächsten Mal besser auf.« Die Bordkommunikation war inaktiv. Das war gut so, denn auf mehr Diskussionen hatte Arthur keine Lust. Er war sauer, und das wollte er auch bleiben. Hätte er sich noch einmal gemeldet, hätte Lee ihm vermutlich wieder eine Standpauke gehalten. Darauf konnte er verzichten.

»Auf mich hört hier doch sowieso keiner.« Frustriert setzte er den Helm seines Raumanzuges auf und überprüfte kurz, ob der Computer irgendwelche Fehlfunktionen meldete. Alles funktionierte einwandfrei. Arthur verließ zusammen mit dem Reparaturwagen, den er zuvor mit notwendigen Materialien bestückt hatte, die Luftschleuse.

Außerhalb der ›Voyager‹, sah er sich um. Der Planet war durch das Schiff verdeckt, doch auf der anderen Seite konnte er die Blockadesatelliten sehen. Er versuchte, eine der Kugeln näher zu betrachten, ohne sich den Satelliten zu nähern.

Zwei runde Öffnungen waren auszumachen. Er vermutete, dass sich hinter der einen Öffnung die Sensorelektronik oder etwas Ähnliches verbarg, womit die Planetenoberfläche und ebenso auch jedes Flugobjekt, das den Planeten verlassen wollte, überwacht werden konnte.

Die andere Öffnung musste dann die Waffe beherbergen.

›Vermutlich ein EMP-Generator oder so etwas in der Art‹, überlegte Arthur. Ihm wurde unbehaglich. Die Kugeln wiesen keine anderen Öffnungen oder sonst irgendetwas auf. Es waren einfach nur schwarze Kugeln, die bedrohlich den Planeten umkreisten. Kaum zu erkennen, da sie vor dem Hintergrund des undurchdringlich schwarzen Alls nahezu unsichtbar waren.

Ein Schauer lief Arthur den Rücken hinunter. Diese Satelliten mochten schon seit hunderten von Jahren den Planeten umkreisen, begierig darauf, endlich wieder neue Beute zu machen, die sie in Stücke schießen konnten. Die ›Voyager‹ war vermutlich eine begehrte Beute, gefangen wie die Fliege im Spinnennetz. Eine falsche Bewegung, und die Bestie würde zuschlagen – ihr Opfer gnadenlos zerfetzen.

Arthur musste sich dazu zwingen, an etwas anderes zu denken.

»Los«, ermahnte er sich. »repariere endlich das Schiff.« Er zündete die Schubdüsen seines Raumanzuges. Damit bewegte er sich nicht gerade schnell, aber es erlaubte ihm, sich die Schäden an der ›Voyager‹ genauer anzusehen, während er mit dem Reparaturwagen zum ersten Schaden glitt, den er beheben wollte.

Der Satellit, der mit der ›Voyager‹ zusammengestoßen war, hatte eine deutliche Spur auf der Hülle des Schiffs hinterlassen. Die meisten Schäden würden leicht zu reparieren sein, da der Satellit glücklicherweise nach dem Aufprall an der Schiffshülle vorbeigeschrammt war, statt sich durch die einzelnen Schotten zu schneiden.

Lediglich der Aufprallort selbst zeigte erhebliche Schäden. Arthur konnte durch das Leck in das Schiffsinnere sehen. Lauter Trümmerteile schwebten dort.

»Zum Glück haben die Schotten geschlossen«, sagte Arthur mehr zu sich selbst, um sich Mut zuzusprechen. Vielleicht hatten sie doch noch eine Chance, wenn sie es schon schafften, einen Satelliten beiseite zu fegen, ohne extrem beschädigt zu werden.

»Oh Mann, da muss ich erstmal eine Querverstrebung einbauen, damit der Rumpf nicht auseinanderreißt«, schimpfte er kurz darauf. Er hasste Schweißarbeiten im Vakuum. Hier musste man ganz besonders aufpassen. Eine falsche Bewegung, und der Vakuumschweißer brannte einem ein Loch in den Raumanzug. Eine Notversiegelung des Anzugs würde dann auch nicht mehr helfen.

Noch einmal sah Arthur sich skeptisch um. Er hatte das Gefühl, von tausend grimmigen Augen beobachtet zu werden, die ihm am liebsten die Haut vom Körper brennen wollten.

Er griff nach dem Vakuumschweißer, prüfte ihn und nahm dann einen Stützträger aus dem Reparaturwagen, um das Leck zu flicken und die ›Voyager‹ zu stabilisieren.

Er seufzte. »Na dann, an die Arbeit.« Das flaue Gefühl in seinem Magen versuchte er zu ignorieren, so gut es ihm möglich war. Doch die tausend Augen im Nacken machten ihn trotzdem nervös.

»Gehst du mit, oder soll ich?« Lee blickte fragend zu Mike, der noch immer wie angewurzelt an der gleichen Stelle stand.

»Ich gehe schon. Auch wenn ich damit Gefahr laufe, einen Mord zu begehen«, sagte er ergeben.

»Ja, ich glaube, dieses Risiko müssen wir eingehen. Kranke Menschen sind generell nicht immer im besten Gemütszustand, und Alia ist, was schlechte Laune angeht, sowieso ein Sonderfall. Ich kann dir nur raten, dich nicht reizen zu lassen«, meinte Lee daraufhin, während sie gleichzeitig die Navigationsanzeige im Auge behielt.

»Warum zum Teufel nimmst du sie immer in Schutz?« Mike setzte sich in Bewegung, da er im Prinzip nur ein Schulterzucken von Lee erwartete.

»Ich glaube, dass sie schon Schlimmes im Leben erfahren musste und sich deswegen so verhält. Ihre militärische Haltung dient nur zum Selbstschutz.« Mike bemerkte, dass sie ihn fragend ansah. Offenbar wollte sie eine Bestätigung, dass er verstand, was sie meinte und so nickte er, bevor er die Brücke verließ und feststellte, dass Alia nicht weit gekommen war. Ein kurzer Moment genügte um zu registrieren, dass sie sich in einem bedrohlichen Zustand befand. Ihr Gang war unsicher, sie hielt sich an der Wand fest, um nicht das Gleichgewicht zu verlieren. Mike schüttelte den Kopf und war verärgert, dass dieser scheinbar stets korrekte militärische Wachhund mit sich selbst derart unvernünftig und rücksichtslos umging.

»Alia? Geht es noch?« Er hatte dem Treiben lange genug zugesehen.

»Ja«, fauchte sie ihn an, ohne sich umzudrehen. »und ich habe doch bereits gesagt, dass ich keine Begleitung brauche.«

Mike war genervt. Manchmal fragte er sich, warum sie überhaupt für diese Mission zugelassen worden war.

»Warum stellst du dich so an? Ich will dir nur helfen.« Insgeheim nahm er sich vor, sie einfach stehenzulassen, wenn sie wieder eine pampige Antwort gab. Dann sollte sie doch zusehen, wie sie allein klarkam.

»Du solltest dich lieber um den paranoiden Ingenieur kümmern, der gerade draußen das Schiff repariert.« Ihre Worte waren kaum zu hören und einen Moment später knickten ihre Beine ein. Wenn Mike nicht so schnell reagiert hätte, wäre sie erneut zu Boden gestürzt.

»Ich kümmere mich erst mal um den sturen Captain.« Diesmal war es Mikes Aussage, die keinen Widerspruch duldete. Er stütze Alia, die es sich nur widerwillig gefallen ließ, und sie setzten ihren Weg zu Alias Quartier fort.

Kaum angekommen sagte Alia: »Du kannst jetzt gehen.«

Doch Mike machte keinerlei Anstalten, sie loszulassen.

»Du kannst doch nicht allen Ernstes glauben, dass ich dich in mein Quartier lasse.«

»Doch, das glaube ich, denn ich habe keine Lust, dich in zwei Stunden auf dem Boden liegend vorzufinden, weil du es nicht bis in dein Bett geschafft hast. Also, entweder bleiben wir jetzt zwei Stunden so stehen, oder du öffnest endlich die Tür.«

Ein strafender Blick traf ihn. Vermutlich wollte sie ihm Prügel androhen, doch dann besann sie sich offenbar eines Besseren.

»Öffnen!« Durch den Befehl glitt die Tür zur Seite.

Mike schaute sich um, während er durch den Raum ging. Genauso hatte er sich das Quartier von Alia vorgestellt: spartanisch eingerichtet, kaum persönliche Gegenstände. Er schleppte Alia zu ihrem Bett und trat dabei fast auf eines der Fotos. Anscheinend waren sie während der Kurskorrektur vom Tisch gefallen.

Nachdem Mike Alia auf dem Bett abgesetzt hatte, wollte er die Fotos aufheben, doch wie von der Tarantel gestochen fuhr sie auf und schrie ihn an.

»Lass sie liegen!«

»Schon gut, reg sich dich nicht auf.« Mike versuchte beruhigend zu klingen.

»Verschwinde hier. Sofort!« Alia ließ sich jetzt nicht mehr beschwichtigen. »Los, geh-« Der Satz brach ab.

»Alia?« Langsam sank diese auf das Bett zurück und fiel beinahe in sich zusammen. Sie war wieder bewusstlos geworden. ›Bestimmt die zu schnellen Bewegungen‹, dachte er und verfrachtete sie nun endgültig ins Bett.

Eigentlich wollte er auch sofort gehen, doch die Bilderrahmen auf dem Boden störten ihn einfach. Er hob sie hoch und stellte zu seiner Überraschung fest, dass es sich bei einem der Bilder um einen Videorahmen handelte. Unabsichtlich hatte er ihn aktiviert, denn plötzlich bewegten sich die Bilder. Er sah eine junge Alia an einem Pool sitzen, die Beine im Wasser baumelnd. Sie schien offenbar gar nicht zu bemerken, dass sie gefilmt wurde. Wie aus dem Nichts erschien ein etwas älterer Mann, umarmte sie von hinten und lächelte in die Kamera.

»Sehr verehrte Damen und Herren, hier sehen Sie die schlauste Studentin von ganz Luxor, die heute auch noch Geburtstag hat.«

»Dir bekommt wohl die Luft nicht so ganz, oder? Bereit für den großen Empfang?«, fragte Alia lachend und versuchte, sich aus seiner Umarmung zu befreien.

»Mir geht's ganz gut, aber ich glaube, du könntest eine Abkühlung gebrauchen.« Mit diesen Worten gab der Unbekannte ihr einen Schubs, und Alia landete im Wasser, tauchte kurz unter, um dann prustend wieder an der Wasseroberfläche aufzutauchen.

»Du bist so ein Vollidiot! Ich war doch schon umgezogen«, schimpfte sie los, als sie sich am Beckenrand festhielt.

»Schwesterherz, dann gehst du dich einfach nochmal umziehen«, lachte der Mann.

Er ist ihr Bruder, schoss es Mike durch den Kopf, während er weiter zusah, wie dieser sich über Alia amüsierte.

»Na toll. Dann hilf mir wenigstens aus dem Wasser.« Vom Beckenrand aus griff sie nach seiner Hand. Aber statt sich heraushelfen zu lassen, zog Alia ihn ebenfalls ins Wasser. Nun war sie es, die schallend zu lachen begann.

»Die Rache ist mein, sprach der Herr.«

»Du bist nicht Gott, Alia.« Ihr Bruder sah wie ein begossener Pudel aus.

»Nein, aber seine verlängerte Hand.« Beide lachten herzlich, als ein Mann in Uniform ins Bild gelaufen kam.

»Meine Güte, ihr benehmt euch wie Kleinkinder. Wir fahren in dreißig Minuten ab, ob ihr fertig seid oder nicht.«

»Es war Davids Schuld, Dad«, versuchte sich Alia zu rechtfertigen, noch immer lachend, während sie aus dem Wasser kletterte.

»Du sollst nicht immer alles auf deinen Bruder schieben. Und jetzt Beeilung.« Die Autorität in seiner Stimme war nicht zu überhören.

»Ja, General, Sir!«, antworteten die Geschwister unisono und platzten beinahe vor Lachen, ehe sie aus dem Bild liefen und die Aufzeichnung endete.

Verwirrt stellte Mike das Bild zurück auf den Tisch.

KAPITEL 8

›Tim, mein Sohn. Eines Tages wirst du bestimmt stolz auf mich sein und deinen Freunden erzählen, dass dein Vater einer der Ersten war, die nach Alpha Centauri geflogen sind. Ich hoffe, du verstehst, dass ich das auch für dich und deine Kinder mache. Damit eure Zukunft eine Zukunft hat.
Bis in ein paar Jahren.‹

Dad

Übermittelte Kurznachricht von Arthur Jones an Bord der ›Voyager‹. Freigegeben von der World Space Administration und weitergeleitet an Helen Jones.

Mike betrat wieder die Brücke. Lee sah ihn fragend an. Zweifellos machte sie sich Sorgen um Alia.

»Sie liegt in ihrer Koje«, sagte Mike nur. Dass er den Videorahmen gesehen hatte, behielt er lieber für sich. Die Szene ging ihm noch immer durch den Kopf. Mike dachte an das lachende Mädchen, das am Pool saß. Das war eine Alia, die er nie kennengelernt hatte. Insgeheim bedauerte er diesen Umstand.

Trotz ihrer oftmals herablassenden Art mochte er sie irgendwie. Wenn sie ihre Maske für einen Moment fallen ließ, konnte sie mehr als nur umgänglich sein. Leider waren diese Momente viel zu selten und auch viel zu kurz. Mike wusste, dass seine Sticheleien nicht unbedingt dazu beitrugen, die Situation zwischen ihnen zu verbessern, doch er wusste sich nicht anders zu helfen. Das Militär war ihm immer schon suspekt gewesen, und mit Drill und Befehlen konnte er einfach nicht umgehen.

»Und was machen wir jetzt?«, fragte Lee und riss Mike aus seine Gedanken. Mittlerweile saß er wieder an seinem Platz.

»Warten. Was bleibt uns anderes übrig?« Lee sah nervös aus. Nur zu verständlich, fand Mike.

Da sie nicht antwortete, versuchte er sie zu beruhigen. »Die Sonde, die den Planeten scannt, braucht noch etwa zwei Stunden.

Arthur wird diese Zeit benötigen, um die Schäden an der ›Voyager‹ zu beheben, und Alia muss sich währenddessen ausruhen. Solange wir auf Kurs bleiben, kann nichts getan werden, als darauf zu warten, dass wir die Daten der Sonde erhalten oder Arthur uns mitteilt, dass er mit der Reparatur fertig ist.«

»Haben wir denn überhaupt eine Chance, hier wieder lebend herauszukommen?« Es war nicht zu überhören, dass Lee Angst hatte.

»Das hoffe ich doch sehr«, antwortete Mike. Er versuchte, seine ganze Überzeugungskraft in die nächsten Worte zu legen. »Es besteht die Möglichkeit, dass diese Satelliten so eingestellt wurden, dass sie erkennen, ob ein Schiff von der Planetenoberfläche kommt oder ob es einfach nur aus der Umlaufbahn des Planeten wieder verschwinden will. Alia hat die Sonden so positioniert, um diese Theorie zu überprüfen.«

Lee nickte. Mike wusste nicht, ob sie durch seine Worte neuen Mut schöpfte oder es nur aus reiner Höflichkeit tat.

Drei der vier Sonden hatten ihre berechnete Position erreicht und verharrten dort, um auf weitere Anweisungen zu warten. Die vierte Sonde begann währenddessen damit, die Oberfläche von Proxima Centauri b zu scannen. Mit besonders hoher Scanauflösung nahmen die Datenspeicher der Sonde jede noch so kleine Eigenheit des Planeten auf. Jedes weitere Anzeichen dafür, dass es auf dem Planeten einmal Leben gegeben hatte und alle Hinweise auf die Ursachen, warum der Planet inzwischen tot war, sollten aufgezeichnet werden.

Sie fand weitere Ruinenstädte, Krater, einzelne Ruinen von Gebäuden, die außerhalb größerer Siedlungen lagen, und sie kontrollierte die Beschaffenheit der Atmosphäre und des Bodens.

Die Säurekonzentration erhöhte sich, je näher die Sonde der abgewandten Seite des Planeten kam.

Mike studierte die Anzeigen konzentriert. Es verging eine Weile, bis er schließlich von Arthur gerufen wurde.

»Arthur an Brücke. Mike, hört ihr mich?« Mit einem lauten Knacken in der Leitung wurde Arthurs Funkspruch auf die Brücke durchgestellt.

»Ja, wir hören dich. Wie sieht es aus?« Mike fand, dass Arthur jetzt bedeutend ruhiger klang.

»Nicht sehr gut. Ich muss erst den Rumpf stabilisieren, bevor ich die Außenhülle flicken kann.«

»Wie lange wird das dauern?«, fragte Lee. Sie wirkte weniger ängstlich. Offenbar hatten sie sich alle etwas beruhigt. Mike war erleichtert.

»Kann ich jetzt noch nicht sagen, aber es wäre wirklich nicht schlecht, wenn ihr das Ding mal für eine Weile ruhig halten könntet. Ich muss mit schwerem Gerät raus und eine Querstrebenverbindung schweißen.« Als weder Mike oder Lee gleich darauf antworteten, fragte Arthur nach: »Habt ihr das mitbekommen?«

»Ja, haben wir. Die Scanner finden keine Trümmerteile mehr in unserer Nähe, sieht alles gut aus. Aber ich bitte dich, trotzdem ein wenig Eile an den Tag zu legen. Unsere Sonde kehrt in etwa zwei Stunden wieder zurück.«

Arthur bestätigte knapp. »Gebt mir bitte fünfzehn Minuten vorher Bescheid, damit ich genug Zeit habe, die Arbeiten abzuschließen.« Mike glaubte, wieder eine Spur Panik in Arthurs Stimme zu hören.

»Klar, machen wir«, antwortete Lee gestellt fröhlich. Mike konnte nur vermuten, dass sie das tat, um Arthur etwas zu beruhigen. Anschließend hörten sie ein erneutes Knacken in der Leitung. Arthur hatte die Kommunikation beendet.

»Auch wenn Alia vorhin überreagiert hat – ich glaube, wir sollten Arthur etwas genauer im Auge behalten, er wird mit dem Stress nicht fertig«, meinte Lee daraufhin besorgt.

»Ja, aber vermutlich braucht er einfach ein bisschen mehr Zeit, um sich an die Situation zu gewöhnen.« Mike sagte dies mit Bestimmtheit, sodass damit das Thema für beide abgeschlossen war und er sich wieder den Daten der Sonde widmen konnte.

/////

Eine Querstrebenverbindung zu schweißen, war Präzisionsarbeit, bei der sich Arthur keinen Fehler erlauben durfte. Wenn er eine falsche Berechnung anstellte, war die Verbindung unnütz, und er würde von vorn anfangen müssen. Aus diesem Grund überprüfte er die Ergebnisse mehrmals und rechnete vorsichtshalber auch noch einmal gegen, um sicherzugehen, dass die Hüllenintegrität wieder stabilisiert werden konnte.

Die Berechnung schien zu stimmen. Also fing Arthur an, inmitten der Killerkugeln, wie er die Blockadesatelliten inzwischen insgeheim nannte, das Schiff zu reparieren.

Er musste an seine Frau und ihren gemeinsamen Sohn denken. Als die ›Voyager‹ ihre Reise begonnen hatte, war Tim gerade einmal drei Jahre alt gewesen. Inzwischen war er acht und ging bereits zur Schule.

Arthur zündete das Schweißgerät. Obwohl er äußerst vorsichtig sein musste und sich keine Ablenkung leisten konnte, erlaubte er sich, während des Schweißvorgangs weiter an seine Familie zu denken.

Helen, seine Frau, hatte ihm viel Glück gewünscht und ihm gesagt, wie sehr sie sich für ihn freute.

»Ich bin so stolz auf dich, Arthur«, hörte er sie in Gedanken. »Du wirst einer der ersten Menschen sein, die ein neues Sternensystem besuchen. Wenn Tim etwas größer ist, werden wir jeden Abend aus dem Fenster sehen und mit einem Fernrohr nach dir Ausschau halten.«

Arthur musste lächeln. Damals hatte er fröhlich gelacht und seine Frau umarmt.

»Wenn ihr Glück habt, werdet ihr bestenfalls in der richtigen Position sein, um Alpha Centauri überhaupt am Himmel zu erkennen. Wobei das von keinem Ort in Europa möglich wäre.«

»Das macht nichts«, meinte Helen daraufhin. »Wir werden immer bei dir sein.«

Er erinnerte sich daran, dass er genickte hatte. »Und ich bei euch.«

Die erste Schweißnaht war fertig. Jetzt musste Arthur auf die gegenüberliegende Seite, um die Verbindung anzuschweißen, und dann noch zwei weitere Querstrebenverbindungen errichten. Zeit genug, um sich weiter an seine Familie zu erinnern.

»Papa«, hörte er seinen Sohn in Gedanken, »was ist Ala 'trauri?«

»Alpha Centauri«, korrigierte er ihn. »Das ist ein Sternensystem, ganz, ganz weit weg von hier. Da fliegt Papa mit einem Raumschiff hin.«

»Boah«, staunte Timothy und sah seinen Vater mit großen Augen an.

Dieses kindliche Staunen hatte ihn an seinem Sohn immer am meisten fasziniert. Es erinnerte ihn ein wenig daran, wie er selbst als Kind gewesen war und davon geträumte hatte, mit einem Raumschiff durch die Galaxie zu reisen.

Wieder war eine Schweißnaht fertig. Arthur machte sich an die nächste Querstrebenverbindung.

Jetzt, in Anbetracht der Gefahr, in die sie unversehens hineinkatapultiert worden waren, wünschte er sich, er wäre niemals mitgekommen.

Die Killerkugeln würden vermutlich verhindern, dass sie jemals wieder zurückkamen, und im Grunde sah Arthur die ganze Reparaturarbeit als Zeitverschwendung an. Doch die anderen verließen sich auf ihn, und irgendwie verhinderte diese Arbeit auch, dass er verrückt wurde.

In ihm kam der Wunsch auf, die ›Voyager‹ umzudrehen und so schnell es ging zur Erde zurückzufliegen. Er wollte wieder nach Leeds zu seiner Familie.

Für einen Moment hörte er mit der Arbeit auf und versuchte, die Sonne – seine Sonne – zwischen all den Sternen auszumachen. Doch alle Sterne sahen gleich aus. Er konnte nicht einmal ungefähr ausmachen, in welche Richtung er schauen musste. Die Sternbilder sahen von Proxima Centauri b ganz anders aus als von der Erde.

Außerdem waren da noch die Killerkugeln, die ihn bedrohlich anstarrten. Er wurde das Gefühl nicht los, dass sie nur auf eine falsche Bewegung seinerseits warteten.

»Reiß dich zusammen!«, ermahnte er sich selbst und widmete sich wieder seiner Arbeit. Er hoffte, dass Helen und Tim ihn hören würden, wenn er nur ganz fest an sie dachte.

Er wusste, dass diese Hoffnung illusorisch war, doch gab sie ihm wieder Halt für die Arbeit, die so dringend erledigt werden musste.

Nach etwa zwei Stunden drang Lees Stimme an sein Ohr. »Arthur, die Sonde macht sich in zwanzig Minuten wieder auf den Heimweg. Langsam wird es Zeit, dass du reinkommst.«

»Okay, aber ich bin noch nicht ganz fertig.« Arthur war erschöpft. Die hohe Konzentration während der Schweißarbeiten war anstrengender, als er es von den Simulationen gewohnt war. Er schloss seine Arbeit ab und begab sich ins Schiffsinnere.

/////

Als Arthur auf der Brücke eintraf, beobachtete er, wie Lee und Mike noch immer an den Datenauswertungen arbeiteten. Er sah ihnen einen Moment schweigend zu, ohne, dass sie ihn bemerkten.

»Es hat beinahe den Anschein, als sollte der gesamte Planet ausradiert werden«, bemerkte Lee. »Sieh dir mal diese Ergebnisse an der sonnenabgewandten Seite des Planeten an. Hier ist die Säurekonzentration etwa einhundertmal höher als auf dem restlichen Planeten. Ich kann mir überhaupt nicht vorstellen, was eine solche Verseuchung auslösen könnte.«

»Aber genau dort ist auch ein großer Krater. Entweder ist hier ein schlimmer Unfall passiert oder eine biochemische Waffe gezündet worden.« Mike starrte wie gebannt auf die Anzeigen. Egal was hier vorgefallen war, es hatte eine Menge Leben gekostet.

»Was ist das schon wieder?« Lee deutete auf einen leisen Warnton von Alias Station.

Während der Computer an der Decodierung arbeitete, überprüfte Lee den bisherigen Flugweg der Sonde. Es lief alles nach Plan. Bald würde sie wieder zurückkehren und sehr wahrscheinlich abgeschossen werden.

Mike schüttelte den Kopf, sah Lee aber nicht an, sondern starrte auf die Konsole.

In diesem Moment entschloss sich Arthur, wortlos zu seinem Platz zu gehen. Sein Blick war trübe.

»Alles in Ordnung?« Lee sah ihm besorgt hinterher.

Arthur wollte eigentlich nicht mit ihr reden. Dass sie ihm vorhin so in den Rücken gefallen war, hatte er ihr übelgenommen. Doch um sich keiner Diskussion stellen zu müssen, quälte er nur ein »Ja, geht so« heraus.

»Gut. Vielleicht sollten wir, sobald Alia wieder auf der Brücke ist, eine Nachricht schicken, in der wir unseren Leuten mitteilen, in welcher Lage wir uns hier befinden. Das wird ihnen einiges zum Nachdenken geben.«

»Einverstanden«, befand Mike. »Die Zeit ist nun auch bald rum. Ich werde mal nachsehen, was unser Sorgenkind macht.«

Lee nickte.

Nachdem Arthur an seiner Station Platz genommen hatte herrschte für eine Weile bedrückende Stille. Er bemerkte, dass Lee ein Gespräch anfangen wollte, doch er wandte ihr absichtlich den Rücken zu. Er mochte sie, doch im Augenblick war ihm nicht nach Reden zumute.

Selbst als Mike ein paar Minuten später mit Alia zusammen die Brücke betrat, dauerte es noch eine Weile, bis jemand die Stille durchbrach.

Alia ging schweigend an ihr Terminal und schaute sich die Scanergebnisse an, während Mike an seiner Konsole Platz nahm.

»Meiner Meinung nach sollten wir noch die Tests der Sonden abwarten. Anschließend können wir alle relevanten Daten und Erkenntnisse an die Erde weiterleiten«, sagte Alia, nachdem Mike sie auf den aktuellen Stand gebracht hatte.

»Klingt plausibel«, stimmte er ihr zu. An Arthur gewandt, sprach er weiter. »Wie weit bist du mit der Reparatur gekommen?«

»Weiter als ich gedacht hatte, aber ich muss die Versiegelung noch an der Außenhülle befestigen« Arthur antwortete Mike nur nebenbei. Er wartete darauf, endlich seine privaten Nachrichten zu lesen. Während der Reparaturarbeiten hatte er die Spannung fast nicht mehr aushalten können. Zwar hatte er sich vorgenommen, die Post von zu Hause erst anzusehen, wenn sie sicher in der Umlaufbahn angekommen waren, aber jetzt war alles anders. Wie groß war Tim wohl geworden? Er konnte es kaum erwarten, von seiner Familie zu lesen.

/////

Das Raumschiff hielt sich in einer konstanten Umlaufbahn um Proxima Centauri b auf, beobachtet von einer Unmenge Blockadesatelliten, die jedes Objekt zerstören sollten, das die Planetenoberfläche zu verlassen versuchte. Eine Planetenoberfläche, die seit langer Zeit kein Leben mehr beherbergte, sondern nur noch Ödnis und Tod für jeden barg, der verrückt genug war, diesen Planeten anzusteuern. Einst musste eine große Zivilisation auf Proxima Centauri b beheimatet gewesen sein. Das bewiesen die Ruinen der Städte und die Überreste nicht mehr zu identifizierender Bauten.

Während des letzten Erkundungsfluges einer Sonde ergaben die Daten, dass der Planet einst mit Kanälen, Tunnelsystemen und Straßen vernetzt gewesen war. Die ungeheure Zerstörung auf der Oberfläche, all die Einschläge rund um die Städte, der riesige Krater auf der abgewandten Seite des Planeten und die Blockadesatelliten ließen nur den Schluss zu, dass hier ein erbarmungsloser Krieg stattgefunden hatte, dessen Verlierer zweifellos auf diesem Planeten beheimatet gewesen war.

Ob es irgendwelche Überlebenden gab, war äußerst zweifelhaft, denn allein die Satelliten mussten dafür Sorge getragen haben, dass wirklich niemand den Planeten verließ.

Mike hatte es Alia gleichgetan und sein Headset aufgesetzt, als er die Berichte abrief. Doch seine Gedanken kreisten genauso um den Planeten wie die ›Voyager‹, sodass die Berichte zwar abgespielt wurden, er jedoch keine Notiz davon nahm.

›Warum sollte niemand den Planeten verlassen?‹, überlegte er, während die anderen mit Vorbereitungen beschäftigt waren. Er vermutete, dass ein Krieg zwar durchaus für die große Zerstörung verantwortlich sein musste, doch warum ein Volk, das dermaßen zerbombt wurde und dessen Überlebenschancen in dieser säurehaltigen Atmosphäre vermutlich äußerst gering waren, obendrein noch mit Blockadesatelliten gezwungen wurde, auf diesem todgeweihten Planeten zu bleiben, wollte ihm zunächst nicht klar werden. Mike konnte sich einfach nicht konzentrieren, und da er noch nicht alle seine Nachrichten angeschaut hatte, beschloss er, eine der letzten Mitteilungen aufzurufen.

Er startete die Nachricht, damit die anderen sahen, dass sich etwas auf seinem Bildschirm tat, obwohl er selbst kaum zuhörte. Es war eine Videoaufzeichnung einer Notarin, die ihm mitteilte, dass seine Eltern verstorben waren und das Erbrechtsverfahren aufgrund seiner Reise zum Sonnensystem Alpha Centauri bis zu seiner Rückkehr ausgesetzt wurde. Die Notarin bemühte sich, so viele Fakten wie möglich vorzubringen, damit Mike genauestens unterrichtet war. Etliche Beileidsbekundungen rieselten an ihm vorbei. Es hatte sich bereits abgezeichnet, dass seine Eltern sterben würden, das Verhältnis zwischen ihnen und ihm war zum Schluss nicht gerade gut gewesen, und das letzte Mal, als sie sich gesehen hatten waren sie im Streit auseinandergegangen.

Er schaltete den Ton aus. Nun war nur noch die Notarin zu sehen, die ihre Lippen bewegte und irgendetwas erzählte. Es tat ihm leid, dass nun jegliche Chance vertan war, das Verhältnis zu seinen Eltern wieder zu verbessern. Er nahm sich einen Moment, um sich zu sammeln, dann entschied er, dass es der falsche Moment war, sich damit zu beschäftigen. Er schaltete die Nachricht ab und konzentrierte sich wieder auf die Frage, weshalb diese Blockadesatelliten Proxima Centauri b abriegelten.

›Wenn es nur um den Krieg ging‹, überlegte er dann, ›ist diese Blockade die unerbittlichste Einkesselung, von der ich je gehört habe.‹

Er überlegte, dass dieser Planet mit hoher Wahrscheinlichkeit einen großen Anteil an Zivilisten beheimatete, da aufgrund der bisherigen Erkenntnisse ausgeschlossen werden konnte, dass Proxima Centauri b eine rein militärische Basis gewesen war.

›Entweder bedeutet diese Blockade ein Vergehen an allen humanitären Grundsätzen, die mir bekannt sind, oder aber …‹ Er erschrak, als sich der Gedanke in seine Überlegungen schob.

»Alia!«, rief er plötzlich und erschreckte damit die restliche Besatzung. »Schnell! Ich brauche unbedingt die biogenetischen Daten des Planeten. Notfalls schick noch mehr Sonden runter.«

»Was soll denn das?«, beschwerte sich Lee, die vor Schreck von ihrem Platz gesprungen war und Mike nun mit einem finsteren Blick bedachte.

Er sah die anderen nacheinander an und blickte in fragende Gesichter. »Es könnte sein«, versuchte er dann aufgeregt zu erklären, »dass die Blockade keinen rein militärischen Zweck hat. Der Säuregehalt in der Atmosphäre ist erheblich. Wir haben aber noch nicht überprüft, warum das so ist.«

»Vielleicht bekommen wir aber auch keine Antwort darauf«, warf Alia schnippisch ein.

Mike stimmte ihr zu. »Vielleicht nicht. Aber überlegt doch mal. Warum sollte jemand so viel Säure in der Atmosphäre eines Planeten freisetzen, auf dem noch Lebewesen sind?«

»Willst du uns jetzt vielleicht mal aufklären, woran du denkst? Ich kann gerade nicht mit deiner Fragerei umgehen.« Arthur klang, als würde er neben sich stehen.

Mike sah ihn an. »Ich rede davon, dass die Säure möglicherweise freigesetzt wurde, um irgendeinen Virus oder etwas Ähnliches zu vernichten. Das würde auch die Satelliten erklären. Denn wenn es dort unten etwas so Gefährliches gibt, dass es mit Säure bekämpft werden muss, dann soll die Blockade sicher verhindern, dass es – was auch immer es ist – diesen Planeten verlässt um andere Planeten zu verseuchen.«

»Ich schicke dir die bisher aufgezeichneten Daten auf den Monitor«, erklärte Alia sachlich, und einen Moment später konnte Mike die Aufzeichnungen studieren. »Nur fürchte ich, niemand von uns hat die fachliche Kompetenz, zu entscheiden, was davon ein harmloses Bakterium ist oder ein gefährliches. Zumal wir hier auf völlig andere biogenetische Zusammenstellungen treffen könnten, mit denen wir überhaupt nichts anfangen können.« Alia hatte sich die Daten ebenfalls auf den Bildschirm gelegt und überflog die Anzeigen.

»Nichts!« Lee war lautlos hinter Alia getreten. »Die Sonde hat keine anderen Rückstände außer der Säure gefunden. Da unten ist alles tot.«

Mikes Theorie erwies sich einerseits zwar offenbar als falsch, doch auf der anderen Seite waren sie damit der Lösung des Geheimnisses von Proxima Centauri b noch kein Stück näher.

»Damit ist aber die Vermutung noch nicht ganz widerlegt, dass ein biologischer Kampfstoff vernichtet werden sollte. Nur ist es sehr wahrscheinlich, falls es so gewesen sein sollte, dass man mit den Maßnahmen Erfolg hatte«, bemerkte Alia belehrend.

»Hmm«, war alles, was Mike dazu sagte, während er seinen Blick auf die Anzeigen gerichtet hielt. Arthur hatte sich an der Diskussion nicht beteiligt. Mike wusste, dass er, obwohl er Wissenschaftler war, keinen Bezug zu Chemie und Biologie hatte. Sicher wollte er sich nicht in Spekulationen ergeben und schwieg deswegen.

/////

»Da wir hier nicht weiterkommen, rufe ich jetzt die Sonden zum Schiff zurück.« Für Alia war damit das Thema abgehandelt. Sie war sich durchaus bewusst, dass sie die anderen wieder einmal vor den Kopf gestoßen hatte, aber es war ihr egal. Sie sollten hier Forschungsarbeiten betreiben und keine fundierte Basis für Freundschaften legen.

Schon in den letzten zehn bis fünfzehn Jahren hatte es ihr nicht sonderlich viel ausgemacht, auf zwischenmenschliche Beziehungen, in welcher Form auch immer, zu verzichten. Ihr Vater war dabei der beste Lehrmeister gewesen. Unbewusst dachte sie an das letzte Gespräch vor ihrem Abflug. Ihre Mutter hatte doch tatsächlich gehofft, dass Alia und ihr Vater sich versöhnen würden – welch eine Vorstellung. Sie hatten sich im ›Old Winter Palace‹ getroffen, welches das teuerste Restaurant von ganz Luxor beherbergte. Bis kurz vor dem Dessert hatten sich sowohl Alia als auch General Scott zurückgehalten, allerdings wurde auch kein Wort miteinander gesprochen. Solange jedenfalls, bis er sein Missfallen ihr gegenüber äußerte, dass sie die Mission nicht leiten würde und auch nicht nochmals befördert worden war. David wäre sicher als Commander ausgewählt worden.

»Seien wir doch ehrlich, General. David wäre nie auf diese Mission geschickt worden«, hatte sie ihm damals in ihrer arroganten Art geantwortet. »Er wäre nicht ersetzbar gewesen. Es wird niemand für ein solches Projekt ausgewählt, wenn er nicht ersetzbar ist, ob Missionscommander oder nicht.« Sie hatte damals zusehen können, wie ihr Vater immer wütender geworden war.

»Wie kannst du es wagen, Alexandra, so von ihm zu reden? Er hätte nie eine so enttäuschende Leistung erbracht wie du.« Er hatte seine Stimme erhoben, und Alia spürte damals die Blicke der anderen Gäste im Rücken. Nicht einmal vor einer so wichtigen Aufgabe hatte er etwas anderes als Hass und Spott für sie übrig.

»Sie sollten sich mäßigen, General. Ich bin Offizier dieses Landes und Sie nur ein Gast«, hatte sie ihm in einem ruhigen Tonfall erklärt. Auch wenn ihr Vater ein Zwei-Sterne-General der nordamerikanischen Union war, hatte er in Neu-Ägypten keinerlei Befugnisse.

Sie war kurz darauf aufgestanden und ohne ein Wort des Abschieds gegangen, obwohl Alia damals wie jetzt davon überzeugt war, sie würde nicht mehr auf die Erde zurückkehren.

Der letzte Gedanke brachte Alia wieder in die Realität zurück, und sie gab der Sonde den Befehl, zur ›Voyager‹ zurückzukehren.

Nur eine Minute später schrillten wieder die Alarmsirenen. Nüchtern betrachtet sah man auf den Monitoren lediglich ein kleines Licht erlöschen. Tatsächlich aber zerplatzte in diesem Moment die erste Sonde, als sie von den Waffen der Blockadesatelliten in einem ungeheuren Energieausstoß zerstört wurde.

»Die Sonde wurde genau 198,98 Kilometer über der Oberfläche zerstört. Ich starte die nächste Sonde, in der Warteposition 250 Kilometer über der Oberfläche«, kommentierte sie das Ganze. Sie legte die Ergebnisse auf die Monitore der anderen und gab einen weiteren Startbefehl.

Genau wie die vorherige Sonde erreichte auch diese die ›Voyager‹ nicht. »Abschuss bei 277,89 Kilometer Höhe. Dritte Sonde ist gestartet, Höhe 325 Kilometer.« Alia war so in ihre Arbeit vertieft, dass ihr die militärisch-korrekten Ansagen überhaupt nicht auffielen.

»Sonde wurde in der Höhe von 355,67 Kilometer zerstört. Die letzte Sonde startet 33,90 Kilometer unter unserer jetzigen Position.«

Alle warteten gespannt auf das Ergebnis.

»Sonde steigt …«, gab Alia durch, doch Lee, Arthur und Mike konnten auf ihren Bildschirmen alles verfolgen, sodass ihre Ansage eigentlich unnötig war. Die ›Voyager‹ befand sich genau 412 Kilometer über der Planetenoberfläche. Die Blockadesatelliten umkreisten Proxima Centauri b in einer Höhe von 420 Kilometern. Der Rand der Blockade war in greifbarer Nähe, und doch schien er unerreichbar zu sein. Alle Crewmitglieder der ›Voyager‹ beobachteten den Aufstieg der Sonde mit Spannung, Hoffnung und Zweifel.

»… noch zwanzig Kilometer, bis die Sonde die Höhe der ›Voyager‹ erreicht hat«, berichtete Alia weiter in ihrem militärischen Tonfall.

»Ich registriere Veränderungen in den Scannerdaten.« Mike hatte unterdessen einen Scan gestartet, der die Satelliten nach Aktivitäten untersuchen sollte, damit sie nachher etwas hatten, um die Reaktionen der Blockadesatelliten auszuwerten und einen möglichen Fluchtplan zu entwickeln.

»Was kannst du sehen?«, fragte Arthur unruhig.

/////

Endlos schien dieser Augenblick zu sein. Mike sah gespannt auf seinen Monitor, genau wie Lee und Alia. Arthur nahm den Steigflug der Sonde kaum wahr, denn er wartete auf eine Antwort von Mike, die nicht zu kommen schien.

»Mike!«, rief er. »Was kannst du erkennen?«

Mike drehte sich zu Arthur um. So aufgeregt und panisch hatte er ihn noch nie zuvor gesehen. Mike nahm sich vor, mit Arthur ein intensives Gespräch zu führen, sobald sie die Blockade hinter sich gelassen hatten. Solange musste sein Bordingenieur einfach aushalten. Doch Mike wusste, dass die Anspannung für Arthur ungleich höher war. Schließlich war er der Jüngste an Bord, noch recht unerfahren, und hatte eine Familie. Eigentlich hätte er nach Mikes Ansicht niemals auf diese Reise mitkommen dürfen.

»Versuche dich zu beruhigen«, antwortete Mike ihm schließlich. »Die Satelliten haben die Sonde registriert und verfolgen nun die Flugbahn.«

/////

»Offenbar ist die Höhe der Startpunkte ausschlaggebend für die Verzögerung der Reaktion der Satelliten«, informierte Alia. »Die Sonde hat nun eine Höhe von 415 Kilometern erreicht.«

Jetzt schossen die Satelliten. Mit unbarmherziger Genauigkeit wurde die Sonde von den Blockadesatelliten mit kräftigen Energiestößen gesprengt. Die Verbindung zur ›Voyager‹ brach ab, und auf der Brücke herrschte ein bedrücktes Schweigen.

»Das ist doch alles total irre!«, schrie Arthur. »Wir werden hier nie wegkommen.«

»Das können wir nicht wissen«, mischte sich Lee ein, die sogleich besorgt zu Mike und anschließend zu Alia sah, um von ihnen Unterstützung zu erhalten.

Mike stand auf und begab sich zu Arthur. »Vielleicht haben wir eine Chance, aber wir müssen-«

»Ach, was willst du mir erzählen?« Arthur war extrem aufgeregt. Die Angst stand ihm geradezu ins Gesicht geschrieben. »Auch wenn die letzte Sonde über sechsunddreißig Kilometer an Höhe geschafft hat, ist das noch lange kein Beweis, dass wir die acht Kilometer, die uns von diesen Killerkugeln trennen, ebenfalls unbeschadet überstehen. Bisher wurden doch alle Sonden vernichtet.«

»Aber bei der letzten Sonde reagierten die Satelliten verzögert«, warf Mike ein.

»Na und?« Arthur sprang auf. »Trotzdem wurde sie vernichtet. Wozu ist denn diese Blockade da? Doch wohl, um alles zu zerstören, das hier rauszukommen versucht.«

Jetzt mischte sich Alia ein: »Möglicherweise brauchen die Satelliten eine gewisse Zeit, um sich auf ein neues Ziel auszurichten.«

Einen Moment lang war Arthur ruhig. »Was?«

»Es könnte sein«, führte sie dann aus, nachdem sie die Aufmerksamkeit aller Besatzungsmitglieder hatte, »dass die Satelliten durch die schnellen Starts der Sonden Zeit benötigten, um sich auf die neuen Ziele auszurichten. Hinzu kommt, dass nicht alle Sonden von der Oberfläche gestartet sind. Ich nehme also an, dass die Satelliten mit einer logischen Subroutine programmiert wurden, die versucht, die Flugbahn des anvisierten Ziels zu berechnen.«

»Also feuern sie erst, wenn sie ihre Berechnungen abgeschlossen haben? Und je höher das Ziel liegt, desto weiter kann es fliegen?« Lee schien die ›Voyager‹ bereits außerhalb der Blockade zu sehen.

»Nicht ganz«, korrigierte Alia daraufhin. Lees Freude verschwand genauso schnell, wie sie gekommen war. »Ich muss das noch genau überprüfen, aber ich schätze, dass sowohl die Höhe des Ziels als auch die Flugbahn und auch ein vorhergehender Abschuss zu berücksichtigen sind.«

Arthur blieb wie angewurzelt stehen, während Mike nachhaken musste. »Du meinst, die Satelliten wurden durch die vorangegangenen Sonden abgelenkt?«

Alia nickte zaghaft. »Möglicherweise. Allerdings«, fuhr sie fort, »wird es ein paar Stunden dauern, bis wir brauchbare Ergebnisse haben. Der Computer kann immer nur eine Trajektorie auf einmal berechnen und dementsprechende Vergleiche anstellen.«

»Vergleiche?« Arthur hatte sich noch nicht beruhigt, ganz im Gegenteil, er klang immer panischer.

»Ja, ich werde, sobald die Auswertungen vorliegen, einige Simulationen durchführen. Leider verfügen wir nicht über eine unendlich große Anzahl an Sonden, daher möchte ich meine Annahme zunächst theoretisch überprüfen.« Alia war langsam, aber sicher von Arthurs Panikattacken genervt und fragte sich im Stillen, wie zum Teufel er die psychologischen Tests hatte bestehen können.

»Wenigstens halten wir die ›Voyager‹ eine Zeitlang an Ort und Stelle und werden nicht in die Zielerfassung der Satelliten geraten«, schaltete sich erneut Lee ein.

Mike sagte daraufhin. »Ich schlage vor, dass Lee und Arthur sich ein paar Stunden Ruhe gönnen, während Alia und ich weiter an den Auswertungen arbeiten.«

»Ich soll mich jetzt schlafen legen? Wer sagt mir denn, dass ich überhaupt noch mal aufwache?« Nicht nur Alia bemerkte, wie gereizt Arthur inzwischen klang.

»Du musst ja nicht schlafen, aber du solltest dich ein wenig ausruhen. Immerhin warst du einige Stunden mit den Reparaturarbeiten beschäftigt. Da kann auch eine kleine Mahlzeit zwischendurch sicher nicht schaden«, lenkte Lee ein. Mike warf ihr einen dankbaren Blick zu. Alia hingegen schien von alldem nichts mitzubekommen. Sie arbeitete an ihren Simulationen. Wie üblich schien es sie auch nicht im Geringsten zu interessieren.

Jetzt ging Lee zu Arthur und hakte sich mit ihrem Arm bei ihm ein. »Komm, Arthur, wir machen noch einen Abstecher in die Kombüse, und dann sehen wir mal weiter. Mit vollem Magen geht es einem gleich besser.«

»Na gut, wenn du meinst«, antwortete Arthur nach einem paar Sekunden. Offensichtlich hatte er ihre Worte erst einmal abgewogen. Gemeinsam verließen sie die Brücke.

/////

Auf dem Weg zur Kombüse versuchte Lee Arthur noch ein wenig zu beruhigen. »Du musst wirklich etwas ruhiger werden. Ich weiß, dass die Situation schwierig ist, aber jeder von uns hat Angst.«

»Jeder?« Arthur sah Lee kurz an, richtete seinen Blick aber gleich wieder auf den Gang, damit er nicht gegen eine Wand lief. »Das Flintenweib hat anscheinend keine Angst.«

Lee prustete. »Flintenweib? Lass sie das bloß nicht hören.« Sie musste kichern.

Arthur war aber keineswegs zum Lachen zumute. »Ich finde das nicht witzig. Wir sind in einer absolut ausweglosen Lage, und sie und Mike tun so, als ob sich das alles schon irgendwie regeln lässt.«

Inzwischen hatten sie die Kombüse erreicht, und Lee bot Arthur noch etwas von dem übriggebliebenen Kaffee an. Doch er winkte ab. »Nicht für mich, ich soll ja schlafen gehen.« Es war unüberhörbar, dass Arthur diese Idee für absurd hielt.

Lee gönnte sich einen großen Schluck, bevor sie sich wieder Arthur widmete. »Was sollen wir deiner Meinung nach machen?«, wollte sie dann wissen. »Wir müssen erst mal herausfinden, ob und wie wir hier rauskommen können.«

»Aber nicht, indem ich sinnlose Simulationen starte. Wenn die Satelliten sich ablenken ließen, dann hat diese … diese …« ihm fiel einfach keine passende Bezeichnung ein.

»Wie wärs, wenn du sie Alia nennst?«, warf Lee zwischen zwei Schluck Kaffee ein.

»Schön, dann hat Alia eben die verdammte Pflicht, ihr taktisches Wissen zu nutzen, um uns hier rauszubringen. Wozu haben wir denn das Militär an Bord?«

Lee konnte gut verstehen, dass Arthur aufgebracht war, doch seine Ausbrüche brachten sie keinen Schritt vorwärts.

»Jetzt beruhige dich doch. Sie und Mike werden schon einen Weg finden-«

»Beruhige dich, beruhige dich«, äffte er sie nach. »Kannst du eigentlich noch was anders sagen?« Er warf einen leeren Becher durch den Raum und verließ die Kombüse.

»Arthur, bleib hier. Ich-«

»Ach, lass mich in Ruhe.« Er verschwand in den Gängen des Schiffs und ließ Lee einfach allein.

Sie blickte auf den weggeworfenen Becher, dann auf die Tür. »Vielen Dank für das Gespräch«, murmelte sie säuerlich und trank ihren Kaffee aus. Inzwischen war er kalt geworden und schmeckte nicht mehr. Sie hatte vorgehabt, Arthur etwas Halt zu geben, ihm zu zeigen, dass nicht nur er sich Sorgen machte. Und sie wollte ihm etwas Zuversicht geben. Stattdessen hatten sie beide die Kombüse frustriert verlassen.

Lee überlegte kurz, ob sie Arthur noch einmal aufsuchen sollte, entschied sich dann aber dagegen. »Verdammt. Dieser Kerl macht es einem aber nicht gerade leicht.«

Sie suchte ohne Umschweife ihr Quartier auf.

KAPITEL 9

›Es gibt viele Menschen, die zu wissen glauben, dass eine Weltraumexpedition nur Vergeudung von Geld und Leben ist. Mit dem Begriff Expedition verbinden sie in der Regel einen Gedanken an Ruhm und Ehre, das Erreichen eines neuen Rekords, zu einem neuen Planeten oder weiter als die Vorgänger zu kommen. Da haben sie eigentlich gar nicht so unrecht.‹

Aus den Tagebucheinträgen von Leandra Thuis

Nachdem Lee in ihrem Quartier angekommen war, setzte sie sich als erstes an das kleine Computerterminal, um ihre persönlichen Nachrichten weiter anzuschauen.

Auf der Brücke war sie nur dazu gekommen, eine Nachricht ihres kleinsten Bruders zu lesen. ›Na ja, wenn ich es genau nehme, ist er mittlerweile genauso alt wie ich‹, dachte sie und lächelte in sich hinein. Durch die Kältestasis waren ihre Körper auf der Reise nur minimal gealtert, nicht mehr als ein paar Monate. Es war erstaunlich. Sicher würde es nicht allzu lange dauern, bis die Schönheitsindustrie oder sonst jemand, der auf schnellen Profit aus war, diese Technologie nutzte, um anderen Geld aus der Tasche zu ziehen. Lee glaubte nicht, dass sich daran jemals etwas ändern würde.

Sie öffnete die Nachricht ihrer Schwestern, und auf dem Monitor erschienen zwei identische Gesichter. Es konnte manchmal wirklich verwirrend sein, ein Zwillingspärchen als kleine Schwestern zu haben.

»Schwesterherz!«, tönten Sandra und Cassy gemeinsam los und grinsten um die Wette. »Und hier nun die neusten Infos rund um den Thuis-Clan in aller Kürze.«

»Hey, habt ihr etwa schon ohne uns angefangen?« Lee hörte eine Stimme in der Aufzeichnung. Es war ihr Bruder Lucas, doch bis jetzt konnte sie ihn nicht sehen.

»Reg dich ab, Luke. Wir haben zuerst noch ein paar Frauenthemen zu berichten. Du, Rod und Eugene könnt gleich mit dem Rest der Familie kommen«, rief Lana schnell zurück.

»Also, bevor die Männer das Kamerabild stürmen, legen wir mal lieber los.«

Die beiden berichteten, was in den letzten fünf Jahren alles passiert war. Unter anderem war Lee jetzt vierfache Tante. Danach war ihre ganze Familie zu sehen, und alle redeten mehr oder minder durcheinander.

Nachdem die Aufzeichnung geendet hatte, lehnte sich Lee entspannt zurück. Es war noch immer wie früher. Ihre Familie schaffte es, sie wieder aus dem Tief herauszuholen. Auch wenn die Nachricht über die Streitigkeiten in ihrem Land sie ziemlich beunruhigt hatte, zeigte ihr die Familie, dass es wohl doch nicht so dramatisch war wie zuerst von ihr angenommen, sonst hätten sie mit Sicherheit etwas erwähnt.

/////

»Willst du auch noch einen Kaffee, Alia?«, fragte Mike nach einer Weile und schaute sie an. Sie sah so müde aus, wie er sich fühlte. Als er nach ein paar Augenblicken noch immer keine Antwort erhalten hatte, ging er einfach in die Kombüse und kehrte kurz darauf mit zwei Tassen Kaffee zurück.

Mike warf einen Blick über Alias Schulter auf ihren Bildschirm und sah nur einen Haufen mathematischer Funktionen, die auf den ersten Blick keinen Sinn ergaben. Daher beschloss er, Alia nicht anzusprechen, sondern stellte die Tasse einfach neben ihre Konsole.

Erst jetzt schien Alia ihn zu bemerken.

»Oh, danke.«

»Gern geschehen. Was machst du da?« Natürlich wusste er, dass sie das Simulationsprogramm vorbereitete, aber er wollte noch einen weiteren Versuch wagen mit ihr ins Gespräch zu kommen. Immerhin war sie das letzte Mal wesentlich netter gewesen, als sie allein auf der Brücke gewesen waren. Und nachdem er jetzt wusste, dass sie auch anders sein konnte, als sie sich gab, bemühte sich Mike noch mehr um einen besseren Kontakt zu ihr.

»Ich stelle gerade die Funktionen für das Simulationsprogramm zusammen. Hauptsächlich Integrale, Differenziale und sehr viel Stochastik.«

Mike war verlegen. »Also, ich glaube, da habe ich an einer Stelle in der Schule nicht ganz aufgepasst«, druckste er herum. »Was, bitte, willst du denn hier mit Stochastik?«

Alia lachte. Es war ein seltsamer Moment, denn Mike fand, dass es ihr wirklich gut zu Gesicht stand, doch der Anlass missfiel ihm irgendwie.

»Könntest du mir nun erklären, was es damit auf sich hat?«

Alia lächelte ihn an und erklärte es ihm. »Du wirst Stochastik eher als Wahrscheinlichkeitsrechnung beim Glücksspiel kennen. Unter anderem nutzt man das auch für Hochrechnungen bei Wahlen, doch in diesem Fall will ich damit die Chancen berechnen, die wir für ein Fluchtmanöver haben, unter Berücksichtigung der Daten unserer abgeschossenen Sonden und der daraus resultierenden Statistik.«

Mike sah sie prüfend an. »Glaubst du, dass wir wirklich eine Chance haben?«

»Genau das will ich mit der Simulation herausfinden. Immerhin gibt es eine Verzögerung, die anscheinend von der Höhe des Zielobjektes abhängig ist.«

»Dann könnten wir möglicherweise aus dieser Blockade herausfliegen, ohne von den Satelliten als Ziel angesehen zu werden«, überlegte Mike laut, doch Alia verneinte.

»Nur wenn wir etwas vorbereiten können, das die Zielerfassung der Blockadesatelliten von uns ablenkt.«

Mike nickte. Er verstand, worauf Alia hinauswollte. »Dann bin ich sehr gespannt, welche Chancen uns deine Simulation ausrechnet, denn ich möchte-« Er stoppte mitten im Satz. Alia sah ihn an und bemerkte, dass er überrascht auf seine Konsole blickte.

Jetzt wandte sie ihren Blick ebenfalls dorthin und entdeckte, dass ein Licht blinkte.

»Was hat das zu bedeuten?«, wollte sie wissen.

»Das frage ich mich auch gerade.« Mike tippte wild ein paar Befehle in die Konsole. »Das ist das Signal für eine externe Kommunikation.«

»Von der Erde?« Kaum hatte sie die Worte ausgesprochen, schalt sich Alia in Gedanken selbst. Eine Nachricht von der Erde wäre an die ›Voyager‹ gesandt worden. Das, was die Sensoren der ›Voyager‹ auffingen, war aber eine Übertragung, die weder vom Schiff stammte noch dorthin geschickt worden war.

»Nein, ich bin mir nicht sicher. Die Frequenz kann nicht genau bestimmt werden. Auch nicht, auf welchem Trägerband die Nachricht gesendet wird. Aber eins kann ich jetzt schon mit Gewissheit sagen. Entweder hat etwas auf dem Planeten uns registriert, oder wahrscheinlicher, einer der Blockadesatelliten ist auf uns aufmerksam geworden.«

»Das bedeutet«, ergänzte Alia umgehend, »dass bald irgendjemand weiß, dass wir hier sind.«

»Das würde uns gerade noch fehlen.« Mike gefiel das Ganze nicht. Warum sollte etwas Signale von einem offensichtlich toten Planeten absenden? Den Ursprung konnte er noch immer nicht orten. Es hatte den Anschein, dass die Frequenzen und auch die Trägerbänder schnell wechselten, zu schnell für den Computer der ›Voyager‹.

»Ich gehe davon aus, dass die Signale nicht ohne Grund gesendet werden und mit Sicherheit auch gezielt an einen Empfänger gerichtet sind. Der Planet scheint mehr Geheimnisse zu haben, als uns lieb ist.« Alia ging wieder zu ihrer Konsole zurück und setzte die Arbeit fort. »Ein Grund mehr, schnell aus dem Minenfeld rauszukommen und Abstand zu gewinnen.«

Etwas verdutzt sah Mike zu Alia hinüber. »Was, du willst dich aus dem Staub machen? Etwa ein strategischer Rückzug?« Er nahm sie auf den Arm, doch das bemerkte sie in diesem Moment nicht. »Um mal eines klarzustellen – und um das Gespräch abzukürzen.« Für einen Moment hielt Alia inne und wählte ihre Worte sorgfältig, ehe sie weitersprach. »Nur weil ich den Rang eines Captains bei der Neu-Ägyptischen Armee innehabe, bin ich kein verbohrter und dummer Soldat, der mit allen Mitteln versucht, Probleme mit roher Gewalt oder Disziplinarmaßnahmen zu lösen. Und schon gar nicht, wenn ich nicht einmal weiß, gegen wen oder was ich diese richten müsste, auch wenn du und die anderen das annehmen.« Alia hatte ihre Meinung gesagt, und blickte wieder auf ihre Konsole. Sie war deutlich an keiner weiteren Unterhaltung interessiert, deren Ursprung im privaten Bereich lag. Offensichtlich hatte Mike den Bogen überspannt. Er beschloss, es dabei zu belassen und sich vielleicht sogar dafür zu entschuldigen. Sofern es eine passende Situation dafür gab.

/////

»Ihr könnt mich mal kreuzweise!«, fluchte Arthur, als er sich nur wenig später in Richtung Frachtdeck begab. Er hatte unglaubliche Angst.

›Das ist unser Grab. Ausgesandt von der Erde, Lichtjahre entfernt, sind wir nun hier, um uns von diesen Killerkugeln abknallen zu lassen.‹

Er erreichte das Frachtdeck und setzte sich an ein Computerterminal. So recht wusste er nicht, was er dort eigentlich wollte. Er stöberte nervös die Inventarlisten durch. Gab es irgendetwas, das ihm in dieser misslichen Lage helfen konnte? Vielleicht wollte er aber auch nur alles noch einmal checken. Er wusste es nicht.

Seine Gedanken führten ihn erneut zu seiner Frau Helen und zu Timothy, seinem Sohn.

›Alles kaputt‹, dachte er und sinnierte einen Augenblick über die Nachricht, die er von zuhause erhalten hatte. Helen hatte ihm darin mitgeteilt, dass sie sich von ihm getrennt hatte und nun mit einem anderen Mann zusammenlebte. Roger hieß er, und er war Filialleiter eines Modegeschäfts. Helen hatte immer viel für Mode übriggehabt und besaß einen übervollen Kleiderschrank. Bisher hatte ihn das immer gefreut, doch nun wusste er nicht, ob es da nicht bereits seit längerem eine Affäre gegeben hatte.

Er überprüfte das Inventar Zeile für Zeile.

Hatte sie ihm gegenüber jemals einen Roger erwähnt? Er konnte sich nicht daran erinnern.

›Und was wird aus unserem Sohn?‹, fragte er sie in Gedanken. Sie konnte die Frage natürlich nicht beantworten, doch Arthur ahnte, dass dieser ebenfalls darunter leiden würde.

Würde Tim verstehen, dass sein Vater für längere Zeit nicht da sein konnte und seine Mutter sich einen anderen Mann nahm? Würde er diesen Mann irgendwann auch ›Papa‹ nennen, oder würde er ihn als Freund sehen? Oder vielleicht auch als Feind? Als den Mann, der seinen echten Vater verdrängt hatte?

Insgeheim hoffte Arthur, dass Letzteres zutraf. So sehr es ihn schmerzte, dass er seine Frau verloren hatte, so sehr war er auch darüber verbittert, dass sein Sohn in eine solche Lage geraten war.

Ihm fiel bei der Überprüfung einer der Raumanzüge auf. Dieser war mit einem Jetpack ausgestattet, um im luftleeren Raum manövrieren zu können. Insgesamt gab es zwei solcher Anzüge an Bord.

›Vielleicht‹, so überlegte er kurz, ›gibt es eine Möglichkeit, dieser Todesfalle zu entkommen.‹

/////

Mehr oder minder gelangweilt ging Lee den Rest ihrer Nachrichten durch. Hauptsächlich handelte es sich um Fachliteratur der Quanten- und Astrophysik, die man ihr mitgeschickt hatte.

»Mann, Ausschnitte aus den Tageszeitungen oder ein paar Nachrichten wären wirklich interessanter gewesen«, murmelte Lee vor sich hin.

Zwar war ihr klar, dass die Erde ihre Wissenschaftler auf dem neusten Stand der Forschungen halten wollte, aber ein bisschen Allgemeinbildung hätte nicht geschadet. Sie schaltete das Terminal aus und schaute sich im Zimmer um. Jeder aus dem engsten Kreis ihrer Familie, die einige Mitglieder einschloss, hatte ihr ein kleines Andenken, oder besser gesagt, einen Glücksbringer auf die Reise mitgegeben. Es war irgendwie merkwürdig, aber dadurch, dass Lee den Gegenständen feste Plätze in ihrem Quartier zuteilte, fühlte sie sich gleich ruhiger. Zwar hatte sie alles wieder aufräumen müssen, nachdem das Schiff so durchgeschüttelt worden war und alles auf dem Boden gelegen hatte, aber umso schöner sah es nun aus.

Auch wenn sie es sich nicht anmerken lassen wollte, hatte sie genauso viel Angst wie Arthur. Doch im Gegensatz zu ihm hatte sie gelernt, sich nicht von ihren Ängsten beherrschen zu lassen.

Lee dachte an das letzte Gespräch mit dem Bordingenieur. Sicher, er hatte nicht ganz unrecht damit, dass es eine gefährliche Situation war. Jedoch war das ganze Projekt risikobehaftet und jeder von ihnen hatte gewusst, auf was sie sich einließen. Gleichzeitig war sie überzeugt davon, dass Mike und Alia einen Weg finden würden, die ›Voyager‹ aus dem Minengürtel zu bringen.

Arthurs Vorwurf, dass die beiden alles besser darstellten, als es eigentlich war, fand sie ungerecht. Jeder von ihnen reagierte anders auf die Situation. Mike war der Commander, und es wäre ungünstig, wenn er bei den ersten Anzeichen von Schwierigkeiten in Panik ausbrechen würde. Und Alia, nun ja, war eben Alia. Lee hätte sich viel mehr Sorgen gemacht, wenn sie plötzlich Emotionen gezeigt hätte, die über die üblichen Gehässigkeiten hinausgingen.

»Mist, ich brauch Kaffee«, murrte sie, stand auf und ging in Richtung Kombüse. Es half ja alles nichts, die Fachartikel mussten gelesen werden, und wenn es wirklich Wunder gab, stand dort sogar die ultimative Patentlösung für das aktuelle Problem. Sie brühte frischen Kaffee auf, nahm gleich die ganze Kanne mit zurück in ihr Quartier und begann zu lesen.

/////

Unterdessen versuchte Mike, das Signal genauer zu definieren. Es wunderte ihn nicht, dass er Schwierigkeiten hatte, etwas herauszufinden, denn offenbar war diese Kultur weitaus fortgeschrittener, was die technischen Aspekte anging. Dass sie kulturell ebenfalls weiterentwickelt war, bezweifelte er allerdings. Seiner Ansicht nach würde ein kulturell weit fortgeschrittenes Volk keinen Planeten unter eine derart rigorose Blockade stellen und ihn dem Würgegriff dieser tödlichen Satelliten aussetzen.

Er versuchte, das Trägerband genauer zu bestimmen, und hatte teilweise Erfolg. »Ich kann das Signal jetzt präzisier orten.«

Alia hörte ihm zu, sagte aber nichts. Als er zu ihr rüber sah, bemerkte er, dass sie konzentriert arbeitete.

Er schaltete eine Reihe von Filtern ein, um das Signal auf die Empfangsfrequenzen der ›Voyager‹ einzustellen. Je mehr er an den Feineinstellungen hantierte, desto genauer konnte er das Signal bestimmen.

»Ich glaube, ich habe es. Besser wird es wohl nicht.« Er speicherte die Einstellung. Möglicherweise brauchte er sie irgendwann noch einmal. Dann ließ er das Signal über die Lautsprecher laufen.

Ein Piepsen und Klacken war zu hören. Zuerst schienen es nur Störgeräusche zu sein, doch dann bemerkte Alia eine gewisse Struktur darin.

»Das ist ein Code«, meinte sie schließlich. »Ähnlich wie Morsezeichen, nur viel komplexer.«

»Kannst du herausfinden, was für eine Nachricht darin enthalten ist?«, fragte Mike, doch er ahnte bereits, dass Alia mit diesem Signal allein noch nichts anfangen konnte.

»Tut mir leid«, antwortete sie schließlich, während sie sich wieder auf ihre Berechnungen konzentrierte. »Um dieses Signal zu decodieren, benötiget man Grundwissen über die angewandte Sprache und Codierung.«

Mike starrte auf die dargestellte Wellenform auf seiner Konsole und die Computerauswertung. Zunächst fiel ihm nichts Außergewöhnliches auf. Die Frequenz lag etwas außerhalb des von Menschen üblicherweise genutzten Bereiches, sonst schien alles recht normal zu sein. Doch dann bemerkte er es. Etwas stimmte nicht und veranlasste ihn dazu, die aufgefangenen Daten genauer zu prüfen.

»Das Signal kommt nicht vom Planeten«, sagte er aufgeregt. »Offenbar wird es zuerst von einem Satelliten zum Planeten geschickt und von dort über so etwas wie ein Datenstromverstärker von Proxima Centauri b weggeschickt.«

»Wieso hat die Sonde dann bei ihrem Überflug über die Planetenoberfläche den Datenstromverstärker nicht ausfindig gemacht?« Alia rief die Sendeprotokolle der Sonde auf. »Nichts – keine Energiequelle«, meinte sie schließlich ungläubig. »Mike, kannst du orten, wohin die Signale gesendet werden?«

»Nein, sobald sich die Signale vom Planeten entfernt haben, streuen sie in alle Richtungen aus. Es ist unmöglich, sie nachzuverfolgen.«

»Ich arbeite an der Simulation weiter. Aus irgendeinem Grund glaube ich, dass es besser ist, wenn wir hier weg sind, bevor das Signal den Empfänger erreicht.«

Mike bemerkte, dass es Alia zum ersten Mal, seit die ›Voyager‹ unterwegs war, nicht gelang, ihre Sorgen zu unterdrücken, er pflichtete ihr bei. »Keine schlechte Idee. Ich werde unterdessen versuchen, die Signale weiterzuverfolgen.«

Er zögerte einen Moment. Doch dann hielt er es für besser, seinen Gedanken auszusprechen. »Alia?«

»Was?«

»Es tut mir leid, wegen vorhin. Es … war nicht so gemeint.«

Sie sah ihn irritiert an, doch dann verstand sie. In einem Ton, der Mike unangenehm berührte antwortete sie schließlich: »Vielleicht solltest du künftig darüber nachdenken, was du meinst, bevor du etwas sagst.«

Mike nickte nur. Vielleicht hatte sie damit Recht.

KAPITEL 10

›Leben ist das höchste Gut, das wir besitzen. Es leichtfertig hinzugeben, verstößt gegen die Natur jedes Wesens.‹

Aus den Glaubenslehren der Hinduchristlichen Vereinigung

Die automatische Videoaufzeichnung endete. Arthur hatte gesagt, was er sagen wollte, und hoffte, dass seine Botschaften irgendwann ihre Empfänger erreichen würden.

»Videodatei speichern«, befahl er nun dem Computer. Ein kurzer Piepton bestätigte die Anweisung.

Wortlos verließ Arthur die Konsole und begab sich zum ACET.

Das Licht im Frachtraum war nur teilweise eingeschaltet. Arthur verzichtete auf zusätzliche Beleuchtung, und so wirkte der ACET wie ein lauerndes Raubtier, das sich im Halbschatten versteckte, um seine Beute zu reißen, sobald sie sich unachtsam verhielt.

Arthur fühlte sich in diesem Moment wie eben jene Beute. Allerdings nicht wie die des ACETs, sondern wie die der Blockadesatelliten. In seinen Augen lauerten sie ebenso wie der ACET darauf, ihre Aufgabe zu erfüllen.

Dass diese Aufgaben unterschiedlicher kaum sein konnten, war sowohl dem ACET als auch den Satelliten definitiv egal. Es kam nur darauf an, sie zu erfüllen. Waren die Satelliten darauf programmiert, alles Leben zu vernichten, so war es Aufgabe des ACETs, dem Leben zu dienen. Arthur fasste den Entschluss, diese Unterschiede gegeneinander auszuspielen, und hoffte auf Erfolg.

Arthur öffnete den ACET und stieg ein. Er hatte den Raumanzug bei sich, auf den er zuvor in der Inventarliste aufmerksam geworden war. Behutsam legte er ihn auf einen der Sitzplätze und nahm dann auf den Fahrersitz Platz.

»Dann wollen wir mal sehen, wie gut du funktionierst«, sagte Arthur zum ACET und aktivierte die Systeme. Es würde etwas dauern, bis alles geprüft und einsatzbereit war. Zeit genug, um in den Raumanzug zu schlüpfen.

/////

Alia gab die letzten Funktionen in den Computer ein. Wenn sie alles richtig berechnet hatte, würden sie in den nächsten Minuten eine konkrete Aussage erhalten, ob und wie sie dem Minengürtel entkommen konnten. Soweit sie es bis jetzt überschauen konnte, würden sie vermutlich Sonden als Ablenkung starten, auf die sich die Blockade fixieren konnte, während sich die ›Voyager‹ langsam aus dem Gürtel hinausmanövrierte.

Es blieb nur zu hoffen, dass der kleine Psycho-Ingenieur, wie Alia Arthur mittlerweile in Gedanken nannte, das Schiff soweit wieder in einen hinreichend flugtauglichen Zustand versetzt hatte, um die nötigen Manöver ausführen zu können, ohne dass sie in Stücke gerissen wurden.

»In ein paar Minuten werde ich die Ergebnisse der Simulation haben«, meldete Alia schließlich. »Es wäre dann von Vorteil, wenn auch Lee anwesend wäre. Sie muss das Flugmanöver immerhin ausführen.«

»Heißt das, dass du mit dem Simulationsprogramm einen Fluchtweg entdeckt hast?«, ertönte es hinter Alia, bevor Mike antworten konnte. In der einen Hand eine Tasse Kaffee, in der anderen ein Tablet, stand Lee nun vor Alia und schaute sie fragend an.

»Die Simulation ist noch nicht abgeschlossen, jedoch hat der Computer bereits einen Weg errechnet, der mit 67,98 Prozent zum gewünschten Ergebnis führt.«

»Hmm.« Lee dachte über Alias Aussage nach. »Zwei Drittel, dass es gutgeht, ein Drittel, dass wir abgeschossen werden. Zwar keine besonders üble Quote, aber mir wäre da ein besseres Verhältnis doch lieber.«

»Wie ich bereits sagte, ist es nur eine Möglichkeit, die der Computer bis jetzt errechnet hat. Eventuellen Alternativen werden in wenigen Minuten zur Auswahl stehen.«

»Hoffen wir nur, dass sich die Satelliten eher an die Zweidrittelchance halten«, meinte Mike daraufhin. »Ich fürchte, dass unser Schiff bestenfalls drei Treffer der Satelliten aushalten wird, bis die Hülle auseinanderbricht.«

»Zwei Treffer«, korrigierte Alia. »Und dann wird die Hülle nicht einfach auseinanderbrechen, sondern die ›Voyager‹ wird wie eine Mücke in einer dieser altmodischen Fliegenfängerlampen auseinanderplatzen.«

»Vielen Dank für die ausführliche Schilderung unseres möglichen Schicksals«, maulte Lee und richtete den Blick verächtlich auf ihren Kaffee.

Alia überlegte kurz, ob sie Lee den Appetit verdorben hatte, warf den Gedanken jedoch gleich wieder beiseite. »Ich habe lediglich die wahrscheinlichen Auswirkungen geschildert«, konterte sie stattdessen trocken. Für einen Moment überlegte sie, ob es nicht sinnvoller gewesen wäre, diese Mission mit ausgebildeten Militär durchzuführen, anstatt darauf zu vertrauen, dass ein ziviles Forschungsschiff bei möglichen Kontakten mit außerirdischen Lebensformen einen besseren Eindruck machte. Wer auch immer diese Satelliten um den Planeten postiert hatte, scherte sich einen Dreck darum, einen guten Eindruck bei anderen zu hinterlassen.

»Alia, tust du uns einen Riesengefallen und behältst die farbenfrohen Schilderungen der möglichen Todesarten bitte für dich? Vor allem, wenn Arthur in der Nähe ist«, gab Lee gereizt zurück. Alia straffte sich und nickte, sagte aber nichts.

»Das sollte für uns ein großer Ansporn sein, unsere Chancen bestmöglich zu nutzen und Fehler zu vermeiden«, meinte Mike dann, der offenbar bemerkte, dass sich die Situation zwischen Alia und Lee ungewollt zuspitzte. Sie waren alle aufgrund der heiklen Lage äußerst angespannt. Bevor Lee oder Alia sich weiter dazu auslassen konnten, wie hoch welche Wahrscheinlichkeit war, dass die ›Voyager‹ bei ihrem Fluchtversuch zerstört werden würde, meldete Alias Computer das Ende der Berechnungen.

Gespannt warteten Mike und Lee darauf, dass Alia endlich die Ergebnisse mitteilte, doch diese schaute nur auf den Bildschirm und machte keine Anstalten, eine Erklärung abzugeben.

»Captain, mach es nicht so spannend, die Nerven liegen schon blank«, forderte Lee sie schließlich auf.

»Ich wollte nur die Ergebnisse überfliegen, um sicherzugehen, dass sich nicht irgendwo ein entscheidender Fehler eingeschlichen hat«, antwortete sie gereizt. Ihre Nerven waren genauso angespannt wie die der anderen, nur versuchte sie, sich nicht davon beeinflussen zu lassen. »Ich werde euch die geeignetste Flugroute auf eure Bildschirme legen.«

Schnell tippte Alia ein paar Befehle ein, damit die Simulation von allen in Augenschein genommen werden konnte. »Der Computer hält es für am wahrscheinlichsten, wenn wir folgendermaßen vorgehen: Zur Ablenkung werden zwei Sonden gestartet, die nur knapp vor der ›Voyager‹ herfliegen und dabei langsam steigen. Dies führt dazu, dass die Blockadesatelliten die Sonden als eigentliche Ziele anvisieren und die ›Voyager‹ sozusagen im Windschatten der Sonden langsam steigt.« Die Flugroute wurde durch rote Markierungen sichtbar. »Nach zwei Drittel des Weges wird das Täuschungsmanöver allerdings nicht mehr funktionieren. An diesem Punkt«, auf dem Monitor leuchtete ein blauer Punkt entlang der Route auf, »muss voller Schub auf alle Triebwerke gegeben werden, damit wir aus dem Minenfeld ausbrechen können.«

»Und dabei noch zwei weitere Killertrabanten umfliegen. Bestimmt nicht das einfachste Flugmanöver, aber navigatorisch zu schaffen.« Lee machte eine Pause und holte tief Luft. »Auch wenn es mich sicher demoralisiert: Wie hoch sind unsere Chancen, Alia?« Lee sah ein, dass es nichts brachte, sich gegenseitig anzuschnauzen. Dadurch wurde nichts besser.

»Laut Computer liegt die Chance auf Erfolg bei 89,61 Prozent«, antwortete Alia und tippte beiläufig den Befehl ein, die Berechnungen auf ihrem Bildschirm zu verbergen. Die anderen sollten nicht wissen, dass der Computer ihnen nur höchstens 44 Prozent Erfolg zugestanden hatte.

»So, was machen wir nun?«, stellte Lee die Frage in den Raum und schaute Mike an. Er hatte bei dieser Entscheidung das letzte Wort.

Mike schien einen Moment zu überlegen, dann sagte er schließlich entschlossen: »Wir werden es genauso machen, wie Alia es berechnet hat. Es scheint unsere beste Chance zu sein.

Nehmt eure Plätze ein. Wir werden damit beginnen, sobald Alia das Kommando dazu gibt.«

»Heißt das etwa«, fragte Lee überrascht, »dass du Alia das Kommando über die ›Voyager‹ übergibst?«

Mike nickte. »Für dieses Manöver auf jeden Fall. Schließlich hat sie die Berechnungen erstellt und kann am besten auf

Unwägbarkeiten reagieren. Außerdem würde ich das auch als militärische Aktion bewerten, und somit hätte Alia automatisch das Kommando.«

»Danke, Commander«, antwortete Alia daraufhin fast pflichtschuldig.

Er drehte sich zu ihr herum. »Danke mir lieber nicht zu früh. Wenn hierbei etwas schiefgeht, gibt man vielleicht dem Neu-Ägyptischen Militär die Schuld daran. Bei den derzeitigen Spannungen auf der Erde wäre das nicht unbedingt ratsam.«

»Wir werden sehen«, antwortete Alia schließlich und bereitete die Startsequenz vor. Auf Lees Monitor erschienen telemetrische Daten, die sie benötigte, um den Kurs zu berechnen.

»Was ist mit Arthur?«, fiel Lee ein, während sie den berechneten Kurs eingab. »Er sollte über unser Vorhaben informiert werden.«

Mike tippte auf seine Konsole, um die Bordlautsprecher zu aktivieren. »Bin schon dabei.« Dann schaltete er die Lautsprecher an. »Arthur, hier ist Mike. Wir werden in Kürze die Triebwerke zünden, um der Blockade zu entfliehen. Alia hat einen Plan ausgearbeitet, der sehr vielversprechend ist.«

Es herrschte Stille.

»Arthur?«

»Ich bin hier« Endlich antwortete er. Seine Stimme klang matt.

»Dann komm auf deine Station. Wir werden in wenigen Augenblicken von hier verschwinden.«

»Ich habe hier noch etwas zu tun, aber ich bin gleich fertig.«

Mike sah Alia an, die ihm durch einen Fingerzeig auf den Countdown zu verstehen gab, dass sie die Triebwerke und die Sonden, die die Satelliten ablenken sollten, in weniger als einer Minute starten würde.

»Du hast nicht mal mehr eine Minute, bevor es losgeht«, meine Mike dann. »Beklage dich nicht, wenn du durchgeschüttelt wirst.«

»Ich werde mich nicht beklagen.« Täuschte er sich, oder hörte sich Arthurs Stimme plötzlich dumpfer an? Er stutzte.

»Was machst du gerade?«

»Ich arbeite hier im Frachtraum«, antwortete Arthur, doch Mike merkte, dass irgendetwas nicht stimmte. Lee hörte das Gespräch zwischen den beiden Männern und wurde unruhig. Sie kannte

Arthur gut genug, um zu spüren, dass etwas ganz und gar nicht in Ordnung war. Jedoch hatte sie im Moment andere Sorgen als seine paranoiden Ängste.

»Die Sonden starten in fünfundvierzig Sekunden, Triebwerk bei 80 Prozent Leistung.« Alia meldete stoisch den aktuellen Stand.

»Was machst du im Frachtraum, Arthur?« Lee mischte sich in das Gespräch zwischen den Männern ein.

»Meine Arbeit. Es hilft mir, mich zu beruhigen.« Seine Stimme klang mit einem Mal sehr sarkastisch.

»Noch dreißig Sekunden, Triebwerke bei 95 Prozent. Arthur, wenn du nicht an die Wand des Frachtraums gedrückt werden willst, solltest du dir jetzt einen sicheren Halt suchen.« An Lee gewandt. sprach Alia weiter. »Ich dupliziere jetzt die Navigationskontrolle auf mein Terminal.«

Auf Lees Station wurde anzeigt, dass die Navigation nun über eine zweite Konsole mitbedient werden konnte.

»Arthur? Hast du verstanden?« Mike wurde sichtlich nervös.

Keine Antwort. Arthur hatte irgendetwas vor.

»Noch fünf Sekunden.«

Die ›Voyager‹ begann zu vibrieren, ein deutliches Zeichen dafür, dass die Triebwerke vollen Schub erreicht hatten. »Noch vier … drei … zwei … eins … Sonde gestartet. Countdown für die ›Voyager‹ beginnt, zehn Sekunden bis zum Start.«

Mike, Alia und Lee warteten gespannt, als ein Dekompressionsalarm im Frachtraum ausgelöst wurde.

»Verdammt!«, fluchte Mike. »Arthur, was geht da bei dir vor?« Seine Konsole informierte ihn darüber, dass die Frachtraumluke geöffnet worden war. Die Sicherheitsschotten wurden allesamt verriegelt, sodass lediglich der Frachtraum selbst von der Dekompression betroffen war.

Arthur antwortete nicht.

Lee wurde panisch »Mike! Alia!«, rief sie. »Wir müssen doch etwas tun. Wir müssen Arthur helfen.«

»Sechs Sekunden bis zur Zündung.« Alia wusste, dass ihnen die Zeit davonlief. Den Start jetzt zu unterbrechen, würde ihnen vielleicht die letzte Chance nehmen, die Blockade lebend zu verlassen. Vielleicht handelte es sich nur um eine Fehlfunktion der

Ladeluke, vielleicht hatte Arthur auch den Verstand verloren. Alia wusste es nicht und sie konnte es nicht verantworten, den Start jetzt abzubrechen.

Die Sonde schoss weiter durch den Orbit und begann nun planmäßig ihren Steigflug. In wenigen Sekunden würden die Satelliten sie erfassen, und dann gab es kein Zurück mehr.

»Arthur, rede mit mir!«, brüllte Mike.

»Tut mir leid!« Endlich meldete er sich. »… Lebt wohl.«

»Arthur!« Mike wusste nicht, was er unternehmen sollte. Offenbar war Arthur verrückt geworden.

»Drei Sekunden«, meldete Alia.

»Den Start sofort stoppen!«, befahl Mike nun, doch Alia fuhr fort.

»Zwei …«

»Stoppen, verdammt!«

»Eins …«

»Alia!«

»Start!«

Mit einem kräftigen Ruck setzte sich die ›Voyager‹ in Bewegung. Die Frachtluke war nun vollständig geöffnet, da ertönte das nächste Warnsignal. Die Arretierung des ACETs wurde gelöst.

»Arthur, du wirst uns alle umbringen, wenn du nicht sofort aufhörst.«

»Nein, Mike.« Plötzlich klang Arthur wieder zuversichtlicher. »Ich weiß jetzt, wie ich entfliehen kann. Ich werde leben.«

»Er ist verrückt geworden«, flüsterte Lee und ihre Stimme bebte. »Bitte, Mike, du musst etwas unternehmen.«

»Die Sonde wurde soeben abgeschossen. Wir müssen unseren Flug fortsetzen«, bemerkte Alia. »Sonst werden wir es nie schaffen, hier heil herauszukommen.«

»Wir finden einen anderen Weg«, widersprach Mike. »Wir können Arthur nicht einfach im Stich lassen. Wende sofort die ›Voyager‹, wir müssen ihn zurückholen.«

Doch Alia dachte nicht daran, das Fluchtmanöver abzubrechen. Würden sie jetzt beidrehen, wäre der Fluchtversuch vergebens gewesen.

Eine blinkende Warnleuchte signalisierte den drei Besatzungsmitgliedern im Cockpit, dass die Schubdüsen des ACET im Frachtraum gezündet wurden.

»Arthur!« Jetzt war es Lee, die verzweifelt in ihre Konsole schrie. »Komm zurück! Das bringt doch nichts!«

Alia überlegte rasend schnell. Die Sonde war zerstört, und die Verzögerung durch den Start des ACETs gefährdete schon jetzt ihren Fluchtversuch. Außerdem stand das Leben eines Bordmitglieds auf dem Spiel.

»Wir können den Vorgang nicht abbrechen, ohne uns selbst zu gefährden«, sagte sie dann zu Mike und Lee. »Aber wir können versuchen, die ›Voyager‹ zu drehen, holen den ACET wieder an Bord, zerren Arthur raus und nutzen das Ding als zusätzliche Ablenkung für die Blockade.«

Mike atmete auf. »Lass uns das so machen.«

»Allerdings können wir den Schub dabei nicht verringern, sonst schaffen wir es nicht, hier herauszukommen.«

»Dann wird die ganze Sache eben holprig«, meinte Mike. »Los!«

Lee gab die Kursänderung ein, und die ›Voyager‹ flog einen großen Bogen. Die Navigation stellte sich als Herausforderung dar, da sie aufpassen musste, dass die berechnete Höhe beibehalten wurde. Andernfalls bestand das Risiko, dass die Satelliten die ›Voyager‹ anvisierten.

Der ACET steuerte in einem flachen Winkel die Barriere an, um der Zielerfassung der Satelliten zu entgehen. Arthur durfte unter keinen Umständen eine größere Kurskorrektur vornehmen, sonst würde das Manöver nicht funktionieren. Lee schaffte es, die ›Voyager‹ auf Abfangkurs zu setzen. Nur wenige Augenblicke trennten das Schiff vom ACET. Mike hatte dafür gesorgt, dass die Frachtraumluke, die sich an der Unterseite des Schiffes befand und sowohl nach achtern als auch zum Bug hin offen war, das Transportnetz ausfuhr. Er hoffte, dass es stabil genug war, um den ACET aufzufangen.

»Mike, du solltest zum Frachtraum gehen und dich bereitmachen, Arthur aus dem ACET zu ziehen«, rief Alia ihm zu.

Mike bestätigte wortlos und verließ die Brücke.

Sie wussten alle, dass es darauf ankam, schnell zu handeln. Sobald der ACET eingefangen war, musste die Luke geschlossen, dem Frachtraum wieder Luft zugeführt und Arthur schnellstens aus dem Ding herausgeholt werden. Alia hätte diese Aktion selbst durchgeführt, wenn die Situation nicht ohnehin schon so heikel gewesen wäre.

»Anflugvektor bestätigt.« Sie verfolgte den Kurs und prüfte regelmäßig, ob die Berechnungen stimmten.

Nach einer weiten Schleife richtete sich die ›Voyager‹ auf den ACET aus und Lee drosselte die Geschwindigkeit, um das Einfangmanöver besser kontrollieren zu können.

»Arthur, wir holen dich wieder rein.« Lee konnte es sich nicht verkneifen, Arthur über ihr Vorhaben in Kenntnis zu setzten.

»Verschwindet! Ihr werdet es nicht schaffen«, tönte es aus den Lautsprechern.

Jetzt raste die ›Voyager‹ auf den ACET zu. Nur wenige Sekunden trennten das Schiff von dem Fahrzeug, doch für die Blockadesatelliten reichte die Zeit aus. Nach und nach richteten sich die Zielsucher aus und nahmen den ACET ins Visier.

Es geschah wie in Zeitlupe. Die ›Voyager‹ war fast in Reichweite, als plötzlich grelle Blitze von überall her auf sie einprasselten. Die Funkverbindung endete genauso abrupt, wie der ACET in einer blauweißen Energieentladung in tausend kleine Fetzen zerrissen wurde. Durch die Geschwindigkeit des ACETs trieben große Trümmerteile auf dem Kurs weiter und dienten den Satelliten als neue Zielobjekte. Ein hochenergetisches Feuerwerk wurde entfacht.

»Oh, mein Gott. Arthur.« Lee konnte die Worte nur krächzen. Sofort wurde ihr bewusst, dass er diesen Angriff nicht überlebt haben konnte.

Auch Alia war sich dessen bewusst. Unverzüglich übernahm sie die Kontrolle, gab vollen Schub und änderte den Kurs. Weg von den Trümmern, raus aus der Blockade. Sie wusste, dass die ›Voyager‹ nur wenige Sekunden für ihre Flucht übrig hatte. Arthurs Tod sollte nicht vergebens sein.

KAPITEL 11

›Das Sterben beginnt bereits mit der Geburt eines jeden Lebewesens. Es lässt sich nicht aufhalten, und das Ergebnis, der Tod, ist unwiderruflich. Ein jeder weiß in einem bestimmten Moment um das Ende seines Lebens und akzeptiert es. Im Bruchteil eines Augenblickes erlangt der Sterbende die Erkenntnis, dass es der Kreislauf des Lebens mit dem Tod ist, der alles besonders und einzigartig macht, und tritt der neuen Ebene des Lebens ohne Furcht gegenüber. Nur die Zurückbleibenden, noch mehr mit dem Leben als dem Tod verbunden, fehlt die Weisheit, das große Ganze, das, was man Leben nennt, zu begreifen. Sie betrauern den Verlust, erliegen dem Irrglauben, es für die zu tun, die sie nicht mehr um sich haben. Doch eigentlich trauern sie nur um sich selbst, um ihren Verlust, um die Schuld, die sie auf sich geladen haben. Der Jenseitige hat alles hinter sich gelassen, die Diesseitigen haben alles auf sich geladen.‹

Auszug aus der ›Richter-Schriftrolle‹, Fund im Tal der Könige, 2066

Das Forschungsschiff wurde wild durchgeschüttelt. Alia hatte alle Mühe, gleichzeitig den Blockadetrabanten und den Trümmern auszuweichen. Der Computer konnte zwar die Hindernisse orten, aber aufgrund der überraschenden Ereignisse war er nicht in der Lage, einen neuen Kurs zu berechnen. Die ›Voyager‹ war nicht als Schlachtschiff entworfen worden, daher hatte man es auch nicht für nötig gehalten, einen dementsprechend hochwertigen Computer einzusetzen, der solche Manöver in der nun benötigten Zeit berechnete. Ständig ertönte der Kollisionsalarm, und immer wieder konnte Alia erfolgreich den Gegenständen ausweichen. Lee hatte große Mühe, sich in ihrem Sitz zu halten.

Dann war plötzlich alles ruhig. Die ›Voyager‹ vibrierte nicht mehr, und auch der Alarm war verstummt.

»Alia, was ist los?« Mikes Stimme kam sehr laut über die Bordlautsprecher herein, und er brüllte weiter. »Warum zum Teufel bewegt sich das Schiff nicht mehr? Wo ist der ACET?«

Alia sah zuerst zu Lee, um eine Antwort abwägen zu können, doch diese blickte nur starr auf ihren Bildschirm. Sie schien noch gar nicht begriffen zu haben, was passiert war.

»Du solltest auf die Brücke kommen«, antwortete Alia schließlich, und zum ersten Mal seit zehn Jahren gelang es ihr nicht, ihre Emotionen aus ihrer Stimmlage zu verbannen.

»Wo ist Arthur?« Auch Mike hörte sich an, als wäre er mit den Nerven am Ende.

»Er wurde abgeschossen«, schluchzte Lee auf einmal. »Er ist tot!«

»Und wir sind frei«, fügte Alia in einem merkwürdigen Unterton hinzu.

»Er ist was?« Mikes Stimme überschlug sich. »Ich bin sofort bei euch. Haltet die Position.«

Der letzte Satz war überflüssig. Alia wusste nicht, warum er die letzte Order durchgab, doch sie vermutete, dass auch er geschockt war und in dieser Lage nur irgendwie versuchte, zu funktionieren.

Sie wusste, dass der Preis, den Sie hier bezahlen mussten, einfach viel zu hoch war.

/////

Mike rannte an der Bordkombüse vorbei. Es waren nur noch wenige Meter bis zur Brücke.

›Er ist tot!‹ Die Worte hallten in seinem Kopf wider. Was war geschehen? Warum hatte Arthur sterben müssen? Sie waren doch auf dem Weg gewesen, um ihn zu retten. Mike wusste, dass sie alles darangesetzt hatten, den Bordingenieur zurück zur ›Voyager‹ zu holen. Doch jetzt war der Mann tot.

Mike betrat die Brücke. Er war völlig außer Atem. Der Anblick, der sich ihm bot, war sonderbar. Lee hing schluchzend an ihrer Konsole, während Alia mit ausdruckslosem Gesicht aus dem Sichtfenster der Brücke blickte. War das eine Träne, die über ihre Wange rann?

»Oh, Mike!«, rief Lee ihm zu. »Es ist schrecklich. Wir haben alles versucht, um Arthur zurückzuholen. Wir waren so nah dran.«

Mike ging zu ihr und nahm sie in den Arm.

»Es ist nicht unsere Schuld«, sagte er leise. »Wir haben alles versucht, um ihn zu retten.«

Lee begann heftig zu weinen.

»Warum hat er das getan?«, schluchzte sie kaum verständlich und klammerte sich noch fester an ihn.

»Ich weiß es nicht.« Mike wusste einfach nichts anderes zu sagen. Hatten sie Arthurs Panik unterschätzt? Oder hatte er überreagiert? Vielleicht war es ein bisschen von allem, was den jungen Bordingenieur zu einer solchen Verzweiflungstat getrieben hatte. »Was ist passiert?«

/////

Alia starrte teilnahmslos aus dem Fenster und beobachtete ein kleines Wrackteil des ACET, das langsam an ihnen vorbeitrieb.

»Der ACET hat übersteuert und wurde von den Blockadesatelliten abgeschossen.« Ohne den Blick vom Fenster abzuwenden, redete sie weiter: »Der Einflugwinkel durch die Blockade war zu niedrig. Die Satelliten peilten die Trümmer an, sodass die ›Voyager‹ entkommen konnte. Arthur hatte nicht die geringste Chance.«

Sie hörte Mike mit betroffener Stimme sagen: »Es ist nicht deine Schuld, Alia.«

Langsam wandte sie ihren Blick in seine Richtung.

»Natürlich war es das nicht«, antwortete sie schnippisch. »Es war sein eigenes Verschulden. Und dazu hat er auch die ›Voyager‹ in eine äußerst bedrohliche Lage gebracht.«

Lees Gesicht hatte sich zu einer angeekelten Grimasse verzogen und Mike sah sie ungläubig an.

»Ich werde zum Frachtraum gehen und mir die Schäden ansehen«, setzte sie dann hinzu und ging.

Kaum hatte sich die Tür zur Brücke hinter ihr geschlossen, liefen Alia Tränen über das Gesicht. Auch wenn sie Arthur niemals als Freund bezeichnet hätte, war er ihr doch sympathisch gewesen. Wie verzweifelt musste er gewesen sein, um diesen Ausweg zu wählen?

Vielleicht würden Lee und Mike es als Rettungsakt bezeichnen, doch neutral betrachtet war es Verrat.

Beinahe wäre sein Plan geglückt, und er wäre mit dem ACET entkommen, während die ›Voyager‹ noch immer in der Blockade steckte. Nur mit diesem Gedanken im Hinterkopf gelang es Alia, ihre Tränen schließlich zu stoppen, als sie am Frachtraum angekommen war.

/////

»Wir müssen der Erde einen Bericht schicken, in dem wir Arthurs Verlust melden«, meinte Mike und ging langsam zu seiner Arbeitsstation. Irgendwie fühlte er sich mit einmal niedergeschlagen und desorientiert.

»Langsam klingst du wie Alia.« Vorwurfsvoll sah Lee Mike an, als dieser sich erstaunt zu ihr herumdrehte.

»Wie meinst du das?«

Die Tränen standen Lee in den Augen, als sie nach einigem Zögern antwortete: »So gefühlskalt. Einen Bericht willst du der Erde zuschicken. Warum nicht gleich noch einen Totenschein anfordern?« Sie brach erneut in Tränen aus und schluchzte bitterlich. Mike hatte nur allzu großes Verständnis dafür. Er wusste, dass Lee von allen an Bord am sensibelsten war. Es gab immer ein gewisses Risiko, dass einem Astronauten, insbesondere bei einer so weiten Reise, etwas zustoßen konnte. Doch niemals wurde auch nur in Erwägung gezogen, dass ein Planet unter einer Blockade stand, die das Leben der Besatzung gefährden konnte.

Dass die Neu-Ägyptische Regierung darauf bestand, einen militärischen Wissenschaftler mit auf diese Mission zu schicken, war eher eine Vorsichtsmaßnahme gewesen. Ganz sicher hatte niemand damit gerechnet, dass die ›Voyager‹ einer solchen Gefahr ausgesetzt werden konnte.

Mike kam wieder zu Lee zurück. »Hör zu, ich verstehe, dass du-«

»Was verstehst du? Ich fasse es nicht, dass du auch so sein kannst. Arthur ist tot! Tot, weil wir ihm nicht geholfen haben. Tot, weil ich ihn habe gehen lassen, als ich besser nach ihm hätte sehen sollen.« Wieder weinte sie.

›Das ist es also‹, dachte Mike. ›Lee macht sich Vorwürfe.‹ Auch er bedauerte, was geschehen war und wusste nicht, wie er mit dieser Situation umgehen sollte. Doch er hatte alles versucht um Arthur zu retten. Lee hingegen schien die Schuld dafür auf sich nehmen zu wollen.

»Das ist nicht wahr«, versuchte er sie zu beruhigen. »Du hast, genauso wie Alia und ich, alles versucht.«

»Aber ich hätte ihn davon abhalten können«, antwortete sie unter Tränen. Mike stand nun wieder neben ihr und nahm sie in die Arme. »Als wir beide in die Kombüse gingen, hatten wir eine Meinungsverschiedenheit. Ich hätte ihm zuhören … auf ihn eingehen sollen.« Sie wischte die Tränen aus dem Gesicht, zitterte jedoch noch am ganzen Leib. »Dann wäre er vielleicht nicht auf einen so törichten Gedanken gekommen.«

Mike drückte sie sanft. »Das kannst du nicht wissen. Er hat diesen Entschluss wahrscheinlich erst kurz vor seiner Tat gefasst. Du hättest wahrscheinlich nichts daran ändern können.«

Er atmete schwer. Langsam bemerkte Mike ebenfalls, wie sehr ihn der Verlust traf. Schließlich war Arthur für ihn zu einem Freund geworden. Seine Pflichten als Commander der ›Voyager‹ hatten es bisher nicht zugelassen, dass er sich von seinen Gefühlen überwältigen ließ, doch nun bahnten sich auch bei ihm die Tränen ihren Weg.

Weder Lee noch Mike sagten etwas. Sie hielten sich einfach in den Armen, um sich gegenseitig Trost zu spenden und den Verlust irgendwie zu verkraften. Obwohl keiner von ihnen ein Wort sagte, wussten sie diese Nähe als gegenseitige Hilfe zu verstehen.

/////

Alia musste Arthur zugestehen, dass er wirklich etwas von seinem Beruf verstanden hatte. Die ›Voyager‹ hatte das riskante Flugmanöver relativ heil überstanden. Der Bruch in der Außenhülle war zwar noch gut sichtbar, aber die reparierte Stelle hielt. Das war das Entscheidende.

Nun wandte sich Alia dem Lagerraum zu, aus dem Arthur mit dem ACET gestartet war. Lagergegenstände, die nicht richtig verankert worden waren, lagen wahllos in der Gegend herum oder waren ins Weltall gesogen worden.

›Na wunderbar. Jetzt kann ich erst einmal eine Bestandsaufnahme machen‹, dachte sie ärgerlich. Sie ging an ein Terminal, um die aktuellen Listen der einzelnen Frachträume aufzurufen.

»Merkwürdig«, überlegte sie laut. »Die Listen wurden vor einer Stunde schon einmal geöffnet.«

Nicht nur das. Anscheinend hatte Arthur einige private Dateien verschoben und neu gespeichert, denn der Computer zeigte eine veränderte Speicherkapazität an. Er hatte alle Dateien gut versteckt in seinem persönlichen Bereich auf dem Hauptspeicher hinterlegt. Alia war überzeugt, dass es Mike und Lee nicht aufgefallen wäre. Als sie jedoch die Dateien öffnen wollte, wurde der Zugriff verweigert.

»Was zur Hölle hat er sich denn da einfallen lassen?« Alia tippte wie besessen auf der Tastatur herum. Sie wollte erfahren, was Arthur getan hatte, und vor allem wollte sie wissen, was ihn dazu getrieben hatte, dermaßen durchzudrehen.

Als sie nach gut zehn Minuten noch keinen Schritt weitergekommen war, beschloss sie, die Sache für den Moment auf Eis zu legen und sich ihrer eigentlichen Aufgabe zu widmen. Es blieb ihr nichts anderes übrig, als Mike darüber zu informieren, denn der Computer würde die Sperre nur aufheben, wenn sowohl er und sie ihr persönliches Masterpasswort eingaben.

Sie ließ sich die Inventarliste anzeigen und konnte es nicht glauben: Arthur hatte tatsächlich alle Dinge, die er für ›seine Mission‹ für nötig erachtete, aus den Aufstellungen ausgetragen, sogar den ACET.

Mit akribischer Genauigkeit ging Alia die Angaben weiter durch. Es fehlten ein paar Ersatzteile für den ACET, die sie jetzt sowieso nicht mehr benötigen würden, und einige andere Dinge für das Schiff waren wohl in den Weltraum hinausgesogen worden. Das war sehr ärgerlich, aber leider nicht mehr zu ändern. Wenigstens waren es keine lebensnotwendigen Dinge.

Müde ließ sich Alia eine Stunde später auf einer der Frachtkisten nieder. Erst nach und nach war die Anspannung der Müdigkeit gewichen.

›Arthur hat es von uns allen jetzt am besten, er hat jetzt keine Sorgen mehr‹, dachte sie betrübt. Wenn die anderen Alia gehört hätten, wäre sie mindestens mit einigen bösen Blicken gestraft worden, die sie der Herz- und Gefühllosigkeit anklagten.

»Und wenn schon«, sagte sie dann laut. Ihr war egal, was andere über sie dachten. Die Zeit, da sie sich um ihr Image gesorgt hatte, war schon lange vorbei. Vor fünfzehn Jahren machte sie sich noch solche Gedanken, aber seit das Unglück passiert war, legte sie keinen Wert mehr darauf. Weder auf die Äußerlichkeiten eines Menschen noch auf die inneren Werte.

Dafür hatte sie auch ihren Preis zu zahlen. Zweimal wurde sie bewusst bei den Beförderungen übergangen, weil sie offen ein Veto gegen die Meinung eines höherrangigen Offiziers eingelegt und nicht über den Charme und das Feingefühl verfügte, es auf positive Weise zu vermitteln.

Trotz all dieser Schwierigkeiten war es ihr gelungen, an diesem Projekt teilzunehmen, nur um jetzt festzustellen, dass die psychologischen Tests wohl doch nicht so ausgereift waren, wie die Verantwortlichen geglaubt hatten. Arthur an dieser Reise teilnehmen zu lassen, war ein schwerer Fehler. Wie würde man auf der Erde auf eine solche Nachricht reagieren? Alia hoffte inständig, dass niemand auf die Idee kam, die Mission deswegen komplett abzubrechen. Nachdem sie eine Weile gegrübelt hatte, machte sie sich wieder auf den Weg zur Brücke. Doch unterwegs meldeten sich die Schmerzen an ihrem Hinterkopf erneut. Vor ihrem Quartier zögerte sie kurz, trat dann ein und suchte ihre Kopfschmerztabletten, von denen sie zwei einnahm.

»Diese dumme Leitung musste ausgerechnet in meiner Nähe platzen«, murmelte sie gereizt und betastete ihre Wunde vorsichtig mit den Fingern. Lee hatte wirklich gute Arbeit geleistet. Jetzt hoffte sie, dass die Schmerztabletten und etwas Wasser ihr helfen würden, wieder Farbe im Gesicht zu bekommen. Sie verließ ihr Quartier und eilte zur Brücke.

/////

»Arthur hat alles sorgfältig aus den Bestandslisten ausgetragen«, meldete Alia, als sie die Brücke betrat. Mike und Lee waren derweil mit einer Bordanalyse beschäftigt. Die Subsysteme arbeiteten einwandfrei. Es gab einige kleinere Fehlfunktionen, die jedoch schnell behoben werden konnten. Selbst ohne Bordingenieur würde die Besatzung nicht lange benötigen, um diese Fehler auszumerzen. Was jedoch die weitere Reise anging, waren sich nunmehr alle im Unklaren darüber, was zu tun war.

»Er hat immer sehr gewissenhaft gearbeitet«, entgegnete Mike daraufhin, während sich Lee gänzlich zurückhielt. Er sah zu ihr, mittlerweile hatte sie ihre Fassung fast vollständig zurückerlangt. Alia kam zu ihm hinüber und rief an seiner Konsole eine Datei auf.

»Soweit ich es beurteilen kann«, sagte sie dann, »gingen nur einige Werkzeuge und eher sekundär wichtige Materialien durch die Öffnung der Ladeluke verloren.« Sie bemerkte, wie Lee kurz davorstand, dagegen zu protestieren. »Abgesehen von Arthur und dem ACET«, fügte sie hinzu. Offenbar war Lee über diese Wortwahl entrüstet, doch sie wies Alia nicht zurecht, sondern ließ es auf sich beruhen. Mike ließ Alia gewähren und bemerkte schließlich, dass sie eine verschlüsselte Datei aufgerufen hatte.

»Was ist das?«, fragte er dann.

»Vermutlich Arthurs letzte Datei. Er hat sie verschlüsselt, und wir können sie nur mit unseren Kommandocodes öffnen.«

Er sah Alia fragend an. »Verschlüsselt? Aber warum sollte er denn so etwas tun? Zumal er sich kurz darauf mit dem ACET …« Ihm fielen keine passenden Worte ein, das Geschehen zu umschreiben, ohne Arthurs Tod erneut anzusprechen, also ließ er den Satz unbeendet.

Für einen Moment schwiegen sie, bis Alia schließlich sagte: »Wir werden es herausfinden, wenn wir die Datei öffnen.«

Sie tippte ihr Masterpasswort in die Befehlszeile und überließ nun Mike die Konsole. Er räusperte sich, bevor er sich der Konsole widmete. Mike war nicht wohl bei dem Gedanken, was Arthur in dieser Datei gespeichert haben mochte. Irgendetwas in ihm sträubte sich dagegen, sein Masterpasswort einzugeben, doch war ihm auch bewusst, dass die Erde eine Erklärung für seinen Tod verlangen würde. Eventuell war diese Datei die einzige Möglichkeit, Arthurs Beweggründe zu verstehen. Mike verschränkte die Finger ineinander und drückte sie durch. Die Knöchel knackten hörbar, sehr zum Missfallen der beiden Frauen an Bord.

»Entschuldigung – ist eine schlechte Angewohnheit«, murmelte er und tippte dann sein Passwort ein. Sogleich öffnete sich die Datei, und automatisch startete ein Video.

»Mein Name ist Arthur Jones, Bordingenieur des Langstreckenraumschiffes ›Voyager‹ aus dem Sol-System, Personalnummer

3-2651-AJ-A16/12. Wir sind im Alpha-Centauri-System angekommen und in ein Minenfeld geraten, das rund um den Planeten Proxima Centauri b errichtet wurde. Diese Minen sind selbsttätige automatische Abschusssatelliten, die von einer fremden Spezies errichtet wurden …«

»Können wir das überspringen?«, fragte Alia genervt. Sie hatte keine Lust, sich von Arthur über Dinge informieren zu lassen, die sie bereits wusste.

»Augenblick. Ich suche den richtigen Zeitpunkt.« Mike drückte ein paar Tasten. Drei Versuche brauche er, um die Stelle zu finden, an der Arthur nicht von den bisherigen Geschehnissen berichtete, sondern auf sein Vorhaben einging.

»… hatte ich mich mit Lee in der Kombüse unterhalten. Sie ist einfach zu naiv. Naiv genug, um zu glauben, dass wir mit der ›Voyager‹ einen Weg aus diesem Minengürtel herausfinden. Mike hört nicht mehr auf mich oder Lee, sondern viel zu sehr auf Alia. Wenn wir gewusst hätten, was wir hier vorfinden würden, hätten wir vielleicht lieber mehr von ihrer Sorte herschicken sollen. Einen Haufen Soldaten, die nur darauf warten, ihre militärischen Strategien auszuprobieren.«

Alia blickte finster auf den Monitor. Auch Mike war erstaunt über Arthurs Bericht.

»Sie versuchen sich ein Ablenkungsmanöver auszudenken, um mit der ›Voyager‹ zu entkommen, aber ich bin sicher, dass sie zum Scheitern verurteilt sind. Nach meinen Berechnungen ist der einzige Weg aus dieser Blockade der, mit einem kleinen Transportmittel eine flach ansteigende Umlaufbahn einzuschlagen. Die Satelliten haben die Sonde von der Planetenoberfläche erst nach längerer Anstiegsphase vernichtet, was mich zu dem Schluss bringt, dass die Sensoren der Satelliten eine Aktivierungsverzögerung haben. Vermutlich eine Art Hintertür, falls einer der Erbauer dieser Blockade hier hineingerät.«

»Das ist absurd«, kommentierte Alia trocken. »Hätte er sich die Aufzeichnungen und Daten angesehen, wäre ihm bewusst gewesen, dass die Satelliten nur deshalb später reagieren, weil sie die Flugbahn des Zielobjektes verfolgten. Mit dieser Strategie konnte er niemals Erfolg haben.«

Die Aufzeichnung lief weiter. »Ich habe die Materiallisten durchgesehen und mich dazu entschlossen, den ACET sowie einige andere Ausrüstungsgegenstände für das Fluchtmanöver zu benutzen. Ich kann Mike nicht darüber in Kenntnis setzen, weil er von Alias Geschwätz verblendet wurde und mir sowieso nicht zuhören würde. Lee glaubt mir auch kein Wort, weswegen ich mich dazu gezwungen sehe, mich allein zu retten.«

Er machte eine kurze Pause, die allen wie eine kleine Ewigkeit vorkam. »Die Datei werde ich verschlüsselt auf der ›Voyager‹ speichern, für den Fall, dass die anderen wider Erwarten doch die Blockade durchbrechen können.« Er sah sich nervös um. »Sicher denken die, dass ich verrückt geworden bin«, sagte er mit verächtlichem Unterton. Dann wurde seine Stimme wieder weicher. »Ich mache das hier, um meinen Sohn wiederzusehen.«

Wieder eine Pause. Diesmal wurde sie quälend lang.

»Mein Sohn Timothy. Ich werde zu dir zurückkehren und für dich da sein.«

Damit endete die Aufzeichnung und der Bildschirm wurde schwarz.

KAPITEL 12

›Der Zustand der Schuld entsteht, wenn ein Individuum als verantwortlich für einen Verstoß gegenüber einer sittlichen, ethisch-moralischen oder gesetzlichen Wertvorstellung gelten kann.

Als Voraussetzung für die Schuld wird meistens angenommen, dass der Schuldige die Option hatte, die als schlecht definierte Tat nicht auszuüben. In der Philosophie wird die Schuldfähigkeit deshalb oft auf die Willensfreiheit zurückgeführt.

Oftmals ist es schwierig, zu entscheiden, wer an einer Tat schuld ist. So ist in Betracht zu ziehen, inwiefern bei der Ausübung der Tat ein Wissen um den Übertritt eines Verbotes existierte – und ob und inwiefern beim Täter ein Schuldbewusstsein vorhanden ist. Allgemein existiert die Vorstellung, dass ein Ausgleich der Schuld erreicht werden könne, indem der Schuldige Buße tut, Wiedergutmachung leistet, die Untat des Schuldigen gerächt wird oder dem Schuldigen die Schuld vergeben wird. Schuld kann unter psychologischen Gesichtspunkten als unbewusstes Inszenierungs-Symptom zur Erzeugung oder Aufrechterhaltung von Grenzen beschrieben werden. Pathologisch kann es sich unter anderem als ›Schuld-Waffe‹, in der Tabuisierung, der Verantwortungsablehnung, dem Missbrauch der internalisierten Schuldgefühle anderer äußern.

Schuldgefühle können verdrängt, also demjenigen selbst nicht bewusst sein, wenn sie beispielsweise an ein Trauma erinnern. Eine andere Möglichkeit der Verdrängung ist die Rationalisierung, also Argumente dafür zu finden, weshalb man sich nicht schuldig gemacht hat, was aber die damit abgespaltenen Schuldgefühle nicht wirklich unterdrückt. Sie wirken sich an anderer Stelle unbewusst aus.‹

Aufzeichnung der Gesellschaft für freie Dokumentation, 2006

Eine Weile blickten alle wie erstarrt auf den schwarzen Monitor, bis Lee schließlich als erste auf ihren Platz zurückkehrte.

Arthur hatte an keinem der drei eine Lobeshymne vorbeirieseln lassen. Und auf merkwürdige Art und Weise musste sie ihm recht geben. Keiner hatte ihm richtig zugehört, sondern immer nur auf Alias Urteil vertraut. Vielleicht waren sie naiv gewesen, dem Fluchtplan Glauben zu schenken, aber im Gegenzug hatte sie einfach keine andere Wahl gehabt, als daran zu glauben, dass es glücken musste.

Angestrengt überlegte Lee, ab wann Arthur die felsenfeste Überzeugung angenommen hatte, sich niemandem mehr anvertrauen zu können. Sie war der Meinung gewesen, dass er sich nach dem Reparatureinsatz wieder gefangen hatte. Und dann hatte er sich die Nachrichten von der Erde angesehen.

»Natürlich«, rief sie aus. Mike und Alia schauten sie an, als wäre sie die nächste, die den Verstand verlieren würde. »Er hat vorher seine Nachrichten angesehen. Arthur ist erst völlig ausgetickt, nachdem er die Nachrichten von der Erde gelesen hat.« Ohne auf Mike oder Alia zu warten, versuchte sie, Arthurs private Nachrichten auf seinem Terminal aufzurufen. Zu ihrer großen Überraschung gelang es auf Anhieb.

»Er wollte, dass wir es finden«, bemerkte Alia emotionslos, als sie hinter Lee getreten war. »Los, spiel die Nachricht ab«, forderte sie.

Lee musste sich auf die Zunge beißen, um die Erwiderung, die ein solcher Kommentar provozierte, für sich zu behalten.

»Ist schon in Ordnung, Lee. Wenn Arthur es nicht gewollt hätte, wäre die Aufzeichnung sicher gelöscht worden«, antwortete Mike auf ihre unausgesprochene Frage.

Lee nickte nur und ließ die Nachricht starten. Auf dem Monitor erschien Arthurs Frau Helen. Mike, Alia und Lee hatten sie ein paar Mal während des Trainings auf der Erde gesehen, als sie Arthur gemeinsam mit ihrem Sohn besucht hatte.

Nun konnten sie beobachten und hören, wie Helen ihrem Ehemann erklärte, dass sie sich in einen anderen Mann verliebt hatte und Arthur nicht mehr wiedersehen wollte.

›Was für eine gefühllose dumme Kuh‹, schoss es Lee durch den Kopf. Selbst wenn es so war und sie sich in diese Mode-Fratze verliebte, hätte sie es Arthur nicht auf einem solchen Weg mitteilen müssen. Mike und sie sahen sich die Aufzeichnung noch zu Ende an, während Alia einfach wegging.

»Kein Wunder, dass er zu seinem Sohn zurückwollte«, meinte Lee, nachdem die Aufzeichnung endete.

»Schlechte Nachrichten von zuhause sind noch lange kein Grund, ein dermaßen überzogenes und völlig irrationales Verhalten an den Tag zu legen«, konterte Alia.

»Das sind nicht nur schlechte Neuigkeiten gewesen, Alia, für Arthur ist eine Welt zusammengebrochen.« Lee fühlte sich berufen, Arthur zu verteidigen.

»Na und? Er wusste, dass er mindestens elf Jahre von seiner Frau und seinem Sohn getrennt sein würde. Die Mission hätte auch durchaus länger dauern oder gar eine One-Way-Reise sein können. Selbst Arthur konnte nicht so naiv gewesen sein, zu glauben, dass er dann einfach wieder zurückkommen würde, und alles wäre wie vorher. Er hat sich zuerst gegen seine Familie entschieden«, giftete Alia nun zurück. Das Wortgefecht der beiden Frauen entwickelte sich langsam zu einem handfesten Streit. Für einen Augenblick fiel Lee keine passende Erwiderung ein, und Alia glaubte schon, dass das Thema beendet sei, als sie weitersprach.

»Nicht jeder kann so einfach ohne jegliches Gefühl auskommen wie du.«

»Korrekt.« Alia wandte sich von Lee und Mike ab, so dass keiner von beiden erkennen konnte, ob sie möglicherweise doch eine Gefühlsregung zeigte.

»Meine Berichte warten. Ich nehme an, dass du«, sie schaute Mike an, »so schnell wie möglich die Nachrichten an die Erde senden willst.«

»Alia …« Lee bemerkte, wie Alia Mike einfach ignorierte und die Brücke verließ.

Sie sah ihr einen Moment lang nach, bevor es aus Mike herausplatzte: »Ihre verdammte militärische Selbstdisziplin.«

»Sie ist gefühllos und kalt«, stimmte Lee zu, doch Mike winkte zu ihrer Überraschung schon wieder ab.

»Wir sollten aufhören, uns gegenseitig niederzumachen«, sagte er und sah Lee mit festem Blick an. »Damit tun wir uns selbst keinen Gefallen. Schließlich müssen wir hier auf diesem Schiff miteinander auskommen. Schlimm genug, was mit Arthur passiert ist. Da müssen wir uns nicht auch noch gegenseitig das Leben schwermachen.«

»Vielleicht solltest du das mal dem Captain erzählen«, entrüstete sich Lee. Sie konnte nicht fassen, dass Mike so tat, als ob Alia ein Unschuldslamm war. Sie war es gewesen, die bei Arthur das Fass zum Überlaufen gebracht hatte, und es machte ihr überhaupt nichts aus. »Immerhin stellt sie doch immer alles so dar, als ob sie unfehlbar wäre. Und das mit einer Kaltschnäuzigkeit, dass ich mich wirklich fragen muss, ob da in ihrer Brust überhaupt ein Herz schlägt oder ein Stein den Platz eingenommen hat.«

Mike schüttelte den Kopf. »Diese Metapher war überflüssig. Ich sage es noch einmal: Wir dürfen uns nicht gegenseitig fertigmachen. So sehr ich mich auch über Alia ärgere, so muss ich dennoch festhalten, dass sie in diesem Moment wohl das einzig Vernünftige gemacht hat. Sie hat sich anderen Dingen zugewandt. Und das sollten wir beide auch tun.«

Sie sah Mike fragend an, der damit begann, das Schiff auf dieser Position zu sichern.

»Du meinst, wir sollen einfach so tun, als ob nichts wäre, und ein wenig Freizeit miteinander verbringen?«

»Nein, ich meine, dass wir uns alle einfach mal für eine gewisse Zeit zurückziehen und uns beruhigen sollten.« Jetzt senkte er seine Stimme und sagte besänftigend: »Wir haben alle viel durchgemacht, seit wir hier angekommen sind. Lass uns das Schiff sichern und unsere Quartiere aufsuchen, damit wir erst mal alles verarbeiten können.«

Lee zögerte einen Moment. Sie wollte nicht einfach die Brücke verlassen. Nicht, nachdem sie durch Arthurs private Nachrichten von der Trennung erfahren hatte. Sie wollte es nicht Alia gleichtun und die Sache einfach so hinnehmen.

»Lee, bitte«, sagte Mike dann, nachdem er das Schiff gesichert hatte. »Lass uns für ein paar Stunden die Brücke verlassen.«

Eine Weile schwieg Lee. Mike hatte recht, sie alle mussten Abstand zu den Ereignissen gewinnen, und sie mussten sich hier draußen zusammennehmen.

»Na gut, vermutlich hast du recht«, antwortete sie schließlich. »Vielleicht bringt ein bisschen Schlaf auch wieder einen klaren Kopf.« Mike nickte bestätigend, und beide verließen die Brücke.

Kurz darauf erreichten sie Lees Quartier. Erst jetzt merkte sie, wie müde und ausgelaugt sie war.

»Nimm es nicht so schwer, Lee, wir haben getan, was wir konnten«, gab Mike ihr noch tröstend mit auf den Weg.

»Ich weiß, aber deswegen wird es nicht einfacher. Trotzdem danke.« Zum Zeichen, dass sie Mike wirklich dankbar war, umarmte sie ihn kurz, ehe sie ihren Raum betrat.

/////

Alia war direkt von der Brücke in ihr Quartier gegangen. Auch wenn sie versuchte, es sich nicht zu sehr zu Herzen zu nehmen, hatten Lees Worte sie hart getroffen. Aus einem bestimmten Blickwinkel heraus verstand sie Arthur vielleicht besser als die anderen beiden. Zwar hatte sie damals keine Videobotschaft erhalten, aber ein Zettel, auf den eilig ein paar Worte gekritzelt worden waren, gewann sicherlich auch keinen Pokal für die beste Beendigung einer Beziehung.

Das im Quartier befindliche Terminal meldete die Information, dass das Schiff auf Standby-Modus gegangen war und sich langsam vom Planeten entfernte. Alia fragte sich, ob Mike es mit Absicht versäumt hatte, sie darüber zu informieren, oder ob er sie einfach nur in Ruhe lassen wollte.

Offensichtlich hatte jeder der anderen zumindest eine private Nachricht erhalten, auch wenn es in Arthurs Fall besser gewesen wäre, er hätte keine bekommen. Ihre Gedanken kreisten um die privaten Nachrichten der anderen. Warum hatte die WSA die Nachricht von Arthurs Frau überhaupt weitergeleitet? Hatten sie die Nachrichten wirklich nicht vorher kontrolliert? In diesem Fall wäre das ein schwerer Fehler gewesen. Alia zog andere Klamotten an und wollte sich etwas Ruhe in der Bordküche gönnen.

»Mike und Lee werden sicher schlafen, da kann ich mich auch ungestört in der Kombüse aufhalten«, sagte sie zu sich selbst und steuerte die Küche an.

/////

Nachdem er Lee zu ihrem Quartier gebracht hatte, wollte Mike seins ebenfalls aufsuchen. Er entschloss sich auf dem Weg dorthin jedoch, noch etwas zu trinken, und ging zur Bordküche. Das

Wasser an Bord war mit Mineralien, Salz und Vitaminen angereichert, die für den Körper von unschätzbarer Wichtigkeit waren. Leider hatte das zur Folge, dass die Wasserrationen eigenartig schmeckten. Da das Wasser auch die Basis für ihr, als Kaffee bezeichnetes Aufbaupräparat bildete, machte die Sache wenig schmackhaft. Doch wenn man dieses koffeinhaltige Heißgetränk mit etwas SynthGlu, einem Zuckerersatz, aufwertete, schmeckte das Ganze fast wie in einer üblichen Betriebskantine.

Mike überlegte, sich einen Kaffee zu nehmen, entschied sich jedoch dagegen. Würde er jetzt noch mehr von diesem Präparat trinken, hätte er mit Sicherheit Einschlafschwierigkeiten. Seine umherwirbelnden Gedanken über Arthurs Verlust trugen ebenfalls ihren Teil dazu bei.

Er nahm eine kleine Wasserration, öffnete sie und trank einen Schluck. Nach all dieser Aufregung war sein Mund ganz ausgetrocknet, und erst in diesem Moment bemerkte Mike, wie gut ihm das Getränk tat, auch wenn der Geschmack noch immer gewöhnungsbedürftig war.

Er starrte gedankenverloren auf das kleine Fläschchen, als sich die Tür zur Bordküche öffnete und Alia erschien. Für einen Moment hielt sie inne.

›Will sie etwa wieder gehen?‹, überlegte Mike kurz, doch dann trat sie ein.

»Hallo«, begrüßte Mike sie, würdigte sie jedoch keines weiteren Blickes. Ihm war aufgefallen, dass sie keinen Missionsoverall mehr trug, sondern in einem ziemlich lässigen Trainingsanzug in die Küche gekommen war.

»Hallo«, gab Alia ebenso unbeeindruckt zurück. Sie hatte wohl nicht damit gerechnet, dass jemand in der Bordküche war, weswegen sie für einen kurzen Augenblick überrascht schien. Sie öffnete den Vorratsschrank, um eine Essensration hervorzuholen.

»Wie ich bemerkt habe, wurde das Schiff gesichert«, sagte sie schließlich und durchbrach damit die Stille.

»Ja«, bestätigte Mike trocken. »Ich hielt es für das Beste, wenn wir uns Zeit nehmen, die Sache mit Arthur zu verdauen.«

Sie ging nicht näher darauf ein und bestätigte Mikes Aussage nur mit einem knappen »Aha«, während sie damit begann, die

Ration zu öffnen und Portion um Portion aus der Tube direkt in ihren Mund zu drücken.

Mike sah ihr einen Moment lang zu. Noch nie war ihm aufgefallen, dass jemand die Raumfahrerrationen so gewissenhaft handhabte, wie Alia es in diesem Moment tat. Selbst das Falten der Rationstube schien einem streng vorgeschriebenen Ablauf zu folgen, damit auch wirklich nichts verschwendet wurde. Als er sie dabei beobachtete, kam er sich wie ein Stümper vor, was das Leeren der Rationstuben anging. Meist saugte er sie einfach nur aus und warf den zerknüllten Rest in die dafür vorgesehene Recyclinganlage. Alia jedoch verstand es, die Tuben bis zum letzten Tropfen zu leeren. Sie verschwendete nichts.

Wieder ärgerte sich Mike, denn erneut schien sie beweisen zu wollen, dass sie selbst die Nahrungsaufnahme besser beherrschte als jeder andere.

»Offenbar war Arthur nicht allzu gut auf dich zu sprechen«, versuchte Mike ein Gespräch zu beginnen. Er hoffte, damit seinen eigenen Ärger überwinden und vielleicht das eskalierte Gespräch von der Brücke wieder aufnehmen zu können. »In seiner Nachricht hat er dich mit einigen unschönen Worten …«

»Offenbar hatte Arthur ein Problem mit der gesamten Crew«, unterbrach Alia ihn rüde. »Sein Verhalten beweist, dass die psychologischen Belastungstests für das Raumfahrtprogramm noch nicht ausgereift sind, sonst wäre er wohl nicht für diese Mission zugelassen worden.«

Mike musste ihr im Stillen zustimmen, aber er wollte ihren Einwurf dennoch nicht unwidersprochen im Raum stehenlassen. »Wer konnte schon ahnen, dass die Situation so sehr außer Kontrolle geraten würde?«

»Das ist aber der Sinn dieser Tests, dass man feststellt, ob jemand dem enormen psychischen Stress standhalten kann, den eine solche Reise mit sich bringt«, antwortete Alia so monoton, dass es Mike fast auf die Palme brachte. Wieder schien sie alles besser zu wissen.

»Ach ja? Haben die Tests uns denn auch darauf vorbereitet, in eine tödliche Blockade zu geraten, in der die Überlebenschancen gleich null sind?«, fragte Mike spöttisch. »Mir kam so ein Test nicht unter.«

Alia presste ihre Lippen zusammen. Mike erkannte, dass sie offenbar eine Antwort parat hatte, diese aber wohl lieber für sich behielt. Schon öfters hatten sie das Thema der zivilen und der militärischen Raumfahrt diskutiert und dabei das Für und Wider abgewogen. Er war sich sicher, dass sie kurz davor stand zu argumentieren, dass es vielleicht doch besser gewesen wäre, hätte die WSA nur militärisches Personal auf die Reise geschickt. Und so legte er sich eine passende Antwort zurecht, die vor allem darauf abzielte, dass diese Mission noch immer einen rein wissenschaftlichen Auftrag hatte. Doch er irrte sich dieses Mal.

»Arthur war dem einfach nicht gewachsen«, antwortete sie schließlich in einem ruhigen Ton. »Abgesehen davon, dass er der Jüngste an Bord war, hatte er nicht nur mit dieser Blockade zu kämpfen, sondern auch mit dem unglücklichen Umstand, dass seine Frau ihn verlassen hatte, als er sie am dringendsten gebraucht hätte. Keiner von uns wäre in der Lage gewesen, ihm den nötigen Rückhalt zu geben.«

Mike war erstaunt. Nicht wegen dem, was sie sagte, sondern darüber, dass sie es tat. Alia war ihm immer so polemisch erschienen, dass er einfach nicht erwartet hatte, sie könnte den Umstand erkannt haben, der bei Arthur die eine oder andere Sicherung hatte durchbrennen lassen.

Alia wandte sich um und begab sich nun zu dem Tisch, an dem Mike Platz genommen hatte. Sie ignorierte seinen irritierten Blick und setzte sich zu ihm. Wieder begann ein unangenehmes Schweigen. Aber da Alia gerade eine weitere Portion aus ihrer fast leeren Tube zu sich genommen hatte und vermeiden wollte, mit vollem Mund zu sprechen, wartete sie darauf, dass ihr Gegenüber einen Ton von sich gab.

»Ja, du hast recht. Keiner von uns konnte ihm den nötigen Rückhalt geben.«

»Ich kann auch die Entscheidung der Verantwortlichen nicht verstehen, dass sie Arthur für die Mission zugelassen haben. Aber daran ist jetzt nichts mehr zu ändern«

›Und ich kann nicht verstehen, dass Arthur seine Familie deswegen alleingelassen hat‹, fügte sie in Gedanken hinzu.

»Wie schaffst du es eigentlich, immer so provokant zu sein?«, fragte Mike sie sarkastisch. Einen Augenblick lang hatte Alia ihn wirklich überrascht; sie hatte Einfühlungsvermögen gezeigt. Doch offenbar war das nur ein Ausrutscher ihrerseits gewesen.

»Wer ist hier provokant? Ich versuche nur, den Tatsachen ins Auge zu sehen und das Beste daraus zu machen. Es hilft niemandem, in Selbstmitleid zu versinken.« Ihre Antwort kam wieder in ihrem normalen, überheblichen Tonfall.

»Mag sein, aber wäre es so schlimm für dich, die militärische Selbstdisziplin nur einen Augenblick lang fallenzulassen? Du sahst so glücklich aus, in der Aufzeichnung mit deinem Bruder und-« Mike hielt mitten im Satz inne. Leider war ihm zu spät bewusst geworden, dass er sich verplappert hatte. Alia schaute ihn so finster an, dass er zunächst nicht ganz sicher war, ob Blicke nicht doch töten konnten. Sie wusste genau, welchen Videorahmen Mike gesehen haben musste.

»Es spielt keine Rolle, was vor Jahren war«, sagte sie daraufhin sehr leise und bedrohlich zu Mike. Es schien ihm, als würde sie innerlich erstarren. »Wage es nie wieder, meine persönlichen Sachen zu durchsuchen.« Alia hatte eine steife Körperhaltung angenommen, die darauf hinwies, wie angespannt sie war. Aber sie machte keine Anstalten zu gehen. Sie suchte die direkte Konfrontation. Das beunruhigte Mike. Sie war kein einfacher Charakter, aber nie darauf bedacht gewesen, Konflikte zu provozieren.

»Ich habe deine Sachen nicht durchsucht«, versuchte Mike sich zu verteidigen, obwohl er absolut überzeugt war, dass Alia ihm nicht glauben würde. »Ich habe nur den Bilderrahmen wieder auf den Tisch gestellt und dabei versehentlich aktiviert, und-«

»Und was? Warum hast du ihn nicht wieder deaktiviert?« Alias Zorn stieg ins Maßlose, ihre Gesichtsfarbe hatte rote Schattierungen angenommen.

»Das wollte ich zuerst auch, aber als dann eine Alia erschien, die ich so nie kennengelernt hatte, konnte ich einfach nicht anders. Es war einfach so gegensätzlich, dass ich mir zuerst nicht sicher war, ob es nicht vielleicht eine Schwester von dir war.« Mike versuchte, ihr einen glaubwürdigen Grund zu liefern, und er fand für sich, dass die Wahrheit dazu immer noch am besten taugte.

Für eine Weile sagte Alia nichts. Sie musste ihre Antwort scheinbar abwägen. Mike wartete gespannt darauf, ob sie nun bereit war, ihre Haltung wenigstens ein bisschen zu lockern.

»Solltest du je wieder auf einen solchen Gedanken kommen, würde ich an deiner Stelle schon einmal Lee informieren, dass sie bald einen Patienten haben wird«, drohte sie ihm schließlich.

Danach stand sie auf und ging zur Tür, drehte sich aber kurz vorher noch einmal um und schaute Mike mit einem verbitterten Ausdruck in ihrem Gesicht an, ehe sie die Bordküche verließ.

Als sich die Tür hinter ihr schloss, war Mike wieder allein. Er hatte nicht den Eindruck, als ob das Gespräch zwischen ihnen irgendwie zu einem besseren Verhältnis geführt hatte. Im Gegenteil. Offenbar wurde die Situation nach jeder Unterhaltung immer schwieriger.

»Toll«, murrte Mike schließlich. »Nur vier Menschen wurden auf diese Mission geschickt. Einer ist tot, und die Militärexpertin versteckt sich lieber hinter ihrer Uniform, anstatt mal etwas Menschlichkeit zu zeigen« Er überlegte kurz, ob sie nicht besser für irgendwelche Wachdienste geeignet wäre, statt diese wichtige Erforschung des Nachbarsystems zu begleiten.

»Deine Drohungen kannst du dir sonst wohin stecken «, rief Mike Alia hinterher und fügte in leiserem Ton hinzu: »Ich wollte dich nicht ausspionieren.«

Mehrere Sekunden lang starrte er ausdruckslos und niedergeschlagen auf den Boden, trank dann sein Wasser aus und verließ ebenfalls die Kombüse. Er beschloss, Alia zukünftig nur noch als Besatzungsmitglied anzusehen, und schwor sich in diesem Moment, keinerlei private Angelegenheiten mehr mit ihr zu besprechen.

Irgendwie erschien ihm der Gang zu seinem Quartier diesmal leerer als sonst. Ob diese Leere etwas damit zu tun hatte, dass Arthur gestorben war, oder, ob es daran lag, dass das Verhältnis zwischen ihm und Alia immer schlechter wurde. Letztlich entschied er, dass wohl beides seinen Teil zu diesem Gefühl beitrug.

Er öffnete die Tür zu seinem Quartier. Wie karg es ihm jetzt erschien, so trist und unpersönlich. Seine Wohnung in Köln fehlte ihm gerade sehr. Es war eine kleine Wohnung mitten in der Stadt gewesen, aber Mike hatte sich dort immer wohlgefühlt.

Sehr zum Ärger seiner Eltern, die ihm den Umzug von Nürnberg nach Köln nie verziehen hatten, wie ihm jetzt gerade wieder einfiel. Sie wollten ihn einzwängen. Irgendwann mussten sie versäumt haben, ihr Rollenverhalten weiterzuentwickeln. Er hatte eine schöne Kindheit gehabt, das konnte Mike nicht anders sagen, und selbst die Schwierigkeiten während seiner Pubertät hatten sie alle noch recht gut überstanden, doch dann versuchten sie, sich zu sehr in sein Leben einzumischen. Zunächst merkte er es nicht, doch als er sich dazu entschloss, nach seinem Studium der Raumfahrttechnik in Nürnberg nach Köln zu ziehen, um dort Astromechanik und Naturwissenschaften zu studieren, versuchten sie, ständig es ihm auszureden. Mike ging trotzdem, und seitdem hatte sich ihr Verhältnis extrem verschlechtert.

Zunächst kommunizierten sie ausschließlich über Rechtsanwälte, schlussendlich nur noch mit dem Nachlassverwalter. Es ging jetzt um nichts anderes mehr als Erbschaftsangelegenheiten. Anfangs war das sehr schmerzlich gewesen, da er gehofft hatte, dass ihr Verhältnis sich wieder verbessern würde. Mittlerweile störte es ihn nicht mehr. Seine Eltern waren einfach zu verbohrt gewesen, um zu akzeptieren, dass er seinen eigenen Weg gehen musste. Wenn sie entschieden, dass sie die Angelegenheiten auf diese Weise regeln mussten, dann sollte es so sein. Er hatte sich damit abgefunden, auch wenn er sich jedes Mal wieder ärgerte, wenn eine Nachricht von der Rechtsanwältin seiner Eltern bei ihm eintraf.

Mike setzte sich auf sein Bett und versuchte die Gedanken zu ordnen. Er wollte jetzt nicht über seine Eltern oder eine gekränkte Alia nachdenken. Arthur war gestorben, und Mike hielt es für seine Pflicht, seiner zu gedenken. Morgen früh würde er Lee und Alia zusammenrufen und eine Grabrede halten, um offiziell von Arthur Jones Abschied zu nehmen. Dann musste er auch noch eine Nachricht an die Erde schicken. Doch jetzt war er kein Missionsleiter und kein Verantwortlicher. Jetzt war er einfach nur Michael Barnetti, der von seinem Kollegen und Freund Abschied nahm.

Er schaltete das Licht aus und weinte.

/////

Alia war zunächst hinter der Kombüsentür stehengeblieben und hatte noch hören können, was Mike ihr hinterherrief. Plötzlich tat es ihr leid, dass sie so aus der Haut gefahren war, zumal es sie selbst überrascht hatte. Bis jetzt war es ihr immer gelungen, Regungen persönlicher Natur zu unterdrücken, aber seit sie und die anderen auf dieser verdammten Mission waren, verlief nichts mehr nach Plan. Sie musste verrückt gewesen sein, sich dafür freiwillig zu melden, ganz egal, ob es Davids Traum gewesen war oder nicht.

Sie überlegte noch, zurückzugehen und sich zu entschuldigen, entschied sich aber dagegen. Auch wenn Mike ein sympathischer, ruhiger Kerl war, dürfte Alia es geschafft haben, selbst ihn gegen sich aufzubringen. Es blieb ihr nichts anderes übrig, als das Beste aus der vorliegenden Situation zu machen.

Auf dem Rückweg zu ihrem Quartier kam ihr plötzlich Lee entgegen. Sie sah schrecklich aus. Offenbar hatte sie gar nicht geschlafen, sondern nur geweint. Ihre Augen waren feuerrot, und das Schniefen war schon von weitem zu hören.

Allen an Bord machten die Vorfälle zu schaffen, und anscheinend fand keiner einen ruhigen Schlaf. Ohne ein Wort ging Lee mit gesenktem Blick an Alia vorbei. Erneut stiegen ihr Tränen in die Augen

»Lee, hör auf damit!« Alia hatte sie fest am Arm gepackt und zwang sie so, stehenzubleiben und sich zu ihr umzudrehen.

»Au! Lass mich los«, rief sie erschrocken. »Und mit was soll ich aufhören?«

Alia ließ sie tatsächlich los.

»Dich selbst zu bemitleiden. Damit hilfst du niemandem«, herrschte Alia sie an.

»Sorry, aber ich kann nun mal nicht so sein wie du«, giftete Lee zurück. Sie fasste Alias gut gemeinten Rat als Provokation auf.

»Das sollst du auch nicht. Aber mach dir eins bewusst: Arthur hat seine eigene Entscheidung getroffen. Sicher, er wollte bestimmt nicht sterben, aber er war sich über die Risiken genau im Klaren. Und er hat nur an sich selbst gedacht. Vergiss das nicht.«

Lee starrte Alia verwirrt an. Sie hatte alles andere erwartet, aber nicht das. Bevor sie etwas sagen konnte, fuhr Alia fort: »Wir können es uns nicht leisten durchzudrehen.«

»Du hast gut reden, Captain Scott.« Lee bemühte sich, spöttisch zu klingen. »Keiner von uns hat eine militärische Ausbildung wie du, um solche Vorfälle einfach wegstecken zu können. Niemand, weder Mike noch ich, haben gelernt, mit diesen Vorkommnissen umzugehen.«

»Das mag stimmen, aber die bestehenden Tatsachen lassen sich nun mal nicht mehr verändern. Und wenn du dich noch so schuldig fühlst, wird es dadurch nicht besser.« Alia wollte sie mit diesen Worten alleinlassen, doch sie konnte sich einen letzten Satz nicht verkneifen. »Und wieso zum Teufel glaubt hier jeder, dass das Militär für jede Situation eine Ausbildung parat hat? Ich bin Militärwissenschaftlerin und kein Army Ranger!«

Daraufhin wandte sich Alia ab und ließ Lee stehen, die der Neu-Ägypterin noch eine Weile nachsah, ohne ein weiteres Wort zu sagen.

KAPITEL 13

›Wir stehen an der Schwelle zur Erfüllung eines alten Traums. Zum ersten Mal in der Geschichte der Menschheit wird ein bemannter Raumflug zu einem anderen Sonnensystem durchgeführt. Alpha Centauri bietet uns die Chance, einen ersten Außenposten in den Weiten dieser Galaxie zu ermöglichen. Der Griff nach den Sternen wird Wirklichkeit.‹

Aus der Rede von Juan Hofer, Vorsitzender der World Space Administration der Erde im Jahr 2233 zum Stapellauf der ›Voyager‹.

Astronomisch langsam entfernte sich die ›Voyager‹ von der Blockade um Proxima Centauri b, als die Sonne hinter dem Planeten hervorkam. Seit der letzten Nacht schien ein dunkler Schatten über dem Schiff zu schweben, ein Schatten der Enttäuschung und der Trauer. Die ganze Mission war gescheitert. Proxima Centauri b war eine tote Welt, auf der sich lediglich Überreste einer Kultur befanden, die nicht untersucht werden konnten. Die Säurerückstände in der kaum vorhandenen Atmosphäre, machten die Forschung unmöglich. Weiterhin stand der Planet obendrein auch noch unter einer Blockade, durch die die ›Voyager‹ bereits ein Besatzungsmitglied verloren hatte.

Als das Schiff im Jahre 2233 losgeschickt worden war, sollte Proxima Centauri b untersucht und in dessen Nähe eine Raumstation errichtet werden, um später anderen Raumschiffen einen Anflughafen zur bieten. Diese Station sollte dann mit den nächsten zehn Transportern immer weiter ausgebaut werden, bis eine Basis entstanden war.

Die Katastrophe, die geschehen war, schien die Pläne für weitere Raumflüge zunichtezumachen.

Die Sonne trat nun gänzlich hinter dem Planeten hervor und hüllte das Schiff von der Erde in ihren hellen, völlig andersartigen Schein.

An Bord der ›Voyager‹ trafen sich die Besatzungsmitglieder in der Bordküche zum Frühstück. Lee und Mike hatten bereits am

Tisch Platz genommen und waren mitten in einer Diskussion über die weitere Vorgehensweise bezüglich der Mission, als Alia den Raum betrat.

»Guten Morgen«, begrüßte Lee sie höflich, während Mike den Gruß nur mit einem kurzen Nicken bestätigte.

»Morgen«, erwiderte Alia knapp, während sie sich dem Vorratsschrank zuwandte

»Mike und ich besprechen gerade, welche Möglichkeiten wir haben, die Mission fortzuführen. Möchtest du dich zu uns setzen?«

»Danke«, meinte Alia und sah Lee kurz an. Sie fand, dass diese schon wieder etwas besser aussah als am Abend zuvor. Mike hingegen schien nur teilnahmslos mit seiner Nahrungstube beschäftigt zu sein.

»Aber ich werde mich gleich auf die Brücke begeben, um einige Berechnungen durchzuführen.«

Lee drehte sich nun ganz zu ihr herum. »Was willst du denn jetzt berechnen? Hat das nicht Zeit bis nach dem Frühstück?«

Alia fand eine Tube mit der Aufschrift ›Frühstücksration III mit Vitaminen A, C und E‹ und nahm sie aus dem Schrank. Sie wusste nicht, wonach der Inhalt der Tube schmecken würde, doch immerhin waren Vitamine zugesetzt, sodass sie damit zumindest teilweise etwas Sinnvolles für ihren Körper tat.

»Es kann nicht warten«, antwortete sie dann schroff und verließ die Bordküche wieder.

/////

Lee sah ihr nach und drehte sich, als die Tür sich geschlossen hatte, zu Mike um, der noch immer genauso dasaß wie bei Alias Eintreten.

»Weißt du, warum sie manchmal so seltsam ist?«

Mike schüttelte den Kopf und ließ kurz darauf seine Hände sinken. »Es ist wahrscheinlich besser, sich nicht zu viele Gedanken darüber zu machen«, antwortete er schließlich.

»Aber merkwürdig ist das schon, finde ich. Sie tut immer so unnahbar. Das macht mich wütend.«

Mike saugte an seiner Tube, so dass er auf Lees indirekte Frage nicht gleich antwortete, sondern erst seine Portion herunterschlucken musste. »Mag sein, aber wir werden daran nichts ändern können. Sie ist nun mal so.« Er hoffte, Lee auf diese Weise klargemacht zu haben, dass er keine Lust hatte, weiter über Alias Verhalten zu diskutieren. Die letzte Begegnung mit ihr hatte ihn dazu gebracht, kein größeres Interesse mehr für sie aufzubringen.

»Wie du willst«, gab Lee zur Antwort und nahm nun ihrerseits eine Tube, um ihr Frühstück fortzuführen. »Was werden wir jetzt machen? Die Mission ist gescheitert. Arthur ist tot. Sollten wir da nicht wieder zurückfliegen?«

Mike schüttelte den Kopf. »Zunächst müssen wir der Erde mitteilen, was genau geschehen ist. Das werde ich gleich nach dem Frühstück übernehmen.«

»Aber eine Antwort dauert Wochen. Vielleicht sogar Monate, wenn die sich erst noch was überlegen müssen«, protestierte Lee.

»Mag sein. Aber wir haben hier auch eine Verpflichtung. Unsere Aufgabe sollten wir fortführen, so gut es uns möglich ist. Was würde denn passieren, wenn wir jetzt einfach zurückfliegen?« Die Frage war eher rhetorisch. »Die Erde und der Mars würden die Mission und das Programm als gescheitert ansehen. Und ich bin mir sicher, dass wir die Chance für eine zweite Mission nicht bekommen werden. Die Gelder werden gestrichen und das Programm wird eingestellt. Mit viel Glück zeigt sich vielleicht das eine oder andere Land noch daran interessiert, wenn sie militärische Vorteile davon erwarten, aber das werden wir nicht mehr erleben. Wir müssen also weitermachen, wenn wir wollen, dass die Erforschung des Weltraums möglich bleiben soll.« Er machte eine kurze Pause. »Oder möchtest du vielleicht, dass auf dem nächsten Schiff nur noch solche Leute wie Alia sind?«

»Nein, das will ich nicht«, antwortete Lee. »Aber wir sind es Arthur schuldig, dass wir zurückfliegen.«

»Warum? Dann wäre sein Tod völlig vergebens gewesen. Vielleicht würde dann nie wieder ein Flug außerhalb unseres Sonnensystems stattfinden. Ich glaube nicht, dass das in seinem Sinne wäre. Auch nicht, wenn nur noch Soldaten losgeschickt werden würden.«

Lee und Mike schwiegen sich eine Weile an. Beide dachten über die Angelegenheit und ihre möglichen Konsequenzen nach.

Es war Mike, der ein paar Minuten später das Schweigen brach. »Wir müssen einfach versuchen, weiterzumachen. Das sind wir nicht nur Arthur, sondern auch den kommenden Generationen schuldig. Wir sind doch Forscher! Wer weiß, ob die Erbauer dieser Blockade überhaupt noch leben. Immerhin schienen diese Satelliten schon sehr alt zu sein.« Er warf ihr einen ermutigenden Blick zu. »Wir müssen jede Chance ergreifen, die wir haben, um die Mission zu beenden, ohne dass sie als totbringender Misserfolg abgetan wird.«

Sie wandte ihren Blick ab. Wieder musste sie an Arthur denken, und Tränen versuchten, sich ihren Weg zu bahnen.

»Ich bin mir nicht sicher, ob das, was du sagst, richtig ist«, gestand sie schließlich. »Aber vielleicht sollten wir wirklich ...« Der Rest ihrer Worte erstickte, als sie versuchte, ein Schluchzen zu unterdrücken.

/////

Als Alia die Bordküche betreten hatte, war ihr aufgefallen, dass Mike ihr gegenüber sehr ablehnend reagierte. Um einem sicher folgenden Streit aus dem Weg zu gehen, lehnte sie Lees Aufforderung ab, am Tisch Platz zu nehmen, und ging unter Angabe eines Vorwandes direkt schnurstracks zur Brücke.

Dort ließ sie sich in ihren Sitz fallen und begann ihre Frühstückration zu verzehren. Leider schmeckte der breiartige Tubeninhalt beinahe genauso, wie er aussah, nämlich nach nichts. Alia hatte den Eindruck, dass ihre Geschmacksnerven nicht mehr richtig funktionierten, ähnlich wie bei einer schweren Erkältung, doch der Kaffee schmeckte wie immer. Den brauchte Alia jetzt auch. Nachdem sie Lee einige Stunden zuvor im Gang zurückgelassen hatte, war sie sofort in ihr Quartier gegangen, um noch etwas zu schlafen, aber ihr waren zu viele Gedanken durch den Kopf gegangen. Dazu kam, dass sie immer wieder vor sich sah, wie der ACET von den feindlichen Laserstrahlen getroffen wurden. Auch wenn es dadurch gelungen war, die Blockade zu verlassen, konnte sie einfach nicht verstehen, warum Arthur auf den abstrusen Einfall gekommen war, mit dem Gefährt flüchten zu wollen. Selbst wenn er es geschafft hätte, den Minengürtel zu passieren, hätte er nie die Strecke bis zur Erde zurücklegen können. Alia hatte Arthur stets als einen brillanten und einfallsreichen Ingenieur angesehen. Wie konnte er nur dermaßen den Verstand verlieren? Zwar erinnerte sie sich, dass es so etwas wie einen Weltraumkoller gab, doch Arthur hatte nie Symptome gezeigt, die auf diese Krankheit hätten schließen lassen.

Zudem machte ihr der Vorfall mit Mike in der Kombüse zu schaffen, auch wenn sie sich nicht erklären konnte, warum. Ihr selbsterklärtes Ziel hatte Alia mit ihrem ablehnenden und provokanten Verhalten erreicht. Er sollte sie in Ruhe lassen und nicht ständig versuchen, etwas aus ihr ›herauskitzeln‹ zu wollen, was schon seit Jahren nicht mehr an die Oberfläche getreten war. Trotzdem tat Alia ihr Verhalten leid.

Da niemand in unmittelbarer Nähe war, gestattete sie sich auf der Brücke ein ausgiebiges Gähnen, während sie die Frühstücksration von sich schob, von der sie kaum etwas zu sich genommen hatte Dabei fiel ihr plötzlich ein, wie Mike vorhin an seiner Tube gehangen hatte. Vermutlich hatte er eine Frühstücksration mit Geschmack erwischt.

Um sich auf andere Gedanken zu bringen, las sie die Computerprotokolle der vergangenen Stunden. Es war nichts Auffälliges geschehen, jedenfalls den Aufzeichnungen nach. Alia konnte nicht genau sagen, warum, aber dieser Umstand beunruhigte sie. Dann fielen ihr wieder die Signale ein, die Mike und sie kurz vor den katastrophalen Ereignissen entdeckt hatten.

Sie rief die Daten auf und verglich sie mit den aktuellen Angaben. Beide Protokolle stimmten noch immer überein, was bedeutete, dass die Signale weiterhin gesendet wurden. Aber genau wie zuvor gelang es Alia nicht, den Ausgangspunkt oder das Ziel zu bestimmen. Erst als sie sich die Wellenlängen einzeln als sinusförmige Kurven in einem Diagramm über den Zeitraum von zwei Tagen anzeigen ließ, fiel ihr etwas auf.

Genau zu ihrem Fluchtzeitpunkt hatten sich die Frequenzsprünge für den Bruchteil einiger Millisekunden verlangsamt, und so eine perfekte Sinuskurve gebildet.

»Das ist völlig unmöglich. So exakte Sinusschwingungen kommen normalerweise gar nicht zustande«, sagte sie verwundert zu sich selbst. Es war rein mathematisch möglich, physikalisch aber nicht, denn unter solchen Umständen wäre diese Welle zeitlich unbegrenzt und ihr Energiegehalt damit unendlich.

Alia versuchte, genau diese Schwingung von den anderen zu isolieren, als Mike und Lee die Brücke betraten. Mike wirkte noch genauso griesgrämig wie zuvor in der Kombüse, und Lee hatte offensichtlich wieder geweint; ihre Augen waren gerötet. Alia wandte den Blick wieder ihrem Monitor zu, der nun das Ergebnis anzeigte. Die Frequenz war nur im Yoktometer-Bereich unregelmäßig. Das entsprach einem Quadrillionstel-Meter und war so unvorstellbar klein, dass die Instrumente den Unterschied kaum noch feststellen konnten. Aber so war es Alia möglich, diese eine Wellenschwingung weiterzuverfolgen.

»Ich glaube, ich kann den Ursprungspunkt der fremden Signale bestimmen«, sagte sie schließlich zu den anderen.

»Wirklich?« Mike klang überrascht, wechselte aber gleich darauf zurück zur Sachebene. »Die Daten bitte auf meiner Konsole anzeigen.« Alia fiel auf, dass er es vermied, sie direkt anzusprechen.

»Erledigt.« Sie beschloss, sich ebenfalls zurückzuhalten.

›Ist wohl besser so‹, dachte Alia, ›dann werden wir uns wenigstens nicht in die Haare kriegen.‹

»Was hast du entdeckt?«, wollte Lee wissen, die nun neugierig zu Alia ging, um auf ihre Konsole zu sehen. Widerwillig ließ Alia zu, dass Lee ihr über die Schulter blicken konnte.

Mike überlegte laut. »Eine Sinuskurve? Das gehört doch zu den trigonometrischen Funktionen«, bemerkte er dann.

»Richtig«, erwiderte Lee. »Das Ganze hängt mit Vektorbestimmung zusammen. Offenbar wurde von den Satelliten eine Peilvermessung vorgenommen.«

Alia bestätigte Lees Annahme. »Darauf deutet zumindest das Ergebnis der Sinuskurve in dem Diagramm hin«, erläuterte sie. »Anscheinend wurde bei dieser Vermessung unser Schiff als ungeplante Variable eingestuft.«

»Ihr meint, dass die ›Voyager‹ ein unerwünschter Eindringling ist«, umschrieb Mike die trockene Erklärung von Alia.

»Exakt. Diese Sinuskurve ist zweifellos das Ergebnis einer Kommunikationsfrequenz, die durch eine Technologie erzeugt wird, die unserer um einiges voraus ist.«

»Moment mal.« Mike sah nun irritiert zu den beiden Frauen hinüber. »Ich verstehe hier was nicht. Liegt vielleicht auch daran, dass das nicht zu meinem Spezialgebiet gehört. Aber diese Sinuskurve gehört einerseits zu einer Peilvermessung und andererseits zu einer Funkfrequenz?«

»Ja und nein«, antwortete Lee und verwirrte Mike dadurch nur noch mehr.

»Kannst du mir das bitte genauer erklären?«

»Das ist nicht ganz einfach«, hörte Alia Lee stammeln und sah ihren hilfesuchenden Blick. Sie bemerkte, dass Lee darauf hoffte, dass Alia ihr den Part abnahm.

»Sehr simpel ausgedrückt befindet sich der Sender innerhalb der Blockade, aufgeteilt auf mehrere Trabanten. Bei der Peilvermessung wird, wie man auf dem Diagramm erkennen kann, regelmäßig der gesamte Bereich festgelegter Vektoren vermessen. Das Ganze ist ein rein mathematischer Prozess«, erklärte Alia.

»Soweit habe ich das auch gewusst«, murmelte Mike dazwischen.

Alia bedachte Mike mit einem strafenden Blick. »Soll ich meine Ausführung beenden?« Der beleidigte Ton war kaum zu überhören, und Mike fühlte sich sogleich erwischt, beinahe so, als hätte er im Unterricht nicht zugehört.

Alia verstand sein Schweigen als Aufforderung weiterzureden. »In dem Moment, als die ›Voyager‹ die Blockade verließ, gab es Frequenzsprünge innerhalb der Skala, die für einen Moment eine fast perfekte Sinuskurve entstehen ließen. Offenbar wurde die ›Voyager‹ als Eindringling erkannt und von der Kommunikationseinheit sofort an jemanden oder etwas weitergemeldet.«

Mike starrte auf den Monitor seiner Konsole. »Dann bleibt nur noch die Frage, wer der Empfänger dieser Nachricht ist und wo sich der Absender befindet.«

Alia tippte ein paar Befehle in ihre Konsole ein. »Anhand der Daten konnte ich inzwischen die Quelle der Signale lokalisieren«, erklärte sie dann. Sowohl ihr Display als auch das von Mike zeigte nun eine Koordinatenangabe in relativer Position zur ›Voyager‹. Demzufolge befand sich der Ursprung des Signals fast auf der gegenüberliegenden Seite von Proxima Centauri b.

Alle starrten eine Weile still auf den Monitor. Lee war die erste, die das Schweigen brach.

»Was machen wir jetzt? Fliegen wir dort hin?« Gespannt blickte sie Alia an und erwartete deren Meinung als Militärangehörige. Doch Alia schaute ihrerseits Mike fragend an. Zwar gerieten die beiden oft aneinander, aber sie wollte nicht die Rangfolge brechen. Noch war Mike der Missionscommander.

»Werden noch Signale gesendet?«, fragte er nach einer Weile, ohne Lees Frage zu beantworten.

Alia startete eine Datenabfrage. »Es werden nur die Standardvermessungen der verschiedenen Vektoren durchgeführt. Ein Kommunikationssignal wird nicht mehr ausgesandt. Zumindest kann der Schiffscomputer aufgrund der entdeckten Spezifikationen keine weitere belegte Sendefrequenz erkennen.«

»Dann halte ich es für verschwendete Zeit, zum Ausgangspunkt der Signale zu fliegen. Egal, wer diese, ähm…«, Mike fiel nicht gleich das passende Wort ein, »diese Alarmanlage hier zurückgelassen hat, ist mit Bestimmtheit bereits über unsere Anwesenheit informiert worden. Mir wäre es lieber, wir wüssten, wo in etwa der Endpunkt der Funkfrequenz liegt.«

»Der Computer kann die exakte Position aufgrund der hohen Interferenzen nicht berechnen. Aber er kann das Gebiet begrenzen, in dem die Signale enden.« Wieder blickte Alia auf ihren Monitor und drückte ein paar Tasten, sodass sie und Mike erneut die gleiche Anzeige auf den Bildschirmen hatten. Lee hatte ihre Position neben Alia nicht verlassen und schaute ihr immer noch über die Schulter.

»Das etwaige Gebiet ist ja so groß wie unser Sonnensystem«, meinte sie vorwurfsvoll.

»Das sehe ich auch. Genauer kann es der Computer derzeit aber nicht berechnen«, gab Alia sehr gereizt zurück. Ihr war auch klar, dass das Zielgebiet riesig war, doch so hatte die Crew wenigstens einen gewissen Anhaltspunkt. »Ich bin der Meinung, dass es nur sekundär wichtig ist, wie die genaue Zielpeilung der Signale lautet. Primär sollte unser Augenmerk darauf gerichtet sein, was wir als Antwort erwarten können.« Alia machte eine Pause und überlegte, wie sie den nächsten Satz am besten formulieren sollte. »Und wie wir uns darauf vorbereiten sollen.«

»Meinst du damit etwa …« Lees Stimme verriet, dass sie aufgeregt war.

»Ja, genau das meint sie damit«, schaltete sich Mike in das Gespräch ein. »Niemand trifft solche Vorkehrungen ohne Grund. Wir wissen immer noch nicht, warum der Planet von einer Blockade eingekesselt ist, aber offensichtlich ist der Grund wichtig genug, dass die Unbekannten sofort über ein unbefugtes Ausbrechen informiert werden wollen.« Ohne es ausgesprochen zu haben, war Mike wie auch den beiden Frauen klar, was er meinte. Sicher wären sie im Orbit von Proxima Centauri b bald nicht mehr allein.

»Ich schlage vor, wir informieren umgehend die Erde über die Ereignisse, solange wir noch Zeit dazu haben.« Alia hatte eine steife, typisch militärische Haltung angenommen und wartete auf eine Antwort.

Mike nickte ihr zu. »Einverstanden. Es wäre sicher nicht verkehrt, wenn eine militärische Analyse der Situation in dem Bericht enthalten wäre.« Er zögerte. Formell oder doch persönlich? Er warf einen Blick auf Lee. Sie hatte sich erst kürzlich darüber beschwert, dass Alia das ›du‹ als Anrede nutzen sollte. Mike entschloss sich, die Situation etwas zu entspannen, indem er auf die formelle Anrede verzichtete. »Könntest du das übernehmen?«, fragte er Alia schließlich. »Ich werde in der Zwischenzeit den Bericht über die weiteren Ereignisse verfassen.«

»Sicher«, antwortete Alia knapp und machte sich sogleich daran, eine Aufzeichnung vorzubereiten.

/////

Mike sagte zwar, dass er keinen Sinn darin sah, zum Ausgangspunkt der Signale zu fliegen, aber er hatte noch nicht erwähnt, wie es weitergehen sollte.

Lee war gereizt. Sie ging zu ihm hinüber, der ebenfalls eine Aufzeichnung vorbereitete.

»Wenn wir also nicht zur Quelle der Signale fliegen, was machen wir dann?«

Er sah sie mit ruhigen Blick an. »Wir werden hier wahrscheinlich die Zelte abbrechen müssen.«

»Was? Nach all dem, was wir durchgemacht haben?«

»Lee, ich-« Mike kam nicht weiter. Lee fuhr ihm einfach über den Mund.

»Nachdem wir fünf lange Jahre in der Stasis verbracht haben? Nachdem Arthur umgekommen ist? Da willst du einfach die ›Zelte abbrechen‹?« Sie äffte ihn nach, kam sich aber sogleich dumm vor, eine solche Szene gemacht zu haben. Was war mit dem Gespräch in der Bordküche? In dem er ihr gesagt hatte, dass er die Mission zu einem Erfolg führen wollte?

»Entschuldige bitte. Aber weißt du überhaupt, was du willst?«, fragte sie ihn schließlich. »Vorhin hast du noch ganz anders geredet.«

»Ich weiß«, erwiderte Mike und sah sie nun mit festem Blick an. »Aber da wusste ich auch noch nicht, dass ein Signal gesendet wurde. Ich bin verantwortlich für diese Mission und für unser aller Leben, jedenfalls solange noch kein militärischer Notfall daraus geworden ist. Und ich werde alles Notwendige unternehmen, um das zu verhindern. Selbst wenn es bedeutet, dass wir zurück zur Erde fliegen.«

»Falls wir dazu noch die Gelegenheit bekommen«, ertönte es hinter Mike. Die beiden sahen sich erschrocken zu Alia um. Lee wollten fragen, was sie damit meinte, doch die Ahnung, wie ihre Antwort ausfallen könnte, ließ sie zurückschrecken.

»Die Langstreckensensoren zeigen an, dass sich uns ein Objekt nähert«, ergänzte Alia nach einer bedeutungsschweren Pause.

»Displayspiegelung auf meine Anzeigen.« Mike wollte mit eigenen Augen sehen, was Alia gerade gemeldet hatte. Die Anzeigen der Langstreckensensoren logen nicht. In 49.597.873 km Entfernung hatte die ›Voyager‹ ein Objekt lokalisiert, das mit mäßiger Geschwindigkeit direkten Kurs auf Alpha Centauri b genommen hatte.

»Wenn das Objekt seine jetzige Geschwindigkeit nicht verändert, wird es unseren Standpunkt in drei Stunden und vier Minuten erreichen«, erklärte Alia beiläufig.

»Kann es denn kein Komet oder Asteroid sein?« In Lees Frage schwang bereits aufsteigende Panik mit.

Auch wenn es keiner ausgesprochen hatte, waren alle drei davon ausgegangen, dass das Erscheinen wohl die Antwort auf die Funksignale sein musste.

»Nein. Laut den Sensoren rotiert das Objekt weder in einer elliptischen Bahn, noch kann ein Kometenschweif geortet werden. Außerdem scheint es langsamer zu werden. Ich vermute ein Abbremsmanöver. Wir müssen uns mit dem Gedanken auseinandersetzen, dass in drei Stunden die Erbauer der Blockade vor der ›Voyager‹ auftauchen.« Entsetzt sah Lee Alia an, diese fügte hinzu: »Mit einem Schiff, in das die ›Voyager‹ siebzehnmal hineinpassen würde«

»Was sollen wir jetzt machen, Mike?« Diese Art von Frage stellte Lee in letzter Zeit häufig. Sie hoffte, wenigstens jetzt eine klare Antwort zu erhalten.

»Wir sollten so schnell wie möglich die Meldungen an die Erde abschicken und gleichzeitig von hier verschwinden.« Mike war nicht sicher, ob ein Rückzug jetzt noch sinnvoll war, und Alia bestätigte dies auch mit ihrer nächsten Aussage.

»Wir können dem Objekt nicht entkommen. Es bewegt sich bereits jetzt schneller als die ›Voyager‹ mit Vollschub, und es ist eine unbekannte Variable, ob das Objekt zur Zeit Höchstgeschwindigkeit fliegt.« Sie tippte eine Anfrage in ihr Computer-Terminal. »Wir würden das Zusammentreffen nur um exakt neun Minuten hinauszögern, wenn wir gleich mit Vollschub starten.«

»Also können wir nichts anderes tun als warten, bis ›Die‹ hier auftauchen?«, stellte Lee in einem etwas zu hohen Tonfall die Frage in den Raum.

»Nein.« Mike bemühte sich um eine ruhige Stimmlage. Das letzte, was sie gebrauchen konnten, war, dass noch jemand aus der Crew durchdrehte. »Wir werden die Berichte an die Erde schicken. Jeder verfasst sie so knapp wie möglich, aber so ausführlich wie nötig.« Als er Lees skeptischen Blick sah, sprach er weiter, allerdings zu Alia gewandt. »Ich weiß, dass die Meldungen die Erde erst in ein paar Wochen erreichen werden, aber wäre es möglich, dass wir eine Dauerübertragung starten, bei der die von uns aufgezeichneten Ereignisse direkt weitergesandt werden?«

»Theoretisch schon. Allerdings ist der Energieverbrauch sehr hoch. Ich muss dazu einige Systeme ausschalten.« Alia rief die Aufstellung der Energieversorgung der ›Voyager‹ auf.

»Ich schlage vor, die Energieleitungen im Labor, den Frachträumen sowie den zwei unteren Decks umzuleiten. Dabei bleiben die Lebenserhaltung sowie Antrieb, Navigation und Kommunikation unberührt.«

»Genehmigt«, antwortete Mike hektisch und wandte sich dann zu Lee, die einen verzweifelten Gesichtsausdruck hatte. Das Objekt auf ihren Displays war nicht richtig zu erkennen, doch allein die Vorstellung, dass die ›Voyager‹ dort siebzehnmal hineinpasste, hatte zur Folge, dass sie alle einen Kloß im Hals hatten.

/////

»Lee«, Mike bemerkte, dass sie in Gedanken versunken war. »Sorge dafür, dass wir hinter den Planeten kommen, so schnell es geht, und dann setze einen Kurs, der uns hinter einen der nächsten Planeten führt … möglichst im Navigationsschatten von Proxima Centauri b. Vielleicht haben wir ein wenig Glück und können uns davonstehlen.«

Mike ahnte, dass das nichts bringen würde, hoffte jedoch, damit Lee beschäftigen und möglicherweise noch etwas Zeit schinden zu können, bevor die Fremden sie entdeckten. Dass sie obendrein auch noch eine Dauerübertragung beginnen würden, verringerte ihre Chancen im Grunde sogar, doch sie mussten etwas unternehmen. Die Flucht und eine Warnung an die Erde schienen die einzigen Optionen zu sein, und die wollte Mike nutzen.

Es war ungewiss, was passieren würde, wenn man sie entdeckte. Plötzlich fielen Mike wieder all die Filme und Geschichten ein, in denen feindliche Außerirdische die Menschen auffraßen, töteten oder sogar als Brutkästen für ihren widerlichen Nachwuchs missbrauchten. Er schüttelte sich kaum merklich.

»Alles in Ordnung?«, fragte Alia. Obwohl sie die Worte recht trocken hervorbrachte, bemerkte Mike, dass sie offenbar ehrlich besorgt war.

»Es geht schon«, antwortete er nur knapp.

»Ich habe einen Kurs berechnet«, meldete Lee jetzt. Ihre Stimme zitterte vor Aufregung. Alle konnten sie nur zu gut verstehen.

»Dann los«, sagte er, »versuche, uns so unauffällig wie möglich von hier wegzubringen.«

»Ich bemühe mich.«

Die ›Voyager‹ setzte sich mit einem langsam ansteigenden Brummen der Triebwerke in Bewegung. Lee beschrieb eine Schleife mit dem Raumschiff und setzte Kurs auf die, dem fremden Schiff abgewandte Seite, des Planeten.

»Die Umleitung der Energie ist abgeschlossen. Wir können mit der Dauerübertragung beginnen«, meldete Alia kurz darauf, was Mike dazu veranlasste, ihr ein dankbares Lächeln zuzuwerfen.

»Sehr gut!« Ihm stand der Schweiß auf der Stirn. »Verenge das Signal, sodass fast keine Streuung entsteht. Mit etwas Glück können sie es nicht orten oder halten es nur für Hintergrundrauschen.«

»Glaubst du wirklich, dass sie es nicht merken werden?«, wollte Lee wissen, die jetzt Kurs auf den nächstgelegenen Planeten im Alpha Centauri System nahm.

»Ich weiß es nicht«, gab er zu.

Lee blickte darauf hin zu Alia, die gerade dabei war, die Funkfrequenz zu kalibrieren.

»Ich weiß es auch nicht«, sagte Alia betont langsam, während ihre Finger in einer kaum vorstellbaren Geschwindigkeit über die Tastatur flogen. Mike fiel auf, wie hochkonzentriert sie dabei war.

Plötzlich hörten Ihre Finger auf zu tippen. Sie wandte sich zu Mike und meldete: »Kommunikationsfrequenz ist bereit. Sendung der Daten erfolgt aufgrund der Verarbeitungszeit des Schiffscomputers zwei Sekunden zeitverzögert.«

»Kommunikation starten!«, befahl er kurz darauf. »Sende die Berichte bitte gleich mit, sofern sie schon fertig sind. Ich kann nur hoffen, dass die Transmission die Erde überhaupt erreicht.«

»Daten werden gesendet, Kom-Frequenz stabil, nur minimale Streuung.« Ohne es zu merken, war Alia in das für das Militär so typische abgekürzte Satzkonstrukt gefallen. Mike deutete dieses Verhalten als Zeichen dafür, dass nun auch Alia nervös wurde.

»Können wir jetzt nichts anderes mehr tun, als zu warten?« Lee hatte ihre Aufgabe beendet und hielt die ›Voyager‹ stabil im Schatten des Planeten.

»Nein, ich fürchte nicht. Können die gesamten Schiffssysteme noch gedrosselt werden?« Die Frage galt sowohl Alia als auch Lee, und letztere antwortete zuerst.

»Der Antrieb kann ganz heruntergefahren werden, allerdings braucht er dann mindestens fünf Minuten, bis wir wieder vollen Schub geben können.«

»Die Lebenserhaltung kann mit Ausnahme der Brücke und der angrenzenden zwei Aufenthaltsräume abgeschaltet werden. Das würde allerdings dazu führen, dass alle anderen Bereiche sehr schnell auskühlen und nicht weiter mit Frischluft versorgt werden«, setzte Alia hinzu.

»Aber die anderen Bereiche können weiterhin betreten werden?« Mike wollte im Falle eines Falles auf alle Eventualitäten vorbereitet sein.

»Bei einem Aufenthalt von mehr als zehn Minuten müssen wir mit Auftreten von Hypoxämie und Hypothermie rechnen.« Lees Stimme zitterte nicht mehr so schlimm wie noch einige Minuten vorher, doch dass sie medizinische Fachausdrücke nutzte, statt sich für alle verständlich auszudrücken, verdeutlichte ihren akuten Gemütszustand.

»Alia, fahre die Lebenserhaltung auf ein Minimum herunter. Ich nehme an, dass zehn Minuten reichen werden, um durch die Decks zu gelangen, wenn es die Situation erfordert.« Falls es doch länger dauern sollte, würden Sauerstoffmangel und Unterkühlung nicht ihre einzigen Probleme sein, überlegte Mike, als er Alia den Befehl gab.

Dieser machte sich sofort daran, die Lebenserhaltung zurückzufahren, als ein leises Signal der Crew andeutete, dass die ›Voyager‹ eine Kommunikationstransmission erhielt.

»Von der Erde?« Mike wollte die Antwort nicht wissen. Die Erde konnte nicht so schnell reagieren. Eine Kommunikation dauerte mehrere Wochen, bis sie von der Erde zur ›Voyager‹ gelangte.

»Alia! Ist das Signal von der Erde?« Lee schrie sie regelrecht an, als sie nicht sofort antwortete.

»Nein. Wir werden von dem Objekt auf einer Niedrigfrequenz kontaktiert.«

KAPITEL 14

›Die Wahrscheinlichkeit, dass anderes intelligentes Leben außerhalb unseres Sonnensystems existiert, ist äußerst gering. Dass ausgerechnet die ›Voyager‹ auf intelligentes außerirdisches Leben trifft, ist nahezu unwahrscheinlich. Der Umstand, dass die Verbindung zur ›Voyager‹ abgebrochen ist, lässt darauf schließen, dass die verwirrenden Meldungen über ein riesiges Raumschiff, das sich ihnen angeblich näherte, auf einen Zustand der geistigen Unausgeglichenheit zurückzuführen ist. Möglicherweise hängt dieser Umstand mit dem Tod des Besatzungsmitglieds Jones zusammen. Eine Rettungsmission ist aufgrund der Entfernung und des wirtschaftlichen Aufwandes nicht zu empfehlen. Dem Ausschuss wird deshalb angeraten, den Verlust des Schiffes und seiner Besatzung in Betracht zu ziehen.‹

Aus einem Gutachten des Leiters der Raumstation »Babel« an den Ausschuss der World Space Administration

Alia stellte die Empfangsanlage auf die richtige Frequenz ein, um das Signal der Fremden ohne Störungen empfangen zu können. Es dauerte nur wenige Sekunden, doch Mike schien es, als würde sie Stunden dafür benötigen. Sicher ging es Lee nicht anders, die nervös wirkte. Als sie dann endlich das Signal auf die Lautsprecher stellte, vernahm die Besatzung der ›Voyager‹ eine Stimme, die im hartem Militär-Ton Befehle zu geben schien, doch konnten sie die Sprache nicht verstehen.

»Das klingt nicht gerade nach einem freundlichen ›Hallo‹«, bemerkte Mike. Lee schwieg.

»Ganz sicher nicht«, bestätigte Alia, die die aufgezeichnete Nachricht noch einmal abspielte. Falten zogen sich über ihre Stirn, als sie angestrengt den Worten der fremden Stimme lauschte.

»Was ist?«, wollte Mike wissen.

Alia hörte sich die Worte sehr konzentriert an. Er wusste, dass sie eine Art linguistisches Genie war und dazu mit vielen Sprachen der Erde vertraut. Ein Umstand, den er heimlich an ihr beneidete.

Sie sah auf. »Ich bin mir nicht sicher«, sagte sie dann und spielte die Nachricht noch einmal ab.

Derweil hatte Lee die Langstreckensensoren auf ihre Konsole geschaltet und beobachtete diese mit Besorgnis. Das fremde Schiff kam unaufhaltsam näher.

»Es kommt eine neue Nachricht herein«, meldete Alia und schaltete sie ebenfalls auf die Lautsprecher.

Wieder diese fremde Sprache.

»Ich nehme an, sie befehlen uns, unverzüglich die Triebwerke abzuschalten und uns zu ergeben«, mutmaßte Mike und bedachte Alia dabei mit einem fragenden Blick.

»Vermutlich.« Alia schien ihm kaum zuzuhören. Stattdessen spielte sie nun beide Nachrichten hintereinander ab.

»Kannst du irgendetwas davon verstehen?« In Mike keimte Hoffnung auf. Wenn Alia, so unwahrscheinlich das auch sein mochte, etwas von dem, was diese fremde Stimme sagte, verstehen oder zumindest richtig interpretieren konnte, hatten sie vielleicht eine Chance, sich mit den Fremden zu verständigen. Das würde auch ihre Chancen steigern, nicht zu Schutt und Asche zerschossen zu werden.

Alia schüttelte den Kopf. »Ich bin mir nicht sicher«, wiederholte sie.

Wieder ließ Alia die Nachrichten abspielen. Diesmal versuchte sie, einzelne Worte mitzusprechen. »bes-telko … caasqueh ... usqhaq.«

Sie wirkte sehr konzentriert und Mike erhielt den Eindruck, dass sie wohl etwas verstand oder zumindest, dass ihr die Laute bekannt vorkamen.

»Es klingt wie eine Mischung aus einem slawischen und einem der Qsprache zugehörigen Sprachenstamm.« Noch einmal ließ sie die Nachrichten abspielen.

»Was wollen die von uns?« Lee wurde immer nervöser.

Das fremde Schiff hielt noch mit der gleichbleibender Geschwindigkeit auf die Koordinaten der ›Voyager‹ zu.

»Ich kann es nicht genau sagen. Teile der Nachricht klingen wie ein mittelalterliches Russisch, andere wiederum wie ein Dialekt der südamerikanischen Ureinwohner. Ich kann keine korrekte Übersetzung geben«, gab sie ruhig zurück, mit den Gedanken aber immer noch bei den Nachrichten.

»Was vermutest du?« Mike sah Alia an, dass sie wohl einige der fremden Worte zumindest ansatzweise verstanden hatte.

»Ich kann gar nichts vermuten. Wenn ich allein von den mir bekannten Sprachen ausgehe, gibt es zig verschiedene Übersetzungsmöglichkeiten der wenigen Wortlaute, die ich verstehen konnte. Ganz zu schweigen von den Interpretationsmöglichkeiten. Ohne weitere Informationen über zumindest eine Syntax oder grundlegende Grammatik ist es nichts anderes als Raten.«

»Was hast du bis jetzt verstanden?« Mike hatte langsam genug von der militärischen Korrektheit Alias. Sie war so darauf versessen, keinen Fehler zu machen, dass es ihn schon wieder beinahe auf die Palme brachte.

Alia hingegen funkelte ihn böse an. Mike wusste, dass er von ihr ein Wunder erwartete. Auch wenn sie sieben Weltsprachen und einige bereits nicht mehr angewandte Sprachen in Wort und Schrift beherrschte, konnte selbst Alia nicht anhand zwei sehr knapp gehaltener Nachrichten eine komplett fremde Sprache dechiffrieren.

»Spiel die Nachrichten noch einmal ab«, bat Lee. Ohne Nachfrage von Alia ertönte nochmals die Ansage über die Brückenlautsprecher.

»Keine Betonung.«

»Was meinst du damit?« Mike wusste nicht, worauf die Navigatorin hinauswollte.

»Es gibt keine Sprachbetonung. Nichts, was auf einen Anfang eines Satzes oder das Ende hindeuten könnte.«

Nochmals startete Alia die Nachrichten. Mike ging davon aus, dass sie aufgrund von Lees Hinweis die Nachricht in einen anderen Kontext setzen wollte.

»Gefahr, Notlage oder Bedrohung« übersetze Alia »... laufen ... vier ... Ort oder Platz oder Richtung ... zerstören oder zerfallen ... Strafe ... mehr verstehe ich nicht. Und ich betone, dass ich keine Garantie auf Richtigkeit geben kann. Vielleicht klingen die Worte der Fremden unseren nur zufällig ähnlich, möglicherweise haben sie eine andere Bedeutung.« Dabei schüttelte Alia leicht den Kopf. Sie schien es wirklich nicht zu wissen. Mike war, als würde sie sogar noch unsicherer werden, je mehr sie versuchte, die fremden Laute zu entschlüsseln.

»Zum Kaffeetrinken werden sie uns sicher nicht einladen.« meinte Lee. »Ich glaube, du bist schon auf der richtigen Spur.« Auch wenn Alias Aussagen sie zunächst entmutigt hatte, schöpfte Lee doch ein wenig Hoffnung, dass sie mit den Unbekannten kommunizieren konnten. »Vielleicht sollten wir auch einen Funkspruch mit unserer Kennung und Absicht zurückschicken. Wir haben diese Information, wenn ich mich nicht sehr irre, in über dreihundert Sprachen im Computer. Unter Umständen können die damit mehr anfangen als wir mit deren Sprache.«

»Ich halte das für einen gewagten Vorschlag«, gab Alia zu bedenken. »Wir wissen nicht, wie sie das auffassen werden.«

»Im Grunde spielt es keine Rolle, wie wir uns von nun an verhalten. Sie haben uns entdeckt und versuchen die Aufnahme einer Kommunikation. Ich persönlich werte das als positives Zeichen. Immerhin haben sie uns noch nicht abgeschossen«, konterte Lee ihrerseits.

»Das kann auch daran liegen, dass ihre Waffensysteme keine so hohe Reichweite haben und bevor du dagegen argumentierst, ich bin mir sicher, dass sie Waffen haben.«

»Natürlich haben sie Waffen«, meinte Mike genervt. »Und wir haben nicht mal mehr drei Stunden, bevor sie uns erreichen. Wie sieht's mit der Kommunikation zur Erde aus?«

Alia prüfte den Status. »Abgebrochen.«

»Was?« Mike sah sie mit aufgerissenen Augen an. »Wieso abgebrochen?«

»Weil unsere Übertragung offenbar gestört wird.«

Mike ging zu Alia, um die Anzeigen zu prüfen. »Kann diese Störung von dem fremden Schiff herrühren?«

»Ich weiß es nicht, aber es ist zu vermuten.«

»Ich sage euch doch, dass wir versuchen sollten, den Fremden eine Nachricht zu übermitteln, die unsere Absichten erklärt«, beharrte Lee. Ihre Stimme überschlug sich etwas. »Falls es nicht schon zu spät dafür ist.«

Mike stimmte schließlich zu. »Wahrscheinlich ist das unsere einzige Möglichkeit. Wir wissen nicht, wie sie reagieren werden, aber wenn das nur annähernd richtig ist, was du aus ihrer Sprache herausgehört hast, dann lässt das nicht unbedingt etwas Positives vermuten.« Er ging zurück zu seinem Sitz, um eine Nachricht in seine Konsole einzugeben. »Alia, lass diese Nachricht von unserem Computer in alle Sprachen übersetzen und schicke sie dann zu dem fremden Raumschiff. Ich hoffe, die können irgendeine Sprache davon verstehen.«

Während Mike eine Nachricht verfasste, in der er schrieb, dass sie in einer friedlichen Forschungsmission vom Planeten Erde kommen, beschloss er sämtliche Formulierungen wie ›keine feindlichen Absichten‹, ›unbewaffnet‹ oder ›nicht angreifen‹ aus der Botschaft wegzulassen, um eventuelle schwerwiegende Irrtümer durch Übersetzungsfehler zu vermeiden.

»Mich wundert nur eines«, überlegte Lee laut. Ihre Stimme war nun wieder etwas ruhiger. »Wie kommt es, dass diese Fremden eine Sprache sprechen, die irgendwie mit Sprachen der Erde verwandt zu sein scheint?« Sie sah erst Mike und dann Alia fragend an. »Ich meine, müsste sich deren Sprache nicht völlig anders als unsere entwickelt haben?«

»Das ist genau das, was ich euch vorhin klarzumachen versucht habe. Es könnte einfach nur ein Zufall sein, dass die Signale der Fremden unseren Erdensprachen ähneln. Ich halte es daher immer noch für keinen guten Vorschlag, die Fremden zu kontaktieren.« Alia befürchtete, dass es sich als fataler Fehler herausstellen konnte, wenn sie dem anderen Schiff ein Signal schicken, ohne genau zu wissen, was sie eigentlich sagten. »Ich habe nicht den leisesten Schimmer, warum diese Ähnlichkeiten vorhanden sind. Vielleicht waren sie schon einmal auf der Erde.« Alia verlor sich nicht gerne in Spekulationen, aber Mike ging davon aus, dass auch Alia bemerkte, dass Lee dabei war, die Nerven zu verlieren.

»Sag doch gleich, es sind kleine grüne Männlein.« Lees schräger Sinn für Humor kam wieder zum Vorschein. Offensichtlich hatte sie sich doch wieder ein wenig gefangen.

»Alia, lass die Nachrichten übersetzen und sende sie an das Schiff!«, befahl Mike noch einmal. »Ich sehe darin unsere einzige Chance, glimpflich aus dieser Sache rauszukommen.«

»Und ich sehe darin den größten Fehler, den wir überhaupt machen können. Wir haben keine Möglichkeit mehr, die Erde oder den Mars zu kontaktieren.« Alia war sichtlich verärgert darüber, dass weder er noch Lee auf sie hören wollten.

»Noch bin ich der Commander, und ich halte es für keinen Fehler. Sende die Nachrichten.«

»Nein. Die korrekte Einstufung der Situation ist noch nicht erfolgt, man kann sie ebenso als militärische Lage einschätzen.« Mike sah sie böse an. Offensichtlich versuchte sie alles, um das Senden der Nachricht zu verhindern.

»Bist du denn jetzt total übergeschnappt?«, fragte Lee ungläubig, und auch Mike bedachte sie mit einem giftigen Blick. »Während der ganzen Sache mit den Blockadesatelliten hast du Mike alles schön machen lassen.« Sie schlug aufgebracht mit ihrer Handfläche auf ihre Konsole. »Und jetzt, da ein fremdes Raumschiff kommt, fällt dir mal eben ein, dass das ja eine militärische Angelegenheit sein könnte. Jetzt, da dir Mikes Anweisungen nicht gefallen.« Es war unschwer zu erkennen, dass sie drauf und dran war, die Brücke zu verlassen.

Gerade als Alia zu einer Antwort ansetzen wollte, deutete Mike ihr an, ruhig zu sein, und zu seiner Erleichterung hielt sie tatsächlich inne.

»Es nützt nichts«, sagte Mike, während er beschwichtigend die Hände hob, »wenn wir uns gegenseitig angreifen und unsere Kompetenzen und Befugnisse anzweifeln. Wir wissen nichts über dieses Raumschiff, außer dass es uns zwei Botschaften gesandt hat und dass es offenbar von den Satelliten gerufen wurde. Da es uns kontaktiert hat, hege ich die Hoffnung, dass wir einen Weg finden werden, uns mit ihnen zu verständigen.« Er sah erst Lee an, die ihm zu verstehen gab, dass sie seine Meinung teilte. Danach wandte er sich an Alia. Wie nicht anders zu erwarten, schien selbst ihr Blick zu suggerieren, dass sie die Situation besser einschätzen konnte als jeder andere an Bord.

Mike fuhr fort. »Vielleicht handelt es sich um ein Forschungsschiff oder ein Rettungsschiff. Wir haben doch festgestellt, dass diese Satelliten unglaublich alt sind. Möglicherweise-«

»Es tut mir leid, Mike«, unterbrach ihn Alia barsch. Die Entschuldigung klang fadenscheinig »Aber glaubst du wirklich, dass eine Blockade, die alles auslöscht, was in ihrem Wirkungsbereich liegt, ein Rettungsschiff rufen wird?«

Mike stutzte. Wahrscheinlich hatte sie recht, doch war es seine Pflicht, alles zu versuchen, um die Situation nicht sosehr eskalieren zu lassen, dass Alia letztlich das Kommando übernehmen musste.

»Was sollen wir denn deiner Meinung nach machen?«, fragte Mike herausfordernd. Es reichte ihm langsam, dass sie selten eine andere Meinung gelten ließ. Er sah auf die Anzeige, die den internen Countdown zeigte. »Uns läuft die Zeit davon.«

»Vorerst gar nichts«, erklärte Alia mit Nachdruck.

»Du tickst ja nicht mehr ganz richtig.« Lee war völlig außer sich. Langsam stieg ihr die Zornesröte ins Gesicht.

»Solche unqualifizierten Bemerkungen kannst du dir sparen«, antwortete Alia mit erhobener Stimme. »Könnt oder wollt ihr es nicht verstehen? Was für uns nach einer logischen und informativen Mitteilung aussieht, könnte unser Gegenüber als eine Angriffserklärung betrachten.«

»Und wenn wir nicht antworten, könnten sie es genauso auffassen. Denk nicht, dass du hier die einzige Person bist, die die Lage einschätzen kann.« Mike klang mit einmal sehr viel autoritärer als gewöhnlich. »Wir werden dem unbekannten Schiff unsere Standardbegrüßung und Kennung in allen Sprachen senden, die der Computer gespeichert hat.«

Alia stand nun auf verlorenem Posten. Was sie auch tat oder sagte, es hatte die beiden anderen nicht umstimmen können. »Zugriff Kommunikationsanlage auf Terminal 1 übertragen.« Sie betätigte einige Tasten, und nur einen Wimpernschlag später zeigte Mikes Terminal an, dass er nun über die Kommunikationskontrolle verfügte. »Tu, was du nicht lassen kannst, aber ich verlange einen offiziellen Eintrag im Logbuch, dass ich mich gegen diesen Kommunikationsversuch ausgesprochen habe.« Es war auf eine merkwürdige Art beeindruckend, wie es Alia schaffte, binnen Sekunden vom korrekten militärischen Tonfall wieder in ihr schnippisches und arrogantes Gehabe zu verfallen.

»Und wem willst du das noch mitteilen? Die Kom-Leitung zur Erde ist unterbrochen«, bemerkte Lee in dem gleichen Tonfall, als wolle sie Alia nachäffen.

Doch die ignorierte den Seitenhieb ihrer Kollegin und strafte sie und Mike stattdessen mit Nichtachtung, indem sie das Headset aufsetzte. Mike konnte nur hoffen, dass sie sich die

Funkmeldungen nochmals anhören wollte und es ihr so vielleicht gelang, noch etwas mehr über die Sprache in Erfahrung zu bringen. Er beließ es dabei, bemerkte jedoch, dass sie ihn besorgt aus den Augenwinkeln ansah, wie er sein Terminal bediente und die Nachricht in allen verfügbaren Sprachen der Erde, die der Schiffscomputer gespeichert hatte, an das immer näherkommende Schiff schickte.

Er beobachtete die Übertragungsbestätigung. Nachdem die Nachricht gesandt worden war, tat sich nichts, sodass er den Logbucheintrag vornahm, den Alia verlangte.

›Soll sie doch protestieren, soviel sie will‹, dachte Mike, als er sie mit verkniffenem Blick an ihrer Konsole sitzen sah. Solange sie keinen wirklich überzeugenden Grund vorweisen konnte, weshalb diese Nachricht nicht gesendet werden sollte, hielt Mike ihre Gegenargumente lediglich für eine Überreaktion eines Militärs.

»Haben sie die Nachricht erhalten?«, wollte Lee wissen. Mike bestätigte mit einem Nicken und übergab die Kommunikation wieder an Alias Terminal.

»Die Übertragung ist fertig. Sie werden vermutlich eine Weile benötigen, um sie zu übersetzen. Hoffen wir, dass die Nachricht richtig verstanden wird.«

Gebannt starrten Lee und Mike auf ihre Terminals, die das näherkommende Schiff zeigten. Inzwischen konnte Mike erste Details erkennen. Das Schiff hatte, entgegen ihrer Vorstellung von Raumschiffen, eine fischähnliche Form. Eher schmal, dafür war der Rumpf mindestens doppelt so hoch. Zwei kleinere ›Flossen‹ befanden sich an den unteren Seiten des Schiffes, während eine größere ›Flosse‹ auf der Oberseite thronte. Aus der Entfernung war es schwer zu erkennen, aber Mike vermutete, dass die Front des Schiffes eine Art Ladeluke aufwies. Zumindest deutete die lamellenartige Struktur darauf hin.

»Ich empfange eine weitere Übertragung von dem fremden Schiff«, meldete Alia vorschriftsmäßig und stellte sie, ehe Mike etwas sagen konnte, auf die Lautsprecher.

Noch immer klang die Sprache völlig fremd. Einzig der Ton, in dem die Nachricht gesprochen wurde, verriet, dass hier offenbar Anweisungen übermittelt wurden. Es klang fordernd und bedrohlich.

»Das gefällt mir gar nicht«, sagte Lee, und auch Mike bestätigte sein Unwohlsein.

»Kannst du inzwischen etwas von dem verstehen, was sie uns mitteilen?«

Alia arbeitete konzentriert an ihrer Konsole und schien Mikes Frage überhört zu haben.

Mike deutete ihr Schweigen als Versuch, noch etwas Zeit für eine Antwort herauszuschinden. Er hoffte, dass sie nun eher in der Lage war, etwas von dem zu verstehen, was die Fremden ihnen zu sagen hatten. Doch dann blickte sie Mike scharf an, was seinen Atem unwillkürlich stocken ließ.

»Ich habe doch gesagt, dass das keine gute Idee ist«, sagte sie dann kalt.

»Was? Konntest du etwas verstehen?« Jetzt sah Lee zu Alia hinüber und bemerkte ebenfalls den stechenden Blick.

»Ich brauche es nicht zu verstehen, um zu wissen, was sie jetzt vorhaben.« Sie tippte erneut auf ihre Konsole und übertrug ihren Bildschirm an die beiden. Das Bild des fremden Schiffes erschien vor ihnen. Dort, wo Mike zuvor eine Ladeluke vermutet hatte, öffnete sich nun eine lamellenartige Vorrichtung. Drei kleinere Objekte verließen das Schiff mit hoher Geschwindigkeit. Irgendwie erinnerten sie Mike an wilde Hornissen.

»Was ist das?« Lee stellte die Frage in den Raum, doch eigentlich kannte sie die Antwort schon, die Mike dann für sie beantwortete.

»Abfangjäger!«

Lee schien es, als würde ihr Herz für einen Moment aussetzen, während ihr mit einem Mal gleichzeitig heiß und kalt wurde.

»Die Jäger werden uns bei gleichbleibender Geschwindigkeit in einer Stunde erreichen«, meldete Alia.

»Was sollen wir jetzt machen?« Lees Stimme brach inmitten des Satzes, und sie musste sich einmal räuspern, um ihn zu Ende sprechen zu können.

/////

Alia hörte Lee gar nicht zu. Ihre Konzentration galt immer noch der neuen Funkübertragung. Irgendetwas war gegenüber den vorigen Sprachmitteilungen anders.

Sie ließ sich die Nachrichten in Lautschrift auf ihrem Monitor anzeigen. Die Laute an sich hatten sich verändert. Zum einen schienen es teilweise andere Worte zu sein, aber auch die bereits ›bekannten‹ waren nun abgeändert. Sie versuchte aus der Lautschrift ein paar Worte zu bilden. Zu Alias Überraschung wiesen die meisten der unbekannten Wörter palatalisierte Konsonanten auf, ein typisches Zeichen des slawischen Sprachenstamms. Sie veränderte die Anzeige so, dass die Worte nun in einer groben Abwandlung der kyrillischen Schrift angezeigt wurden, und traute ihren Augen nicht. Offensichtlich kommunizierten die Fremden in einer abgewandelten Art des Altrussischen, wobei hier und da einige Worte einer weiteren unbekannten Sprache eingestreut waren, die der Computer dem Schriftbild nicht anpassen konnte. Schnell überprüfte sie die Kommunikation, die Mike zum Schiff geschickt hatte. Darunter waren auch sieben verschiedene Sprachen des slawischen Sprachenstamms.

›Also haben sie ihre Kommunikation geändert, nachdem sie unsere Nachricht erhalten haben‹, schoss es Alia durch den Kopf.

»Sie fordern uns auf, die Triebwerke zu stoppen«, sagte Alia schließlich zu Mike und Lee, als sie sicher war, keinen Übersetzungsfehler gemacht zu haben.

»Verstehst du etwas davon?« Lee schaute sie ungläubig an.

Ein Blick in Lees Augen verriet Alia, dass sie von der schlaksigen Frau in Frage gestellt wurde. So als würde sie annehmen, dass Alia nicht dazu in der Lage wäre, ihre linguistischen Fähigkeiten auszuschöpfen.

»Es ist ein Dialekt des vormittelalterlichen Russischs. Warum weiß ich nicht. Aber sie fordern uns auf, alle Antriebsapparate abzustellen, andernfalls müssen wir mit den Konsequenzen rechnen.« Allen war klar, was Alia mit ›Konsequenzen‹ meinte. Dennoch fragte Lee nach.

»Was sind die Konsequenzen?«

»Die wörtliche Übersetzung lautet: Stoppt Anlaufapparat, sonst Tilgung Gefährt/Schiff«, antwortete Alia etwas stockend. Die kyrillische Sprache und Schrift war nicht gerade das, was man ihr Spezialgebiet nennen konnte, doch langsam erinnerte sie sich wieder an ihre Sprachstudien. Je mehr sie las, desto mehr verstand sie. »Offensichtlich haben die Fremden ihre Kommunikation aufgrund unserer Sendung abgeändert und den uns bekannten Sprachen angeglichen.«

»Also im Klartext, Triebwerk stoppen, sonst werden wir zerstört«, setzte Lee hinzu.

»Ich befürworte, den Anweisungen stattzugeben.« Alia schaute zu Mike und wartete auf seine Antwort.

Angst kroch in ihm hoch und, ihm sträubten sich die sprichwörtlichen Nackenhaare. So eine Situation hätte er sich nicht einmal im Traum vorgestellt. Wie sollte er jetzt reagieren? Seine ansteigende Furcht drängte ihn dazu, die Flucht zu ergreifen, doch sein Verstand hielt dagegen.

›Wenn du jetzt ein Fluchtmanöver einleiten lässt, dann werden sie uns einfach abknallen. Skrupellos. So, wie die Satelliten Arthur zerfetzt haben‹, überlegte er.

»Was ist nun, Mike?«, fragte Alia fordernd.

Mike wusste, dass die Situation außer Kontrolle zu geraten drohte. Ein Wunder, dass sie das Kommando aufgrund der eindeutigen Bedrohung nicht an sich gerissen hatte. Insgeheim wünschte er sich das für einen Moment sogar, um die Verantwortung nicht tragen zu müssen. Doch dann fasste er einen Entschluss. ›Ich bin der Kommandant, und ich muss dafür sorgen, dass meiner Mannschaft nichts passiert.‹

»Sofort alle Triebwerke abschalten«, sagte er dann, und der fast schon befehlsartige Ton überraschte ihn selbst.

Alia schaltete unversehens den Antrieb ab und wartete auf weitere Anweisungen.

»Schicke eine Nachricht an die Fremden, dass wir keinen Widerstand leisten werden. Betone erneut, dass wir Forscher auf einer friedlichen Mission sind und gerne mit ihnen in Kontakt treten möchten.«

»Das klingt ja wie eine Einladung«, protestierte Lee.

»Das soll es auch«, entgegnete Mike. »Auf diese Weise zeigen wir, dass wir nichts Feindseliges im Schilde führen, und vielleicht haben wir so noch eine Chance, dass wir mit den Fremden reden können.«

»Nachricht wurde abgesandt«, bestätigte Alia die Anweisung.

»In Ordnung. Jetzt heißt es vorerst abwarten«, bemerkte Mike.

»Ja, ob sie uns gleich abschießen oder lieber entern.« Lees Stimme klang beinahe so panisch wie die von Arthur zuvor. Unmerklich warf Alia ihr einen besorgten Blick zu. Sie sah, dass Lee der Schweiß auf der Stirn stand, obwohl es auf der Brücke nur neunzehn Grad Celsius waren. Alia überlegte, ob sie nicht etwas zu Lee sagen sollte, entschied sich jedoch aus zwei Gründen dagegen. Erstens wusste Alia selbst nicht, wie es von nun an weitergehen konnte. Zum anderen würde es in Lees Augen sicher unglaubwürdig klingen, da sie sich seit Beginn der Mission nicht gerade durch Freundlichkeit und Mitgefühl bei ihren Kameraden beliebt gemacht hatte.

Doch auch Alia musste irgendetwas tun, um ihre eigene Anspannung unter Kontrolle zu halten. Ihre Gedanken rasten auf der Suche nach irgendetwas, das ihnen helfen konnte. Sie wollte auf das, was vor ihnen lag, wenigstens ein bisschen vorbereitet sein. Wie konnte sie den Fremden, die ihnen sehr wahrscheinlich nicht wohlgesonnen waren, schaden? Bevor sie zu einem Ergebnis kam, wurde ihre Aufmerksamkeit wieder auf eine eingehende Kommunikation gelenkt. Wieder hörte die Crew die unbekannte Sprache, und diesmal hatten die Fremden wohl mehr zu sagen als bei der ersten Kontaktaufnahme. Wie gebannt warteten Mike und Lee darauf, dass Alia eine Übersetzung lieferte.

»Sie haben unser Verhalten, das Triebwerk zu stoppen, wohlwollend zur Kenntnis genommen … aber …« Alia hielt inne und spielte den zweiten Teil der Nachricht nochmals ab. Wieder ließ sie sich die Nachricht vom Computer als kyrillische Zeichenabfolge darstellen, wurde aber nicht schlau daraus.

»Aber was?«

»Warte!« Alia hatte jetzt keine Zeit für Höflichkeiten. Sie öffnete die Schublade, die unter ihrer Station befestigt war, und zog ein paar Blätter und einen Stift hervor.

Sie war bei ihrer schnellen Übersetzung einfach zu unsicher, ob diese wirklich korrekt war, und jetzt durfte sie sich keine Fehler erlauben. ›Wenn mir jemand während des Studiums gesagt hätte, dass meine Sprachkenntnisse für historische und tote Sprachen lebensnotwendig werden, wäre ich vor Lachen zusammengebrochen.‹ Schnell notierte Alia die gehörten Worte mit großen Zeilenabständen auf einem Blatt.

Mike und Lee sahen ihr zu, wie sie scheinbar sinnlose Linien von einem Wort zu einem anderen zog und diese dann durch Kreise oder Unterstreichungen markierte.

»Sie halten uns für feindliche Spione und wollen auf die ›Voyager‹. Die näherkommenden Jäger sollen uns in Gewahrsam nehmen, bis uns das Hauptschiff erreicht hat.«

KAPITEL 15

›Es erschien mir wichtig, Lee und Alia gegenüber Zuversicht zu zeigen. Doch ich hatte Angst. Unbeschreibliche Angst.‹

Aus den privaten Aufzeichnungen von Michael Barnetti

»Wie lange noch?« Lees Stimme zitterte vor Aufregung. Oder war es sogar Angst? Sie hätte es in diesem Moment selbst nicht genau sagen können. Erst die Blockade von Proxima Centauri b, dann Arthurs tragischer Tod, und nun ein fremdes Raumschiff, das die Besatzung der ›Voyager‹ für feindliche Spione hielt und Abfangjäger startete, um ihr Schiff sicherzustellen.

»Zehn Minuten«, antwortete Alia knapp, »dann haben uns die Jäger erreicht.«

›Zehn Minuten‹, überlegte Lee. ›In zehn Minuten werden uns Fremde gefangen nehmen, weil sie uns für Spione halten. Wen oder was könnten wir denn ausspionieren?‹ Sie hatte ihr fragendes Gesicht aufgesetzt, als sie zu Mike rüber sah.

»Ich bin sicher«, sagte er dann beruhigend, »dass sich alles aufklären wird.«

Lee glaubte nicht so recht daran, doch empfand sie es als tröstlich, dass Mike versuchte, einen Hoffnungsschimmer aufrecht zu erhalten.

»Was wird mit uns geschehen? Die werden uns doch nichts antun. Oder?«

»Ich weiß es nicht«, gab Mike zu.

»Noch acht Minuten. Diese Jäger sind enorm schnell«, informierte Alia und ergänzte anschließend, »die Piloten wissen wohl ganz genau, wie man die größtmögliche Leistung aus den Maschinen herausholen kann.«

Die Zeit verging plötzlich wie im Eiltempo. »Noch sechs Minuten«, meldete Alia automatisch. Ein bedrückendes Schweigen legte sich über die Drei. Sie saßen sprichwörtlich auf glühenden Kohlen.

»Können wir denn gar nichts tun?«, brach Lee schließlich das Schweigen.

»Ich fürchte nein. Jedenfalls nicht, ohne gleich einen weiteren Zwischenfall zu provozieren.« Mike antwortete im ruhigen Tonfall, warf Alia aber einen hilfesuchenden Blick zu.

»Die ›Voyager‹ ist ein Forschungsschiff. Wir sind unbewaffnet und selbst wenn, wären wir der anderen Technologie bei weitem unterlegen«, antwortete Alia daraufhin merklich angespannt. Lee vermutete, dass Alia bereits über verschiedene Alternativen nachgedacht hatte.

»Vielleicht sollten wir versuchen, die Fremden mit Labor- und Forschungsberichten zu überfluten. Davon haben wir jede Menge«, warf Lee ein. Sie wusste sich nicht mehr anders zu helfen als mit makabrem Humor.

»Noch vier Minuten.« Alia begann mit ihren Fingern auf dem Terminal zu trommeln. Lee beobachtete sie und bemerkte, wie Alia plötzlich anfing, wie besessen Befehlsreihen in ihr Terminal einzugeben.

»Was machst du da?«, wollte Lee einen Augenblick später wissen.

Alia reagierte erst nicht, doch dann antwortete sie, während ihre Finger weiter schnell über die Tastatur glitten, »Du hatte mit den Labor- und Forschungsberichten gar keine so üble Idee gehabt. Zumindest im Ansatz. Selbst wenn sich die Idee als totale Niete herausstellen sollte, haben wir wenigstens versucht, etwas zu unternehmen.«

»Alia, wie lange dauert es noch, bis uns das Mutterschiff erreichen wird?« Auch Mike war nervös.

»Noch zwei Stunden und fünfzehn Minuten.« Einen Moment schwieg sie. »Die Abfangjäger werden uns in weniger als einer Minute erreichen.«

»Und sie haben ihre Waffensysteme aktiviert«, ergänzte Lee, die sich die neuen Scannerdaten auf den Schirm gelegt hatte. »Die Sonden der ›Voyager‹ registrieren ansteigende Energien an den Rümpfen der Schiffe.«

»Wir verhalten uns genauso wie bisher. So haben sie wenigstens keinen Grund, ihre Waffen an uns auszuprobieren«, befahl Mike.

Lee und Alia nickten zustimmend. Besorgt sahen die drei auf den Monitoren, wie die kleinen Abfangjäger ihre Angriffspositionen rund um die ›Voyager‹ einnahmen.

Plötzlich wurde das Schiff durchgeschüttelt und noch bevor jemand etwas sagen konnte, erbebte die ›Voyager‹ erneut.

»Was war das?«, wollte Mike wissen.

»Die schießen!«, erwiderte Alia knapp. Sie tippte jetzt nur noch hektischer weitere Befehlszeilen in ihr Terminal ein.

»Sind die denn wahnsinnig? Wir haben doch genau das getan, was sie von uns verlangt haben!« Lee brüllte Alia und Mike panisch an. Angst stand in ihren Augen.

»Offenbar wollen die sicherstellen«, antwortete Alia angestrengt, »dass wir uns auch wirklich daran halten, zu warten, bis ihr Mutterschiff kommt.«

»Oder sie wollen uns provozieren, damit sie einen Grund haben, uns ganz zu pulverisieren«, murmelte Mike vor sich hin, so dass Lee ihn kaum verstehen konnte.

»Ich erhalte wieder eine Nachricht.« Alia holte Stift und Zettel hervor, um die Nachricht zu übersetzen. Es dauerte nicht lange, dann hatte sie die Mitteilung entschlüsselt. Mittlerweile war sie geübt darin.

»Und?«, wollte Mike wissen. »Was wollen sie?«

»Wir sollen die Position halten und uns ganz ruhig verhalten, da sie ansonsten dazu«, sie hielt kurz inne. Lee vermutete, dass sie die korrekte Formulierung finden musste. »befugt sind, unser Schiff zu vernichten.«

»Wunderbar«, murmelte Mike zerknirscht. »Ganz wunderbar. Wo soll denn das hinführen? Was denken die eigentlich, wo wir herkommen?«

Er rieb sich das Kinn und sah sich hilfesuchend um. Lee konnte nur vermuten, dass auch er endlich Antworten wollte. Ob diese zufriedenstellend sein würden, wagte sie zu bezweifeln.

»Sende eine Empfangsbestätigung und teile ihnen mit, dass wir genau das tun werden, was sie von uns erwarten«, sagte Mike dann schließlich zu Alia.

Alia nickte und sandte die Nachricht ab, ohne einen weiteren Kommentar abzugeben. Ein Umstand, den Lee der angespannten Lage zuschrieb. Sie alle hatten eben noch ziemliches Glück gehabt. Die Warnschüsse waren nur knapp vor dem Bug der ›Voyager‹ platziert gewesen, und Lee glaubte nicht, dass das kleine Forschungsschiff einem gut platzierten direkten Treffer standhalten könnte. Ihre Gegner, anders konnte man die Fremden wohl kaum bezeichnen, waren sich darüber sicherlich auch im Klaren.

»Die ›Voyager‹ hält stabil ihre Position.« Lee hatte die Daten kontrolliert, da ihr die Beschädigung am Rumpf des Schiffes noch immer Sorgen bereitete. »Aber wenn die da draußen noch mal so ein Schießübung veranstalten, kann es eng werden.«

/////

Mike fiel auf, dass weder Alia noch Lee auch nur einen Moment lang ruhig saßen. Ständig redeten sie, prüften Dinge oder trugen etwas in Ihre Konsolen ein. Offensichtlich versuchten beide so, die akute Stresssituation zu meistern. Es war schon erstaunlich, dass zwei Charaktere, die nicht unterschiedlicher sein konnten, auf die gleiche Weise reagierten. Während er beobachten konnte, dass sich Alia ihre Notizen über die Sprache der Fremden einprägte, war Lee in eine geradezu beängstigende Stille verfallen, die sie nur durch ihr Tippen auf der Konsolentastatur unterbrach.

Mike fragte nicht, was sie da machte, denn eigentlich konnte sie nichts weiter tun als die Systeme checken, die Sensoren prüfen oder irgendwelche Navigationspeilungen eingeben. Er ließ sowohl sie als auch Alia in Ruhe. Die Situation war angespannt genug, er wollte nicht auch noch einen Ausbruch von Hysterie riskieren.

Sein Blick wanderte auf die Anzeige der verbleibenden Zeit bis zur geschätzten Ankunft des Schiffes. Noch dreiunddreißig Minuten. Und die Fremden verhielten sich bedrohlich schweigsam.

Was mochte sie erwarten, wenn das Mutterschiff die ›Voyager‹ erreicht hatte? Nach irdischen Maßstäben wurden Fremde, die in ein Hoheitsgebiet eindrangen zunächst festgenommen, dann befragt und schließlich, wenn es sich nicht nachweislich um Feinde, Spione oder Saboteure handelte, wieder freigelassen. Jedenfalls von den meisten Territorialregierungen der Erde. Der Mars hingegen hatte eine Sonderstellung und dementsprechend auch ganz andere Gesetze, die ihm nicht bis ins Detail bekannt waren. Doch Mike nahm an, dass dort ähnlich verfahren würden.

Die ›Voyager‹ hatte keine Waffensysteme an Bord, und die wenigen Handfeuerwaffen, die sich in Alias Verwahrung befanden, sollten zumindest ausreichend Beweise dafür liefern, dass es sich bei der ›Voyager‹ weder um ein Kriegsschiff noch um das Werkzeug irgendwelcher Sabotageakte handeln konnte. Das beruhigte Mike zunächst ein wenig, und er erlaubte sich ein kurzes Aufatmen, das zwar von Alia und Lee registriert, jedoch nicht kommentiert wurde.

Eine Sache beunruhigte Mike erheblich. Die Fremden hatten sie als Spione bezeichnet. Diesen Vorwurf aus der Welt zu schaffen, dürfte bei einem Forschungsschiff, das zudem mit Sensoren und ausreichend technischer Ausrüstung bestückt war, um ganze Bibliotheken mit Daten zu füllen, nicht leicht werden.

Mike wünschte sich, dass er sein Aufatmen wieder zurücknehmen könnte.

Was immer die Fremden seiner Crew vorwerfen würden, es gehörte eine Menge Überzeugungskraft dazu, klar zu machen, dass sie lediglich Forscher waren.

Und noch eine Schwierigkeit kam ihm in den Sinn. Wenn die Fremden ihnen gar nicht zuhören wollten, konnte er erklären, soviel er wollte. Dann würde ihr Urteil schon feststehen, bevor er auch nur mit seinen Erklärungen begann. Er merkte, wie seine rechte Hand vor Aufregung zitterte.

/////

Lee sah, dass Mike seine Anspannung nicht mehr länger unterdrücken konnte.

Noch einundzwanzig Minuten.

Alia schien auf ihre eigene Art ebenfalls immer nervöser zu werden. Was würde sie erwarten, wenn das Hauptschiff hier war? Wenn die fremden Wesen sie für Spione hielten, war die Crew der ›Voyager‹ möglicherweise in einen interstellaren Konflikt geraten. ›Und die haben bestimmt keine Genfer Konvention‹, ging es Lee durch den Kopf.

Sie musste sich über sich selbst wundern. Offensichtlich ging gerade die Fantasie mit ihr durch. Warum sollten sie in einen Krieg hineingeraten sein? Die Fakten waren unbestreitbar: Durch ihre Unkenntnis des Minengürtels war ein Navigationsfehler erfolgt, der dazu führte, dass die Fremden informiert wurden die den Planeten im Alpha-Centauri-System für sich beanspruchten. ›Die ›Voyager‹ hat in deren Augen, wenn sie welche haben, eine Territorialverletzung begangen. Unsere Streitkräfte gehen auf der Erde und dem Mars auch nicht anders vor‹, überlegte Lee weiter.

Wenn es sich um ein typisches militärisches Verhalten handelte, warum war dann Alia so nervös? Befürchtete sie etwa weitere Kampfhandlungen, oder wusste sie vielleicht etwas, das sie nicht mitteilte? ›Verdammt, es sind einfach zu wenige Antworten auf zu viele Fragen.‹ Im Moment war ihr einziger Pluspunkt, dass Alia in der Lage war, mit den Unbekannten zu kommunizieren, wenn auch in simpler Form.

»Noch sechzehn Minuten bis zur Ankunft«, meldete Alia zwischendurch. Lee fiel auf, dass auch ihre Stimme nicht so kontrolliert war wie sonst.

»Wir sollten uns Gedanken über unser Verhalten machen, wenn die Fremden die Forderung stellen, an Bord der ›Voyager‹ kommen zu wollen.«

»Ich glaube, dass wir ihnen nicht viel entgegenzusetzen haben, sollten sie diese Forderung stellen«, gab Mike zur Antwort.

»Das stimmt zwar, aber es würde sich bestimmt nicht negativ auswirken, wenn wir unser Handeln bereits jetzt abklären, bevor wir uns in Ungereimtheiten verwickeln und so weitere Angriffspunkte für die These der Spionage liefern«, erklärte sich Alia weiter.

»Wenn es geht, betone nicht ständig die Worte ›Angriff‹ und ›Spionage‹. Ich glaube, wir sind uns der Situation bewusst.« Lee versuchte, es ruhig zu sagen, aber so richtig wollte es ihr nicht gelingen. Um sich weiter zu beschäftigen, kontrollierte sie erneut die Sensoren.

»Es ist aber eine Tatsache, dass wir für Spione gehalten werden, und die Fremden sind uns, was Technologie angeht, bei weitem überlegen.« Der überhebliche, allwissende Ton war verschwunden.

›Es ist aber nun einmal Tatsache.‹ Vor ein paar Minuten hatte Lee den gleichen Gedanken gehabt.

Die letzten Minuten bis zum Eintreffen des Mutterschiffs der Fremden erfüllte die Besatzung der ›Voyager‹ mit immer größer werdender Unruhe.

Als das Schiff vor der ›Voyager‹ ankam und Alia, Lee und Mike es auf den ihren Bildschirmen sehen konnten, schien es ihnen, als würde eine Bestie ihre Beute ins Auge fassen. Am Bug des Schiffes öffnete sich die Luke, die einen immens großen Hangar preisgab. Die drei Abfangjäger machten den Weg für das Mutterschiff frei, sodass es mit beunruhigender Genauigkeit auf sie zuhielt, um sie in den geöffneten Hangar zu ziehen. Es war tatsächlich ein Ziehen. Einen Moment lang wurde das Schiff durchgeschüttelt. Zuerst dachte Mike, dass das Mutterschiff die ›Voyager‹ gerammt hatte, doch Alia gab sogleich die Meldung, dass sie von mehrere Greifarme erfasst wurden und in den Hangar gezogen wurden.

»Gott stehe uns bei …«, murmelte Mike, während alle drei wie gebannt auf den Monitor blickten.

Die Andockprozedur begann. Die ›Voyager‹ wurde auf dem Deck arretiert, während die Luke geschlossen wurde. Eine Art Zugangstunnel erschien und wurde an das Forschungsschiff angedockt. Wer auch immer den Vorgang steuerte, hatte die ›Voyager‹ zuvor offenbar gründlich genug untersucht, um den Tunnel an der Luftschleuse zu platzieren.

»Wir erhalten gerade eine neue Nachricht«, meldete Alia.

Mike und Lee sahen sie wortlos an und warteten auf die Übersetzung.

»Wir sollen die Luftschleuse auf dem zweiten Deck öffnen und uns dort versammeln, um das Eintreffen der Sicherheitskräfte zu erwarten. Alle Waffen sollen entladen und gesichert sichtbar auf dem Boden außerhalb unserer Reichweite platziert werden.«

»Dann wird es jetzt ernst«, meinte Mike. »Lasst uns den Anweisungen schnellstens Folge leisten. Ich möchte nicht, dass hier nur wegen eines Missverständnisses ein Unglück geschieht.« Er sah Alia eindringlich an. »Auch wenn das hier jetzt als militärische Lage eingestuft werden könnte, hoffe ich, dass du nicht irgendwelche-«

»Keine Sorge«, unterbrach Alia. »Ich weiß, was ich zu tun habe. Es sind nicht viele Waffen an Bord. Ich werde sie holen und genau in dem Zustand bereitlegen, den die Fremden uns aufgetragen haben.«

Mike nickte und verließ mit Lee die Brücke, um auf direktem Weg die Luftschleuse zu erreichen.

Alia begab sich unterdessen im Laufschritt in einen der kleinen Lagerräume auf Deck I. Dort wurden die Waffen in einem Sicherheitsschrank aufbewahrt. Sie nahm die vier Handfeuerwaffen samt der Munition heraus. Man hatte ihnen pro Waffe lediglich vier Magazine mitgegeben. Nicht wirklich viel, wenn man damit sein Leben verteidigen musste. Alia kontrollierte die Waffen und sicherte sie, allerdings entfernte sie die Schlagbolzen aus den Pistolen und warf diese in die Recyclinganlage. Sie wollte sicherstellen, dass die Fremden die Waffen nicht gegen die ›Voyager‹-Crew richten konnten. Dann nahm sie alles und machte sich auf den Weg zur Luftschleuse auf Deck I.

/////

Mike und Lee warteten bereits auf Alia.

»Was hat dich solange aufgehalten?«, fragte Lee nervös. Ständig trat sie von einem Bein auf das andere.

»Ich habe die Schlagbolzen noch entfernt. Wir wollen doch nicht, dass die Fremden Schießübungen mit unseren Waffen und mit uns als Zielscheiben machen.« Sie zeigte Mike und Lee die Waffen und legte diese mit der Munition direkt an die Luftschleuse. Sie konnte nur hoffen, dass sie damit die Forderungen der Fremden richtig erfüllt hatte. Erst jetzt fing Alia an, sich Gedanken darüber zu machen, was sie erwarten würde. Auf der einen Seite wollte sie es wissen, auf der anderen auch wieder nicht. Waren es Humanoide?

»Wie sollen wir uns verhalten, wenn die auf das Schiff kommen?« Lee stellte die Frage, die Alia gerade durch den Kopf ging.

»Wir halten uns genau an ihre Forderungen. Alia wird wegen ihrer Sprachkenntnisse das Dolmetschen übernehmen. Dann können wir die Ereignisse nur auf uns zukommen lassen.« Mike war sicher, dass er sich auf Alia verlassen konnte, auch wenn sie in der Vergangenheit nicht immer der gleichen Meinung gewesen waren. »Aber ich möchte euch daran erinnern, was auch immer gleich hinter der Luftschleuse auftauchen wird, keine übereilten Aktionen vom Zaun zu brechen. Wir wissen nicht, wie sie unsere Reaktionen aufnehmen.«

Lee nickte, während Alia sich zu den beiden stellte. Wie gebannt beobachteten sie die Luftschleuse, als von außen ein Geräusch zu vernehmen war, das man als Andocken deuten konnte. Die Nerven der drei waren bis zum Zerreißen angespannt.

»Sie atmen ein sehr ähnliches Sauerstoffgemisch wie wir«, sagte Lee, nachdem sie die Angaben der Atemluftanzeige an der Luftschleuse gesehen hatte.

»Und offensichtlich gehen sie auch mit unserer Technik konform.« Alia sah, wie sich die Anzeigen der Schleuse veränderten, denn die Fremden öffneten scheinbar ohne Probleme die elektromechanische Versiegelung. Dazu war eine gewisse Grundkenntnis von Technik nötig, damit sich die Tür nicht aus Versehen öffnete, wie bei einem der ersten Prototypen der ›Voyager‹. Eine solche Fehlfunktion wäre fatal gewesen.

»Keine Sorge. Wir sind so weit gekommen, wir werden auch das hier überstehen«, versuchte Mike den beiden Frauen Mut zu machen, obwohl er selbst kaum mehr welchen hatte. Dann wurde ihre Aufmerksamkeit auf die Luftschleuse gelenkt, die sich nunmehr entriegelte. Langsam glitt die Tür zur Seite und gab den Blick auf die Fremden frei.

KAPITEL 16

›Unsere Verantwortung für die Menschen dort draußen darf nicht aufgrund des offensichtlichen Fehlschlags dieser Mission außer Acht gelassen werden. Wir sind dazu verpflichtet, alles in unserer Macht stehende zu unternehmen, um die Besatzung der ›Voyager‹ zu bergen.

Die Wissenschaft ist angehalten, die Forschung im Bereich der Raumfahrttechnik mit allen Mitteln voranzutreiben.‹

Aus der Generalorder des Vorsitzenden der World Space Administration

Die Schleuse war offen, und die Fremden betraten die ›Voyager‹. Obwohl das Luftgemisch, welches die Fremden offenbar zum Atmen brauchten, dem der ›Voyager‹ ähnlich war, erschien es der Crew des Erdenschiffs, als hätten die Fremden plötzlich sämtliche Atmosphäre entweichen lassen.

Alles hatten sie sich vorgestellt und sich auf die Begegnung mit den seltsamsten Kreaturen gefasst gemacht. Alia konnte es sich nicht erklären, doch die ganze Zeit hatte sie erwartet, dass das erste, was sie von den Fremden sehen würde, widerlich labbrige Tentakeln wären, die sowohl als Beine als auch als Arme herhalten mussten. Was sich Lee und Mike vorgestellt hatten, wollte sie sich gar nicht erst ausmalen.

Doch was dann tatsächlich durch die Luftschleuse kam und die ›Voyager‹ betrat, war nahezu unfassbar und erschien Alia, Lee und auch Mike vollkommen unmöglich.

Es waren Humanoide … Menschen.

Die ersten beiden, die die ›Voyager‹ betraten, mussten so etwas wie Wachen oder Soldaten sein. Sie hatten beide etwas in den Händen, das einem Gewehr nahekam, und gingen sehr diszipliniert vor, als man die Crew der ›Voyager‹ entdeckte. Sie ließen die Drei nicht aus den Augen, sondern sammelten die auf dem Boden liegenden Waffen ein.

Kurz darauf erschien ein Dritter, offenbar der Kommandeur des Schiffes oder zumindest ein ähnlich ranghoher Offizier.

»Wie kann es sein, dass hier Menschen sind?«, warf Mike die Frage in den Raum, doch noch ehe Lee oder Alia darauf antworten konnten, rammte einer der Soldaten seinen Gewehrkolben in Mikes Magen, worauf er sich vor Schmerz krümmte. Die Worte, die ihm der Soldat dann entgegen brüllte, konnte Mike nicht verstehen.

Alia und Lee sahen Ihn an und wagten es nicht, sich zu bewegen. Niemand konnte einschätzen, wie weit die Eindringlinge zur Gewaltausübung gegenüber der Crew waren. Mike schien noch Schmerzen zu haben, als er sich aufrappelte.

Alia sagte etwas zu den Fremden, doch es klang selbst in ihren Ohren ungeübt und irgendwie hilflos. Sie hoffte nur, dass die Fremden verstehen würden, was sie sagte.

Ein wortloses Nicken des Kommandeurs ließ sie beruhigt aufatmen.

»Der Soldat sagte, dass wir uns ruhig verhalten sollen und nur dann zu sprechen haben, wenn wir gefragt werden«, erklärte Alia. Noch immer stand Lee wie angewurzelt da und wagte es nicht, auch nur mit der Wimper zu zucken.

»Ich habe den Kommandeur gebeten, als Dolmetscher fungieren zu dürfen, da wir ihre Sprache nur schwer verstehen.«

Mike sah Alia besorgt an. »Na, wenigstens haben sie dir das abgenommen, ohne dir etwas in den Magen zu rammen.«

Durch ein deutliches Handzeichen signalisierte Alia Mike, nicht weiterzureden. Die zwei Wachen standen dicht bei ihnen. Alia vermutete, dass sie keine Skrupel haben würden, ihre Anordnungen mit Gewalt durchzusetzen.

Sie blickte zu ihrer Linken.

Lee war endlich aus ihrer Starre erwacht und blickte abwechselnd zu den fremden Menschen und dann wieder zu Mike und Alia. Ihr Blick zeugte von totaler Ungläubigkeit. Dennoch versuchte sie, sich ihre Gegenüber genau anzuschauen. Die beiden Wachen trugen dunkle Kleidung, die wie Schutzanzüge aussah. Die Aufmachung der Uniformen erinnerte an diverse Sondereinsatzkommandos der Polizei auf der Erde und dem Mars. Ihre Gesichter waren zum Großteil von einem Visier bedeckt.

Der Anführer der Fremden stand immer noch am gleichen Fleck und schien offenbar dasselbe wie Lee zu tun. Er musterte sie, und sie empfand das als sehr unangenehm. Unwillkürlich trat sie einen kleinen Schritt in Alias Richtung, sodass sie Schulter an Schulter standen und darauf warteten, wie es nun weiterging.

Während die Aufmerksamkeit des Anführers einen Augenblick lang mehr auf Mike und Lee gerichtet war, erlaubte sich Alia ein genaueres Hinsehen. Soweit sie es erkennen konnte, waren die Soldaten außerordentlich gut bewaffnet. Zuerst waren ihr nur die großen Handfeuerwaffen aufgefallen, mit denen Mike bereits in schmerzhaften Kontakt gekommen war. Doch bei näherem Hinsehen entdeckte sie, dass jeder der Wachen noch eine kleinere Handfeuerwaffe, einen kurzen Stab, ähnlich einem Schlagstock und ein Kampfmesser bei sich trug. Sie vermutete jedoch noch mehr Waffen, die sie nicht erkennen oder ausmachen konnte. Dann wandte sie ihre volle Aufmerksamkeit wieder dem Kommandanten des kleinen Trupps zu, der bis jetzt geschwiegen hatte. Alia schätzte ihn auf etwa fünfundvierzig Jahre, aber vielleicht auch etwas jünger. Im Gegensatz zu seinen Gefolgsleuten sprach er nun in einer normalen Lautstärke und etwas langsamer; offensichtlich wollte er es Alia, Mike und Lee leichter machen, seinen Ausführungen zu folgen. Doch alle drei entnahmen seiner Art zu reden, dass er nur bestimmte Antworten hören wollte und ein Mann war, dem man besser nicht widersprach.

»Er will wissen, wer der Kommandant ist, wie unsere Namen lauten und ob noch weitere Passagiere an Bord sind«, übersetzte Alia zusammenfassend. Wenn sie jedes Wort genau übersetzt hätte, wäre es für die anderen beiden schwieriger gewesen, zu verstehen, was man von ihnen wollte. Die Grammatikstellung und auch die meisten der Worte wurden auf der Erde seit einigen hundert Jahren nicht mehr in dieser Weise verwendet. Im vierzehnten, fünfzehnten und sechzehnten Jahrhundert hatte man sich so ausgedrückt. Für Alia war es, als wäre sie auf einer Zeitreise in die Vergangenheit versetzt worden. Aber jetzt fiel ihr immer mehr an der Sprache auf. Die Wortstämme mussten einen stark russisch geprägten Stammbaum haben, während die Wortendungen wieder aus dem lateinischen stammten.

»Dann sag es ihnen«, befahl Mike leise, nicht ohne die Wachen aus den Augen zu lassen.

Alia nickte und begann stockend zu übersetzen. Mike und Lee verstanden als einziges ihre eigenen Namen, auch wenn Alia sie sehr merkwürdig betont aussprach.

»Ich habe ihnen unsere Namen genannt, dass du unser Kommandant bist, und dass sich keine weiteren Personen an Bord befinden«, erklärte Alia schnell. Mike nickte ihr zu. Lee, die zwischen ihnen stand, schaute immer noch gebannt auf den Kommandanten, der nun weitersprach.

»Sie bringen uns jetzt auf ihr Schiff, damit die ›Voyager‹ durchsucht werden kann. Sie glauben uns nicht, dass wir die einzigen sind.«

»Nein! Ich will nicht auf das andere Schiff«! rief Lee erschrocken und vergaß dabei völlig die Anweisung der Fremden, nicht ohne Erlaubnis zu reden. Die Reaktion ließ nicht lange auf sich warten: Einer der Wächter trat schnell auf Lee zu und wollte, genau wie bei Mike, zum Schlag ausholen. Da Lee aber in der Mitte von Alia und Mike stand, konnte Alia sie durch ein geschicktes Manöver aus dem Weg schubsen und dem Wächter ihren Ellenbogen in den ungeschützten Teil des Gesichts rammen, der daraufhin leicht in die Knie ging. Jedoch reichte es nicht, um den Soldaten auszuschalten, der als Reaktion darauf sein Gewehr nutzte, um es Alia in die Kniekehlen zu schlagen und sie zu Fall zu bringen. Alia verfluchte sich in Gedanken dafür, so unüberlegt die Wache angegriffen zu haben.

Er wollte noch nachsetzen und sie weiter schlagen, doch ein Wort des Kommandanten ließ ihn innehalten.

»Alia!«, rief Lee und wollte zu ihr eilen. Doch Mike stoppte sie, indem er sie fest am Arm packte.

»Nein«, rief sie schmerzerfüllt.

Wieder sagte der Anführer etwas, und alle warteten darauf, dass Alia es übersetzte.

»Sollten wir so etwas noch einmal versuchen, werden sie uns auf der Stelle töten. Und jetzt sollen wir ihnen auf das andere Schiff folgen.« Alia versuchte, ziemlich ungeschickt aufzustehen, und als es nicht schnell genug ging, riss einer der Soldaten sie am Arm hoch. Dabei entwich ihr ein Schmerzenslaut, doch es gelang ihr, stehenzubleiben und langsam zu gehen.

Auf ein Handzeichen des Anführers hin traten aus dem Hintergrund noch zwei weitere Soldaten hervor und führten die ›Voyager‹-Crew auf das fremde Schiff.

Unsanft wurden sie von den Soldaten in den Gang gezerrt, der sie von der ›Voyager‹ wegführte. Alia konnte im Augenwinkel noch einen Moment lang beobachten, der Kommandeur sie mit einem skeptischen Blick bedachte, von dem Alia nicht sagen konnte, ob es Neugier, Bedauern oder sogar die Überlegung wiederspiegelte, welche Foltermethoden am effektivsten wären.

Der Gang endete in einer Schleuse, die von einem der Soldaten aktiviert wurde, damit die kleine Gruppe ins Schiffsinnere gelangen konnte. Was immer die Besatzung der ›Voyager‹ dahinter vermutet hatte, sie sahen lediglich Gänge, die sie von dem Hangar durch das Schiff zu den Arrestzellen brachten. Einige wenige Schriftzeichen waren an den Wänden zu erkennen, die sich vor allem Alia einzuprägen versuchte.

»Mike, was geschieht jetzt mit uns?«, fragte Lee besorgt, als sie in die Arrestzelle gesperrt wurden. Keiner der Soldaten sagte etwas, und das beunruhigte sie weitaus mehr, als wenn man sie bedroht oder beschimpft hätte. Sie wurden einfach wortlos weggesperrt. Mike wollte etwas sagen, schwieg jedoch, als einer der Soldaten seinen Knüppel hob.

Erst als die Zellentür geschlossen wurde, sagte er: »Ich wünschte, ich wüsste es …«

»Alia, wie geht es dir?«, fragte Lee. Sie hatte Schuldgefühle, da Alia an ihrer Stelle einen heftigen Schlag erleiden musste.

»Es geht schon wieder«, gab sie schlicht als Antwort. »Glaubst du, dass die uns schon verurteilen, bevor sie uns angehört haben?« Alia schaute zu Mike, der unruhig in der Zelle auf und abging.

»Ihrem rigorosen Verhalten nach zu urteilen, scheint es für sie jedenfalls festzustehen, dass wir Agenten sind.« Die Erkenntnis schien unwiderlegbar zu sein. Alia ging davon aus, dass Mike einfach nichts anderes zu sagen wusste, aber Lee immer weiter nach Antworten verlangte.

»Die können uns nicht einfach für etwas verantwortlich machen, was wir nicht getan haben.« Sie schüttelte verzweifelt den Kopf. »Die haben unser Schiff. Das werden sie untersuchen, und dann herausfinden, dass wir wirklich nichts anderes als Forscher sind. Das müssen sie einfach!« Lee brach in Tränen aus, woraufhin Mike sie in die Arme schloss, um sie zu beruhigen.

»Sie werden sicher mit uns reden wollen …«, sagte er sanft zu ihr. »Und dann können wir ihnen erklären, was passiert ist. Die müssen-«

Weiter kam Mike nicht, denn die Tür der Arrestzelle wurde geöffnet, und ein Mann trat ein, begleitet von zwei Soldaten. Er hatte etwas in der Hand, das wie ein elektronischer Datenspeicher aussah. Während er sich stillschweigend die Besatzungsmitglieder der ›Voyager‹ ansah, blickte er immer wieder auf diesen Speicher und tippte darauf herum. Zuerst sah er Lee und Mike an, danach Alia.

Er sagte etwas, dass sich entfernt nach Alias Namen anhörte.

Sie nickte nur zur Bestätigung.

Wieder sagte der Mann etwas, und sie folgte ihm ohne Widerstand aus der Zelle.

»Alia, was ist los?« Mikes Stimme wirkte angespannt.

»Sie wollen, dass ich ihnen folge. Er sagt, wenn ich mich weigere, wird einer von euch beiden auf der Stelle erschossen«, antwortete Alia.

Lee zeigte einen erschrockenen Gesichtsausdruck und wollte sich den Wachen in den Weg stellen. Doch Alia gab ihr mit einem vielsagenden Blick und einem leichten Kopfschütteln zu verstehen, dass es keinen Sinn machte, hier zu intervenieren. Ihnen blieb nichts anderes übrig, als den Anweisungen der ihnen unbekannten Menschen Folge zu leisten.

Alia wurde von den Soldaten in die Mitte genommen, und der Mann, der sie aus der Zelle geholt hatte, folgte ihnen mit wenigen Schritten Abstand. Sie konnte den Blick des Fremden in ihrem Rücken spüren und hasste es. Die Wachen links und rechts neben ihr waren stark bewaffnet, jedoch trugen sie keine Schutzkleidung, nur eine dunkle Uniform. Was sie aber am erstaunlichsten fand, war die Tatsache, dass sich der Wärtertrupp ihrer Laufgeschwindigkeit, oder genauer, ihrer Humpelgeschwindigkeit anpasste. Der Soldat hatte ihr zwar nicht, wie zunächst von Alia befürchtet, etwas gebrochen, aber jeder Schritt bereitete ihr starke Schmerzen. Insgeheim war Alia auch über das weitere Fortkommen besorgt. Sicher hatte man sie für eine Befragung ausgesucht, da sie die Sprache gebrochen beherrschte.

Alia versuchte, sich alles einzuprägen, was in den Gängen zu sehen war: Schrifttafeln an den Wänden, die einzelnen Abzweigungen, bis die Gruppe schließlich vor einer kaum erkennbaren Tür stoppte und man Alia dort hineinführte. Eigentlich hatte sie erwartet, dass der Mann, der die ganze Zeit hinter ihr gegangen war, die Befragung durchführen würde, doch in dem Raum wartete bereits der Kommandant des Entertrupps. Er saß an einem kleinen runden Tisch, und Alia sah darauf ihre Waffen. Er bedeutete ihr mit einer einladenden Handbewegung, ihm gegenüber Platz zu nehmen. Alia nickte, um zu verdeutlichen, dass sie verstanden hatte, und ging langsam auf den Tisch zu. Die Wachen links und rechts wichen ihr immer noch nicht von der Seite.

Gerade als Alia im Begriff war, sich zu setzen, nahm der Kommandant mit einer sehr schnellen Handbewegung eine der Waffen und zielte direkt auf sie, die augenblicklich erstarrte, aber keine Anstalten unternahm, aus der Schusslinie zu gehen.

Es war riskant, doch Alia glaubte nicht, dass sie die Waffen wieder in einen funktionstüchtigen Zustand gebracht hatten, sonst würden nicht gleich alle Waffen auf dem Tisch liegen.

»Alexandra Scott«, sagte er dann schließlich und ließ die Waffe sinken.

Alia verstand dies, als Aufforderung, sich nun zu setzen. Die Soldaten positionierten sich nur knapp hinter ihr. Würde sie nur eine falsche Bewegung machen, wäre ihr Knie das letzte, das ihr Sorgen bereiten würde.

Alia blickte zu ihrem Gegenüber und wartete. Doch anstatt etwas von ihm zu hören, sagte nun der Mann, der sie aus der Zelle geholt hatte und sich im Hintergrund hielt, etwas in der Sprache, mit der man die ›Voyager‹ beim ersten Mal kontaktiert hatte. Der Nachteil daran war, dass Alia so gut wie überhaupt nichts verstand. Der Kommandant nickte. Er erinnerte Alia mit seinem Gesichtsausdruck und seinen ruckartigen Bewegungen an einen Habicht. Er sprach nun Alia, in der ihr besser vertrauten Sprache, an und erklärte ihr, er werde ihr nun Fragen in seiner Sprache stellen, aber sie solle in ihrer Sprache antworten. Man wolle eine korrekte Übersetzung erhalten.

›Nun gut, die trauen mir so wenig wie ich ihnen‹, ging es ihr durch den Kopf, doch sie nickte abermals. Dann begann das Verhör.

Zuerst wollten die Fremden wissen, warum sie hier in diesem Sonnensystem waren, wer sie waren, woher sie kamen und wie viele Besatzungsmitglieder die ›Voyager‹ hatte. Alia beantwortete alles wahrheitsgemäß, denn sie sah keinen Grund es wie die Schauspieler in mittelmäßigen alten Filmen zu machen und nur ihren Namen, ihren Rang und ihre Dienstnummer zu nennen, solange nicht nach geheimen Informationen gefragt wurde.

Alia konnte schwer einschätzen, wie lange das Verhör dauerte, bei dem ihrer Meinung nach eher belanglose Fragen gestellt wurden. Bis jetzt war kein Wort über Spionage oder ähnliches gefallen. Ihr war nicht einmal den Namen ihres Gegenübers bekannt.

»Genug«, sagte plötzlich der Mann im Hintergrund. Alia versuchte, sich ihre Überraschung darüber nicht anmerken zu lassen.

»Spracheen verstand moglich«, gab er mit sehr fremdartigem Akzent weiter. Alia vermutete, dass er vielleicht auch eine Art linguistisches Genie war, der nur einen gewissen Grundstock brauchte, um sich in einer fremden Sprache ausdrücken zu können.

/////

Alia war bereits seit langer Zeit weg, Lee und Mike begannen sich ernsthaft Sorgen um sie zu machen. Inzwischen hatten die beiden genug Zeit gehabt, ihre Zelle zu inspizieren. Mike fiel dabei auf, dass karg eine unzureichende Beschreibung für die sterile Umgebung war, in der sie sich aufhalten mussten. Die Wände waren in einem unangenehmen Grau gehalten, welches die bedrückende Stimmung, die in einer Arrestzelle ohnehin herrschte, noch zu verstärken schien. Hinzu kam, dass die Pritschen selbst für eine Gefängniszelle äußerst unbequem waren. Offenbar hatte sich jemand hier ganz besonders viel Mühe gegeben, den Aufenthalt so unangenehm wie nur möglich zu machen.

Lees leises Schluchzen passte sich auf merkwürdige Weise in dieses triste Bild ein, sodass auch Mike ein Gefühl der Hoffnungslosigkeit nicht unterdrücken konnte.

Er überlegte, Lee etwas Zuversicht zu geben, damit sie es selbst nicht zu schwer haben würde, mit dieser Situation umzugehen. Doch aufgrund der äußerst seltsamen Lage, in der sie sich befanden, machte es ihm schon genug zu schaffen, sich nicht selbst dem Gefühl der Verzweiflung hinzugeben.

Als Alia von den Fremden aus der Zelle geführt wurde, hatte sie gesagt, dass man einen von ihnen auf der Stelle töten würde, wenn sie Widerstand leistete. Mike erkannte darin eine rigorose Demonstration der Macht über sich und seine Crew. Sie wurden der Spionage beschuldigt, und mutmaßlichen Spionen würde man an Bord dieses Schiffes nicht erst freundlich die Hand schütteln, um sie dann vorsichtig zu befragen. Er konnte nur ahnen, wie die Fremden stattdessen mit ihnen verfahren würden. Seine Vorstellung reichte von haltlosen Anschuldigungen über brutale Verhörmethoden bis hin zu einem Schauprozess mit anschließender Exekution. Er wusste nicht, ob diese Schlussfolgerungen das Ergebnis seiner Abneigung gegen jegliches Militär waren oder ob die bedrückende Stimmung in der Zelle schuld daran war, doch das Verhalten der Fremden trug mit Sicherheit seinen Teil dazu bei. Mike rieb sich unbehaglich die Stelle, in die der Soldaten seinen Gewehrkolben gerammt hatte. Er konnte nur hoffen, dass Alia derzeit nichts Schlimmeres widerfuhr.

/////

Eine Weile lang schwiegen alle Anwesenden in dem kleinen Raum, und der Kommandant starrte sie nur an. Alia wurde langsam nervös, und ihr Knie begann schmerzhaft zu pochen. Dennoch verzog sie keine Miene und versuchte, still sitzen zu bleiben, damit ihr Gegenüber ihr nichts anmerkte.

»Warum hier?«, fragte dann der Mann im Hintergrund nach einer Weile.

Alia hatte diese Frage zwar vor einiger Zeit schon einmal beantwortet, aber vermutlich gehörte dies zu den Verhörtechniken, dem Verdächtigen mehrmals die gleiche Frage auf der Suche nach Ungereimtheiten zu stellen.

»Das Alpha-Centauri-System ist das nächstgelegene System unseres Ausgangspunktes«, antwortete sie abermals im exakt gleichen Wortlaut.

»Ausgangspunkt?«

Alia machte in der Frage eine andeutungsweise Ungeduld des Fragenden aus. Sie fasste die Frage so auf, dass man wohl das Wort, das sie eben genutzt hatte, nicht kannte oder übersetzen konnte. Sie versuchte es in der Sprache der Unbekannten zu erklären. Doch sie hatte einen Fehler gemacht, die Fremden wollten keine Worterklärung. Der Mann hinter ihr musste dem Kommandanten lautlos mitgeteilt haben, dass es nicht das gewesen war, was er hatten hören wollen. Denn auf ein Zeichen hin riss die Wache, die auf Alias rechter Seite stand, ihr den Stuhl weg.

Alia versuchte noch aufzuspringen, aber durch ihr lädiertes Knie knickte sie ein und kam unsanft auf dem Boden auf. Vor Schmerzen begann Alia auf Arabisch zu fluchen, und schon im gleichen Moment bereute sie es, sich nicht besser unter Kontrolle gehabt zu haben. Bevor sie aufstehen konnte, wurde sie am Overall gepackt und auf die Beine gezogen. Es kostete sie viel Mühe, dabei nicht vor Schmerzen aufzuschreien. Wieder schauten alle sie nur kommentarlos an, wie sie auf einem Bein stehend versuchte, ihr Gleichgewicht zu halten. Danach folgte ein kurzer Dialog zwischen den Männern. Alia verstand nur einige einzelne Worte ›Verräter‹, ›Sprache‹ und ›Arzt‹. Sie vermutete, dass sie sich über den weiteren Verlauf des Verhörs absprachen. Kurz darauf hatten sie sich wohl geeinigt, und der Kommandant, der noch immer an dem kleinen Tisch saß, gab den Soldaten neben Alia ein Zeichen, sie loszulassen. Ihr versagten die Beine, und sie drohte erneut hinzufallen, aber eine der Wachen reagierte schnell, hielt Alia am Arm fest und bewahrte sie so vor einem weiteren Sturz.

Damit hatte Alia als letztes gerechnet. Mittlerweile war sie sicher, dass die Fremden genauso unnachgiebig waren wie ihre Blockadesatelliten.

Jetzt stellte der Kommandant erneut die Frage nach dem Ausgangspunkt. Kurz darauf schaltete sich der Mann im Hintergrund ein, dass er noch nicht genug Daten habe, aber der Kommandant blockte ab und gab ihm zu verstehen, dass er sich noch an den anderen beiden Gefangenen versuchen könne.

Er forderte Alia zu einer Antwort auf. Sie erklärte ihm nochmals, woher sie kamen, was der Sinn und Zweck ihres Unternehmens war und dass sie ursprünglich vier Besatzungsmitglieder waren, aber der vierte Mann bei der Flucht aus der Blockade getötet worden war. Jedoch verschwieg sie genaue Koordinaten- und Zeitangaben.

Mit einem drohenden Unterton erklärte der Kommandant Alia daraufhin, dass sie aufhören solle zu lügen. Er wüsste, dass sie und ihre zwei Freunde feindliche Spione der Union seien.

Alia schüttelte heftig den Kopf und versuchte abermals zu erklären, dass alles nur ein Missverständnis war, doch sie wusste, dass sie genauso gut mit der Wand hätte sprechen können.

Auch der Kommandant sah ein, dass er auf diese Art nicht weiterkam. Er befahl einer der Wachen, Alia festzuhalten, als ein weiterer Mann den Raum betrat. Dieser war völlig anders gekleidet, und Alia schätzte ihn auch ein paar Jahre älter als den Leiter des Verhörs. Die beiden Männer führten ein kurzes, aber heftiges Gespräch. Jedoch sprachen sie so schnell, dass Alia nichts verstand. Zudem ließ langsam ihre Konzentration nach, und ihr wurde immer wieder leicht schwindelig. Anscheinend gefiel dem älteren Mann gar nicht, was ihm befohlen wurde, und er drückte dies auch lautstark aus, doch schließlich fügte er sich den Anweisungen. Alia hörte noch, wie er den Soldaten befahl, dass man sie festhalten solle, als sie schon einen Stich in der Schulter fühlte und ihr augenblicklich schlecht wurde.

Sie konnte plötzlich nicht mehr unterscheiden, welche Sprache gesprochen wurde. Die Worte vermischten sich zu einem komischen Singsang, und sie spürte auf einmal keinen Schmerz mehr. Vor Alias Augen begann alles zu verschwimmen, und sie konnte nicht mehr mit Bestimmtheit sagen, ob sie saß, stand oder immer noch von den Soldaten festgehalten wurde.

»Welchen Auftrag führt ihr aus?« Alia kam die Stimme bekannt vor, aber so sehr sie sich auch anstrengte, ihr fiel kein Gesicht dazu ein.

»Wir sollen das Sternensystem um Alpha Centauri erkunden«, antwortete sie benommen.

»Warum?« Wieder diese Stimme ohne Gesicht.

»Zu Forschungszwecken. Die Erde will … die Erde …« Alia wusste auf einmal nicht mehr, was die Erde wollte. Nur wurde ihr auf einmal warm. Sie fühlte, wie sich Schweiß auf ihrer Stirn bildete.

»Geben Sie ihr noch eine Injektion«, befahl die Stimme, aber offensichtlich nicht ihr.

»Nein, sie verträgt die erste Dosis schon nicht. Es könnte sie töten«, protestierte eine zweite Stimme von irgendwoher.

»Folgen Sie meinem Befehl, Edfuh! Sie beginnt zu reden, und wir müssen wissen, was die Unionsrebellen als nächstes planen. Ihr Tod … wird … der …« Alia hörte, wie sich die Stimmen immer weiter entfernten und leiser wurden, bis sie schließlich ganz verstummten.

/////

»Was machen die bloß mit uns? Die können uns doch nicht einfach hier festhalten.« Lee war es leid, in dieser Zelle zu sitzen und darauf zu warten, bis irgendetwas geschah.

»Lasst uns hier raus«, rief sie und schlug dabei mit ihrer rechten Faust gegen die schwere Tür. Der Klang, der daraufhin durch die Zelle hallte, war nicht mit der Resonanz einer Metalltür oder irgendeinem anderen Material zu vergleichen. Vielmehr erklang ein dumpfes Echo, das Mike irgendwie an das Aufeinanderkrachen von schweren Felsblöcken erinnerte.

Lee ließ sich dadurch jedoch nicht davon abhalten, noch einmal gegen die Tür zu hämmern.

»Es ist zwecklos, gegen diese Tür zu schlagen. Davon wird sie nicht aufspringen«, Mike versuchte Lee davon abzuhalten, noch weiter gegen die Zellentür zu schlagen.

Sie sah ihn scharf an. »Vielleicht. Aber was sollen wir deiner Meinung nach sonst machen? Sie haben Alia einfach geholt und gedroht, uns zu erschießen. Mike, ich will hier weg. Ich wünschte, wir wären nie von der Erde losgeflogen.« Jetzt ließ sie die Tür in Ruhe und ging zu Mike, der auf einer der Pritschen Platz genommen hatte. Ihr Blick wurde besorgter, als sie schließlich weitersprach. »Glaubst du, die werden Alia irgendetwas antun?«

Mike zuckte mit den Schultern. »Ich weiß es nicht. Aber ich fürchte, dass die nicht gerade sanft mit ihr umgehen werden.«

»Aber sie werden Alia doch wohl nicht etwa foltern?«

Mike fragte sich, woher er das hätte wissen sollen.

»Alia wurde gut ausgebildet«, sagte er stattdessen. »Durch ihr militärisches Training sollte sie mit Verhören besser umgehen können als wir.«

»Als wir?« Lee stand der Schrecken, den ihr diese Vorstellung plötzlich einjagte, ins Gesicht geschrieben. Sie hatte keinen Gedanken daran verschwendet, dass die Fremden auch sie oder Mike aus der Zelle holen könnten.

»Aber was wollen die von uns? Wir sind doch nur …« Lee unterbrach sich, als sich die Zellentür plötzlich öffnete. Sie hatten nicht einmal gehört, dass irgendeine Verriegelung betätigt wurde. Umso erstaunter waren sie, als zwei Soldaten Alia in die Zelle schleiften. Ihr Körper war regungslos, die Arme hingen herab, und der Kopf schaukelte bei jeder Bewegung der Soldaten schlaff hin und her. Gleich darauf trat der Mann ein, der zuvor Alia den Befehl gegeben hatte, ihm zu folgen.

Lee und Mike starrten erst die Soldaten, dann Alias schlaffen Körper und schließlich den Mann in der Tür an.

»Was haben Sie mit ihr gemacht?«, fragte Mike in bedrohlichen Ton. Die Soldaten legten Alia auf einer der Pritschen ab und wandten sich sogleich Lee und Mike zu.

Lee stürmte zu Alia, vorbei an den Soldaten, die sie gewähren ließen.

»Alia?« Besorgt überprüfte sie ihren Puls und stellte nur einen Moment später erleichtert fest, dass sie noch lebte.

»Sie werden folgen mich, jetzt!« Der Mann in der Tür deutete auf Mike, der noch immer bewegungslos im Raum stand und auf Alia starrte. Diesmal sprach er in gebrochenem Englisch.

»Was haben Sie mit ihr gemacht?«, wiederholte Mike besorgt.

»Schlecht fragen. Mitkommen!« Der Mann gab den beiden Soldaten ein Zeichen, und wie auf Kommando stießen sie ihre Gewehrkolben in Mikes Rücken.

Mike musste vor Schreck aufschreien, doch sofort erkannte er, dass sie ihm keine schweren Verletzungen zufügten, sondern ihn unsanft in Richtung Zellentür drängten. Er zweifelte jedoch nicht daran, dass sie sehr schnell ihre Meinung ändern konnten.

»Nein! Lasst ihn in Ruhe«, brüllte Lee ihnen nach. »Wir haben euch nichts getan.« Doch niemand reagierte auf Lees verzweifeltes Rufen. Sie verließen mit Mike die Zelle und drängten Lee mit einem unsanften Schubs zurück. Mit einem dumpfen Laut schloss sich die Zellentür wieder.

KAPITEL 17

›... Was ist gut? Was ist böse? Es gibt keine klare Grenze. Genauso wenig ist irgendetwas nur richtig oder nur falsch. Jeder fühlt sich mit seinen Taten und Handlungen im Recht. Was für den einen wie ein Unrecht erscheint, ist für den anderen Recht, und für einen weiteren ist es möglicherweise keines von beiden. Es kommt immer auf den Standpunkt einer Meinung, einer Sache oder einer Person an. Das einzige, was es nicht gibt, ist die Neutralität. Der Mensch in seinem Wesen bildet sich immer eine Meinung, fühlt sich zu dem einen Standpunkt mehr oder weniger hingezogen. Nicht einmal Gott in seinen vielfältigen Gestalten ist davor erhaben: Er schützt jene, die sein Wohlwollen erlangt haben und seinen Lehren folgen, doch die anderen verdammt er und verfolgt sie mit Unbarmherzigkeit noch über den Tod hinaus. Somit kann keine neutrale Betrachtung der Ereignisse erfolgen, geschweige denn eine neutrale Empfehlung, wie nun weiter verfahren werden soll. Ich kann nur schildern, was der Crew der ›Voyager‹ widerfahren ist. Und hierbei spielen die persönlichen Eindrücke und Erfahrungen die größte, wenn nicht sogar die einzige Rolle ...‹

Rekonstruierte schriftliche Aufzeichnung von Alexandra Scott, datiert auf das Jahr 2265

»Wir haben euch doch nichts getan«, wiederholte Lee noch einmal leise und ließ sich langsam neben der Pritsche nieder, auf der Alia noch immer bewusstlos lag. Ihr fiel es schwer, die Tränen der Verzweiflung zurückzuhalten. Erst war die Crew in die Blockade geraten, dann hatten sie Arthur verloren, und nun waren die Drei in dieser ausweglosen Situation.

Lee schaute zur Seite und blickte in Alias Gesicht. Zumindest zeigte es keine äußerliche Gewalteinwirkung, aber sie war sehr blass, und einige Haarsträhnen klebten ihr an der verschwitzten Stirn. Lee kannte den Captain lange genug, um zu wissen, dass Alia nicht ohne Grund das Bewusstsein verlor. Die Fremden hatten ihr etwas angetan, so viel war sicher. Und da war immer noch die Gehirnerschütterung, die sich Alia beim Bremsmanöver zugezogen hatte. Aber Lee glaubte, dass die Fremden bei Alia nicht zum Ziel gelangt waren, sonst hätten sie Mike nicht geholt. Sie fragte sich, ob sie mit ihm ähnlich verfahren oder gleich zu roher Gewalt greifen würden. Und würde sie die Nächste sein?

Nur Alia hatte sie es zu verdanken, dass der Soldat sie nicht geschlagen hatte. Warum konnte sie nicht genauso unnahbar sein? Erneut fiel ihr Blick auf die Bewusstlose, deren Augenlider zu zittern begannen.

»Alia?«, fragte die Navigatorin der ›Voyager‹ leise und setzte sich aufrecht hin. »Alia! Komm zu dir.« Lee fasste sie vorsichtig an den Schultern.

»Lee?« Langsam öffnete Alia die Augen, doch ihr Blick war glasig. »Wo … Mike?«

»Sie haben dich zurückgebracht und ihn mitgenommen. Gott, was wollen die von uns? Und was haben die mit dir gemacht?« Lee fand Alias Reaktionen alarmierend. Ihre Augen wanderten unruhig hin und her, und sie erlitt einen erneuten Schweißausbruch. Hatte man Alia unter Drogen gesetzt, um sie zum Reden zu bringen?

»Wollten wissen … warum wir hier sind … wer … wo wir herkommen.« Alia brachte keinen kompletten Satz zustande. Sie verdrehte die Augen und atmete stoßweiße. Immer wieder schloss Alia die Augen und kämpfte gegen eine aufsteigende Ohnmacht.

»Alia! Bleib wach, hörst du? Haben sie dir Medikamente verabreicht?« Mit einmal hatte Lee verdrängt, dass sie hier auf einem fremden außerirdischen Schiff inhaftiert war, und dachte auch nicht weiter darüber nach, was noch alles passieren konnte.

»Ich … weiß nicht, möglich … übel«, brachte Alia mühsam hervor, doch Lee verstand. Sie half Alia, sich ein wenig aufzusetzen.

»Man hat dir irgendetwas gegeben, du zeigst alle Anzeichen einer Vergiftung«, erklärte Lee besorgt, und in diesem Moment erbrach sich Alia vor ihre Füßen. Lee war froh, dass sie durch ihre kleinen Geschwister an so etwas gewöhnt war, denn diese hatten im Kindesalter jede Erkältung und allerhand Krankheiten mitgenommen. Es stank auf einmal fürchterlich in dem kleinen Raum.

»Ich … weiß es nicht. Ahh …« Lee half Alia langsam, sich wieder hinzulegen, wurde aber von Alias Kraftlosigkeit überrascht und musste sich abstürzen, um nicht hinzufallen. Leider war die Stütze Alias lädiertes Knie. Sie schrie vor Schmerzen auf und verstummte dann bewusstlos. Lee sah, wie Alias Gesicht sich aschgrau färbte. Um diese Symptome zu deuten, brauchte man keine medizinische Ausbildung, aber sehr wohl, um sie zu behandeln. Vorsichtig tastete Lee Alias Knie ab, und schon bei der leisesten Berührung zuckte die Patientin schmerzvoll zusammen.

»Du brauchst einen Arzt, und das sofort.« Lee stand auf und wollte zur Zellentür gehen. Sie würde solange rufen und dagegentreten, bis jemand kam, selbst wenn es nur eine Wache war, die sie ruhigstellen wollte. Doch Alia hatte Lee genau in diesem Augenblick am Handgelenk festgehalten.

»Nein!«

Lee wäre nichts leichter gefallen, als sich aus Alias Griff zu lösen, doch sie bewegte sich keinen Zentimeter, sondern starrte Alia nur verwirrt an.

»Alia, du wirst sterben, wenn du keine medizinische Hilfe bekommst.«

»Der … sucht … schon seit Jahren … auf der Erde … nicht «, murmelte sie, schon halb weggetreten.

»Du halluzinierst ja.« Mit einem sanften Ruck befreite sich Lee und ging schnurstracks zur Zellentür. So laut Lee konnte, begann sie zu schreien und trat immer wieder gegen die Zellenwand, in der Hoffnung, dass endlich jemand käme. Ihr liefen Tränen über das Gesicht.

/////

»Setzen sich, bitte«, sagte der Mann, der Mike in einen Raum führte. Hier war es kaum angenehmer als in der Zelle. Ein seltsamer Tisch stand in der Mitte, davor ein Stuhl mit Schnallen. Seine schlimmsten Befürchtungen schienen sich nun zu bewahrheiten. Hinter dem Tisch saß im Halbdunkel eine Gestalt, die Mike nicht erkennen konnte.

Offenbar hatte er zu lange gezögert und wurde nun unsanft von den beiden Soldaten in den Stuhl gedrückt. Automatisch versuchte er, sich dagegen zu wehren, was mit einem Fausthieb in seine Seite quittiert wurde. Er stöhnte auf und schnappte nach Luft.

»Sie werden Anweisungen befolgen«, befahl einer der Soldaten, bevor er zu einem Fausthieb ansetzte, doch eine Stimme im Hintergrund rief ihn scharf zurück. Mike konnte die Sprache nicht verstehen, doch offenbar hatte der Mann im Schatten seinen Adjutanten zurechtgewiesen.

Mike konnte Luft holen und sich ein wenig umsehen. Eine Lampe auf dem Tisch erleuchtete, und Mike erkannte, dass der Kommandeur ihm gegenübersaß. Sein Gesicht verriet nicht die geringste Stimmungslage. Weder Wut noch Triumph und auch kein sadistisches Lächeln, wie Mike es befürchtet hatte. Es war ausdruckslos, während seine Augen Mike scheinbar neugierig musterten.

»Was wollen Sie von mir?«, fragte Mike.

Noch bevor einer der Soldaten ihn erneut schlagen konnte, hob der Kommandeur die Hand, um dem Soldaten Einhalt zu gebieten. Dann sagte er etwas zu seinem Adjutanten, der kurz darauf Mike ansprach.

»Sie werden alle Fragen beantworten. Sagen Sie Wahrheit, sonst werden sterben Ihre Leute.«

Wieder sagte der Kommandeur etwas zu seinem Adjutanten, der kurz darauf wieder in gebrochenem Englisch übersetzte.

»Einen Menschen ist auf Schiff, um finden Worte. Lügen werden bestraft. Also besser sagen Wahrheit.«

Mike nickte. »Ich habe verstanden.«

Diesmal übersetzte der Adjutant Mikes Worte für den Kommandeur, welcher kurz darauf zufrieden nickte und dem Dolmetscher erneut etwas sagte.

Dieser gab dem Soldaten einen Wink, und sogleich öffnete dieser die Tür, durch die Mike hereingeführt worden war. Ein Mann mit hellgrauem Kittel trat herein. Der Dolmetscher stellte ihn als Doktor Edfuh vor, während der Arzt verhalten nickte.

Mike sah sich den Doktor an. Er schätzte ihn auf Mitte fünfzig. Sein Haar war bereits im Ansatz ergraut, so dass sich seine Schläfen weiß von dem sonst eher dunklen Haar hervorhoben. Er war schlank und schien bei bester Gesundheit zu sein. Ein Umstand, bei dem sich Mike aufgrund der Schmerzen durch den Fausthieb bei sich selbst nicht mehr ganz sicher war.

»Name?«, fragte der Adjutant und das Verhör hatte begonnen.

»Mein Name lautet Michael Barnetti«, antwortete Mike wahrheitsgemäß.

»Planeten kommen? Mit Auftrag?«

Mike musste die Worte des Dolmetschers zu einem Satz ordnen, bevor antwortete: »Wir kommen vom Planeten Erde und wollten das System Alpha Centauri besuchen, um die Möglichkeit einer friedlichen Besiedelung des Planeten Proxima Centauri b zu erkunden.«

Ein harter Faustschlag landete direkt in seinem Gesicht. Mike brüllte vor Schmerz auf. Dann sah er den Adjutanten an, der ihm wütend in die Augen starrte, die Hand noch immer zur Faust geballt. Kurz darauf herrschte der Kommandeur seinen Untergebenen an, woraufhin dieser offenbar so etwas wie eine Entschuldigung erwiderte.

Mike starrte die Fremden fassungslos an. Seine Befürchtungen schienen sich zu bewahrheiten, und er überlegte, wie lange er einer Folter standhalten konnte. Nicht, dass er widerstehen wollte, denn er war nur zu bereit, die Wahrheit zu sagen, doch offenbar war es nicht das, was die Fremden hören wollten.

»Wenn nicht Wahrheit, finden Methode, zu entreißen.« Die Drohung wurde trotz der falschen Aussprache des Englischen nur zu deutlich. Mike bemerkte, wie sein Herz vor Angst zu rasen begann.

Der Adjutant beugte sich nun zu Mike vor und wiederholte seine Frage, diesmal jedoch mit einem bedrohlichen Unterton.

»Von Planeten, mit was Auftrag?«

Als Mike ihn fragend ansah und zu einer Antwort ansetzen wollte, zischte ihn der Mann an: »Wagen nicht, lügen. Wir wissen, dass ihr Unionsrebellen.«

»Wovon reden Sie eigentlich?«, antwortete Mike. »Ich weiß nichts von einer Union oder irgendwelchen Rebellen. Bitte hören sie mir doch zu. Wir kommen von einem Planeten aus dem Sol-System. Unser Heimatplanet heißt Erde. Wir-«

»Ruhe Sprache«, unterbrach der Adjutant und wandte sich von Mike ab.

»Wir haben nicht Interesse an Lügen.« Er nickte dem Doktor zu, bevor er in einem süffisanten Ton wieder an Mike gerichtet sprach. »Da keine Wahrheit, wir werden helfen.«

Noch ehe Mike reagieren konnte, wurde er von den beiden Soldaten mit hartem Griff festgehalten, während der Arzt eine Injektion vorbereitete.

»Sie werden reden«, hörte Mike den Adjutanten, bevor er verzweifelt versuchte, sich aus dem Griff der Soldaten zu befreien.

/////

Lee konnte nicht sagen, wie viel Zeit sie damit verbracht hatte, die Aufmerksamkeit der Bewacher auf sich zu ziehen. Langsam verließen sie die Kräfte, und ihre Stimme begann zu versagen. Sie wusste von ihren medizinischen Lehrgängen, dass die meisten Gifte irgendwann die Einstellung lebensnotwendiger Funktionen von Organen zur Folge hatten. In den meisten Fällen führte das zu einem Herzstillstand, oder die Lungen kollabierten, und das Opfer erstickte. Keines von beiden war eine Alternative, die sie akzeptieren wollte. Wieder begann Lee zu rufen. Irgendwann mussten sie öffnen. Nur hoffte sie, dass es dann nicht schon zu spät war.

Gerade als Lee dieser Gedanke durch den Kopf ging, öffnete sich die Tür, wobei ihr diesmal die leisen Geräusche des Verschlussmechanismus auffielen. Unwillkürlich ging sie zurück und sah zunächst zwei Soldaten die Zelle betreten.

Diese drängten Lee noch ein Stück zurück, sodass sie mitten in dem engen Raum stand und kaum zu atmen wagte. Die Wachen standen mit gezückten Waffen vor ihr und sie war überzeugt, dass diese Berserker keinen wirklichen Grund brauchten, um einfach abzudrücken. Da sie immer noch wie erstarrt auf die Soldaten und deren Waffen starrte, war ihr die dritte Person nicht aufgefallen, die nun hervortrat und von den beiden anderen flankiert wurde. Der Mann war ähnlich gekleidet und bewaffnet, aber er hatte mehr Rangabzeichen. Jedenfalls interpretierte Lee die Zeichen an der Uniform als solche. Kaum hatte sie ihn wahrgenommen, fuhr er sie mit einer drohenden Stimme in der fremden Sprache an.

Lee musste ihren gesamten Mut zusammennehmen. Der Mann war gut zwei Meter groß und durchtrainiert.

»Sie braucht einen Arzt, bitte!« Lee bemühte sich, standfest zu klingen, und deutete dabei auf Alia. Der fremde Soldat schaute in die gezeigte Richtung, erwiderte aber nichts, sondern rümpfte nur die Nase.

»Sie ist krank, sie braucht einen Arzt«, wiederholte Lee. »Doktor«, fügte sie hinzu.

Es schien beinahe, als hätte Alia auf dieses Stichwort gewartet, denn als Lee sich ihr erneut zuwandte, um den Soldaten ihren angeschlagenen Zustand zu verdeutlichen, begann diese am ganzen Körper zu zittern.

»Alia!« Lee ließ den Fremden einfach stehen und drehte sich zu ihrer Mannschaftskollegin um. »Alia?«

Keine Reaktion. Lee ergriff Alias Handgelenk und tastete nach dem Puls, der raste, aber die Haut war eiskalt.

»Alia! Mach die Augen auf!«, rief Lee verzweifelt. Obwohl sie erkannte, dass Alia bereits in eine Art Koma gefallen war. Dennoch nahm Lee sie bei den Schultern und schüttelte sie. Eine Handlung, die zeigte, wie nahe Lee der Panik war.

Wie aus dem Nichts stand plötzlich der dritte Soldat neben ihr und befahl etwas, das Lee kaum wahrnahm, geschweige denn verstand. Daraufhin packte einer der Männer Lee fest am Arm und zog sie von Alia weg. Ohne abschätzen zu können, was die Fremden vorhatten, begehrte sie auf. Die beiden Wachen waren bei weitem nicht solche Bären wie der Mann, der Alia immer näher kam.

»Loslassen! Sie braucht einen Arzt. Verstehen Sie das nicht? Bitte! Sie atmet kaum noch.«

Der ranghöhere Offizier hatte eine auffallend lange Narbe an einem seiner abstehenden Ohren, die kaum von den hellblonden Haaren verdeckt wurden. Sicher war er niemand, der einem Kampf aus dem Weg ging.

Er beugte sich zu Alia hinunter, sodass Lee nicht sehen konnte, was er tat. Nur einen Moment später gab er eine weitere Weisung, woraufhin der zweite Wachmann die Zelle unverzüglich verließ. Die andere Wache drängte Lee noch weiter von Alia weg, bis sie schließlich in der gegenüberliegenden Ecke stand. Lee konnte nur hilflos mitansehen, wie der Offizier die bewusstlose Alia auf die Arme nahm, als würde sie gar nichts wiegen, und aus der Zelle trug.

»Was machen Sie mit ihr?« Lee versuchte erfolglos, an der Wache vorbeizukommen, aber der Soldat ließ das nicht zu. Erst als dieser von draußen gerufen wurde, ließ er von Lee ab und verschwand durch die Tür, die sich daraufhin sofort schloss. Lee blieb allein zurück.

/////

Mike hatte Angst vor Spritzen. Die Vorstellung, dass irgendein Arzt ihm eine Kanüle in den Arm stach, ließ seine Knie weich werden. Und jetzt aber hatte man ihm irgendwas injiziert, das den Fremden beim Verhör helfen sollte.

Der Kommandeur sah ihn mitleidsvoll an, und Mike hatte den Eindruck, als könne er diesem Mann vertrauen.

›Komisch, dabei hat er doch den Arzt mit der Spritze kommen lassen‹, überlegte er. Doch irgendetwas tief in Mike schien ihn dennoch von der Vertrauenswürdigkeit des Kommandeurs überzeugen zu wollen.

Ihm wurde schwindlig. Der ganze Raum schien sich zu drehen. Plötzlich erschien wieder der Arzt. Etwas war seltsam an ihm. Mike hätte schwören können, dass der Doktor zuvor ganz normale Augen gehabt hatte. Jetzt waren seine Pupillen den gesamten Augapfel auszufüllen.

»Wie geht es Ihnen?« Mike erschrak. Der Doktor hatte in seiner Sprache gesprochen. Oder bildete er sich das nur ein? Die Stimme klang merkwürdig.

»Ausgesprochen gut«, antwortete Mike, überlegte aber gleich darauf, ob das tatsächlich seine Stimme war, die er eben gehört hatte.

»Jetzt reden Wahrheit!« Da war wieder dieser Befehlston, und gleich darauf schob sich das Gesicht des Adjutanten vor seine Augen.

»Wie hässlich dieser Kerl aussieht. Einer Kröte zum Verwechseln ähnlich.« Mike bemerkte nicht, dass er seinen Gedanken laut ausgesprochen hatte. Die Quittung dafür erhielt er prompt. Wieder landete eine Faust in seinem Gesicht.

Hilfesuchend sah er den Kommandeur an. Er wusste, dass dieser Mann ihm helfen konnte. Wenn er nur genau wüsste, was er sagen musste, um Hilfe zu erhalten. Seine Sinne fuhren Achterbahn. Er fragte sich, ob die Bewegungen im Raum daran lagen, dass das Schiff vielleicht seine Triebwerke gezündet hatte.

»Sagen jetzt, kommen von welchem Planeten?«

Mike überlegte. Von welchem Planeten er kam? Warum wollte der Mann nicht verstehen, dass er von der Erde kam?

Er antwortete, doch der Adjutant war mit der Antwort nicht zufrieden.

»Erde es gibt nicht«, brüllte ihm dieser entgegen, kurz bevor seine Faust erneut in Mikes Gesicht landete, das sich mittlerweile taub anfühlte. Der Schlag hätte ihm eigentlich Schmerzen bereiten müssen. Stattdessen sah Mike den Adjutanten mit großen Augen an. Etwas stimmte nicht.

Hatte der Mann plötzlich Wülste auf der Stirn? Er hätte schwören können, dass sich das Gesicht des Adjutanten veränderte, sehr zu Mikes Beunruhigung.

Wieder sah er den Kommandeur an. Dieser nickte nur, und Mike wollte sich einen Moment lang beruhigen. In diesem Moment kam der seltsame Doktor wieder an und hielt eine weitere Spritze vor Mikes Augen. Doch bevor einer von ihnen etwas tat, wurde eine weitere Stimme laut. Sie klang hart, militärisch, korrekt.

Noch ein Soldat, überlegte Mike. Der Raum drehte sich wieder und schien alle anderen Personen von ihm wegzureißen. Der Doktor entfernte sich plötzlich, und auch der Adjutant verschwand aus seinem Blickwinkel. Mike war sicher, dass es beide an die Wand gedrückt hatte. Alles um ihn her drehte sich immer schneller.

Tatsächlich waren sie zu dem Soldaten gegangen, der in den Raum getreten war, um den Doktor zu holen, doch die Droge spülte Mikes Sinne immer mehr durcheinander. Er konnte kaum noch Realität von Halluzinationen trennen. In dem Augenblick, als seine Wahrnehmung den Raum ruckartig zum Stillstand brachte und dieser sich daraufhin zu einer kleinen Schachtel zusammenfaltete, musste er sich in einem Schwall übergeben.

/////

Doktor Edfuh erreichte gerade die Krankenstation, als Cegat Cilyno mit der bewusstlosen Unionsrebellin eintrat. Der Arzt sah auf den ersten Blick, dass der Cegat nicht übereilt hatte, als er ihn benachrichtigen ließ, woraufhin die Rebellin zur Krankenstation gebrachte wurde.

»Die andere Rebellin hat uns alarmiert«, erklärte er schnell, um dem Arzt zuvorzukommen, während er Alia in eines der angrenzenden Behandlungszimmer trug. »Sie hat sich erbrochen, aber sie war nicht mehr ansprechbar, als ich den Gefangenentrakt betrat.«

»Das war sie vorher schon nicht mehr«, gab Doktor Edfuh darauf zur Antwort. Er erinnerte sich daran, wie die vermeintliche Rebellin nach der zweiten Injektion der Medikamente in eine Art Delirium gefallen war und unzusammenhängende Dinge gebrabbelt hatte, ehe sie nach einem hysterischen Lachanfall das Bewusstsein verloren hatte.

Edfuh hatte Prendal Horet davor gewarnt, dass die Dosierung zu hoch sei, doch der Kommandant hatte wieder einmal nicht auf seinen Rat hören wollen.

»Gehen Sie nun«, sagte der Arzt schließlich, als Cilyno die kranke Frau auf eine Behandlungstrage gelegt hatte, woraufhin sofort medizinisches Personal eintrat, das sich um den Neuankömmling kümmerte.

»Wird sie überleben? Das Wohlergehen der Gefangenen obliegt meiner Verantwortung.«

»Machen Sie sich nicht so viele Gedanken um Ihre militärische Laufbahn, Cegat. Wenn sie sterben sollte, und danach sieht es im Moment aus, hat Prendal Horet die daraus resultierenden Folgen zu tragen. Und jetzt verschwinden Sie endlich!«

Edfuh achtete nicht weiter auf den Offizier, der anscheinend seinen Gedanken nachhing. Die Rebellin reagierte viel zu stark auf die Medikamente, die im Regelfall lediglich die Wahrnehmung der Person insoweit störten, dass sie auf Fragen eher mit der Wahrheit antwortete. Bei der näheren Untersuchung stellte er fest, dass die Gefangene eindeutige Zeichen einer Intoxikation zeigte, ein Umstand, der bei Anwendung des Serums noch nie vorgekommen war. Edfuh spritzte ihr ein Antiserum, doch die Anzeigen der Messgeräte zeigten so gut wie keine Veränderung. Die junge Frau fiel immer tiefer ins Koma, und lange würden ihr Herz und die Lungen den Strapazen nicht mehr standhalten können, wenn ihm nicht schnell etwas einfiel.

/////

Cegat Cilyno überraschte die Ehrlichkeit des Arztes immer wieder. Als einer der von wenigen konnte er laut seine Meinung Kardas und seine Anhänger zu äußern, jedenfalls solange der Kommandant dies zuließ. Auf der anderen Seite war der Prendal ein Mensch, der trotz seiner radikalen Ansichten gegenüber den Rebellen der Union die Wahrheit sehr zu schätzen wusste. Sicher hatte die Einstellung des Kommandanten damit zu tun, dass die Union für den Tod seiner Familie verantwortlich war.

Mit einem letzten Blick auf die sterbende Gefangene verließ er den Behandlungsraum. Auch wenn sie eine Anhängerin der Union sein sollte, hatte er Mitleid mit ihr und den beiden anderen. Sie hatten sicher nur den Auftrag gehabt, eine Erkundung des Sternensystems vorzunehmen, und sich dabei einfach ein wenig ungeschickt angestellt. Abgesehen davon, dass man die Crew mit einem technisch sehr veralteten Schiff hierhergeschickt hatte. Es war einfach nicht ihr Tag gewesen.

Cilyno wollte die Krankenstation gerade verlassen, als zwei seiner Leute, den männlichen Rebell durch die Tür schleppten. Zwar war der Mann noch bei Bewusstsein, aber er schien auf merkwürdige Art völlig weggetreten zu sein.

»Was ist passiert?«, wollte der Cegat wissen. Wenn seine Männer wieder über das Ziel hinausgeschossen waren, würde es diesmal wirklich harte Konsequenzen für ihn bedeuten. Und für Cilyno sah es danach aus. Er musste dem Gefangenen dazu nur ins Gesicht blicken, das mit Blut und Hämatomen übersät war.

»Cegat!«, grüßte einer der Soldaten den ranghöheren Offizier korrekt. »Der Prendal hat diesmal Inquisitor Kardas das Gefangenenverhör überlassen.«

Mehr brauchte der Soldat nicht zu sagen. Er entließ die beiden Wachen mit einem Kopfnicken und entfernte sich von der Krankenstation, um die Sicherheitszentrale aufzusuchen. Auf dem Weg musste er über die Gefangenen nachdenken. Cilyno wusste, dass Inquisitor Kardas sehr unbeherrscht und schnell dabei war, Gefangene zu misshandeln. Dies war nur ein weiteres Beispiel für die Brutalität des Inquisitors. Cilyno fragte sich, weshalb der

Prendal ein solches Verhalten tolerierte, ja sogar förderte, indem er Kardas immer wieder zu Verhören hinzuzog.

›Wahrscheinlich‹, so überlegte Cilyno, ›lag das auch in der Machtposition der Inquisition begründet.‹ Gerüchten zufolge wechselte sich Prendal Horet bei den Verhören gerne mit Kardas ab, um die Gefangenen psychisch unter Druck zu setzen. Cilyno wusste aber, dass Inquisitor Kardas die Feinheiten der Psychologie nie wirklich verstanden hatte. Die brutalen Methoden wendete er allerdings so ausgeklügelt an wie kein Zweiter.

Cilyno betrat endlich die Sicherheitszentrale, und die Soldatin, die an den Monitoren ihren Dienst verrichtete, sprang auf, um ihn zu grüßen.

»Cegat.«

»Rühren«, antwortete Cilyno, worauf die Soldatin eine bequemere Haltung annahm. »Wie ist der Status des beschlagnahmten Schiffes?«

»Der Sicherheitstrupp hat keine weiteren Waffen bis auf diese antiquierten und funktionsuntüchtigen Geräte gefunden.«

»Funktionsuntüchtig?«, hakte Cilyno nach. Er fand es seltsam, dass diese Menschen mit einer solch veralteten Technik unterwegs waren. Aber dass die wenigen Waffen an Bord, nicht nutzbar sein sollten, konnte er sich gar nicht vorstellen.

»Jemand hat die Schlagbolzen der Waffen entfernt, sodass das Durchziehen des Abzugs ohne Wirkung bleibt.«

»Seltsam. Wurden die Schlagbolzen irgendwo gefunden? Vielleicht in einem Waffenschrank?«

»Bisher noch nicht, Cegat.«

»Dann lassen Sie den Sicherheitstrupp weiter danach suchen. Was haben die Techniker herausgefunden?«

Die Offizierin griff nach einem Tablet, das auf ihrem Tisch lag. »Das fremde Schiff scheint jüngerer Bauart zu sein. Der Abnutzung zufolge nur wenige Jahre alt. Das Design ist uns unbekannt. Verwunderlich ist jedoch, dass ganz offensichtlich in allen Bereichen des Schiffes eine Technologie eingesetzt wurde, die nicht dem Standard der Union entspricht.«

»Was soll das heißen?«

Sie räusperte sich. »Die Technik ist mehr als rückständig. Es ist unlogisch, weshalb die Union oder sonst irgendjemand ein solch veraltetes Schiff auf die Reise schicken sollte. Hinzu kommt, dass die Techniker einige Materialkomponenten des Schiffes nicht ohne Weiteres bestimmen können. Proben wurden ins Labor geschickt, aber es wird noch einige Stunden dauern, bis ein erstes Ergebnis der Analyse vorliegt.«

Cilyno nickte nur. Irgendetwas stimmte an diesem Schiff und seiner Besatzung ganz und gar nicht. Sobald er mehr Informationen hatte, musste er Prendal Horet davon unterrichten.

»Gibt es bereits Informationen über die Navigationsdaten?«, stellte er der Soldatin eine abschließende Frage, aber er erwartete keine auswertbare Antwort.

»Die Computersysteme dieses Schiffs sind zwar veraltet, doch konnten die Zugriffscodes noch nicht entschlüsselt werden.«

Das wunderte Cilyno keineswegs.

Die Offizierin schien ihren Bericht beendet zu haben, und der Cegat gab ihr ein Zeichen, ihre Arbeit wiederaufzunehmen, als sie ihn noch einmal ansprach, um ihrem Bericht etwas hinzuzufügen. »Die Schriftzeichen, die von den Rebellen benutzt wurden, bereiten den Technikern Schwierigkeiten, Cegat. Die verwendete Sprache muss erst entziffert werden. Anscheinend wurde hier ein ausgeklügeltes Chiffriersystem erdacht.«

Cegat Cilyno nickte nur und entließ sie damit. Er war nicht sicher, was das alles zu bedeuten hatte. Nichts passte zusammen.

/////

Das Antiserum sorgte dafür, dass der Zustand der jungen Frau sich nicht weiter verschlechterte, jedoch befürchtete Edfuh, dass Cilyno sie zu spät hergebracht hatte.

»Doktor!« Einer der Helfer des Arztes stürmte in das Behandlungszimmer. »Das nächste Verhöropfer ist da«, erklärte er und fing sich einen tadelnden Blick des Arztes ein. Er selbst konnte sich kritische Äußerungen über die Vorgehensweise seines Vorgesetzten leisten, seine Untergebenen jedoch nicht, auch wenn sie recht hatten.

»Wählen Sie Ihre Worte für die Zukunft gewissenhafter, sonst könnten Sie sich schneller, als Ihnen lieb ist, in einer ähnlichen Situation befinden.«

»Ja, Doktor Edfuh«, antwortete er kleinlaut.

»Gut, ich habe nichts gehört. Testen Sie das Blut der Rebellin. Ich will eine Komplett-Analyse, und das so schnell wie möglich.«

Edfuh fiel auf, dass er noch nicht einmal den Namen der jungen Frau wusste, die langsam dahinsiechte. Aber eines war sie sicher nicht: eine Unionsangehörige. Er ging in den nächsten Behandlungsraum und fand dort den inhaftierten Mann vor. Bei ihm waren die Spuren des Verhörs deutlich sichtbar. Mit Bestimmtheit hatte hier Kardas seine Finger im Spiel gehabt, oder besser gesagt im Gesicht des Mannes. Der Inquisitor hatte eine geradezu bestialische Art an sich, die die Schauergeschichten der Union über die Behandlung von Gefangenen der Konföderation geradezu als Untertreibung strafte.

»Erst hat er uns vor die Füße gekotzt, und dann war er eine Zeitlang weggetreten. Der Prendal hielt es für besser, ihn untersuchen zu lassen«, sagte einer der Soldaten, die ihn auf die Krankenstation gebracht hatten.

»Bringt ihn hierher.« Edfuh deutete auf das Zimmer, indem die andere Gefangene lag, und machte sich gleich an eine nähere Untersuchung. Die Pupillen waren stark erweitert, und auch die Herzfrequenz zeigte eine ansteigende Tendenz. Normalerweise würde sich Edfuh darüber keine Gedanken machen. Das waren normale Reaktionen auf die Injektion. Aber er hatte die Dosis bereits auf ein Drittel reduziert, und trotzdem noch mit solch folgenschweren Auswirkungen zu kämpfen. Der Mann reagierte genauso wie das andere Crewmitglied, was ihm wieder Sorgen bereitete.

Dass bei einer Person solche Reaktionen auftraten, konnte vielleicht noch ein Zufall sein, aber dass beide so stark darauf reagierten, war höchst unwahrscheinlich.

Der Mann fing nun an, vor sich hin zu murmeln, und Edfuh wünschte sich, er könnte es verstehen. Es war eine seltsam klingende Sprache, die ihm auf merkwürdige Weise bekannt vorkam.

»Ich werde ihm ein Antiserum injizieren, und sein Blut wird ebenfalls untersucht. Nicht dass sie uns noch eine Krankheit an Bord schleppen.« Mit dieser Aussage erreichte der Arzt, was er geplant hatte. Die Soldaten zogen sich unauffällig, aber schnell aus dem Behandlungszimmer zurück.

»Doktor, glauben Sie wirklich, dass die Aufrührer eine Epidemie an Bord gebracht haben?«, fragte der Helfer ungläubig.

»Nein, das glaube ich nicht. Aber ich kann es nicht leiden, wenn Kardas' Andarta mir über die Schulter sehen.« Der Arzt wollte seinem Patienten gerade die Injektion verabreichen, als dieser es bemerkte und sich dagegen zu wehren begann. Doch aufgrund der Drogeneinwirkung war es hauptsächlich ein unkontrolliertes Herumfuchtel. Mit vereinten Kräften gelang es dem Arzt und seinem Helfer, das Antiserum zu verabreichen, womit auch der Gefangene nach und nach ruhiger wurde.

»Er wird jetzt langsam wieder einen klaren Kopf bekommen«, erklärte der Arzt die plötzliche Ruhephase. Der Patient sprach zwar immer noch weiter, aber er hatte aufgehört, nach dem Arzt zu schlagen. Unwillkürlich ging der Blick des Arztes zu seiner anderen Patientin hinüber. Mittlerweile hatte sich einer der ihm untergebenen Ärzte um ihre kleineren Verletzungen gekümmert. Neben ein paar Prellungen und einer Kniefraktur, die in ein paar Stunden ausgeheilt sein würde, schien sie das Verhör ohne körperliche Züchtigung überstanden zu haben. Aber dafür hatte sie die sechsfache Menge der Dosis ihres Kameraden erhalten und sprach kaum auf das Gegenmedikament an. Edfuh setzte seine Hoffnungen auf die Analyse, um daraus zu ersehen, wie man ihr weiterhelfen konnte.

Er hatte während dieses Gedankenspiels seinem anderen Patienten keine Aufmerksamkeit geschenkt und nicht gemerkt, wie sich dessen Kopf in die Blickrichtung der Frau wandte.

»Alia?«

Beinahe erschrocken wandte sich der Arzt zu ihm. Was war ein Alia? Ein Name, ein Rang oder ein anderes Wort für Hilfe? Es war alles möglich.

/////

Lee musste kurz eingenickt sein, denn sie hatte nicht bemerkt, wie sich die Tür geöffnet hatte und nun ein Soldat und der Mann, der Mike und Alia geholt hatte, vor ihrer Pritsche standen. Verwirrt blickte sie sich um. Sie hatten Mike nicht zurückgebracht, und

Alia war auch fort. Obwohl Lee wusste, wie rabiat diese Menschen vorgingen, wenn sie ohne Erlaubnis sprach, wollte sie nicht weiter im Unklaren über das Schicksal ihrer Freunde bleiben.

»Was ist mit Alexandra Scott und Michael Barnetti?« Ihre Stimme war leise und kaum zu hören, und Lee merkte, wie sie vor Anspannung zu zittern begann.

Doch der Soldat tat nichts. Stattdessen trat der andere vor. »Frau tot, Mann bald. Also sagen uns Wahrheit, sonst genauso«, erklärte er mit einem Grinsen.

Er gab dem Soldaten einen Wink, worauf dieser die Zelle verließ und die Tür schloss. Lee würde das boshafte Lächeln, mit dem sie gerade bedacht wurde, nie mehr vergessen.

/////

Alia reagierte nicht. Sie lag einfach da. Selbst nachdem er ihren Namen ausgesprochen hatte. Mike war beunruhigt. Zwar war er dankbar, nicht weiter verhört zu werden, aber er wusste nicht, was ihm nun bevorstand. Er mutmaßte, dass er auf der Krankenstation war. Erst jetzt fiel ihm auf, dass der Mann, der zuvor schon im Verhörraum für die Injektion zuständig war, neben ihm stand und verwundert auf ihn hinabsah. Mike erinnerte sich auch, dass der Arzt, zumindest hielt er ihn dafür, ihm noch eine Spritze verpasst hatte. Und er erinnerte sich an Schläge, die in sein Gesicht geprasselt war, denn jetzt machten sich die Blessuren mit einem drückenden Schmerz bemerkbar, der sich noch zu intensivieren schien.

Der Doktor sagte etwas. Seine Worte klangen, als würde er eine Frage stellen. Doch Mike verstand nichts außer Alias Namen.

»Das da«, sagte er mit belegter Stimme und deutete schlapp auf Alia, »ist Alia. Mein Name ist Mike.« Er räusperte sich. Zu sehr hatte er sich bereits daran gewöhnt, ›Mike‹ genannt zu werden, dass er sich meistens auch so vorstellte. Doch diesem Arzt, der mit seinen Schindern zusammenarbeitete, wollte Mike es nicht gestatten, ihn mit seinem Spitznamen anzusprechen. »Ich bin Michael Barnetti«, korrigierte er.

»Bahneddi?«, fragte der Doktor. Dann wiederholte er das Wort und deutete auf Mike. Dieser nickte.

Der Doktor schien einen Moment zu überlegen, dann deutete er auf Mikes Kameradin. »Alia?«

Wieder nickte Mike. Er merkte, dass er noch nicht über den Berg war, aber er fühlte sich schon etwas besser, und die Umgebung drehte sich auch nicht mehr wie wild um ihn.

Der Arzt gab einem seiner Leute Anweisungen. Mike vermutete, dass er irgendwelche medizinischen Untersuchungen durchführen wollte, und er konnte nur hoffen, dass sie nicht dazu dienten, sie noch mehr zu foltern.

Der Assistent bekam vom Doktor noch ein Pad in die Hand gedrückt und ging dann in den Nebenraum.

Wieder sah der Doktor Mike an, prüfte seinen Puls und checkte einige Anzeigen, die Mikes Vitalfunktionen aufzeichneten. Erst jetzt fiel ihm auf, dass er keine Kabel am Körper hatte, die dem Gerät neben sich irgendwelche Daten mitteilen konnten. Er hätte sich gerne über diese Entdeckung ausgelassen, doch er war noch zu schwach.

»Bahneddi«, sagte der Doktor jetzt wieder. Niemand sonst war im Raum, und plötzlich sprach der Arzt mit den weißen Schläfen in einer anderen Sprache weiter.

»Potite caaire quista lungia?«

Das klang für Mike eindeutig nach Italienisch. Seiner zweiten Muttersprache, die er seit mindestens zehn Jahren nicht mehr gesprochen hatte. Die Betonung und der Satzbau waren etwas anders, als er es gewohnt war, aber es klang nach Italienisch.

Wieso sprach der Mann Italienisch?

Mike stellte ihm diese Frage. »Perchè potete parlare italiano?«

»Italiano? Cha cusa è qoellu?« Offenbar wusste der Doktor nichts mit dem Wort ›Italienisch‹ anzufangen, aber Mike erkannte, dass sich diese Sprache und das Italienisch, das er kannte, sehr ähnlich waren. Er schöpfte neue Kraft und Mut. Vielleicht war der Doktor in der Lage, ihnen zu helfen. Schließlich war er Arzt. Und selbst wenn er den hippokratischen Eid nicht kannte, so musste dieser Doktor doch eine menschliche Seite haben.

»Aiuto Alia! Aiutili! Per favore!« Er bat den Doktor, ihm und Alia zu helfen.

»Trenquellamanti! Commonichiame pio sucessivamante.« Mike musste einen Moment lang überlegen. Die Aussprache des

Doktors war merkwürdig, sodass er die Sätze für sich genauer übersetzen musste. ›Er will später mit mir reden‹, schloss er in Gedanken. ›Ich soll ruhig sein.‹ Mit einem Nicken gab er dem Doktor zu verstehen, dass er begriffen hatte.

Nur einen Moment später betrat der Kommandeur die Krankenstation und rief den Doktor in seiner Sprache zu sich. Offenbar war er am Gesundheitszustand der Gefangenen sehr interessiert, doch Mike verstand kein einziges Wort. Stattdessen hielt er es für das Beste, sehr krank und schwer verletzt zu wirken, um nicht gleich wieder in die Fänge der Folterer zu geraten. Allein durch die Tonlagen der beiden Männer konnte er feststellen, dass sich der Arzt und der Kommandeur offenbar stritten. Er sah zu Alia herüber, die noch immer reglos auf dem Krankenbett lag. Die beiden Männer stritten sich weiter, doch Mike versuchte, ihnen nicht weiter zuzuhören. Sein Magen rebellierte, und plötzlich überkam ihn die Nachwirkung der ersten Injektion.

/////

»Ist es nicht genug, dass die eine Gefangene bereits im Sterben liegt? Ich denke nicht daran, zuzulassen, dass sie weiter verhört werden. Zumindest solange nicht, bis ich weiß, warum die beiden so auf das Mittel reagiert haben.« Edfuh widersprach dem Kommandanten sehr selten, und noch nie hatte der Arzt sich in seine Arbeit eingemischt, aber er konnte nicht gestatten, dass der Predal den Mann, der sich gerade erneut erbrach, wieder mitnahm.

»Es sind Rebellen«, ereiferte sich der Kommandant weiter. »Folge meinen Befehlen, Edfuh, und reize mein Wohlwollen dir gegenüber nicht aus«, fügte er drohend hinzu.

Der Arzt erkannte, dass bald die Schwelle bei Horet überschritten war, jedoch dachte er nicht daran, klein beizugeben.

»In erster Linie sind es Menschen, und mittlerweile bin ich nicht mehr sicher, ob es sich wirklich um Bewohner der unionstreuen Planeten handelt.« Als der Arzt nun das leicht verwunderte Gesicht seines Kommandanten sah, fuhr er fort. »Seit wir die Drogen bei Verhören einsetzen, zeigte keiner der Behandelten je eine solche Reaktion. Beide zeigen die typischen Symptome einer Intoxikation, nicht die einer bewusstseinserweiternden Medikamentierung.«

»Und? Weiter«, forderte der Prendal auf.

»Ich will noch die weiteren Analysen abwarten, aber …« Doktor Edfuh brach ab, als Cegat Cilyno die Krankenstation betrat. Dieser grüßte seinen Vorgesetzten vorschriftsmäßig und wartete auf die Erlaubnis, sprechen zu dürfen. Durch ein Handzeichen des Kommandanten erhielt er sie. Prendal Horet war ein großgewachsener, stattlicher Mann und überragte Edfuh um mehr als einen Kopf, doch gegen den Cegat wirkte auch der Kommandant schmächtig, fand der Arzt.

»Die Untersuchungen an dem fremden Schiff sind abgeschlossen, Prendal. Es wurden weder weitere Waffen noch Personen gefunden. Man arbeitet noch an der Dechiffrierung der Computerdaten.« Cilyno überreichte Horet seinen Abschlussbericht, den dieser kurz überflog.

»Es wurden keine Hinweise auf Aktivitäten der Union gefunden?« Dem Ton seines Predals nach gefiel es ihm gar nicht, was er da las. Vielleicht würde dieser Umstand in Verbindung mit Kardas Anwesenheit Konsequenzen für seine Männer und ihn haben.

»Nein, bis jetzt deutet nichts darauf hin. Zudem konnten einige der beim Bau verwendeten Materialien nicht zugeordnet werden. Auf keinem der uns bekannten Planeten kommen solche Rohstoffe vor.« Man brauchte nicht bereits Jahre unter dem Prendal zu dienen, damit ein jeder wusste, wie wenig ihm die Antwort seines Untergebenen gefiel. In Habachtstellung wartete Cilyno auf seine nächsten Befehle.

»Entschuldigen Sie, Doktor«, einer von Edfuhs Untergebenen meldete sich zu Wort. »Die Ergebnisse der Blutes liegen nun vor.«

»Daten auf den Hauptschirm« Nur einen Augenblick später zeigte das riesige rahmenlose Display die analytische Untersuchung des Blutes der beiden Gefangenen. Der Arzt erkannte schon beim ersten Hinschauen gravierende Unterschiede bei Messergebnissen gegenüber durchschnittlichen Werten. Um es aber auch dem Prendal zu verdeutlichen, legte er eine standardisierte Analysemaske der Konföderation dar. Nun waren die Unterschiede frappierend.

»Edfuh, was ist das? Und keine spezifische Facherklärung!« Horet wollte eine Antwort in kurzen, verständlichen Sätzen.

»Die Gefangenen unterscheiden sich genetisch auffällig sowohl von uns als auch von den Menschen der Union. Jede Welt hat aufgrund von Umwelteinflüssen und Entwicklungen andere typische Merkmale, aber diese hier lassen sich keinem bekannten Schema zuordnen.«

»Es sind also Mischlinge«, sagte der Kommandant verächtlich.

Mischlinge waren gemeinsame Nachkommen von Konföderations- und Unionsmitgliedern, die auf beiden Seiten geächtet waren. Seit Jahrhunderten gab es bereits Krieg zwischen den beiden Parteien. Einst bekämpften sie vereint das Volk der Angosianer. Eine Rasse intelligenter humanoider Katzenwesen, die vor vielen Jahrhunderten die Welten der Menschheit bedroht hatte, doch nach deren Unterwerfung brachen Konflikte unter den Menschen aus. Während die Konföderation die meisten Planeten kontrollierte, versuchten die unionstreuen Planeten, sich von deren Einfluss loszusagen. Tatsächlich entbrannte seinerzeit ein Streit darum, wie mit den Nichtmenschen umgegangen werden sollte. Die unterschiedlichen Standpunkte zweier Parteien weiteten sich immer mehr aus und gipfelten schließlich in einem Konflikt, der mehr als nur ein Krieg der Weltanschauungen war. Hier sollte an dessen Ende über das Schicksal aller Lebewesen im bekannten Universum entschieden werden. Grenzen wurden gezogen, Planeten spalteten sich ab, und ganze Systeme erklärten sich entweder der einen oder der anderen Seite zugehörig, je nach vorherrschender Weltanschauung und später nach der räumlichen Nähe des jeweiligen Einflussgebietes. Die Entwicklung der Menschen verlief demzufolge in den einzelnen Systemen zwar ähnlich, jedoch gab es einige planetarisch bedingte genetische Unterschiede, die durch eine genaue Untersuchung festgestellt und mit dem Fermentkodierungskatalog der systemunabhängigen medizinischen Datei abgeglichen werden konnten.

Eine Vermischung von Angehörigen beider Parteien kam eher selten vor, doch auf Planeten am Rand der Einflussgebiete der Konföderation oder der Union wurden gelegentlich solche Mischehen geschlossen, aus denen dann die geächteten Kinder hervorging.

»Nein, die Struktur entspricht dem nicht. Es sind Menschen, so viel steht fest, aber mehr vermag ich im Moment nicht zu sagen.« Der Doktor vermied es tunlichst, zu erwähnen, dass es ihm möglich war, sich mit dem jungen Mann, der sich Bahneddi nannte, in einer Sprache zu verständigen, die auf einer der ältesten Unionswelten gesprochen wurde. Vornehmlich galt seine Sorge nun der Frage, wie man der Frau helfen konnte, die langsam auszehrte. Er ließ sich eine andere Ansicht der Analyse zeigen.

»Eine völlig andere Aufschlüsselung der Fermente«, murmelte er leise vor sich hin und suchte in der Anzeige weiter nach einer Lösung. Der Prendal merkte, dass ihn der Arzt nicht mehr beachtete, und entließ den Cegat, der salutierte und wegtreten wollte.

»Cegat! Bringt mir die letzte Gefangene. Ich will auch von ihrem Blut eine genetische Analyse haben.« Edfuh missachtete die hierarchische Befehlskette, doch Horet ließ ihn gewähren. Es war davon auszugehen, dass Horet darauf hoffte, dass diese drei Inhaftierten doch mehr als nur Unionsrebellen waren. Nach einem Nicken des Kommandanten begab sich Cilyno auf direktem Weg zum Arresttrakt.

»Doktor! Schnell!« Edfuh reagierte sofort auf den Ruf aus dem Raum, in dem die beiden fremden Menschen waren. Auch der Prendal folgte unaufgefordert.

»Kreislaufkollaps, Lungenkollaps steht kurz bevor«, meldete der Arzt, der sich um die beiden gekümmert hatte. »Sie erstickt.«

/////

Mike hatte die Worte nicht verstanden, die gesprochen wurden. Trotzdem war ihm klar, dass er gerade dabei zusah, wie Alia starb. Er sah, wie sich ihr Oberkörper, von einer unsichtbaren Hand angehoben, ein wenig von der Krankenbahre erhob, nur um gleich wieder zurückzufallen. Der Laut, den Alia dabei ausstieß, klang wie von einem Tier, dem man gerade bei lebendigem Leib die Kehle aufgeschlitzte. Ihm blieb nichts anderes übrig, als seine Hoffnungen auf den Arzt zu setzen, der offensichtlich alles tat, um sie am Leben zu erhalten. Der Kommandant, der ihn verhört hatte, starrte nur teilnahmslos aus dem Hintergrund auf Alia. Wieder verriet keine Regung im Gesicht, in welcher Gefühlslage er sich gerade befand.

Mike blickte wieder zu Alia und den Ärzten hinüber, die um ihr Leben kämpften.

/////

›Der Doktor überschreitet seine Befugnisse‹, dachte Cegat Cilyno verärgert, als er auf dem Weg zum Gefangenentrakt war. Er kam sich vor wie ein Laufbursche. Wäre Edfuh nicht so kompetent auf seinem Gebiet, hätte der Prendal eine solche Unterminierung der Befehlshierarchie wohl strikt unterbunden, und er hätte dem ›Befehl‹ des Arztes nie Folge geleistet. So war er zwar aufgebracht, aber Cilyno nahm an, dass der Doktor einen guten Grund hatte, ihn loszuschicken. Falls nicht, würde er wahrscheinlich den Unmut von Prendal Horet zu spüren bekommen. Und Cilyno war überzeugt, dass der Doktor es bei aller Auflehnung gegenüber dem Prendal vermied, zu aufsässig zu sein, wenn es nicht unbedingt nötig war.

Er öffnete gerade die Tür zum Vorraum, als eine der Wachen ihn anwies, draußen zu warten.

»Was soll das?«, fragte er. Er erkannte die Frau als eine von Kardas' Untergebenen. Ein Mitglied der Einheit, die auf dem Schiff hinter vorgehaltener Hand oft als Kardas' Andarta bezeichnet wurde, eine diffamierende Beleidigung. Die Andarta war für ihr rücksichtsloses Verhalten bekannt.

›Die passen zu Inquisitor Kardas‹, dachte Cilyno voller Verachtung.

»Inquisitor Kardas ist bei der Gefangenen. Warten Sie, bis er fertig ist.« Der Ton, in dem die Soldatin mit Cegat Cilyno sprach, duldete keinen Widerspruch. Dennoch ließ er nicht locker.

»Ich habe Anweisung von Doktor Edfuh, die Gefangene umgehend auf die Krankenstation zu bringen. Wenn Sie nicht ewig in diesem System bleiben wollen, sollten Sie mich besser durchlassen, sonst könnte mir einfallen, Sie hier in einer Rettungskapsel zurückzulassen.« Cilyno wusste, dass er eigentlich keine Befehlsgewalt über die Mitglieder der Andarta hatte, doch da er in gewisser Weise im Auftrag des Prendals handelte, kostete er seine Befugnisse in diesem Moment mit Freuden aus.

»Sie haben mir nichts zu befehlen«, antwortete sie gelangweilt und wollte sich eben daranmachen, die Tür vor Cilynos Nase zu schließen, als ein Aufschrei aus der Zelle die Aufmerksamkeit des Cegats weckte.

Forsch versuchte er, die Wache beiseite zu drücken. Ein weiterer Soldat stand im Raum, die reguläre Wache, doch dieser wusste offenbar nicht, wie er sich verhalten sollte.

»Lassen Sie mich durch!«, herrschte Cilyno Kardas‘ Wachhund an. »Oder Sie werden in Zukunft die Bordtoilette putzen. Ich komme auf Anweisung des Doktors«, wiederholte Cilyno scharf, »und habe die Befugnis des Prendals.«

Erst jetzt machte die Wache endgültig den Weg frei.

»Aus dem Weg!« Cegat Cilyno stieß den Soldaten beiseite und gab dem regulären Wachmann zu verstehen, dass dieser die Zellentür öffnen sollte, in der die letzte Gefangene mit Inquisitor Kardas eingesperrt war.

Der Soldat gehorchte und öffnete die Zellentür.

»Ich habe Ihnen doch gesagt, dass ich nicht gestört werden will!« Die Stimme gehörte eindeutig Kardas und klang sehr zornig.

Cilyno war noch nicht in sein Blickfeld getreten, doch er ahnte Schreckliches. Ein Wimmern drang aus der Zelle. Als er daraufhin eintrat, sah er den Inquisitor mit heruntergelassener Hose über die Gefangene gebeugt, deren Kleider zerrissen waren, das Gesicht zerschunden. Der Inquisitor zog seine Hose mit einem breiten Grinsen hoch, während die Frau zitternd auf dem Boden kauerte. Cilyno konnte nicht erkennen, ob er eben noch hatte verhindern können, dass der Inquisitor sie vergewaltigte, oder ob es bereits geschehen war. Wut bahnte sich ihren Weg durch Cilynos Gefühle, die er nur mit hart antrainierter Selbstbeherrschung zurückhalten konnte. Einen Moment lang wollte er den Inquisitor einfach erschießen. Doch das konnte er nicht – er durfte es nicht. Die nahezu unantastbare Stellung eines Inquisitors verbot es ihm im Grunde, auch nur an so etwas zu denken. Kardas nutzte seine Position, wie Cilyno befand, jedoch in unangemessen selbstherrlicher Weise rücksichtslos aus.

»Die Gefangene soll sofort zur Krankenstation gebracht werden«, sagte Cilyno stattdessen. Wohlwissend, dass der

Inquisitor die Macht hatte, ihn zu degradieren, wenn er sich nicht an die Vorschriften hielt.

»Auf wessen Befehl, Cegat? Ich bin mitten im Verhör einer Spionin.« Er sah den Cegat mit durchdringendem Blick an. »Sie sollten einen guten Grund für Ihr spontanes eindringen haben.«

Cilyno nahm Haltung an, obwohl es in ihm Widerwillen auslöste. »Der Prendal hat die Genehmigung erteilt, die Gefangene auf Anweisung des Doktors zur Krankenstation zu verlegen. Umgehend.«

»Der Prendal, so?« Kardas kam zu Cilyno heran und stellte sich direkt vor ihn. Er konnte den Atem des Inquisitors in seinem Gesicht spüren. Für einen langen Augenblick musterte Kardas den Cegat und bedachte ihn mit einem derart herabwürdigenden Blick, dass sich Cegat Cilyno zunehmend unwohl in seiner Haut fühlte.

»Sie können das Stück Fleisch mitnehmen, Cegat.« Mit einem verächtlichen Blick auf die Gefangene verließ Inquisitor Kardas die Zelle, und Cilyno kochte innerlich. Er wusste, dass der Inquisitor freie Hand hatte. Eine Meldung würde er machen müssen, doch würde das nicht dazu führen, dass Kardas zur Rechenschaft gezogen wurde.

Cilyno ging zu der Gefangenen, die am ganzen Körper zitterte. Platzwunden und Blessuren zogen sich über ihr Gesicht, und unter den zerrissenen Stellen der Kleidung konnte Cilyno die eindeutigen Spuren der Misshandlung erkennen. In diesem Moment tat es ihm unendlich leid, dass er sich nicht mit ihr verständigen konnte, um sie zu beruhigen. Er konnte nur hoffen, dass er den Inquisitor gerade noch davon abgehalten hatte, sich an der Gefangenen zu vergehen.

/////

Lee konnte vor Schmerzen und Angst nicht mehr denken. Dass die Folterungen auf einmal aufgehört hatten, nahm sie nur entfernt zur Kenntnis. Aber sie traute sich nicht, sich nur einen Zentimeter zu bewegen, geschweige denn ihren Kopf zu heben. Ihr Folterer hatte seine Arbeit verstanden. Die Schläge, die sie ins Gesicht bekommen hatten waren hauptsächlich auf ihre Augen und Ohren niedergegangen, und das immer und immer wieder. Lee hörte so gut wie nichts mehr, und auf dem linken Auge war sie praktisch blind. Auf dem rechten würde das auch nicht mehr lange dauern; ihre Sehkraft ließ rasch nach.

Dieses Ungeheuer hatte nicht eine einzige Frage gestellt, sondern sie nur gequält. Zuerst hatte er sie immer wieder geschlagen und dann an die Wand gedrückt und begonnen, an ihrer Kleidung herumzureißen.

Daraufhin war Lee in Panik geraten und sich gewehrt, um sich aus der Situation zu befreien. Wenn sie es auch nicht mit Bestimmtheit zu sagen vermochte, hatte sie ihn wohl getroffen. Aber seine Antwort ließ nicht lange auf sich warten. Er hatte so fest zugeschlagen, dass Lee zu Boden gestürzte war und kurz das Bewusstsein verloren hatte. Als sie wieder zu sich kam, hatte sie nur noch seine hässliche Fratze direkt über ihrem Gesicht gesehen, die sie hämisch angrinste, und spürte, wie er sie auf den Boden gedrückt hielt. Als sie aufschrie, schlug er sie wieder, bis sie verstummte.

Lee wusste nicht, warum er auf einmal von ihr abließ oder ob er sie nur in trügerischer Sicherheit wiegen wollte, aber es war ihr auch egal. Bevor das Monster mit seiner Tortur begann, hatte er ihr gesagt, dass Alia tot war und Mike auch bald sterben würde. Vielleicht war er jetzt schon tot. Möglicherweise war ihm und Alia noch schlimmeres angetan worden. Oder man hatte sie nur gequält, weil diese Wesen, Lee wollte sie nicht mehr als Menschen bezeichnen, Freude daran hatten, andere zu quälen.

Gerade als ihr dieser Gedanke durch den Kopf ging, bemerkte sie eine schemenhafte Bewegung, und kurz darauf spürte sie, wie etwas ihren Rücken berührte. Sie erschrak furchtbar und versuchte instinktiv, sich in eine der Raumecken zurückzuziehen, um Schutz vor den Schlägen und Schlimmerem zu finden. Ging ihr Martyrium jetzt weiter?

Doch es geschah nichts, und Lee versuchte zu erkennen, was vor sich ging. Sie hob den Kopf nur leicht an und konnte so etwas wie Stiefel erkennen; jemand musste vor ihr stehen. Dann fühlte sie, wie das, was sie im Rücken berührt hatte, wieder weggenommen wurde und sich komplett über sie legte. Erst jetzt merkte Lee, dass ihr jemand eine Decke gegeben hatte.

Jede Bewegung bereitete ihr schmerzen, sie hätte unaufhörlich schreiben können, doch ihr fehlte die Kraft. Mit blutigen Händen griff sie nach den Enden der Decke und zog sie um sich. Es war kein wirklicher Schutz, aber es gab ihr dennoch genug Sicherheit, um den Kopf noch ein wenig höher zu heben. So war es Lee möglich, eine Uniform zu erkennen, aber diese sah anders aus als die ihres Peinigers, viel dunkler. Dann war, wie durch Nebel hindurch, eine Stimme zu hören, die in einer fremdartigen Sprache leise zu ihr sprach.

Lee erinnerte sich an die Stimme. Sie gehörte dem Soldaten, der Alia aus der Zelle geholt hatte. Kurz darauf war sie tot gewesen. Jetzt war er zurückgekommen, um die Arbeit des anderen zu vollenden. Lee begann immer heftiger zu zittern. Sie wollte nicht sterben.

»Bitte! Wir haben euch doch nichts getan«, schluchzte Lee in ihrer Verzweiflung. »Bitte … nein …«

Als Lee die Berührung des Soldaten an ihrer Hand und ihrem Arm fühlte, brach sie abrupt ab. Doch statt, dass er sie schlug, versuchte er ihr auf die Beine zu helfen. Er redete immer noch in der fremden Sprache und sie verstand ihn nicht; stattdessen schien es, als wurde ihr Gehör immer schlechter. Lee hatte nicht mehr genügend Kraft, um aufzustehen, blieb in ihrer Position und zog die Decke noch enger um sich. Sie wurde bestimmt, aber nicht grob, ein Stück hochgezogen und dann getragen. Lee konnte nicht sehen, wohin der Weg nun führte, denn auf einmal war alles schwarz. Die Decke umhüllte ihr Gesicht. Das einzige, was sie bewusst wahrnahm, war der Herzschlag des Soldaten, der sie aus der Zelle brachte.

/////

»Schnell, fünfzig Drate Enlalliensäure!«, ordnete Doktor Edfuh an.

»Doktor, das ist eine tödliche Dosis«, widersprach einer der anderen Ärzte.

»Nicht für sie. Tun Sie, was ich anordne!« Edfuh hatte jetzt keine Zeit für Erklärungen. Die Injektion einer derart hohen Menge eines fermentbasierenden Medikaments war für ihn im Moment noch das einzige, was Alia, so hatte der fremde Mann sie genannt, retten konnte. Er sah, wie sein Assistent die Injektion direkt in die Halsschlagader spritze, während er dafür sorgte, dass die Frau künstlich beatmet wurde. Laut der Anzeige war glücklicherweise nur ein Lungenflügel kollabiert und nicht beide gleichzeitig. Das gab ihnen zumindest eine Chance, ihr Leben zu retten. Die nächsten Sekunden fühlten sich wie Stunden an. Edfuh suchte auf den Anzeigen krampfhaft nach einer Verbesserung des Zustands seiner Patientin.

»Das ist unmöglich, der Kreislauf stabilisiert sich wieder«, sagte der Assistent schließlich staunend. »Aber er ist noch schwach«, fügte er hinzu.

»Gut. Wir warten noch etwas ab. Geben Sie ihr noch einmal die gleiche Menge«, ordnete der Arzt an und atmete tief durch. Er sah auf dem Monitor, dass der kollabierte Lungenflügel langsam wieder seine Arbeit aufnahm. Wenn das Glück auf ihrer Seite war, würde die Lunge bald wieder normal arbeiten. Durch die Injektion der Fermentsäure war der Körper der fremden Menschen nun in der Lage, die bewusstseinserweiternde Droge zu katalysieren. Was für ein Schiff Horet auch immer hier vermutet haben mochte, es waren mit Sicherheit keine Unionsrebellen.

»Herzschlag wird kräftiger, Doktor. Ich glaube, sie hat es überstanden«, berichtete der junge Arzt, nachdem er die zweite Injektion verabreicht hatte.

Edfuh nickte. »Geben Sie ihr in der nächsten Stunde noch zweimal fünfzig Drate. Dann werden wir sehen.« Edfuh entspannte sich merklich, und erst jetzt fiel ihm auf, dass der Prendal die Krankenstation verlassen hatte.

»Doktor Edfuh!«, hörte er jemanden von draußen rufen. Er erkannte den Rufer als Cegat Cilyno. Da er Alia, vorerst nicht weiterhelfen konnte, verließ er den Raum, um zu sehen, was der Cegat von ihm wollte.

Dieser stand mitten in der Krankenstation. Edfuh musste zweimal hinsehen, um zu erkennen, dass er die dritte Gefangene trug und nicht einen Haufen Decken. Als er in das Gesicht von Cilyno blickte, verstand er jedoch. Selten hatte er erlebt, dass der stets korrekte junge Offizier seine Gesichtsfarbe wechselte, und noch nie hatte er solchen Hass und Verachtung in dessen Augen gesehen.

»Kardas!« Edfuh stellte keine Frage, es war eine Feststellung. Der Cegat nickte nur.

Edfuh schickte Cilyno in einen anderen Raum, folgte ihm und zog rasch eine Liege heran. »Legen Sie sie hier hin, aber vorsichtig.«

Cilyno tat wie ihm geheißen und gab sich die größte Mühe, die Gefangene so behutsam auf die Liege zu legen, wie es ihm nur möglich war. Sie wimmerte; das hatte sie während des ganzen langen Weges zur Krankenstation getan. Cilyno kochte innerlich. Kardas hatte wieder einmal seine Stellung zu seinem eigenen perversen Vergnügen missbraucht. Der Cegat musste Prendal Horet einen Bericht abliefern.

»Kümmern Sie sich um die Gefangenen, Doktor«, sagte er schließlich zu Edfuh, als dieser bereits die Verletzungen der dritten Gefangenen untersuchte.

»Was meinen Sie, was ich hier mache, Cegat?« Edfuh war etwas verärgert ob des offensichtlich überflüssigen Kommentars.

»Verzeihung. Ich weiß, dass Sie Ihre Arbeit gewissenhaft verrichten. Aber …«

Jetzt hob der Doktor den Kopf, blickte Cilyno einen Moment lang in die Augen und nickte dann. »Ich verstehe Ihre Besorgnis, Cegat, aber jetzt können nur noch Ärzte etwas für diese Menschen erreichen.« Sein Blick wurde wieder etwas härter, als er mit Nachdruck hinzufügte: »Und jetzt verlassen Sie die Station. Sie behindern mich bei meiner Arbeit!«

Cilyno nickte nur zur Bestätigung. Er ließ sich von dem Arzt nur ungern Befehle erteilen, doch hier hatte er das Sagen. Ein letzter Blick auf die Gefangene ließ in ihm wieder die Wut gegen den Inquisitor aufsteigen. Er verließ ohne ein weiteres Wort die Krankenstation, um dem Prendal Bericht zu erstatten.

Doktor Edfuh untersuchte das Ausmaß der Verletzungen und empfand großes Mitleid für die dritte Gefangene. Er kannte Kardas und seine Methoden, doch das hier hatte nichts mehr mit einem Verhör zu tun. Diese Frau war geschunden und gefoltert worden, und Edfuh erkannte, dass der Cegat Kardas nicht davon hatte abhalten können, sich an ihr zu vergehen.

Nachdem er seine Untersuchung abgeschlossen hatte, war Edfuh überzeugt, dass die Verletzungen zwar schwer, jedoch mit der richtigen Behandlung nicht lebensbedrohlich waren. Kardas wusste ganz genau, wo er wie hart zuschlagen konnte, ohne sein Opfer frühzeitig zu töten. Das beunruhigte Edfuh schon seit langem.

Er rief eine der Assistenzärztinnen herbei. »Injizieren Sie ihr eine Aufbaulösung, zwanzig Drate, und führen Sie anschließend eine umfassende Analyse durch. Danach geben Sie mir das Ergebnis. Ich will nicht, dass Sie an irgendwelchen inneren Verletzungen stirbt.«

»Ja, Doktor.« Die Ärztin ging zu einem der Schränke und bereitete die Aufbaulösung vor.

Edfuh ging ohne ein weiteres Wort in sein Büro. Ein kleiner Raum, in dem sich lediglich ein Tisch, ein kleiner Schrank, ein Computer und zwei Stühle befanden. Er setzte sich auf den Stuhl hinter dem Tisch und starrte auf den Monitor. Dort wurden die Ergebnisse der elektronischen Vitalüberwachung der Patienten angezeigt.

›Drei Menschen in einem Schiff, das veraltete Technik benutzt. Sie gehören weder zur Konföderation noch zur Union, und Mischlinge sind sie auch nicht‹, rekapitulierte Edfuh in Gedanken. Die ganze Sache erschien ihm äußerst seltsam. Allein dass ihr Organismus gänzlich anders auf die medizinische Behandlung reagierte, beunruhigte ihn, machte ihn aber gleichzeitig auch neugierig. Wenn er die Symptome richtig deutete, könnte der veränderte Metabolismus auf eine seit Generationen andauernde Veränderung der atmosphärischen Verhältnisse zurückzuführen sein. Doch um das mit Sicherheit bestimmen zu können, müsste der Heimatplanet der Fremden genauer untersucht werden.

›Sie beharren darauf, von einem Planeten mit dem Namen ›Erde‹ zu kommen‹, überlegte Edfuh, ›aber es gibt keinen Planeten, der diesen Namen trägt.‹ Die Konföderation hatte vor tausenden von Jahren die Namen der Planeten festgeschrieben. Ihm fiel nicht einmal eine Legende ein, worin der Name Erde für einen Planeten benutzt wurde. Es konnte sich also nach Edfuhs Ansicht entweder nur um einen Codenamen handeln, oder die Fremden wussten tatsächlich nichts vom Imperium der Konföderation.

Das Schiff würde bald schon das Sonnensystem verlassen, um die Gefangenen nach Pegasus zu bringen, der Zentralwelt der Konföderation. Wenn Edfuh verhindern wollte, dass Kardas die

Gefangenen mit seinen brutalen Methoden umbrachte, musste er handeln. Schnell.

Er schaltete seinen Computer um und öffnete einen Kommunikationskanal auf niedriger Frequenz. Ein weiterer Tastendruck schaltete einen Chiffriercode ein. Er konnte nur hoffen, dass sein Signal nicht abgefangen werden würde.

/////

Alia öffnete langsam die Augen, aber sah alles nur verschwommen. Die Decke des Raumes war grau, so viel konnte sie sehen.

›Also bin ich noch immer in der Zelle‹, ging es ihr durch den Sinn. Das letzte, woran sich erinnern konnte, war eine furchtbare Übelkeit gewesen und Lee, die ihr noch irgendetwas gesagt hatte. Doch so sehr sie auch versuchte, sich daran zu erinnern, es gelang ihr nicht.

Wo war Lee überhaupt? Wurde sie ebenfalls einem Verhör unterzogen? Und was hatten sie mit Mike gemacht? Noch viel mehr Fragen kamen Alia in den Sinn. Vorsichtig drehte sie ihren Kopf und stellte dabei überrascht fest, dass sie kaum noch Schmerzen hatte, und sich auch nicht mehr in einer Zelle befand. Langsam gewöhnten sich ihre Augen an das gedimmte Licht, und sie erkannte, dass sie sich in einem größeren Raum mit allerlei technischem Gerät befand. Alia blickte in die entgegengesetzte Richtung und erkannte Mike, der ebenfalls auf einer Trage lag und offenbar schlief. Sein Gesicht zeigte abklingende Blessuren und letzte Spuren von Blutergüssen. Alia vermutete, dass man ihn geschlagen hatte, um weitere Informationen zu erhalten.

›Wie lange bin ich schon hier?‹, überlegte sie. Wenn Mikes Verletzungen wieder mehr oder weniger verheilt waren, musste sie mindestens eine Woche hier sein, wenn nicht sogar länger. Panik machte sich in ihr breit; ein sehr seltsames Gefühl.

Mike hatte sie gefunden, aber Lee nicht. Behutsam versuchte Alia, sich aufzusetzen, was zwar langsam vonstattenging, aber auf Anhieb gelang. Sie schlug die Decke zurück, und dabei fiel ihr auf, dass sie außer ihrer Unterwäsche nichts trug. Wer immer ihr die Kleidung gestohlen hatte, würde es noch sehr bereuen, schwor sie sich im Stillen.

Gerade als sie überzeugt war, ruhig sitzen bleiben zu können, Schlug eine Stimme aus dem Hintergrund Alarm. Erschrocken fuhr sie herum und sah einen Mann, der aus der Tür hinausrief. Einen Augenblick lang wollte Alia nur fliehen, weg von hier, aber unterdrückte den Reflex und schaute erneut zu Mike hinüber, der offensichtlich auch wieder zu sich kam. Bevor sie jedoch etwas sagen konnte, betrat ein weiterer Mann den Raum. Alia schätzte ihn vielleicht auf fünfundfünfzig oder sechzig Jahre, und obwohl er leichte Andeutungen eines Lächelns zur Schau stellte, traute sie ihm nicht. Er war kaum größer als sie selbst und wirkte eher schmächtig. Wenn sie noch etwas mehr zu sich kam, wäre er bei einer Flucht gewiss kein Hindernis. Bis jetzt waren sie nur von einer schlimmen Situation in die nächstschlimmere geraten, und Alia glaubte nicht, dass sich das jetzt ändern würde.

Zumal der Arzt seinem Gehilfen Anweisungen in genau der gleichen Sprache gab, die Alia nicht verstand und die zuvor auch der Kommandant genutzt hatte.

Alia beobachtete, wie der Arzt die Tür schloss, nachdem der andere hinausgegangen war, und erst sie einen Moment lang erwartungsvoll anschaute, dann zu Mike hinüberblickte, der sich inzwischen ebenfalls aufgesetzt hatte, und etwas sagte.

Alia traute ihren Ohren nicht.

›Hat der gerade italienisch gesprochen? Nein, das ist unmöglich. Ich muss mir das eingebildet haben.‹

Unwillkürlich hatte sie das, was sie für ein altes, dem Latein noch sehr ähnliches Italienisch hielt, für sich selbst übersetzt. Im gleichen Augenblick erklärte Mike wiederum in modernem Italienisch, dass er nicht zu dolmetschen brauchte, da Alia die Sprache ebenfalls verstünde.

»Hören Sie, Alia, Sie dürfen …« Der Mann, offensichtlich der leitende Mediziner, wollte ansetzen, ihr etwas zu sagen, doch Alia unterbrach ihn rüde.

»Für Sie heiße ich Captain Scott, nicht Alia!« Dabei warf sie Mike einen bösen Blick zu. Bestimmt hatte der Mann den Namen von ihm gehört. »Wo ist meine Kleidung?«

»Bitte beruhigen Sie sich, Captain Scott.« Der Doktor hob beschwichtigend die Hände, als Alia ihn grimmig anfunkelte.

»Ihre Kleidung liegt auf einem kleinen Tisch zu ihren Füßen. Sie können die Kleidung von dort nicht sehen. Wir mussten Sie entkleiden, um lebenswichtige Untersuchungen vorzunehmen.«

Alia versuchte sich aufzurichten, brauchte dafür jedoch länger, als ihr recht war. »Mich interessieren Ihre Untersuchungen nicht! Wo ist Lee?«

Mike sah sie besorgt an. »Alia, bitte, du solltest versuchen, dich nicht aufzuregen.«

»Ich soll mich nicht aufregen? Du hast ja offenbar schon Freundschaft mit diesen Leuten geschlossen, aber ich werde das nicht tun.« Wütend setzte sie ihre Füße auf den Boden, um sich anschließend zu dem kleinen Tisch umzudrehen, auf dem ihre Kleidung lag.

Jetzt wurde Mike etwas lauter. »Sehe ich vielleicht aus, als hätte ich mich mit Freunden unterhalten?«

Wieder sah Alia seine abklingenden Blessuren. »Was weiß denn ich?« Alia nahm mühsam ihre Kleidung an sich, legte sie zurecht und begann sich anzuziehen. »Vielleicht bist du letzte Woche gegen ein Schott gelaufen, ohne dass es jemand bemerkt hat.«

»Nein, ist er nicht«, mischte sich nun Doktor Edfuh ein. »Seine Verletzungen sind etwa so lange her wie ihre Intoxikation.«

»Wovon reden Sie da?« Alia horchte auf. An eine Vergiftung konnte sie sich nicht erinnern.

»Das, was ich Ihnen injiziert hatte, war eine Wahrheitsdroge, doch aus unerklärlichen Gründen reagierten Ihr Körper sowie der Ihres Partners-«

»Er ist nicht mein Partner«, fauchte Alia, worauf sich der Doktor für die Wortwahl entschuldigte.

»Sie und Ihr Kollege reagierten unerwartet und wären fast vergiftet worden«, beendete Doktor Edfuh seine Erklärung.

»Dann hätten Sie uns vielleicht vorher gründlicher untersuchen sollen, statt das Mittel einfach zu initiieren, bis wir kollabieren.« Alia war stinksauer. Jetzt fiel ihr auch wieder ein, dass ihr der Doktor im Verhörzimmer etwas injizierte. hatte. Sie verzichtete darauf, sich weiter darüber auszulassen und zog sich ihren Overall über. Es war erniedrigend, dass Mike und dieser Arzt ihr dabei zuschauten, doch sie wollte nicht mit einem dünnen

Unterhemd und Boxershorts auf die nächste Tortur warten. Der Gedanke, dass Mikes Verletzungen noch nicht so lange her waren, beschäftigte sie. Offenbar verfügten die Fremden trotz ihrer Unzulänglichkeiten über hochentwickelte Medizin, die es ermöglichte, schwere Verletzungen schneller zu heilen, als es auf der Erde oder dem Mars möglich war.

Der Doktor erwiderte nichts weiter auf ihren Vorwurf, sondern wandte sich nunmehr an Mike.

»Hören Sie, wenn Ihnen Ihr Leben lieb ist, reden Sie nie in Gegenwart anderer in dieser Sprache. Vor allem nicht gegenüber dem Inquisitor.«

›Inquisitor?‹, überlegte Mike. ›Das muss dieser Adjutant sein.‹ Er wandte sich fragend an den Doktor. »Warum? Wenn Ihre Leute mich verstehen können, dann kann ich Ihnen vielleicht eher erklären-«

»Verstehen Sie mich doch«, unterbrach ihn der Doktor. »Da man Sie bereits der Spionage verdächtigt, wird Ihnen diese Sprache mehr schaden als nützen. Falls Sie es noch immer nicht begriffen haben: Sie befinden sich auf einem Kreuzer der Konföderation. Ihre Sprache gehört zu den alten Sprachen, die lediglich noch von einigen Unionstreuen oder wenigen Gelehrten der Konföderation gesprochen wird.« Er musterte Mike aufmerksam, bevor er weitersprach. »Und wie ein weiser Gelehrter sehen Sie wahrlich nicht aus, Bahneddi.«

»Barnetti«, korrigierte Mike. »Mein Name ist Barnetti, nicht Bahneddi.« Mike sah kurz zu Alia, die sich betont desinteressiert ihrer Kleidung widmete.

»Was ist mit meiner anderen Kollegin?« Alias hob sofort den Kopf, und Mike hatte den Eindruck, dass sie den Arzt wie eine Raubkatze beobachtete. Je nachdem, was er jetzt sagte, würde seine Antwort ihm möglicherweise nicht gut bekommen.

Der Doktor zögerte. »Sie ist schwer verletzt«, antwortete er dann einen Moment später.

Alia wandte sich abrupt zu Doktor Edfuh um. »Was habt Ihr Mistkerle ihr angetan?«, knurrte sie, noch immer auf Italienisch.

Der Doktor zuckte zusammen, weniger wegen ihres Wutausbruches als vielmehr deshalb, weil er befürchtete, dass jemand anders nun etwas von diesem Gespräch mitbekommen könnte.

»Seien Sie ruhig, verdammt!«, herrschte er Alia mit gemäßigter Lautstärke an. »Wir versuchen alles, um Ihre Kameradin zu heilen. Ich trage keine Schuld an dem, was ihr geschah. Das müssen Sie mir glauben.«

Plötzlich rief jemand im Nebenraum etwas. Weder Mike noch Alia konnten die Sprache verstehen, doch der Doktor zuckte erneut zusammen.

»Verhalten Sie sich still und vermeiden Sie diese Sprache.« Damit wandte er sich zum Gehen, doch Mike hielt ihn am Arm fest.

»Helfen Sie uns, Doktor«, bat er und blickte dem Mann fest in die Augen, um seine Reaktion abschätzen zu können. Edfuh zeigte jedoch keine Regung. Er starrte Mike nur für einen Moment an, bevor er sich losriss und den Raum verließ.

Alia konnte sich nicht erinnern, dass sie jemals so lange zum Anziehen gebraucht hatte, jedenfalls seit sehr langer Zeit nicht mehr. Jetzt wollte sie versuchen, ein wenig hin und her zu gehen. Wenn diese Menschen über fortschrittliche Technologie und Medizin verfügten, waren vielleicht auch ihre Beine wieder in Ordnung.

»Alia, du solltest das lassen«, sagte Mike, nun wieder auf Englisch. »Der Arzt hat gesagt, wir sollen uns ruhig verhalten.« Besorgt blickte er Alia an, die ihm nun den Rücken zuwandte, um von der Liege wegzukommen.

»Es interessiert mich aber nicht, was der Arzt sagt«, fauchte sie ihn an und ließ das Bett los. Zwar empfand sie keine Schmerzen mehr, es fühlte sich jedoch merkwürdig an, und noch ehe sie ein paar Schritte gegangen war, konnte sie sich kaum mehr auf den Beinen halten. Wenigstens gelang es ihr noch, sich an der Liege festzuhalten, sodass sie nicht stürzte.

»Alia!«, rief Mike aus und schalt sich sogleich dafür. Wenn sie noch mehr Krach machten, war es nur eine Frage der Zeit, bis jemand hereinkam.

»Es geht schon«, ächzte sie, während sie sich fragte, warum ihr das Atmen so schwerfiel. Nach und nach schaffte sie es, die paar Schritte zurück zu gehen, und schließlich saß sie schwer atmend auf der Krankenliege.

Eine Weile schwiegen beide.

»Ich dachte, du würdest sterben«, brach Mike schließlich die Stille. Er hatte sie beinahe traurig angesehen. Sein Blick war etwas zu lange an ihrer vernarbten Haut hängengeblieben, bevor er sich bewusst wurde, dass es ihr womöglich unangenehm war.

»Dann hättest du ja ein Problem weniger gehabt«, warf sie ihm wütend an den Kopf.

»Tickst du noch richtig? Warum führst du dich immer so auf?«, fragte Mike nun genauso wütend. Zum ersten Mal erlebten beide, dass Alia nicht das letzte Wort hatte. Sie schwieg einfach.

Ihre vorherige Antwort war eher ein Reflex und jetzt tat es Alia leid, dass sie so schroff zu Mike gewesen war. Seine Besorgnis war sicherlich ernst. Doch Alia hatte die Erfahrung gemacht, dass es besser und einfacher war, über solche ›Zugeständnisse‹ an ihre Person hinwegzugehen.

Sie hörte wie Mike laut Luft holte, doch dann drang ein lauter Schrei zu ihnen.

Lee!

Bevor die beiden darauf reagieren konnten, öffnete sich die Tür, und ein fremder Mann trat ein. Aufgrund der Kleidung schloss Alia, dass es sich auch um einen Mitarbeiter der Krankenstation handeln musste. Aufgeregt sagte er etwas, dass sie nicht verstehen konnten. Daraufhin deutete er zuerst auf Mike, dann auf Alia und winkte sie zu sich. Irgendetwas war mit Lee passiert, dass wussten sie auch ohne Sprache.

Mike sprang schneller auf, als es seinen Gesundheitszustand erlaubte, und Alia tat es ihm gleich. Jedoch war sie noch in weitaus schlechterer Verfassung, sodass sie es zuließ, dass Mike sie von der Seite stützte. Sie folgten dem Mann, dessen Bewegungen immer hektischer wurden, in das nebenan liegende Zimmer. Dort stand einiges an Personal vor dem Raum. Mike und Alia wurden von allen sehr aufmerksam beobachtet, und Alia hatte keinen Zweifel daran, dass die meisten der hier Anwesenden kein Mitleid mit ihnen hatten. Sie traten ein, und direkt darauf schloss sich die Tür hinter den beiden. Der Mann, der sie informiert hatte, folgte ihnen nicht.

In diesem Behandlungszimmer hatte man augenscheinlich die Lichthelligkeit heruntergeregelt, doch die beiden sahen auch so, was passiert war: Der Arzt stand in der einen Ecke des Raumes und hielt sich die stark blutende Hand. Neben ihm lag etwas, das einem Skalpell sehr ähnlich sah, auf dem Boden. Frisches Blut klebte daran. Lee kauerte einige Meter entfernt auf dem Boden, halb hinter einem Möbelstück versteckt.

Es herrschte eine unangenehme Stille. Überhaupt war die Situation so angespannt, als würde gleich ein Sturm losbrechen.

Alia hörte, wie Mike schwer schluckte, er hatte Lees Verletzungen gesehen. Die Soldaten hatten sie beinahe totgeprügelt.

Der Arzt sagte zuerst etwas in seiner Sprache, was Mike und Alia nicht verstanden. Doch dann fuhr er leise auf Italienisch fort.

»Sie ist während der Behandlung panisch geworden, aber wir konnten ihr nichts zur Beruhigung geben, ohne vorher zu wissen, wie ihr Organismus darauf reagiert«, erklärte er ruhig und ohne eine Spur Gram, obwohl Lee ihn verletzt haben musste.

»Wer hat ihr das angetan?«, fragte Mike erschüttert. Er sah die zerrissene Kleidung und das von Blutergüssen und Platzwunden übersäte Gesicht. Edfuh antwortete nicht auf seine Frage.

»Versuchen Sie bitte, sie zu beruhigen. Ihre Verletzungen müssen behandelt werden.«

»War es ein Mann?«, fragte nun Alia, und der Arzt nickte. »Lass mich los, Mike. Und warte hier.« Mike tat wie ihm geheißen und ließ Alia los. Vorsichtig hangelte sie sich von Möbelstück zu Möbelstück auf Lees Position zu, da sie noch immer nicht sicher genug auf ihren eigenen Beinen war.

»Geht weg!« Lee hatte nicht erkannt, wer da vor ihr stand.

»Lee, ich bin es, Alia«, sagte sie daraufhin etwas lauter, aber freundlich, und blieb stehen. Ihrer Stimme war keine Überheblichkeit anzumerken.

»Er hat gesagt, du bist tot«, schluchzte Lee beinahe unverständlich und versuchte sich noch mehr zu verstecken. »Er will auch Mike töten.«

»Mike geht es gut. Er steht ein Stück hinter mir.« Sie winkte ihn zu sich.

Zwar ging es ihnen nicht wirklich gut, aber sie waren am Leben.

»Nein! Das ist nicht wahr. Ich bilde mir das nur ein«, stammelte Lee und wurde von einem Weinkrampf geschüttelt.

Alia hatte, seit ihr Bruder gestorben war, nichts mehr so das Herz zerrissen wie dieser Anblick.

»Wir sind echt. Du bildest es dir nicht ein. Ich mache dir einen Vorschlag. Ich komme jetzt zu dir rüber und gebe dir meine Hand, damit du dich überzeugen kannst, in Ordnung?«

Lee nickte. Sehr langsam ging Alia weiter. Sie wollte auf jeden Fall vermeiden, dass sich Lee noch mehr ängstigte. An ihre eigene Verletzung dachte sie kaum noch. Vor ihrer Kameradin ging sie in die Knie, sodass beide Frauen etwa auf gleicher Höhe miteinander sprechen konnten.

»Lee?« Alia sah sie zittern, und erblickte das Ausmaß der Verletzungen. Man hatte sie fast totgeschlagen. Inständig hoffte sie, dass ihrer Kameradin nicht noch schlimmeres angetan wurde, doch der zerfetzte Overall sprach dagegen.

Lee hob den Kopf und schaute aus zugeschwollenen Augen erst zu Alia, dann zu der Hand, die sie ihr entgegenstreckte. Zitternd griff sie danach und Alia zog sie ein Stück aus ihrer Deckung.

»Oh Gott, Alia, er hat gelogen«, schluchzte Lee tränenerstickt und klammerte sich an ihr fest. Dabei fiel die beide auf dem Boden und hielten einander in den Armen.

»Ja, hat er.« sprach Alia leise und hatte gelichzeitig Angst ihr mit der Umarmung noch mehr Schmerzen zu bereiten. »Mike wird dir jetzt eine Decke bringen. Dir ist bestimmt kalt.«

Wieder nickte Lee und vergrub ihr Gesicht in Alias Overall. Hinter sich hörte sie Schritte und Rascheln, dann kam Mike mit einer Decke.

»Lee, erschrick nicht«, sagte er leise und beugte sich zu ihr herunter. Doch Lee erschrak furchtbar, als sie einen Schatten über sich sah, und wollte zurück in ihr Versteck hinter den Möbeln.

»Es ist in Ordnung, Lee, hörst du? Es ist Mike.« Alia hielt sie fest, und sprach ruhig weiter: »Es ist Mike.«

»Mike?«

»Ja, ich bin hier. Es wird alles wieder gut.« Vorsichtig legte er die Decke über Lee. Alia hatte gehofft, dass sie sich nun beruhigen würde, doch sie zitterte immer heftiger, und atmete viel zu schnell. Sie hyperventilierte.

»Lee, hör mir zu. Versuche langsamer zu atmen«, sagte Alia ruhig.

»Ich … ich bekomme … keine Luft«, japste sie.

»Versuche langsamer zu atmen. Ich sage dir jetzt ein paar fremdklingende Worte. Versuche dich dem Rhythmus anzupassen. Vertrau mir, du bekommst dann auch wieder Luft.« Alia wollte unter allen Umständen vermeiden, dass Lee kollabierte.

»Mike, hilf mir.« Alia deutete auf den Boden und bat ihn, sich ebenfalls hinzuknien, damit sie Lee in eine leicht sitzende Position bringen konnten, in der das Atmen für sie einfacher war. Dann begann sie die angekündigten fremdklingenden Worte aufzusagen.

Alia rezitierte ein altes indisches Mantra, vielmehr sang sie es beinahe. Mike warf ihr einen überraschten Blick zu, dann entspannte sich auch sein Gesichtsausdruck.

Sie wiederholte den Text bereits zum zehnten Mal, als Mike und sie endlich eine Besserung bei Lee feststellten. Sie atmete ruhiger und entkrampfte sich langsam. Alia spürte, wie Lee sich zurückfallen ließ und ihre Körperspannung abnahm. Nach ein paar Minuten war Alia sicher, dass Lee die Panikattacke überstanden hatte.

»Lee, wir werden dich jetzt wieder zur Liege bringen. Die Ärzte werden dir helfen.« Als Lee darauf keine Antwort gab, nahmen Mike und Alia es als Einverständnis. Alia hatte Schwierigkeiten, wieder aufzustehen, doch wie aus dem Nichts tauchte der Arzt auf, nahm ihren Platz ein und half Mike, Lee wieder auf den Behandlungstisch zu legen. Es hatte beinahe den Anschein, als wäre Lee eingeschlafen.

»Ich glaube, sie sollten hier mit so wenig Personal wie möglich arbeiten, Doktor.« Alia stand hinter Mike und sprach nun wieder italienisch. »Wenn zu viele Leute da sind, könnte sie eine weitere Panikattacke erleiden.« Edfuh nickte.

»Bitte geh nicht weg, Alia!« Lee rief nach ihr und streckte ihre Hand aus.

»Lee, wir können nicht bei dir bleiben.« Alia ergriff ihre Hand, nachdem der Arzt den Kopf geschüttelt hatte. »Aber der Doktor wird dir helfen. Er ist kein böser Mensch.« Alia sprach Englisch mit Lee, sodass der Arzt nichts verstand. Mike fiel aber auf, dass sie nicht das Wort Vertrauen benutzte. »Hörst du, Lee? Mike und ich sind in einem anderen Zimmer. Der Arzt wird dir helfen.« Alia spürte, wie Lee ihre Hand kurz drückte und sie dann losließ.

KAPITEL 18

›Der Mensch ist viel zu sehr mit sich selbst und seinen Belangen beschäftigt, als dass er wahrnimmt, welche Entwicklungen über die Jahrhunderte hinaus vonstattengehen. Erst die Geschichte lässt ihn gewahr werden, welche Veränderungen geschehen sind und welchen Weg die Evolution genommen hat. Wird die Geschichte jedoch verleugnet oder missachtet, werden Fehler zu häufig wiederholt und Ereignisse viel zu schnell vergessen.‹

Die Wiege der Menschheit
Michael Barnetti

Ein Soldat rannte durch die Gänge des Konföderationskreuzers. Sein Ziel war die Sicherheitszentrale, in der er Cegat Cilyno den letzten Untersuchungsbericht überreichen sollte. Er war nicht sicher, ob dem Cegat die letzten Ergebnisse zusagen würden, vermutlich aber nicht.

Nervös öffnete er die Tür zur Sicherheitszentrale und sah den Cegat an seinem Tisch sitzen, offenbar in seine Arbeit vertieft, da er nicht auf den Soldaten reagierte.

»Cegat«, Der Soldat wartete darauf, dass er eintreten durfte.

»Kommen Sie herein und machen Sie Meldung«, sagte Cilyno, ohne den Blick von seinem Bildschirm zu heben.

Der Soldat salutierte zackig, bevor er sprach: »Die Versuche, die Daten des fremden Raumschiffes zu entschlüsseln, haben keine Ergebnisse erzielt.«

Jetzt hob Cilyno seinen Blick. Er bemerkte, dass der Soldat außer Atem war und schwitzte.

»Wie ist das möglich?«, fragte Cilyno. »Diese Leute sind mit einem Schiff unterwegs, das jeder Beschreibung spottet, aber ihre Dateien lassen sich nicht entziffern?«

»Wir haben es mit jedem uns bekannten Code versucht, Cegat. Die technische Abteilung ist der Ansicht, dass hier ein kryptisches Verschlüsselungsprogramm benutzt wurde, das bislang noch nie Verwendung fand. Vermutlich ein neuer Unionscode.«

Cilyno überlegte einen Moment. Das alles ergab immer weniger Sinn. »Aber warum sollten sie dann mit so einem alten Schiff unterwegs sein? Ihr Bericht ist völlig nutzlos. Was soll ich dem Prendal ihrer Meinung nach melden? Er will Antworten, und das schnell!«

Cilyno wusste, dass der Kommandant endlich Ergebnisse haben wollte. Der letzte Bericht an seinen Vorgesetzten sagte kaum etwas anderes aus, als das, was der Soldat gerade berichtet hatte. Würde Cilyno dem Prendal noch einmal so nutzlose Informationen vorlegen, würde er vermutlich kurzerhand wegen Inkompetenz degradiert werden.

Der Soldat ergriff wieder das Wort. »Die technische Abteilung ist inzwischen zu der Ansicht gelangt, dass dieses Schiff ein Prototyp sein könnte. Neben der neuen Codierung der Daten würde auch die Verwendung neuer Materialien dafürsprechen, auf die unsere Zielsensoren nicht gut ansprechen.«

Cilyno runzelte die Stirn. »Glauben Sie das im Ernst? Wenn es so wäre, hätte die Union das Schiff technisch doch wohl besser ausgestattet, oder etwa nicht?« Die letzte Frage war eher hypothetisch, und Cilyno erwartete auch keine Antwort darauf. Möglicherweise hatte der Soldat damit sogar recht, dass dieses Schiff ein Prototyp der Union war, doch es gab einfach viel zu viele Ungereimtheiten. Erschwerend kam noch hinzu, dass es völlig unlogisch war, dass die Union es riskieren würde, die Konföderation durch ein ungeschicktes Manöver auf ihre Anwesenheit im Alpha-Centauri-System aufmerksam zu machen. Zumal Proxima Centauri b schon seit etwa tausend Jahren eine tote Welt war. Alles Leben dort war in einer riesigen Schlacht ausgelöscht worden, den historischen konföderierten Archiven zufolge durch eine Verzweiflungstat unionstreuer Verbände, die im Orbit um den Planeten der Konföderation eine vernichtende Niederlage zufügen wollten. Trotzdem, die Annahme, dass es sich um einen Prototyp handeln könnte, war ein Hinweis, dem Cilyno nachgehen wollte.

»Wegtreten«, befahl er schließlich dem Soldaten, der daraufhin dankbar den Raum verließ.

»Ich werde jetzt mein Personal wieder hereinrufen, und Sie-«, dabei fixierte Doktor Edfuh Alia und Mike, »sollten sich in dem anderen Raum ausruhen. Ich weiß nicht, wie lange ich den Prendal und den Inquisitor davon überzeugen kann, dass Sie noch nicht wieder vernehmungsfähig sind. Und denken Sie daran, nicht die alte Sprache zu sprechen«, warnte er nochmals eindringlich. Mike nickt, doch Alia schluckte nur ihre Wiederworte herunter. Sie hatte gesehen, was passiert war, nachdem man die Crew trennte. Diese Menschen wussten, wie sie vorgehen mussten. Lee war das schwächste Glied in der Kette, und das hatte dieser Inquisitor erkannt. Doch im Moment blieb ihnen keine andere Wahl, als auf den Arzt zu hören, der es offensichtlich gut und ehrlich mit ihnen meinte. Außerdem war Lee auf seine Hilfe angewiesen.

Doktor Edfuh hatte das Gespräch noch abgewartet, ehe er die Tür öffnete, vor der sein Personal ungeduldig und neugierig wartete. Da er jetzt wieder die konföderierte Sprache benutzte, verstanden Alia und Mike nicht, was er den Mitarbeitern der Krankenstation mitteilte. Der junge Helfer, welcher sie vorhin alarmiert hatte, signalisierte ihnen jedoch, ihm abermals zu folgen. Er brachte sie in den Raum zurück und verschwand. Man konnte ihm förmlich ansehen, dass er so wenig wie nur möglich mit ihnen zu tun haben wollte. Mike stützte Alia.

»Woher kannst du so etwas?« Er war noch immer erstaunt, alles hätte er ihr zugetraut, aber so etwas nicht.

»Unser Kindermädchen tat früher das gleiche, wenn wir uns nicht beruhigen wollten«, sagte sie kurz angebunden, ihre Aufmerksamkeit wurde von etwas anderem in Beschlag genommen.

Man hatte ihnen Nahrung und Wasser auf den Tisch in der Ecke des Zimmers gestellt. Sie sah zu Mike und wusste, dass sein Hunger genauso plötzlich genommen war, wie der ihre.

Alia schätzte, dass sie bereits seit mehr als vierundzwanzig Stunden auf dem fremden Schiff waren, und schon davor hatte die ›Voyager‹-Crew eine Weile nichts mehr gegessen.

Für einen Moment beschlichen Alia Bedenken, dass das Essen möglicherweise vergiftet sein könnte, aber da vor allem ihre persönliche Behandlung mit der Wahrheitsdroge gezeigt hatte, dass man nicht einschätzen konnte, wie die Crew darauf reagierte, verwarf sie den Gedanken wieder.

Mike hatte offenbar an das Gleiche gedacht, denn auch ihn überkamen plötzlich Hemmungen zuzugreifen.

»Sie werden uns nicht vergiften. Anscheinend brauchen Sie uns lebend. Sonst wären wir nicht hier«, sagte sie schließlich und nahm sich etwas, das entfernt an Brot erinnerte. Zwar schmeckte es süßer als erwartet, aber Alia aß es mit Genuss.

Mike folgte ihrem Beispiel und verschlang das Brot regelrecht.

Nach einer Weile fiel ihm jedoch auf, dass Alia wieder zunehmend blasser wurde.

»Alles in Ordnung?«, fragte er besorgt. Er hatte er gedacht, dass sie die Vergiftung überstanden hatte. War doch etwas unter die Nahrung gemischt geworden?

»Mir geht es gut. Mir fällt nur das Atmen etwas schwer.« Sie atmete ein paar Mal angestrengt tief durch und beendete die Mahlzeit.

Mike erinnerte sich an das grauenvolle Geräusch, das er gehört hatte, bevor die Ärzte ihr das lebensrettende Mittel injiziert hatten.

»Du solltest dich noch etwas ausruhen«, empfahl Mike freundlich.

»Sag mir nicht, was ich zu tun habe«, fauchte sie zurück.

»Von Lee hast du eben verlangt, dass sie dir vertrauen soll. Warum folgst du nicht mal deinem eigenen Rat und vertraust auch mal jemandem?« Mikes Stimme klang ruhig und beherrscht. Diesmal würde er sich von seinem taktischen Offizier nicht reizen lassen. Er schaute Alia an und wartete auf eine Antwort.

»Bis jetzt hat es immer nur Unglück gebracht, wenn ich jemandem vertraut habe, und ich glaube nicht, dass sich daran etwas ändern wird.«

»Es ändert aber auch nichts daran, dass du noch etwas schlafen solltest. Du siehst wie der leibhaftige Tod aus.« Alia bedachte ihn plötzlich mit einem verletzten Blick, der aber nur den Bruchteil einer Sekunde anhielt. Mike konnte nicht ahnen, dass er sie mit seinem letzten Satz an ein lang zurückliegendes Ereignis erinnert hatte. »Daher schlage ich vor, dass du dich eine Stunde hinlegst, und ich bleibe in dieser Zeit wach. Dann werden wir tauschen. Sollte Lee in der Zwischenzeit hergebracht werden, informiere ich dich. In Ordnung?«

»Einverstanden, du wirst ohnehin keinen Frieden geben«, bestätigte Alia mürrisch, erhob sich und ging zum Krankenbett.

Mike hatte sich ebenfalls erhoben und wollte ihr helfen, doch Alia fuhr ihn abermals an: »Ich brauche keine Hilfe!«

Mike verstand einfach nicht, warum sie sich so bockbeinig anstellte. Er sah, dass sie sehr wohl Hilfe hätte gebrauchen können. Sie humpelte wieder, wenn auch nicht mehr so stark wie vorher, aber sie war bei Weitem noch nicht wieder gesund.

/////

Das Gespräch mit Prendal Horet war kurz und unangenehm. Cilyno hatte nicht erwartet, dass Inquisitor Kardas dem Gespräch beiwohnen würde. Umso unangenehmer fiel ihm auf, wie sehr der Inquisitor das Gespräch lenkte und dem Cegat ganz offen drohte, seine Nase nicht zu tief in Angelegenheiten zu stecken, die ihn nichts angingen.

Erst als Cegat Cilyno die Möglichkeit eines Prototyps erwähnte, schienen beide Männer davon abzulassen, ihn degradieren zu wollen, und er erhielt die Order, das Schiff der Fremden auf diese Möglichkeit hin zu untersuchen.

»Was die verschlüsselten Daten angeht«, hatte Prendal Horet ihm zum Schluss des Gespräches noch aufgetragen. »Sorgen Sie dafür, dass einer der Gefangenen schnellstens wieder vernehmungsfähig ist. Sagen Sie Doktor Edfuh, dass wir einen von ihnen brauchen. Sofort! Wir werden das System jetzt verlassen, aber wir wollen Antworten.«

Cilyno salutierte und verließ anschließend den Raum. Seinem Vorgesetzten gegenüber war er stets loyal, doch hasste er den Inquisitor und seine brutalen Methoden. Manchmal wünschte er sich, dass es keine Order gab, die die Anwesenheit einer Abteilung der Inquisition vorschrieb. Egal, ob die Fremden nun zur Union gehörten oder nicht, er war davon überzeugt, dass auch der Prendal, den er eigentlich als weitsichtigen Mann achtete, ohne Kardas' Andarta viel souveräner und wohl auch humaner agieren würde.

Das Schiff begann kaum merklich zu vibrieren. Cilyno hatte lange genug hier gedient, um zu wissen, dass die Vibrationen das

Vorzeichen des Starts waren. Es würde einige Zeit dauern, bis der Kurs sie aus dem System herausführte, doch dann konnten sie auf Überlichtgeschwindigkeit gehen, um Pegasus IV anzusteuern, der Zentralplanet der Konföderation im Matar System.

Cilyno marschierte sicheren Schrittes zur Krankenstation. Er würde seine Befehle ausführen und dem Doktor die Anweisung geben, einen Gefangenen zum Verhörraum zu bringen, bevor er selbst das Schiff der Gefangenen genauer untersuchente.

»Das geht nicht, Cegat«, brüskierte sich Doktor Edfuh, als Cegat Cilyno ihm einen Moment später die Forderung des Prendals überbrachte. »Die Gefangenen sind noch nicht in der Verfassung, einem weiteren Verhör standzuhalten.«

»Wo ist das Problem, Doktor? Wenn sie die Wahrheit sagen, ist es schneller vorbei, als diese Unterhaltung bereits dauert. Sie haben doch drei Gefangene. Einer von ihnen wird sich dem Verhör stellen müssen.«

Edfuh war außer sich vor Wut. »Hören Sie mir eigentlich überhaupt zu, Cegat? Oder können Ihre Ohren nur Befehle entgegennehmen? Die Gefangenen sind gerade erst außer Lebensgefahr. Sie gleich wieder zu verhören, würde ihre Überlebenschancen auf ein Minimum reduzieren.«

Cilyno verstand sehr wohl, was der Doktor ihm damit sagen wollte, doch konnte er seine Befehle nicht ignorieren, ohne Konsequenzen zu befürchten. »Sowohl der Prendal als auch der Inquisitor haben diese Order erteilt, Doktor. Sie werden umgehend mindestens einen der Gefangenen zum Verhörraum bringen. Es ist mir gleich, welche Einwände Sie jetzt noch hervorbringen.« Cilyno hatte zwar Mitleid mit den Gefangenen, insbesondere mit der Frau, die die Misshandlungen des Inquisitors über sich hatte ergehen lassen müssen, doch lag es nicht in seiner Entscheidung, den Befehl seines Vorgesetzten zu missachten oder zu interpretieren. Es sollte mindestens ein Gefangener sofort überstellt werden, und daran gab es nichts zu deuten.

Cilyno winkte einen Soldaten herbei. »Sorgen Sie dafür, dass einer der drei Gefangenen umgehend vom Doktor zum Verhörraum gebracht wird. Welcher, ist mir egal. Sollte sich der Doktor sträuben, wählen Sie selbst einen aus.«

Er wandte sich gerade zum Gehen, als er schnell noch ergänzend hinzufügte: »Die Gefangene mit den Verletzungen im Gesicht lassen Sie auf der Krankenstation.« Dann ging er.

»Cegat, das können Sie nicht machen«, rief Edfuh ihm aufgebracht nach, doch Cilyno verließ die Krankenstation, ohne auf den Arzt einzugehen.

»Cegat! Verdammt!«

/////

Edfuh sah den Soldaten an. Er wirkte nicht so, als wäre Geduld eine seiner hervorstechendsten Eigenschaften. Es blieb nicht mehr viel Zeit. Das Schiff wurde bereits auf den Start vorbereitet.

»Warten Sie hier!«, befahl er dem Soldaten. »Warum ist es plötzlich so eilig, dass die Gefangenen wieder verhört werden?«, sprach er mehr zu sich selbst und hatte auch keine Antwort darauf erwartet, aber seine Aufmerksamkeit wurde wieder auf den Soldaten gelenkt, der sich räusperte.

»Ja?«, fragte er forsch.

»Offensichtlich ist es den Technikern nicht gelungen, die Computerdaten der Rebellen zu entschlüsseln«, sagte dieser schließlich.

»Ah ja. Das ist natürlich etwas anderes.« Dem Soldaten entging der sarkastische Unterton, denn er nickte zufrieden, in der Annahme, dass der Doktor ihm bald einen der Gefangenen überstellen würde. Der Arzt ließ ihn in diesem Irrglauben und begab sich zu den beiden beinahe wieder genesenen Patienten. Die dritte Gefangene erholte sich glücklicherweise auch gut von ihren Verletzungen. Dennoch würde sie etwa doppelt so lange zur Gesundung benötigen wie die anderen beiden.

Als er in den Behandlungsraum eintrat, fand er beide schlafend vor und hörte ein leichtes Schnarchen. Michael Barnetti saß noch an dem Tisch, auf dem sich die Essensreste befanden, aber er lehnte halb an der Wand und hatte die Augen geschlossen.

Captain Scott lag auf einer der Krankenbetten und schlief ebenfalls fest.

Auch wenn sie beide äußerlichen den Eindruck erweckten, gesund zu sein, waren sie es bei Weitem noch nicht. Ein Zeichen dafür war der feste Schlaf. Edfuh hatte das schon bei vielen Gefangenen beobachten können.

»Michael Barnetti, wachen Sie auf!« Vorsichtig versuchte er den jungen Mann zu wecken, der auch gleich die Augen aufschlug.

»Verdammt, ich muss eingeschlafen sein«, sagte er beinahe entschuldigend. »Was ist passiert?«

»Sie sollten Ihre Freundin … nein, Ihre Kameradin wecken.«

Mike nickte, denn er hörte die Dringlichkeit in der Stimme des Arztes. Er stand auf und ging zu Alia hinüber, die immer noch fest schlief. Für einen kurzen Moment schaute er in ihr entspanntes Gesicht und musste feststellen, dass ihr das angedeutete Lächeln wirklich gut zu Gesicht stand.

»Alia« Behutsam berührte er sie an der Schulter, um sie wachzurütteln. Doch außer einem verschlafenen Grummeln zeigte sie keinerlei Reaktion. Wäre die Situation nicht so ernst gewesen, hätte Mike mit Sicherheit laut gelacht. Es war schon merkwürdig, in dieser Lage festzustellen, dass die immer militärisch-korrekte Captain Scott offenbar ein Morgenmuffel war.

»Alia, wach auf«, sagte er diesmal etwas lauter. Jetzt öffnete sie die Augen und schaute ihn einen Moment lang verwirrt an.

»Was ist?«, fragte Alia dann schließlich, nachdem sie wieder wusste, wo sie war. Mike blickte in Richtung des Arztes, der gleich den Grund seiner Anwesenheit zu erklären begann.

»Einer von Ihnen beiden soll einem erneuten Verhör unterzogen werden. Der Cegat hat angeordnet, dass Lae weiter hierbleiben soll.« Alia merkte, dass der Arzt Probleme hatte, die Namen richtig auszusprechen.

»Sie heißt Lee. Warum sollen wir schon wieder verhört werden? Wir haben schon alles gesagt, was wir wissen, und es ist die Wahrheit, auch wenn sie uns nicht glauben«, sagte Mike daraufhin zornig.

»Es macht den Anschein, dass unsere Techniker größte Schwierigkeiten mit der Dechiffrierung Ihrer Computerdaten haben. Der Prendal und der Inquisitor wollen Antworten, bevor sie Pegasus erreichen«, fuhr der Arzt fort.

Als Mike und Alia ihn fragend anblickten, schob er noch eine weitere Erklärung hinterher. »Das Schiff trifft gerade die Vorbereitungen zum Abflug nach Pegasus, dem zentralen Sonnensystem der Konföderation.«

»Wir haben die Computerdaten nicht verschlüsselt, sondern-«, warf Alia ein und unterbrach sich inmitten des Satzes »aber ich halte es für möglich, dass sie aufgrund der linguistischen Defizite nicht in der Lage sind, unsere Daten zu analysieren.« Alia verschwieg ihm, dass sie die Spracheinstellungen vor dem Verlassen des Schiffes komplett auf Arabisch umgestellt hatte. Mike hielt es für einleuchtend, was sie sagte.

›Wenn das der Grund ist, könnten wir doch versuchen, einen Deal mit diesem Prendal auszumachen. Übersetzungsalgorithmen gegen freies Geleit. Alia kann sicherlich in kürzester Zeit ein passendes Programm entwickeln‹, ging es Mike durch den Kopf. »Und wenn wir versuchen, einen Handel mit-«, äußerte er seinen Gedankengang laut, doch als er das Kopfschütteln des Arztes sah, hielt er inne.

»Vielleicht wird der Inquisitor zum Schein auf Ihren Vorschlag eingehen, Barnetti, aber sobald Kardas hat, was er will, wird man den versprochenen Teil des Handels nicht erfüllen. Nach meiner Erfahrung wird man Sie sofort in Lagerkammern festsetzen und ins Heimatsystem bringen.«

»Also bleibt nun die Frage, wer geht«, stellte Alia sachlich fest.

Mike sah sie an. »Ich werde gehen. Ich bin der Commander der Mission.«

»Nein, du verstehst die Sprache nicht. Und das wenige, dass die anderen von unserer Sprache verstehen, sind einfach zu simpel«, sagte Alia, allerdings auf Englisch, sodass der Arzt sie nicht verstehen konnte.

»Alia, ich lasse mich auf keine Diskussionen mit dir ein. Ich bin der Comm-«, widersprach er resolut, doch Alia fuhr ihm energisch ins Wort.

»Nein, ab jetzt übernehme ich das Kommando, da es sich hier eindeutig um eine militärische Angelegenheit handelt. Du hast somit keine Befugnis mehr.«

»Alia, diesmal werden sie dich töten.« Mike sprach immer noch italienisch. Das ermöglichte Doktor Edfuh, dem Gespräch wenigstens ansatzweise folgen zu können.

»Hören Sie mir beide zu. Ich habe Freunde um Hilfe gebeten, sie werden sicher bald hier auftauchen. Und ich kann dafür sorgen, dass Sie wieder auf Ihr Schiff gelangen. Allerdings muss der Soldat, der einen von Ihnen zum Verhör bringen soll, abgelenkt werden. So haben Sie eine Chance zu flüchten.«

»Welche Freunde?« Alia hatte wieder diesen unangenehmen herrischen Ton an sich. »Vergessen Sie es, Doktor. Ich gebe Ihnen die Chance Mike und Lee zu unserem Schiff zu bringen, wenn er mich zum Verhör eskortiert.«

»Das wird Ihr Todesurteil sein, Captain Scott«, erklärte der Arzt ernst.

»Das kannst du nicht machen, Alia«, protestierte auch Mike.

»Das einzige, was mich auf der Erde erwartet, ist ein Disziplinarverfahren, da ich nicht rechtzeitig das Kommando übernommen habe. Auf mich wartet niemand. Ich habe keine Familie und keine Verwandten mehr«, sagte sie. Mike glaubte beinahe, einen traurigen Unterton zu hören. »Du und Lee, ihr habt noch eine Zukunft, sollte euch die Flucht gelingen.«

»Alia, ich lasse-«

»Hör auf! Ich wurde für so etwas ausgebildet, du nicht«, log sie ihn an. Mike hatte sie immer für eine in Tarnfarben gekleidete Amazone gehalten, die ohne ihre militärischen Regeln und Pflichten keinen Sinn im Leben sah. Dass sie, wie er, eigentlich Wissenschaftlerin war und nur ein paar wenige Kurse in Selbstverteidigung und dem Umgang mit Schusswaffen belegt hatte, konnte er nicht wissen. Ihre Personalakte, die Mike erhalten hatte, war alles andere als informativ gewesen.

Doktor Edfuh mischte sich ein: »Ich kann nur hoffen, dass Ihnen klar ist, was Sie da auf sich nehmen wollen. Sobald die Wache Sie von der Krankenstation weggebracht hat, werde ich Ihre beiden Kollegen zu ihrem Schiff bringen. Wir werden so lange warten, wie es uns möglich ist, doch beeilen Sie sich besser. Wir werden nicht viel Zeit haben, um zu verschwinden.« Alia nickte.

»Aber Doktor« Mike war bei diesem Gedanken unwohl. »Unser Schiff ist Ihrem weit unterlegen. Mit der Feuerkraft Ihres Kreuzers kann es die ›Voyager‹ nicht im Geringsten aufnehmen. Nur wenige Treffer werden das Schiff zerstören. Und selbst mit vollem Antrieb können wir nicht entkommen.«

»Das stimmt vielleicht«, gab der Doktor zu, »aber Schnelligkeit und Feuerkraft ist nicht alles. Sind bei Ihnen noch nie Gefangene aus einem Gefängnis ausgebrochen, obwohl das unmöglich erschien?«

Mike konnte nur nicken. Natürlich passierte so etwas. Selbst die angeblich sichersten Gefängnisse hatten irgendeinen

Schwachpunkt. Er konnte nur hoffen, dass Doktor Edfuh den Schwachpunkt dieses Schiffes kannte.

»Folgen Sie mir«, sagte Edfuh daraufhin zu Alia, ohne weiter auf das Gespräch einzugehen. Er wollte nicht, dass der Soldat misstrauisch wurde, wenn die Unterhaltung zu lange dauerte.

Sie verließen den Raum, und Doktor Edfuh übergab der Wache Alia, ohne dass diese sich von Mike oder gar Lee verabschieden konnte.

»Sie ist zwar wieder auf den Beinen«, erklärte der Doktor, »aber bei Weitem nicht vernehmungsfähig. Achten Sie darauf, dass das Verhör nicht mit dem Tod der Gefangenen endet.«

Der Soldat nickte nur und gab Alia zu verstehen, dass sie sich in Bewegung setzen sollte. Erst nachdem er ihr den Gewehrkolben in die Seite drückte, entfernte sie sich widerwillig von der Krankenstation. Edfuh erkannte, dass sie sich so widerspenstig verhielt, um ihren Plan nicht zu gefährden. Wäre sie sofort und freiwillig mitgegangen, hätte der Soldat möglicherweise Verdacht geschöpft.

/////

Sie waren noch in Sichtweite der Krankenstation, als das Schiff plötzlich mehrmals krachend rumpelte. Nur einen Moment später ertönte ein Alarmsignal, und eine Stimme erteilte über den Bordfunk Befehle.

Der Soldat entsicherte sein Gewehr. Alia war sich nicht sicher, ob er sie jetzt erschießen würde, doch sie wollte nicht abwarten. Schnell wirbelte sie herum und schlug ihm das Gewehr aus der Hand. Der Soldat reagierte sofort und zog einen kleinen leuchtenden Stab aus seinem Gürtel. Alia vermutete, dass es sich um eine Art Elektroschocker handeln musste.

Innerhalb von wenigen Sekunden befand sie sich in einem Handgemenge mit der Wache. Die Stimme, die plötzlich durch die Gänge des Schiffs hallte, nahm sie überhaupt nicht richtig war.

Doch der Ton verriet, dass es sich um etwas Wichtiges handeln musste.

Alia wich dem Angriff des Soldaten mit einiger Mühe aus. Sie erkannte schnell, dass der Mann im Nahkampf geschult war und konnte nur hoffen, dass es keine Lücke in seiner Verteidigung gab, um ihn zu überwältigen.

»Hören Sie auf«, brüllte Doktor Edfuh von irgendwo her, doch Alia musste dem nächsten Angriff ausweichen. Diesmal jedoch traf der Soldat sie am linken Oberarm. Der Schmerz durchfuhr ihren Körper, und Alia fühlte sich einen Moment lang wie betäubt. Erst jetzt bemerkte sie, welche Wirkung diese Waffe tatsächlich hatte. Es war eine energetische Klinge, doch sie sollte nicht nur verletzen, sondern auch lähmen und den Körper des Opfers mit Energiewellen quälen.

Erneut versuchte der Soldat, einen Hieb anzusetzen. Er hatte ein siegessicheres Grinsen im Gesicht, doch Alia konnte der Attacke dadurch ausweichen, dass sie sich rücklings auf den Boden fallen ließ und den Soldaten mit beiden Füßen ruckartig von sich stieß.

Dieser war von der Aktion überrascht; es war Alia gelungen, sich den Soldaten vom Leib zu halten. Sie sah sich um und entdeckte das Gewehr in nur wenige Meter entfernt auf dem Boden. Doch so nah es auch war, in greifbarer Nähe war es nicht, wie sie erkennen musste. Der Soldat näherte sich bereits wieder. Alia war klar, dass sie das Gewehr nicht rechtzeitig erreichen konnte, und schloss die Augen, den Tod erwartend.

Doch nichts geschah. Nach einigen Sekunden öffnete Alia die Augen und sah wie der Soldat zusammenbrach und schlaff nach vorne auf sie fiel. Die Luft entwich aus ihren Lungen. Die Wunde schmerzte, doch sie lebte. Was war mit dem Soldaten geschehen?

»Ein starkes Betäubungsmittel«, meinte der Doktor, als hätte er ihre Frage gehört. »Ich habe immer ein paar Drate davon in meinem Kittel. Man kann nie wissen, ob man es nicht mal braucht.«

Erst jetzt entdeckte Alia die abgebrochene Spritze im Hals des Soldaten. Sie wusste nicht, wie es dem Doktor gelungen war, so nah an den Soldaten heranzukommen, aber das interessierte in diesem Moment auch nicht.

»Wir müssen hier weg«, entschied Alia.

»Durch Ihre Aktion ist das nicht leichter geworden«, erklärte Doktor Edfuh. »Die Brücke erwartet eine Meldung, dass alle in die Arrestzelle gebracht werden.«

»Dann melden Sie das der Brücke.«

»Aber ich bin kein Soldat. Ich bin Arzt.«

Alia rappelte sich mühsam unter dem Soldaten hervor und entdeckte dabei so etwas wie ein Namensschild an dessen Brust.

»Dann tun Sie so, als ob Sie einer wären! Hier liegt einer, der Ihnen nicht widersprechen wird.«

Doktor Edfuh runzelte die Stirn. Offenbar hatte er Schwierigkeiten, den Plan auszuführen, doch als Alia gerade wutentbrannt aufstehen wollte, ging er zu einem Panel, um eine Meldung hineinzustottern.

Die Stimme auf der anderen Seite klang gereizt, aber Alia sprach das dem plötzlichen Angriff zu.

»Wir müssen uns beeilen«, sagte Edfuh, nachdem er das Panel wieder ausgeschaltet hatte. »Ich weiß nicht, wie lange mein Bluff anhält.« Er blickte auf den bewusstlosen Soldaten, dann zu Alia. »Helfen Sie mir, ihn zur Krankenstation zu tragen. Ich hoffe, Ihrem Kollegen passt diese Uniform.«

Gemeinsam schleppten sie den Soldaten zur Krankenstation. Alia nahm auch das Gewehr mit. Immerhin hatten sie dann wenigstens eine Waffe.

Warum auf einmal keine Spur mehr vom restlichen Personal zu sehen war, verstand sie ebenso wenig, doch nahm sie es dankbar zur Kenntnis. Dadurch wurde ihr Vorhaben um einiges einfacher.

»Mike!«, rief Alia etwas atemlos durch die leere Krankenstation. Da außer Mike, Lee und ihr selbst wohl keine Patienten auf der Station waren, hatte sich das Personal auf die Gefechtsstationen begeben und die Station verlassen.

Der Soldat war nicht gerade ein Leichtgewicht, und erschwerend kam hinzu, dass Alias linker Arm noch taub war.

Es dauerte nicht lange, da kam Mike aus dem Behandlungszimmer gelaufen.

»Wir haben unseren Plan vorzeitig geändert. Offenbar wird dieses Schiff gerade angegriffen«, erklärte Alia schnell.

»Michael Barnetti, ziehen Sie diese Uniform an. Das wird uns auf dem Weg helfen, den Schein zu wahren«, sagte Doktor Edfuh, während er dem Soldaten die Uniform auszog.

»Ich hole Lee. Gib mir deinen Overall.« Mike schaute Alia überrascht an, doch er tat, was sie sagte, und gab ihr seinen Anzug. Alia nahm das Kleidungsstück an sich und ging in den Raum, in dem Lee zuletzt untergebracht worden war.

Sie fand Lee schlafend auf der Trage vor. Wie bei Mike stellte sie beeindruckt fest, dass sich die Blessuren erstaunlich weit zurückgebildet hatten. Die Platzwunden waren fast alle verheilt.

»Lee, wach auf.« Alia rüttelte sie vorsichtig wach.

»Alia?« Erschrocken stellte sie fest, dass zwar die Verletzungen beinahe abgeheilt waren, aber an Lees Stimme, die leise und schwach klang, merkte sie, wie krank ihre Kameradin tatsächlich noch war.

»Ja, wir verschwinden hier.« Die Navigatorin nickte, und Alia half ihr beim Aufstehen. Sie konnte sich kaum auf den Beinen halten; ihr wurde ständig schwindelig.

»Hier.« Alia reichte ihr Mikes Overall. »Zieh den an. Er ist zwar ein paar Nummern zu groß, aber im Moment ist er besser als gar nichts.«

»In Ordnung«, sagte Lee benommen, doch bevor sie fortfahren konnte, wurde das Schiff unter bedrohlich klingenden Donnergrollen durchgeschüttelt. Alia hielt Lee fest, damit sie nicht stürzte. Dankbar und gleichzeitig fragend blickte Lee sie an.

»Das Schiff wird angegriffen. Das ist unsere Chance zur Flucht. Kannst du laufen?«

Lee bestätigte die Frage. »Ich glaube schon.« Sie zog den viel zu großen Anzug an, während Alia ihren Blick auf der Suche nach weiteren nützlichen Gegenständen umherschweifen ließ.

»Alia, darf ich dich etwas fragen?« Vorsichtig lehnte sich Lee an die Liege, um das Gleichgewicht besser halten zu können.

»Ja.« Alia glaubte kaum, dass Lee in der Lage war, allein zu laufen, geschweige denn zu rennen, sollte es die Situation erforderlich machen.

»Warum bist du auf einmal so nett zu mir? Ich … äh … nicht, dass es mich stört, nur ist es so … so ungewöhnlich.« Scheinbar wusste Lee nicht, wie sie es richtig beschreiben sollte, dass sie sich von einer komplett anderen Seite zeigte.

Ein wenig verdutzt schaute Alia Lee an. Es war ihr gar nicht bewusst geworden, dass sie ihr Verhalten, im Besonderen Lee gegenüber, so sehr geändert hatte.

»Nun, ungewöhnliche Situationen erfordern ungewöhnliche Mittel«, antwortete sie ausweichend. Mit Sicherheit würde sie Lee nicht ihre Lebensgeschichte erzählen, zumal sie dafür auch gar keine Zeit hatten. »Komm jetzt. Mike und der Doktor warten schon.«

Doch anstatt, dass sich Lee in Bewegung setzte, schaute sie Alia nur mit großen Augen an.

»Einer von denen hilft uns?«, fragte sie ungläubig.

»Ja. Anscheinend haben wir noch eine Gemeinsamkeit, außer dass sie uns äußerlich ähnlich zu sein scheinen. Die Ärzte haben ein Faible für Humanität.«

Da Lee sich immer noch keinen Zentimeter bewegt hatte, schob Alia sie nun sanft, aber bestimmt in Richtung Ausgangstür.

»Alia, meinst du wirklich, dass es eine gute Idee ist, dem Arzt zu vertrauen? Vielleicht ist er ja kein schlechter Kerl, aber er ist einer von denen.« Der Captain verstand, was Lee damit sagen wollte, doch sie hatten keine Zeit für Diskussionen. »Du weißt ja nicht, was sie mit mir-« Lee kämpfte mit den Tränen. Doch Alia konnte sich durchaus vorstellen, was sie Lee angetan hatten.

»Im Moment ist er unsere einzige Chance. Los jetzt!«

Endlich ging Lee durch die Tür. Alia stützte sie dabei. Sie erreichten den Vorraum, in dem Doktor Edfuh und Mike warteten, der nun die Uniform der Konföderierten trug.

»Mike, bist du das?« Lee schaute ihn ungläubig an.

Alia stellte fest, dass die Uniform ein wenig zu groß war; dennoch musste sie zugeben, dass Mike wirklich gut darin aussah. Vielleicht hatte ihr Fluchtplan wirklich Erfolg.

Bevor Mike antworten konnte, schaltete sich Doktor Edfuh in das Gespräch ein. »Wir sollten uns nun wirklich beeilen.« Der Arzt ging voran, als wollte er damit seine Meinung noch untermauern.

»Dann los. Doktor Edfuh soll vorgehen, dann Lee und ich und am Ende Mike. So werden wir am wenigsten auffallen, da es wie eine Eskorte wirkt«, befahl Alia, ganz in ihrem alten Tonfall.

»Wieso sprechen auf einmal alle italienisch?« Lee konnte nur ein paar Sätze dieser Sprache, eben solche Phrasen, wie man sie während eines Urlaubes aufschnappte.

»Das ist eine lange Geschichte«, bemerkte Alia und bedeutete ihr, ruhig zu sein, als sie die Krankenstation verließen und den Flur betraten.

/////

Das Alarmsignal hallte durch die leergefegten Gänge des Konföderationsschiffes. Die kleine Gruppe, angeführt von Doktor Edfuh, versuchte sich möglichst unauffällig durch das Schiff zu bewegen. Hinter jeder Biegung konnte jemand stehen, der die Fassade durchschaute, und dann wäre ihr Plan gescheitert.

Vor allem Mike machte sich Sorgen. Er konnte die Sprache der Fremden weder sprechen noch verstehen. Ihn als Soldaten der Konföderation zu verkleiden, barg das größte Risiko, zumal sein Gesicht noch nicht abgeheilt war.

Die kleine Gruppe bog in den nächsten Gang ein. Auch dieser war wie ausgestorben. Ohne das Alarmsignal und die Erschütterungen, die durch den Angriff hervorgerufen wurden, hätte man meinen können, dass sich außer den vier Flüchtenden niemand sonst auf dem Schiff befand.

»Meinst du, das ist sinnvoll, ausgerechnet jetzt die Flucht zu ergreifen, während dieses Schiff angegriffen wird?«, fragte Lee Alia ängstlich. Sie zitterte noch am ganzen Leib, weswegen Alia sie fest in die Arme nahm.

»Wir haben keine andere Wahl. Wenn wir jetzt nicht von hier verschwinden, dann wahrscheinlich nie mehr.«

Lee sah Alia mit einem hilflosen Blick an.

»Ich habe Angst«, sagte sie schließlich mit wimmernder Stimme. »Der Inquisitor … er …« Tränen rannen ihr aus den Augen. Sie musste schluchzen.

»Leise!«, zische Mike plötzlich. Es tat ihm leid, Lee derart anzugehen, doch hörte er Schritte, die rasch näherkamen. Er umklammerte sein Gewehr, so fest er konnte. Die Schritte näherten sich schnell von hinten. Hatte man ihre Flucht entdeckt? Würde man sie jetzt wieder einfangen und möglicherweise noch mehr quälen als zuvor? Tausend Fragen rasten durch Mikes Kopf, und er konnte erkennen, dass es den beiden Frauen vor ihm nicht anders ging.

›Du darfst jetzt nicht auffallen‹, sagte er sich selbst. Würde er sich jetzt umdrehen, konnte das die Tarnung zunichtemachen. Er musste sich regelrecht dazu zwingen, so zu tun, als wäre es das Normalste auf der Welt, dass er hier entlangging.

Die Schritte kamen näher. Mike verkrampfte sich so sehr, dass die Knöchel seiner Hände weiß hervortraten. Er hasste Gewalt, aber er war bereit, sein Leben und das der beiden Frauen zu verteidigen.

In diesem Moment wurden sie von einigen Piloten überholt, die offenbar auf dem Weg zu ihren Jägern waren. An ihren Helmen und Atemgeräten konnte man erkennen, dass sie nicht zu den normalen Soldaten des Schiffs gehörten.

Erleichtert atmete Mike auf. Diese Gefahr war vorerst vorüber, solange zumindest, bis sie genau den gleichen Piloten draußen im Weltraum begegneten. Für einen Moment wollte Mike das Gewehr nehmen und den Uniformierten in ihre Rücken schießen. Doch er konnte es nicht.

Langsam entspannte er sich und lockerte dabei seinen Griff um das Gewehr.

Kaum waren die Piloten außer Hörweite, erlaubte sich Doktor Edfuh, auf Italienisch zu den anderen zu sprechen.

»Sehr gut, sie haben keinen Verdacht geschöpft. Wir haben es nicht mehr weit.«

Auch Lee schien erleichtert zu sein. Mike sah, dass sie entspannter atmete und sich etwas beruhigt hatte, sodass auch er sich erlaubte aufzuatmen. Ihre Chancen schienen gestiegen zu sein.

Die letzten Meter bis zum Hangardeck konnte die kleine Gruppe ohne Zwischenfälle zurücklegen. Noch immer wurde das Schiff von kleineren Erschütterungen geplagt, doch das Konföderationsschiff schien dem Angriff standzuhalten.

Mike überlegte, wie groß wohl das angreifende Schiff sein mochte? In Gedanken stellte er sich zwei Kolosse vor, die von zahlreichen kleinen Jägern umschwärmt und bekämpft wurden. Die fliehende ›Voyager‹ wollte sich jedoch in dieses Bild nicht so recht einfügen.

Die Gruppe erreichte die Tür, hinter der sich der Vorraum zum Hangar und der Verbindungstunnel zur ›Voyager‹ befanden. Hier hatten, die Erdenmenschen das Schiff betreten und sie alle hofften, dass sie es an dieser Stelle ohne Komplikationen verlassen konnten.

/////

Doktor Edfuh sah sich nervös um und betätigte den Türöffner. Er wollte gerade die drei Menschen in den Vorraum winken, als sich der Lauf einer Handfeuerwaffe an seine Stirn presste.

»Doktor Edfuh, interessant, ausgerechnet Sie hier anzutreffen.«

»Cegat! Was-?«

»Sparen Sie Ihren Atem«, unterbrach Cegat Cilyno den Doktor. Beide sprachen in der Sprache, die die Erdenmenschen nicht verstanden. Lediglich Alia konnte einige Wortfetzen in Gedanken übersetzen.

Jetzt drückte Cilyno die Waffe stärker gegen Edfuhs Stirn. »Ich hatte bereits geahnt, dass etwas mit den Fremden nicht stimmte. Aber ich wäre niemals auf den Gedanken gekommen, dass sie mit ihnen unter einer Decke stecken, Doktor.«

»Sie verstehen nicht. Das Ganze-«

»Ich verstehe sehr wohl.« Wieder fiel Cilyno Edfuh ins Wort. »Und ich verstehe auch, warum die Union so schnell hier sein konnte … Verräter!« Cilyno spie das letzte Wort geradezu aus und bedachte Edfuh mit einem gefährlichen, verachtenden Blick. Sein Daumen wanderte zielstrebig zu einem kleinen Knopf auf der Waffe und drückte diesen. Ein kurzes Piepen ertönte, und eins der Kontrolllichter am Lauf der Waffe änderte die Farbe von Grün auf Rot.

»Zeit, sich zu verabschieden«, knurrte Cilyno dem Doktor zu.

KAPITEL 19

›Menschlichkeit bedeutet ein Denken und Handeln basierend auf Selbstlosigkeit, Mitgefühl, Warmherzigkeit, Herzensgüte, Ehrlichkeit, Verständnis, Toleranz, Einfachheit, Gewissenhaftigkeit, Zufriedenheit, Achtsamkeit, gegenseitigem Verantwortungsgefühl und Respekt.‹

Definition des Wortes Menschlichkeit

Die ›Voyager‹-Crew erstarrte und schaute bewegungslos zu, wie der Cegat Doktor Edfuh die Waffe an den Kopf hielt.

Für einen kurzen Augenblick hatte Mike den Gedanken, ihn einfach zu erschießen, doch er war kein guter Schütze. Außerdem verdeckte der Doktor den Mann beinahe vollständig. Hinzu kam, dass Mike keinen Menschen töten konnte, auch wenn daraus resultierte, dass ihre Flucht hier zu Ende war. Gerade jetzt wünschte er sich, dass Alia die Waffe genommen hätte. Möglicherweise wären ihre Fähigkeiten für einen wohlgezielten Schuss höher gewesen als seine. Vor allem aber hatte sie keine Skrupel.

»Alia.« Lees Stimme war beängstigend leise geworden. Mike vermochte aber nicht zu sagen, ob ihr das Sprechen aus Angst so schwerfiel oder ob ihr Gesundheitszustand dafür verantwortlich war. Alia reagierte zuerst nicht, sie behielt sowohl de Cegat als auch seine Waffe im Auge.

Der Soldat würde den Arzt gleich erschießen, als sich an der Waffe eine Lichtdiode umschaltete.

»Ich kann nicht mehr stehen«, setzte Lee wieder an und lehnte sich mit ihrem ganzen Körpergewicht gegen Alia. Diese konnte sie kaum stützen, ihr linker Arm war noch immer taub, und auch wenn sie in ihren Beinen keinen Schmerz spürte, fehlte ihr die Kraft sie zu belasten.

»Lee, bleib wach, ich kann dich nicht halten«, zischte sie ihr leise zu. Nach Möglichkeit wollte sie nicht noch mehr Aufmerksamkeit auf sich ziehen und schaute wieder zu Doktor Edfuh hinüber.

»Er hat mich gerettet, Alia, warum will er mich jetzt töten?«, fragte Lee.

Offenbar war es dieser Mann gewesen, der Lee vor weiteren Folterungen bewahrt und auf die Krankenstation gebracht hatte.

»Er ist Soldat, Lee. Es ist seine Aufgabe, seine Leute zu beschützen und Befehlen zu folgen«, antwortete Alia abwesend.

Dann hörte sie, wie Mike hinter ihr einen scharfen Atemzug tat. Sie selbst hielt sekundenlang die Luft an. Sie konnten sehen, wie der Soldat seine Waffe herunternahm. Alle, auch Dr. Edfuh, starrten den Soldaten ungläubig an. Der Cegat hatte seine Waffe vorhin nicht entsichert, sondern gesichert.

Wieder sagte er etwas zu dem Arzt, der andeutungsweise nickte und fragte den Cegat, warum er das Risiko auf sich nahm.

»Ich bin Soldat und der Konföderation treu ergeben, aber nicht Kardas. Ich bin kein Inquisitor, der nur aus Freude andere Menschen quält und umbringt«, erklärte Cilyno dem Arzt, und sein Blick ging zu den beiden Frauen. »Was wir beide hier und jetzt machen, werden andere als Verrat an der Konföderation ansehen. Gehen Sie jetzt, Doktor, ich hoffe, Sie schaffen es durch das feindliche Feuer. Möge Ihnen die Union freundlicher gesonnen sein als der Inquisitor und seine Andarta. Bringen Sie diese Leute weg von hier.«

»Aber Cegat -« Edfuh wollte protestieren, doch der scharfe Blick des Soldaten ließ ihn verstummen.

Edfuh nickte vorsichtig und zögernd. Er war immer noch nicht davon überzeugt, dass der Cegat es ernst meinte. Doch als der Doktor an ihm vorbeiging und den Vorraum verließ, machte dieser den Weg für die Flucht frei.

Schnell liefen die Flüchtlinge den Zugangstunnel entlang zur ›Voyager‹. Die Luftschleuse öffnete sich quälend langsam, als Mike siedeheiß einfiel, dass sie vergessen hatten, den Hangar zu öffnen.

»Kümmern Sie sich nicht darum«, brüllte Edfuh ihn an. »Die Jäger sind in einem Kampfeinsatz, und wenn ich mich recht entsinne, schreibt das Protokoll vor, dass die Hangartore in diesem Fall geöffnet sein müssen, um eine schnelle Rückkehr der Piloten zu gewährleisten.«

Die Luftschleuse war jetzt weit genug geöffnet, sodass sie die ›Voyager‹ betreten konnten. Alia und Lee wankten zur Brücke, sich verzweifelt gegenseitig stützend. Mike betrat sein Schiff als letzter und verschloss sogleich wieder die Luftschleuse, damit der

Abkopplungsvorgang eingeleitet werden konnte. Seine beiden Mannschaftsmitglieder waren nicht in bester Verfassung, er würde den Großteil der Startprozedur allein durchzuführen müssen. Ohne zu zögern, warf er sofort die Waffe von sich und wollte zu Alia, um ihr mit Lee zu helfen.

»Doktor, können Sie meinen Leuten irgendwie helfen?«

Der Doktor blieb stehen und ließ Alia und Lee vorbeigehen. Er wusste ohnehin nicht so recht, wo er hingehen sollte. »Im Normalfall wüsste ich es. Aber da ihr Körper offenbar anders reagiert als der unsere, möchte ich mich lieber nicht auf Experimente einlassen.«

Mike nickte verbittert. »Ich verstehe, Doktor. Trotzdem danke.«

Er hastete nun schnellen Schrittes an Edfuh vorbei, um Lee und Alia einzuholen. Doktor Edfuh folgte ihm.

»Alia, wie sieht's bei euch aus? Ich brauche dich, damit wir hier wegkommen.« Er versuchte die Panik zu unterdrücken, die in ihm aufkeimte, doch das gelang ihm nur zum Teil.

»Lee muss zuerst ins Krankenzimmer«, antwortete Alia gereizt. Ihr ging es selbst nicht besonders gut, doch von ihnen beiden war sie eher in der Lage, Mike bei den Startvorbereitungen zu, unterstützen und das wusste sie. »Es wäre hilfreich, wenn der Doktor mitkommen würde, damit er Lee mit unseren Medikamenten versorgen kann, während wir die ›Voyager‹ starten.« Sie sprach italienisch, damit der Doktor sie verstand.

Edfuh bestätigte mit einem Nicken, als Mike ihn ansah.

»Gut, dann sehen wir uns gleich auf der Brücke. Ich werde den Start vorbereiten. Aber bitte beeile dich, Alia.«

Sie winkte ab. »Ich habe schon verstanden.«

Damit ließ sie Mike stehen, der sofort zur Brücke weiterlief.

/////

Alia versuchte, sich zu beeilen und Lee möglichst schnell auf die sehr kleine Krankenstation zu bringen, denn niemand konnte abschätzen, wie lange ihr Verschwinden unbemerkt bleiben würde und was die Konföderierten unternehmen würden, um sie wieder einzufangen oder gleich umzubringen.

»Lee, du musst noch ein bisschen mithelfen«, sagte sie gereizt, als sich ihre Kameradin immer schwerer auf sie stützte.

»Ich kann … nicht mehr«, sagte Lee kurzatmig und wollte stehenbleiben, aber wurde unerbittlich weiter gezogen.

Plötzlich spürte Alia eine Erleichterung und bemerkte, dass Doktor Edfuh Lee nun auch stützte, sodass sie schneller als gedacht die Wohnebene erreichten. Das Krankenzimmer befand sich im gleichen Gang. Nachdem Alia Lee vorsichtig in ein Bett gelegt hatte, bedeutete sie Doktor Edfuh, ihr zu folgen.

»Welche Medikamente brauchen Sie?«, fragte Alia, während sie die Schubladen der Krankenstation durchsuchte. Was ihr im Moment unbrauchbar erschien, landete direkt auf dem Boden oder auf der Ablagefläche. Sie hatte jetzt keine Zeit für Ordnung.

»Schmerzstillende Mittel, dann noch …« der Arzt schaute sich in dem kleinen Raum um. Alles machte einen sehr zurückgebliebenen Eindruck. »… etwas, um die Schwellungen im Gesicht zu behandeln.«

Alia nickte und zog eine große Packung Kühlverbände aus einer der Schubladen. Sie drückte Doktor Edfuh noch ein paar Spritzen und eine Dosis Morphin in die Hand.

»Dieses Mittel ist sehr stark. Geben Sie ihr nicht mehr als dreißig Einheiten alle vier Stunden. Es ist schmerzstillend und beruhigend.« Zur weiteren Erklärung zeigte Alia ihm die Skaleneinteilung auf den Spritzen. Edfuh nickte und war erneut über die offensichtliche medizinische Sachkenntnis seines Gegenübers erstaunt.

Gemeinsam gingen sie zu Lee zurück, die sich mittlerweile vor Schmerzen krümmte.

»Unsere Behandlung lässt nach«, erklärte der Arzt sachlich mit ruhiger Stimme, und Alia nickte zustimmend.

»Lee, ich muss auf die Brücke, um Mike mit den Startvorbereitungen zu helfen. Doktor Edfuh wird sich um dich kümmern«, sagte sie noch schnell und hoffte inständig, dass Lee nicht noch eine Panikattacke bekam, sondern verstand, dass der Arzt ihnen vorerst nur Gutes wollte. Was er sich nach der Flucht von seiner Anwesenheit auf der ›Voyager‹ erhoffte, würde die Zukunft zeigen.

»Danke.« Lee hielt Alias kurz an der Hand fest und schaute sie mit verschwollenen Augen an.

Alia wandte sich zum Gehen, doch Edfuh hielt sie zurück.

»Ihr Arm.« Er deutete auf die Wunde, die ihr der Soldat bei dem Kampf nahe der Krankenstation mit dem energetischen Messer beigefügt hatte. »Die Verletzung sollte auch versorgt werden.«

Alia war klar, zumal sich die Haut rund um die Verletzung merkwürdig zu verfärben begann und sie immer noch kein Gefühl im linken Arm hatte. In Gedanken hoffte sie, dass der Soldat zumindest mit heftigen Kopfschmerzen aufwachen würde.

»Dafür ist jetzt keine Zeit«, erklärte Alia stattdessen in dem für sie so typischen Tonfall und eilte zur Brücke.

Dort sah sie, dass Mike bereits mitten in den Startvorbereitungen steckte und ging zielstrebig an Lees Station, um die Steuerung zu übernehmen. Der Monitor zeigte an, dass die Triebwerke in etwa zwei Minuten achtzig Prozent Leistung erreichen würden; dann konnte die ›Voyager‹ starten.

Der Doktor hatte recht gehabt, was die Hangartore betraf. Alia sah auf den Scannern, dass sie offenstanden und die ›Voyager‹ hindurchpassen würde.

»Der Doktor kümmert sich jetzt um Lee. Ich berechne einen Kurs, der uns so schnell wie möglich weg von dem Schiff und aus der Kampfzone bringt«, sagte sie kurz angebunden.

/////

Sekundenlang starrte Cilyno auf die verschlossene Luke. Was würde geschehen, wenn der Prendal oder Inquisitor Kardas von seinem Verrat erfuhren? Vermutlich würde ihn das Erschießungskommando erwarten. Er zögerte, seinen Blick zu lösen, denn was immer nun folgen mochte, es würde schwerwiegende Konsequenzen für ihn haben.

»Verdammt«, murmelte er fast lautlos vor sich hin. »Das hätte alles anders laufen können.« Kopfschüttelnd wandte er sich ab und machte sich zur Brücke auf. Vielleicht konnte er noch etwas Nützliches tun, bevor der Inquisitor seinen Kopf fordern würde.

/////

Mike ging die Checkliste durch. Die Anzeige des Antriebs leuchtete grün, das System funktionierte fehlerfrei. Ebenso die Lebenserhaltung, Ruderkontrolle, Navigationsautomatik, die Sensoren und Deflektoren und auch die Energieversorgung sowie das Steuerungsnetzwerk für den Bordcomputer. Die Kontrollanzeige für die Funktionalität der Rettungskapsel leuchtete ebenfalls grün auf, während bei der strukturellen Integrität ein rotes Licht leuchtete.

›Der Unfall mit dem Satelliten‹, ging es Mike durch den Kopf. Er beschloss aber, die Anzeige zu ignorieren, da er wusste, dass Arthur gute Arbeit geleistet hatte, um das Schiff zu reparieren.

»Noch eine Minute«, rief Alia und lenkte damit Mikes Aufmerksamkeit wieder auf die Startvorbereitungen. Vor den Hangartoren wurde eine Schlacht ausgetragen, und Mike wünschte sich in diesem Moment nichts sehnlicher als einen Schutzschild, um die ›Voyager‹ heil durch das Gefecht zu bringen.

»Triebwerke auf sechsundsiebzig Prozent«, meldete Mike. Er wusste nicht mehr, wer von ihnen jetzt tatsächlich das Kommando hatte. Aber es war ihm auch egal. Wichtig war es, von dem Schiff der Konföderation zu entkommen. In dieser Situation konnten sie sich einen belanglosen Streit über Zuständigkeiten nicht leisten.

»Achtundsiebzig Prozent.«

Alia richtete ihren Blick wieder auf Mike. »Ich habe den Kurs eingegeben, aber ich werde trotzdem eine manuelle Kontrolle vornehmen, um ein schwerer zu treffendes Ziel aus der ›Voyager‹ zu machen.«

Mike schossen Alias Worte wie Pfeile durch den Kopf. Ihm war klar, dass das Schiff in dem Gefecht Schaden nehmen konnte, doch was Alia sagte, beinhaltete die Möglichkeit, dass die ›Voyager‹ nicht nur Zufallstreffer abbekam, sondern direkt als primäres Ziel ausgewählt werden konnte. Dann sanken ihre Chancen, die ganze Sache lebend zu überstehen, geradezu auf null.

»Gehe nie mit einem Schwert zu einer Schießerei«, murmelte Mike verdrossen, während die Triebwerksanzeige achtzig Prozent erreichte.

Alia konnte Mikes Äußerung nicht interpretieren. »Wie bitte?«

Als hätte er nicht damit gerechnet, dass sie ihn hörte, wandte er sich leicht erschrocken zu ihr um. Dann lächelte er gequält. »Das ist nur eine alte Redewendung.«

Alia nickte.

»Das Schiff«, sagte sie.

»Ja«, flüsterte Mike beinahe. Ein Kloß bildete sich in seinem Hals, und er musste sich räuspern, um weiterreden zu können. »Triebwerke bereit. Ich löse jetzt die ›Voyager‹ von dem Konföderationsschiff ab.« Mit ein paar schnellen Tastenkombinationen gab er den Befehl, die Schiffssicherung, die er zuvor beim Andocken an den Zugangstunnel des Konföderationsschiffs aktiviert hatte, zu lösen. Jetzt konnten sie ihre riskante Flucht starten.

/////

Mit einem schleifenden Kratzen löste sich der Andocktunnel und gab so das Schiff frei. Wie in Zeitlupe schwebte die ›Voyager‹ auf das offene Hangartor zu. Noch konnte Alia keinen Schub auf die Triebwerke geben, da sonst der Hangar und das Schiff Schaden nehmen würden. Der Raum war zu eng.

Je näher sie dem Ausgang kamen, desto mehr konnten sie die Feuergefechte erkennen. Einzelne Lichtstrahlen zuckten über den schwarzen Hintergrund und leuchteten so hell, dass man die Sterne mit bloßem Auge nicht mehr erkennen konnte. Ab und zu raste eine der kleinen Kampfmaschinen vorbei, meist von einem Schiff der anderen Seite verfolgt.

Noch ein paar Meter, und die ›Voyager‹ befand sich mitten im Kampfgetümmel. Alia konnte nur hoffen, dass der von ihr berechnete Kurs sie einigermaßen heil durch das Kampfgebiet brachte.

Sollte allerdings einer der Jäger die ›Voyager‹ direkt anvisieren, hätten sie keine Chance. Vielleicht konnte das Schiff einen Haupttreffer oder zwei bis drei Streifschüsse verkraften, aber dann würde es die ›Voyager‹ zerreißen, oder sie konnte in einem Feuerball explodieren, wenn der Sauerstoff entwich und so dem Feuer Nahrung gab, bis nur noch ein paar Metall- und Wrackteile durchs All schweben würden.

Erst als Mike zu ihr hinüberblickte, fiel ihr auf, dass sie diesen Gedanken hatte und nervös mit den Fingern auf ihrer Station herumtrommelte.

Über sich selbst erschrocken, hörte sie sofort damit auf. »Triebwerke haben fünfundneunzig Prozent Leistung erreicht«, sagte sie stattdessen.

Mike nickte nur. Er war kalkweiß geworden, und die Nervosität war ihm deutlich anzusehen. Er wusste genauso gut wie Alia, dass ihre Chancen schlecht standen.

»Verlassen den Hangar in fünf Sekunden … vier … drei … zwei … eins.« Das Schiff der Konföderierten gab die ›Voyager‹ wieder frei. Alia hatte sofort alle Hände voll zu tun, mit keinem der Kampfschiffe zu kollidierte.

Zuerst ertönte der Kollisionsalarm, um nur einen Augenblick später von dem Alarmsignal abgelöst zu werden, das vor einer instabilen Außenhülle warnte. Alia gelang es, die ›Voyager‹ so zu manövrieren, dass ein Zusammenprall vermieden werden konnte. Doch sie war davon überzeugt, dass auch der andere Pilot nicht gerade einen kleinen Anteil daran hatte. Mit Sicherheit hatte er nicht vermutet, dass ein Schiff dieser Größe aus dem Hangar kommen könnte.

Jetzt sahen Mike und Alia auch das angreifende Schiff der Union. Die Szenerie war beinahe so, wie Alia es sich vorgestellt hatte: Zwei Titanen kämpften um die Herrschaft im All, auch wenn es irgendwie komisch aussah. Das Ungetüm, auf welchem sie gefangen gewesen waren, hatte eher eine kompakte Form, aus der nur einzelne Bauteile hervorragten. Das andere Schiff war viel mehr in die Höhe gezogen, dafür etwas schmaler im Hauptteil. Die Kähne wirkten wie eine Hummel und eine Wespe, nur dass beide Schiffe viel gefährlicher als diese Insekten waren.

Alia riss sich zusammen und versuchte, sich nur auf die Navigation zu konzentrieren. Bis jetzt war es als einziger Vorteil anzusehen, dass man das flüchtende Erdenschiff nicht beachtete.

Langsam und träge entfernte sich die ›Voyager‹ von der Konföderation. Die Schlacht war mitten im Gange, als Mike aus dem Fenster auf das aufragende Schiff der Union starrte. Fast hatte er den Eindruck, als würde dieses Schiff darauf lauern, dass der Gegner eine Schwäche zeigte, um dann mit tödlicher Präzision zuschlagen zu können.

Lichtblitze zuckten plötzlich an der ›Voyager‹ vorbei, und Mike duckte sich reflexartig. Er hatte auf einmal einen Geruch in der Nase, der ihn an verschmorte Energieleitungen erinnerte. Doch da die Schüsse nicht getroffen hatten, sprach er diese Reaktion seiner Nervosität zu.

»Wir müssen hier weg«, sagte er zu Alia, doch sie antwortete nicht, sondern gab angestrengt Kurskorrekturen ein.

Zwischen den beiden großen Schiffen umflogen sich die Jäger beider Fraktionen wie Insektenschwärme. Lichtblitze zuckten hin und her und trafen auf die Hüllen, nur um diese durchzuschütteln oder gelegentlich auch platzen zu lassen, sodass die Trümmer in einem kleinen Feuerball als Zeichen der Niederlage über das Schlachtfeld verteilt wurden.

Mehrere kleine Jäger versuchten nun im Anflug auf die ›Voyager‹, das Schiff der Erdenmenschen aufzuhalten. Mike konnte die Jäger kaum erkennen, doch die Sensoren zeigten sie als leuchtende Punkte, die sich dem Zentrum der Anzeige näherten. Erst als die Jäger erneut schossen, konnte Mike ungefähr ihre Position ausmachen.

Wieder zuckten die Blitze an ihnen vorbei.

»Für Kampfpiloten sind das aber erstaunlich schlechte Schützen«, murmelte er. »Aber vielleicht sind das nur Warnschüsse, damit wir zurückkehren.«

»Unwahrscheinlich«, mischte sich Alia ein, obwohl Mike nicht direkt mit ihr gesprochen hatte.

»Möglicherweise haben ihre Zielerfassungssysteme Schwierigkeiten, uns zu orten.«

Mike sah zu Alia herüber. Ihre Anstrengung war nicht zu übersehen.

»Wie kann das sein?«, fragte Mike. »Die sind uns doch technisch haushoch überlegen.«

Alia verzerrte ihr Gesicht. Ihr linker Arm wollte ihr nicht mehr richtig gehorchen. Sie überlegte sekundenlang, ob das energetische Messer geeignet war, um irgendwelche Viren in der Wunde zu platzieren. Als sie einen Blick darauf warf, wurde ihr fast schlecht. Der Schnitt war angeschwollen und ausgefranst, und irgendwelche weißen Ablagerungen waren zu erkennen, während die Haut rings um die Wunde sich seltsam blau verfärbte.

»Alia! Schnell ausweichen«, rief Mike ihr panisch zu und riss sie damit aus ihren Gedanken. Sofort betrachtete sie die Sensorenanzeige und bemerkte, dass ein Jäger direkt auf sie zuflog. Allerdings schien er die Steuerkontrolle verloren zu haben, was möglicherweise die Folge eines Beschusses durch einen anderen Jäger war.

Alia versuchte, die ›Voyager‹ schnellstmöglich zur Seite zu ziehen, doch das Schiff war für solche Manöver nicht ausgelegt und reagierte zu träge.

»Achtung!«, brüllte Mike in die Bordfunkanlage. »Alle festhalten!«

Kaum hatte er den Satz beendet, knallte das Wrack des Jägers in die Seite der ›Voyager‹ und prallte von ihr ab. Die ›Voyager‹ wurde durchgeschüttelt. Mike konnte sich nur mit Mühe an seinem Stuhl festhalten, während Alia den Halt verlor und über die Konsole geschleudert wurde, nur um ein paar Meter weiter gegen die Wand zu prallen.

Die Außenhülle der ›Voyager‹ wurde durch die Kollision stark beschädigt. Luft entwich, und lose Gegenstände wurden ins All gesaugt, ehe der Bordcomputer die Luftschotten der beschädigten Bereiche automatisch abriegelte.

Mike rappelte sich auf und sprang geradewegs zu Alia, die noch immer am Boden lag.

»Alia?«

Sie stöhnte kurz auf. Erst als Mike ihr auf die Beine helfen wollte, bemerkte er ihre Verletzung. Er zog sie ein wenig hoch und lehnte sie vorsichtig gegen die Wand. Die Zeit drängte.

»Alia?«

Sie kam langsam wieder zu sich. »Was?«

»Kannst du dich bewegen?«

Sie versuchte aufzustehen. Da ihr linker Arm taub war, konnte sie sich lediglich auf den rechten stützen, weswegen Mike ihr dabei zu helfen versuchte.

»Es geht schon«, sagte sie müde und wollte sich aus seinem Griff befreien.

»Du brauchst dringend medizinische Versorgung.«

»Später«, beharrte sie. »wenn wir das hier überstanden haben.«

/////

Doktor. Edfuh hörte Mikes Durchsage, nur verstand er sie nicht, da Mike die Meldung auf Englisch durchgegeben hatte. Jedoch war es ihm anhand des panischen Tonfalls des jungen Mannes deuten, dass entweder ein Beschuss oder ein Aufprall kurz bevorstehen mussten, und versuchte sich und Lee festzuhalten, als das kleine Schiff wild durchgeschüttelt wurde. Es gelang ihm, seine Patientin im Bett zu halten, während der Rest der Einrichtung quer durch den Raum flog.

Für einen Moment hatte er die Befürchtung, dass die Belastungen zu groß seien, vor allem, als plötzlich von überallher ein Alarm erklang und ein merkwürdiges Geräusch durch das Schiff ging. Edfuh bemerkte erst, dass er die ganze Zeit über die Luft angehalten hatte, als der Alarm wieder verstummte.

Schnell schaute er nach Lee, die aufgrund der Schmerzmittel vor sich hindämmerte. Ein weiteres großes Manko war, dass Edfuh sich mit ihr nur sehr schlecht verständigen konnte, da sie die Sprache nicht so beherrschte wie Michael Barnetti und Alexandra Scott, aber wenigstens schienen ihre Schmerzen nachgelassen zu haben. Es war einfach ein schrecklicher Zustand für den Arzt, dass er ihr nicht in dem Maße helfen konnte, wie er es wollte und wie sie es brauchte.

Auch wenn Edfuh alles verriet, an was er jemals geglaubt hatte, hoffte er inständig, dass die Union mehr für diese Menschen hier tun konnte als er.

Bis auf wenige Dinge hatte der Arzt im Allgemeinen immer mit der Ideologie und Politik der Konföderation übereingestimmt, aber nie mit denen der Inquisition, Insbesondere niemals mit den Machenschaften des Inquisitors Kardas. Er war ein abgrundtief böser Mann, der nur Freude empfand, wenn er anderen Leid zufügen konnte.

Edfuh hatte nie verstanden, warum der Prendal, den er seit Beginn ihres Militärdienstes kannte, auf diesen Mann einen so besonderen Wert legte. Ihn sogar noch ermutigte, seine kranken

Vorstellungen und Ideen an den inhaftierten Unionsmitgliedern zu erproben. Vielleicht war es mehr das negative Verhalten einiger Personen innerhalb der Konföderation, der in letzter Zeit viele einst treue Anhänger dazu getrieben hatte, die Seiten zu wechseln.

Wenn Edfuh den Berichten Glauben schenkte und noch ein wenig zwischen den Zeilen las, stand bald eine neue Episode des Kriegs bevor, der noch schlimmer sein würde als die vorangegangenen.

Wieder schaute er die junge Frau an, in deren Gesicht immer noch deutlich die Misshandlung zu sehen war. Der Arzt schätzte zwar, dass sie bald verschwinden würden, aber die Spuren der Erinnerung würden nicht so leicht auszulöschen sein. Edfuh wollte gerade aufstehen, als ein erneuter Alarm durch die Gänge schallte und wieder ein Rütteln einsetzte.

/////

Die Schlacht tobte hektisch. Nachdem Alia den Kurs korrigiert hatte, schien es für einen Moment, als wäre die Gefahr gebannt, da sich die Jäger der Konföderation und die der Union konzentriert beharkten. Ein paar Trümmer trafen das Schiff der Erdenmenschen, wodurch die ›Voyager‹ nochmals leicht durchgeschüttelt wurde, was den Kollisionsalarm erneut auslöste. Danach konnte Alia das Schiff stabilisieren und eine normale Beschleunigung in den Computer eingeben. Doch noch ehe die ›Voyager‹ das Kampfgetümmel umfliegen konnte, geschah etwas, das Mike den Atem anhalten ließ. Die Jäger der Konföderation lösten sich nach und nach aus dem Gefecht und setzten Kurs auf das Schiff.

»Die nehmen uns geballt ins Visier«, rief er hektisch Alia zu, die daraufhin die Annäherungskontrolle beobachtete.

»Scheint so, als hätten sie Order, uns entweder abzufangen oder gleich zu zerstören.« Alias Ton klang Mike irgendwie zu endgültig.

»Werden wir ihnen ausweichen können?« Mike merkte, wie ihm der Schweiß auf der Stirn stand. Im Grunde kannte er Alias Antwort bereits. Die Chancen standen schlecht.

»Nein, dazu ist die ›Voyager‹ nicht konzipiert worden. Die Reaktion ist zu träge. Hinzu kommt noch, dass wir erhebliche Schäden von der Kollision mit dem Satelliten davongetragen haben.«

Beide schwiegen. Die Jäger der Konföderation hatten sich inzwischen formiert und flogen direkt auf das Schiff zu. Nur wenige Jäger blieben zurück, um die gegnerischen Jäger der Union aufzuhalten, die sich nun an die Verfolgung machten.

Mike hatte einen Entschluss gefasst. »Alia, beschleunige die ›Voyager‹ auf höchstmögliche Geschwindigkeit.« Er wollte eilig die Brücke verlassen, doch Alia hielt ihn auf.

»Was willst du damit erreichen? So treffen wir nur noch früher auf die Jäger.«

»Das stimmt, aber da wir nicht fliehen können, müssen wir versuchen, sie zu überraschen. Damit werden sie nicht rechnen, und vielleicht gelingt es uns, ihr Feuer zu durchbrechen.« Er rannte los.

»Wo willst du hin?«

»Den Doktor und Lee holen. Wir müssen jetzt nah beisammen sein, wenn wir eine Chance haben wollen.«

/////

Alia überprüfte die Treibstoffanzeige. Schon jetzt hatten sie mehr verbraucht, als ursprünglich eingeplant war. Wenn sie das Schiff nun innerhalb kürzester Zeit beschleunigten, hätten sie nicht mehr annähernd genug Treibstoff für die Rückreise zur Erde.

Alia biss sich auf die Unterlippe. Mike hatte recht. Auch wenn es ihr nicht gefiel, so musste sie sich doch eingestehen, dass sie keine andere Chance hatten. Sie konnte nur hoffen, dass Mikes Idee funktionieren würde.

Obwohl ihr linker Arm unbeweglich an ihr herabhing, gab sie mit flinken Bewegungen den Befehl zur Hochleistungsbeschleunigung ein. Damit würde etwa ein Drittel ihrer Treibstoffreserven verbraucht werden, doch die ›Voyager‹ würde einen enormen Schub bekommen.

Alia zögerte mit der Bestätigung des Befehls.

/////

Unterdessen stürmte Mike in das Krankenzimmer.

»Kommen Sie schnell«, rief er dem Doktor zu, als er eintrat. »Ihre Leute wollen anscheinend kurzen Prozess mit uns machen. Können Sie mir helfen Lee tragen?«

Doktor Edfuh nickte. »Sicher. Wo wollen wir jetzt hin?«

»Erst einmal zur Brücke«, antwortete Mike, während er Lee gemeinsam mit dem Doktor stützt. »Dort sind wir zusammen und näher an der Rettungskapsel. Die Lage ist heikel, also beeilen Sie sich bitte.«

Der Doktor nickte.

/////

Alia hielt die Hand knapp über der Taste zur Aktivierung der Hochleistungsbeschleunigung. Ihr lief die Zeit davon, und sie stieß einen leisen Fluch auf Arabisch aus. Mike schien ewig zu brauchen, um Lee und den Doktor zu holen, während die Jäger immer näherkamen. Wenn sie nicht bald die Triebwerke zündete, war alles zu spät.

Rasend schnell bewegten sich die Jäger der Konföderation auf die ›Voyager‹ zu, während die Raumgleiter der Union versuchten, die Linie der Gegner von hinten zu durchbrechen.

»Verdammt, Mike!« Alia wurde immer nervöser.

Erst nach einer gefühlten Ewigkeit öffnete sich die Tür zur Brücke und Mike mit Lee und Doktor Edfuh kamen herein.

»Na endlich, wo wart Ihr denn?« Alia atmete auf. Es war noch nicht zu spät für die Zündung.

Mike bedeutete Doktor Edfuh, Lee anzuschnallen und selbst auf Arthurs Sitz Platz zu nehmen.

»Keine Zeit für Erklärungen. Wir müssen weg, bevor die Jäger hier sind.«

Edfuh tat wie ihm geheißen, und Alia nickte nur kurz.

Sogleich setzte sich Mike auf seinen Platz und schnallte sich an. »Dann los, und drücke uns allen die Daumen.«

Alia bestätigte den Zündungsbefehl, und die Triebwerke heulten nur einen Lidschlag später laut auf.

Die ›Voyager‹ wurde durch die Aktivierung der Hochleistungsbeschleunigung durchgeschüttelt wie ein Weidenbaum im Wind. Von irgendwoher hörte die Besatzung ein lautes Knarren, so, als würden Metallteile mit großer Kraftanstrengung aneinandergedrückt. Dann gab es ein langes Quietschen, das sich durch das ganze Schiff zog.

»Was passiert hier?« Alia konnte am Klang seiner Stimme hören, wie nervös Doktor Edfuh war.

›Vielleicht ist seine Angst auch begründet‹, überlegte Alia, während sie in ihren Sitz gedrückt wurde. Lee bekam von alledem nichts mit. Doktor Edfuh hatte ihr ein starkes Beruhigungsmittel gegeben.

Alia überprüfte emsig die Anzeigen. Offenbar hielt Arthurs Flickwerk der Beschleunigungsbelastung nicht stand. Ihre ganze Konsole leuchtete vor Warnmeldungen, und sie konnte auf dem Display beobachten, wie eine Fehlermeldung nach der anderen aufblinkte und nacheinander die Schotten für einzelne Sektionen geschlossen wurden. Das Schiff drohte zu zerreißen.

»Achtung, die Jäger«, brüllte Mike, doch die Warnung war überflüssig. Die Schüsse der Konföderation rauschten bedrohlich nahe an ihnen vorbei.

»Das ist unser Ende. Sie werden uns in Stücke schießen.« Alia sah auf der Annäherungsanzeige nur noch einen Pulk von roten Punkten. Es war unmöglich festzustellen, wie viele Gegner versuchten, ihnen das Lebenslicht auszupusten.

Plötzlich rummste es, und das Schiff geriet vom eingeschlagenen Kurs ab. Die Jäger rasten an der ›Voyager‹ wie Geschosse vorbei, nur um kurz darauf eine Kehrtwende zu vollziehen und das Erdenschiff erneut unter Beschuss zu nehmen.

»Alia, was ist da eben passiert?« Mike war aufgeregt und panisch.

»Treffer im oberen Triebwerk.« Sie gab neue Befehle in die Konsole ein. »Ich muss die Treibstoffzufuhr umleiten, sonst kann der Schaden dazu führen, dass uns die anderen beiden Triebwerke um die Ohren fliegen.«

»Kannst du das Schiff noch steuern?«

Alia versuchte eine Kurskorrektur, doch offenbar war auch die Steuerkontrolle in Mitleidenschaft gezogen worden. »Nur noch partiell, wie ein rostiger Eimer auf einem Ozean.«

Mike war etwas verwundert über Alias bildhafte Ausdrucksweise, wusste aber sofort über das Problem Bescheid. Ihr Schiff war verloren.

»Schalte die Triebwerke ab und neige das Schiff um achtzig Grad.«

Alia verstand nicht. »Wozu soll das gut sein?«

Mike hatte keine Zeit, ihr alles haarklein zu erklären. »Wir müssen das Schiff verlassen. In wenigen Sekunden werden die Gegner zurückkommen. Unsere einzige Chance ist die Rettungskapsel.«

»Nein!«, protestierte Alia. »In der Rettungskapsel sind wir denen hilflos ausgeliefert. Die ›Voyager‹ bietet uns wenigstens noch die Möglichkeit-«

»Die ›Voyager‹ treibt wie eine Zielscheibe durchs All. Los jetzt, oder wir werden alle pulverisiert!«

Alia konnte nur hoffen, dass Mike wusste, was er tat. Sie schaltete die Triebwerke ab und steuerte den befohlenen Neigungswinkel an. Die Jäger der Konföderierten kamen inzwischen wieder auf das Schiff zu, während von der anderen Seite die Jäger der Union auf sie zurasten.

Mike, Alia und der Arzt schnallten sich von ihren Sitzen ab. Während Alia die Neigung stabilisierte, machte sich Doktor Edfuh daran, Lee abzuschnallen. Mike öffnete indes die Luke zur Rettungskapsel. Das ganze Schiff heulte in einem einzigen Wirrwarr von Alarmsirenen auf. Wieder feuerten die Jäger auf das Schiff, während die Raumjäger der Union auf die Konföderierten schossen. Treffer schüttelten die bereits stark angeschlagene ›Voyager‹ durch und sorgten dafür, dass nur noch mehr Warnmeldungen ertönten.

»Schnell!«, rief Mike panisch zu Alia, die noch immer an ihrer Konsole stand. »Wir müssen hier sofort raus.«

Doktor Edfuh kletterte mühsam mit Lee in die Rettungskapsel und setzte sie auf einen der vier Sitzplätze, um sie dort anzuschnallen. Mike rief Alia erneut, die sich nun endlich von ihrer Konsole löste und zur Rettungskapsel rannte, als eine heftige Explosion das Schiff erschütterte und sie stürzte zu Boden.

»Alia!« Mike versuchte sie zu erreichen. Herabstürzende Querbalken erschlugen ihn fast, als er endlich bei ihr war.

Funken stoben durch die Luft. Das Schiff stand kurz vor einem Hüllenbruch. Ein flüchtiger Blick durch das kleine Bullauge verriet Mike, dass der Kampf noch immer tobte und sie höchstwahrscheinlich keine Chance mehr hatten. Doch er niemanden zurücklassen.

»Komm, schnell!« Er reichte ihr die Hand und zog sie auf die Beine. Mehr torkelnd als gehend bewegten sie sich zur Rettungskapsel, als erneut ein Schuss die ›Voyager‹ traf und das Schiff beängstigend erzittern ließ.

»Wenn sie das Schiff noch einmal treffen …«, hauchte Alia angestrengt.

»Dann werden wir längst von Bord sein«, beendete Mike ihren Satz. Irgendwo im Inneren des Schiffes musste ein Brand ausgebrochen sein, denn er bemerkte, dass die Brücke sich langsam mit Rauch füllte. Ein Zeichen dafür, dass die automatischen Verriegelungen nicht mehr richtig funktionierten.

Doktor Edfuh stand in der Luke, um Mike Alia abzunehmen, als das Geräusch einer heftigen Explosion sie für den Bruchteil einer Sekunde innehalten ließ. Doktor Edfuh half Alia schnell in die Kapsel, während Mike einen letzten Blick auf die Brücke riskierte.

Das musste das Treibstofflager gewesen sein, fuhr es ihm durch den Kopf. Mit einem Hechtsprung rettete er sich in die Rettungskapsel, verschloss sie und betätigte ungeachtet der Tatsache, dass außer Lee niemand gesichert war, den Auslöser.

Mit einem heftigen Ruck lösten sich die Klammern, und die Rettungskapsel schoss aus dem Schiff hinaus. Die Kapsel hatte einen eigenen Antrieb, der zwar nur für wenige Sekunden Schub lieferte, doch letztlich dafür sorgte, dass die Besatzung des Schiffes gerade noch rechtzeitig der Vernichtung der ›Voyager‹ entkam, die nun in tausende kleine Fetzen zerrissen wurde als ein Feuerball für den Bruchteil einer Sekunde aufflammte, um kurz darauf von Vakuum des Weltalls verschluckt zu werden.

KAPITEL 20

›Mit großem Bedauern gibt die World Space Administration bekannt, dass die Mission der ›Voyager‹ und ihrer Crew, die die Aufgabe hatte, das Alpha-Centauri-System zu erforschen, gescheitert ist.

Seit mehreren Monaten ist es uns nicht mehr möglich gewesen, eine Kommunikation aufzubauen, und von der ›Voyager‹ aus wurde auch kein Kommunikationsversuch mehr unternommen. Unter Berücksichtigung der letzten Nachrichten, die die Erde aus dem Alpha-Centauri-System erreichten, wurde das Schiff beim Eindringen in die Umlaufbahn des Planeten Proxima Centauri b irreparabel beschädigt. Aufgrund der uns vorliegenden Informationen gehen wir davon aus, dass das Schiff bei dem Versuch, die Rückreise anzutreten, zerstört wurde.

Unsere Gedanken und Anteilnahme gelten den Angehörigen der Crew: Commander Michael Barnetti – Eurasien, Captain Alexandra Scott – Neu-Ägypten, Schiffsingenieur Arthur Jones – Eurasien und Navigatorin Leandra Thuis – Inka-Territorium.‹

Auszug aus der Rede des Vorsitzenden der World Space Administration, Juan Hofer, während der Pressekonferenz zum Scheitern der Mission ›Voyager‹

Mike, Alia und Doktor Edfuh wurden durch den plötzlich entstehenden Schub quer durch die kleine Rettungskapsel geschleudert. Dem Arzt gelang es, sich mehr schlecht als recht an einem der Sitze festzuhalten, damit er nicht mit den beiden Erdenmenschen zusammenprallte, die gegen die Wände gedrückt wurden. Beide schlugen sich den Kopf an und erlitten heftig blutende Platzwunde an der Stirn. Nur drei oder vier Sekunden später setzte endlich die Schwerelosigkeit ein, und die Kapsel schwebte inmitten des Gefechtsgebiets durch den Raum. Einen Moment lang waren alle wie benommen, ehe sich Doktor Edfuh als erster fasste. Sofort versuchte er, an Mike heranzukommen, dessen aus der Verletzung austretendes Blut sich bereits zu runden kleinen Kügelchen geformt hatte, die durch die Kapsel schwebten.

Alia wusste nicht wie, aber es war ihr gelungen, bei Bewusstsein zu bleiben. Kaum war sie wieder richtig bei sich, schaute sie aus einem der kleinen Bullaugen hinaus, um festzustellen, ob die Kapsel gleich wieder unter Beschuss genommen wurde. Aber außer den weit an ihnen vorbeirasenden Lichtstrahlen und dem in der Ferne wartenden Schiff der Konföderierten konnte sie nichts entdecken. Offensichtlich hatte sich die Kapsel aus der Hauptkampfzone entfernt, und wenn sie sehr viel Glück hatten, war es den anderen nicht aufgefallen, dass sich kurz vor der Zerstörung der ›Voyager‹ die Rettungskapsel abgesprengt hatte.

Alia hielt ihren Blick auf das Schiff der Konföderation gerichtet. Sie hoffte sehr, dass ihre Flucht gelungen war. Selbst in der Schwerelosigkeit schmerzte jede Bewegungen, als sie sich nach Mike umschaute. Jetzt, als die Panik nachließ, bemerkte sie, dass die Taubheit, die bisher nur in ihrem Arm gewesen war, langsam auf den Rest des Körpers übergriff, denn sie spürte keine Schmerzen mehr.

»Mike?«, fragte sie müde. »Alles in Ordnung?«

Er konnte sich ebenfalls nicht bewegen, was aber daran lag, dass der Doktor versuchte, die Blutung zu stoppen.

»Ja, soweit schon, nur ziemliche Kopfschmerzen. Und bei dir?« Seine Stimme klang rau.

»Ich lebe noch«, erklärte sie leise und wenig überzeugend.

»Was hast du noch so lange an der Konsole gemacht? Das war verdammt knapp.«

»Ich habe noch einen Datentransfer an das Konföderiertenschiff geschickt.« Alia hatte kaum noch Kraft zum Sprechen.

»Was? Wieso? Welche Daten?«

»Sie wollten doch wissen, woher wir kommen … also habe ich alle Daten, die im Computer über unsere bisherige Reise zu finden waren, in alle uns zur Verfügung stehenden Sprach- und Schriftalgorithmen«, sie stoppte kurz, um Luft zu holen. »übersetzen lassen und das Datenpaket an das Schiff geschickt. Es waren nur Forschungsaufzeichnungen.«

»Das ist eine unglaubliche Datenmenge. Es müssen über einhundert Exabyte sein. Warum-«

Doktor Edfuh beäugte ebenfalls das Geschehen außerhalb der Kapsel durch ein Fenster und unterbrach Mike einfach. »Sie haben versucht, den Schiffscomputer mit dieser Datenmenge zu überlasten.« Zwar wusste Edfuh nicht, welche Größeneinheit Michael Barnetti eben genannt hatte, doch es schien, als hätte der Plan von Alia Erfolg gehabt. Sein früheres Schiff stand nun schon eine Weile regungslos vor dem schwarzen Hintergrund.

Alia nickte bestätigend. »Ich hatte gehofft, zumindest zeitweise ihre … Navigation lahmzulegen.«

»Das war ausgesprochen riskant«, bemerkte Mike daraufhin, beließ es aber vorerst dabei. Schließlich hatte der Plan funktioniert.

Alia schaute erneut auf ihrer Seite aus dem Bullauge. So konnte sie erkennen, dass sich das Unionsschiff nun langsam zwischen die Rettungskapsel und die Angreifer schob. Ihr war mittlerweile egal, wie es weiterging. Schlimmer als das Martyrium, von dem sie geflohen waren, konnte es kaum noch werden. Der Sauerstoffvorrat würde laut der Anzeigen noch für mindestens einhundert Stunden ausreichen.

»Mike, warum hast du dein Leben riskiert, um mich zu holen?«, fragte Alia dann schließlich.

»Du gehörst zur Crew«, antwortete er daraufhin mit einem fragenden Unterton.

»Du bist manchmal schon etwas verrückt.« Dann lachte sie leise. Es klang sehr melodisch, doch Mike zweifelte langsam an Alias Geisteszustand. Bevor er jedoch etwas erwidern konnte, begann die Rettungseinheit wieder zu vibrieren. Schnell bemühte sich Mike, aus dem Bullauge über ihm hinauszuschauen, doch statt des schwarzen Weltraums sah er nun eine silbergraue Schiffsluke, die sich langsam öffnete.

»Sieht so aus, als hätte uns jemand entdeckt«, murmelte Mike und ließ sich wieder sinken. Die ungewohnte Schwerelosigkeit machte ihm anscheinend etwas zu schaffen.

»Wenn du ihnen alle Daten rübergeschickt hast«, überlegte er nun laut, »dann haben sie quasi alles, was sie brauchen, um die Erde zu finden.«

»Nein, das nicht. Es waren nur unsere Aufzeichnungen über die Reise. Sie müssen erst einmal sehr viele Sonnensturmberichte entschlüsseln, bevor sie überhaupt eine Ahnung haben, nach was sie suchen sollen«, verteidigte sich Alia prompt. In diesem Moment kam ihr in den Sinn, dass ihre Handlung möglicherweise doch etwas kurzsichtig gewesen war. Höchstwahrscheinlich hatte sie sich und die anderen vorübergehend gerettet, indem sie den Hauptcomputer des feindlichen Kreuzers mit der enormen Datenmenge lahmlegte. Doch fragte sie sich selbst, wie lange es wohl dauern mochte, bis die Konföderation die Daten entschlüsseln konnte.

»Ich habe einen Scrambler vorgesetzt«, ergänzte sie, als sie Mikes ungläubigen Blick sah. Selbst Doktor Edfuh schien entsetzt zu sein. »Die Daten können nur mit dem richtigen Code zusammengesetzt werden.« Da durchfuhr plötzlich ein Schmerz ihren linken Arm. Überrascht sah sie auf die Schnittwunde und wandte sich sogleich wieder angeekelt ab. Kleine gelblichweiße Maden fraßen sich durch das Fleisch nahe der Wunde.

Doktor Edfuh sah ebenfalls, was Alia erschreckt hatte, und betrachtete die Parasiten genauer.

»Das ist ein typischer Nebeneffekt der energetischen Klingen«, sagte er schließlich. »Blutwürmer. Das ist schlecht.«

»Davon gehe ich ebenfalls aus«, murrte Alia und zog sich zurück, so gut es ihr möglich war, um sich demonstrativ auf Lee zu konzentrieren, die noch immer nicht bei Bewusstsein war.

Die Kapsel wurde mit einem Mal ruckartig durchgeschüttelt, bevor langsam wieder Schwerkraft einsetzte. Als Mike erneut durch eines der Bullaugen blickte, sah er, dass sich inzwischen ein Raum vor seinen Augen auftat, in dem die Rettungskapsel an eine ähnliche Rampe angedockt wurde wie schon zuvor auf dem Schiff der Konföderation.

»Ich bin gespannt, ob die uns einen herzlicheren Empfang bereiten oder ob wir vom Regen in die Traufe kommen«, murmelte er skeptisch und machte sich auch Gedanken um den Arzt. Der Mann hatte alles riskiert, um sie aus den Händen der Konföderation zu holen, und das, obwohl Edfuh ganz offensichtlich selbst diesen Leuten angehört hatte.

»Es kann ja wohl kaum schlimmer kommen«, entgegnete Alia daraufhin eher müde. »Außer vielleicht für den Doktor.«

Damit sprach sie aus, was sie beide in diesem Moment hofften. Dass die Union einen Überläufer akzeptieren würde.

Jeder in der Kapsel konnte förmlich beobachten, wie die Schwerkraft wieder einsetzte, als die Blutstropfen zu Boden fielen und durch das Vibrieren ein merkwürdiges Muster auf den Boden zeichneten.

Dann wurde es mit einmal still. Alia blickte zu Mike und dem Doktor, die beide die Tür nicht aus den Augen ließen. Dann schaute sie wieder zu Lee, die noch immer in ihrem Sitz schlief. Sie hatte die Flucht einigermaßen heil überstanden, und sie war auch nicht mehr so blass. Alia wertete das als gutes Zeichen, nach allem, was man ihr angetan hatte.

Unwillkürlich schaute Alia wieder auf ihre Verletzung. Die Wunde selbst hatte sich mittlerweile beinahe schwarz verfärbt, was einen starken Kontrast zu den Würmern bildete, die bereits ein handflächengroßes Gebiet befallen hatten. Alia konnte sich nicht erinnern, dass sie jemals eine Waffe gesehen hatte, die einen solchen Wundbrand auslöste. Sie war sich durchaus darüber im Klaren, wie gefährlich es für sie werden konnte.

Ein zischendes Geräusch riss sie aus ihren Gedanken. Erschrocken schaute sie zur kleinen Luke der Rettungskapsel, welche langsam geöffnet wurde.

Die Tür war noch nicht richtig aufgemacht, als sich die Erdencrew abermals bewaffneten Soldaten gegenübersah. Doch diesmal schien es weder Mike noch Alia besonders zu beeindrucken. Beide blieben völlig ruhig sitzen. Doktor Edfuh hingegen war noch nie so nervös und aufgeregt gewesen. Sicher hatten die Soldaten seine Uniform erkannt und ihn der Konföderation zugeordnet.

Alia schaute sich die Soldaten an. Die Uniformen waren anders, aber an der Bewaffnung schien es praktisch keine Unterschiede zu geben. Bevor sie jedoch alles genau in Augenschein nehmen konnte, war schon einer der Männer bei Doktor Edfuh angekommen, hatte ihn am Kragen gepackt und sagte etwas zu ihm.

›Wieder eine andere Sprache‹, schoss es ihr durch den Kopf.

/////

Mike wollte dem Arzt offenbar beistehen, als der zweite Soldat, der die Kapsel betreten hatte, ihn mit vorgehaltener Waffe daran hinderte. Dieser sprach Mike auch an, der ihn zuerst nur irritiert anschaute.

»Ich kann Ihre Sprache nicht verstehen«, erklärte er dann auf Italienisch. Zwar hatte ihn der Doktor gewarnt, diese Sprache nicht in Anwesenheit anderer zu sprechen, aber jetzt musste er alles auf eine Karte setzen. »Wir sind Reisende vom Planeten Erde aus dem Sol-System. Meine Leute brauchen ärztliche Hilfe.«

Um sein Anliegen zu verdeutlichen, schaute er zu Lee und Alia. Der angesprochene Soldat folgte seinem Blick und rief dann etwas nach draußen.

Doktor Edfuh sah ebenfalls in die Richtung der beiden Frauen und sprach die Soldaten in seiner Sprache an, welche die Erdenmenschen nicht sprachen. Mike nahm an, dass er das Gleiche, was er eben gesagt hatte, nochmals in der fremden Sprache wiederholte. Ein kurzer Blick zu Alia, zeigte ihm, dass es ihr offenbar schlechter ging.

Kurz darauf signalisierte der Soldat Doktor Edfuh, Mike und Alia aufzustehen, während der zweite Mann auf Lee zuging. Er wollte sie sehr wahrscheinlich aus dem Sitz holen. Die Männer taten, wie ihnen befohlen wurde, nur Alia bewegte sich keinen Millimeter und blieb bei Lee sitzen.

»Komm schon Captain, ich halte es für das Beste, wenn wir den Anweisungen Folge leisten«, sagte Mike weiterhin auf Italienisch. Er schloss aus der vorherigen Reaktion der Männer, dass sie zumindest ansatzweise verstanden, was er meinte. Es war jetzt der falsche Zeitpunkt, sich gegen die klaren Anweisungen zu widersetzen, zumal auch diese Menschen vielleicht nicht vor Gewalt zurückschrecken würden.

»Ich kann nicht«, antwortete Alia leise. »Ich habe kein Gefühl mehr in den Beinen.«

Entsetzt blickte Mike sie an. Alia musste sofort medizinisch versorgt werden, auch wenn er nicht verstand, warum es ihr so schnell so viel schlechter ging. Er wollte zu ihr eilen, doch der Soldat, der ihm am nächsten stand, ließ es nicht zu. Dafür trat der andere Bewaffnete zu Alia und wollte sie am Arm hochziehen. Als sie aber vor Schmerzen aufschrie, erschrak der Soldat selbst so sehr, dass er sie auf der Stelle wieder losließ. Dabei fiel sein Blick auf ihren linken Arm und die Verletzung. Schnell sagte er etwas zu seinem Kameraden, der nun Mike zu Alia durchließ. Doktor Edfuh hingegen wurde von ihm weiter mit der Waffe in Schach gehalten.

»Was ist mit dir?« Mike hatte sich neben sie gekniet. Sie atmete schwer, und die Schmerzen standen ihr ins Gesicht geschrieben.

»Ich glaube, es ist die Verletzung«, brachte sie angestrengt hervor und ließ sich in den Sitz zurückfallen.

»Sie hat sich entzündet.« Mikes Blick ging direkt zur Stelle, an der Alias Overall einen Riss hatte, und sah den Zustand des Arms. Nur mit Mühe konnte er ein Würgen unterdrücken, als er den nahenden Brechreiz spürte.

»Danke, ich weiß selbst, wie schlimm es ist«, brachte Alia gequält hervor. Offenbar versuchte sie, sich mit Sarkasmus durch diese Situation zu helfen. Ihr lief kalter Schweiß über die Stirn, und sie atmete immer schwerer.

»Aber was ist das? Wo kommen diese … Dinger her?« Mike war erschrocken. Der Soldat, der neben ihm stand, rief etwas, und Mike konnte nur hoffen, dass es darum ging, einen Arzt zu holen.

»Comece os mediaocs. Nóas teamos um infestation do sem-fim do sanguie.« Die Stimme des Soldaten klang beunruhigt.

»Doktor Edfuh, was ist mit Alia?« Mike blickte dem Doktor in die Augen, doch der schüttelte nur den Kopf.

»Ich habe ihr gesagt, dass die Wunde schnell versorgt werden muss. Bei dem Kampf mit der Wache wurde sie von einer energetischen Klinge getroffen. Diese Waffen sind mit einem nekrobiotischen Modulator ausgestattet, der bewirkt, dass das getroffene Gewebe sofort einem künstlich beschleunigten Zerfall ausgesetzt wird, der sich auch auf andere Organe ausweiten kann.«

»Was für ein Modulator?« Mike verstand kaum, was der Doktor ihm zu erklären versuchte, außer dass die Auswirkungen verheerend waren.

»Ein nekrobiotischer Modulator«, wiederholte Doktor Edfuh. »Er arbeitet mit einer komplizierten Technik. Das jetzt zu erklären, wäre in dieser Lage wohl nicht angebracht. Aber eines ist sicher. Wenn wir nicht schnellstens etwas unternehmen, dann wird Alia sterben.«

»Von diesen Würmern aufgefressen«, ergänzte Alia mürrisch.

»Ja, aber erst, nachdem ihr Körper bereits gestorben ist. Ihre Organe werden nach und nach versagen.«

Alias Gesicht verzog sich zu einer Grimasse, die nicht erkennen ließ, ob sie verzweifelt war oder sich bereits mit so einem schrecklichen Tod abgefunden hatte.

»Was für eine interessante Aussicht.«

Endlich kamen einige Männer, die in blaue Joppen gekleidet waren. Die Soldaten, die Alia, Edfuh und Mike in der Zwischenzeit in Ruhe gelassen hatten, brachten nun zuerst Lee und dann die beiden Männer aus der Kapsel, damit die Blauröcke freien Zugang zu Alia hatten.

»Olhah maeu. Provavielmeente nóas devemos remover seu braçou ... se não estivier ainda demasiado atrasadoi.«

»Doktor?« Mike sah Edfuh irritiert an. »Worüber reden die Männer da?«

»Ich weiß es nicht. Aber wenn sie Mediziner sind, werden sie erkennen, dass sie schnell handeln müssen.«

»Wie meinen Sie das, Sie wissen es nicht? Können Sie nichts davon verstehen?« Mike konnte sich das nicht vorstellen. Der Arzt wandte sich unvermittelt Lee zu, die die Soldaten auf eine Trage gelegt hatten.

»Nein, ich habe nur einen geringen Kenntnisstand, was die Sprachen der Union angeht. Oder verständigen sich bei Ihnen verfeindete Parteien immer in der passenden Sprache?« Er redete zwar mit Mike, sah jedoch den Unionsangehörigen zu, die Lee auf eine Trage legten.

Mike schüttelte den Kopf. Doktor Edfuh hatte recht. Es war nichts Ungewöhnliches, dass sich die Soldaten der verfeindeten Parteien kaum miteinander verständigen konnten. Aber das half ihm jetzt nicht weiter. Alia konnte nicht mehr als Übersetzerin helfen, sie brauchte selbst dringend Hilfe.

»Doktor, Sie müssen ihnen sagen, dass wir anders auf ihre Medikamente reagieren. Sie könnten Alia unabsichtlich noch mehr Schaden zufügen.« Mike versuchte einen Blick in die Rettungskapsel zu werfen, doch außer den augenscheinlichen Ärzten in den blauen Kitteln konnte er nichts erkennen. Zudem drängten ihn die Soldaten auch wieder zu Doktor Edfuh und Lee zurück. Das Einzige, was Mike im Moment als gut erkannte, war, dass bei diesen Soldaten das Gewaltpotenzial bei Weitem niedriger lag, und sie hatten immerhin Hilfe für Alia herbeigerufen. Unruhig begann er hin- und herzulaufen, ohne dabei das Eingangsschott der Kapsel aus den Augen zu lassen.

Gerade als er sich fragte, was diese Männer solange in der Kapsel taten, hörte er, wie Alia erneut aufschrie.

»Alia!« Mike versuchte, an den Soldaten vorbei in die Kapsel zu gelangen, aber die blockierten unnachgiebig den Weg und richteten ihre Waffen auf ihn.

»Alia, sag etwas.« Erst jetzt dämmerte es Mike, warum sie ihn nicht zu ihr durchließen. Er trug noch immer die Uniform der Konföderierten.

Doch statt, dass Alias Stimme nochmals laut wurde, tauchte nun einer der Männer auf, um kurz darauf das eine Ende der Tragbahre entgegenzunehmen, auf die man Alia gelegt hatte. Eine Frau kam auf die Gruppe zu und blieb bei der Verletzten stehen.

Mike hatte sie vorher nicht bemerkt. Ihrem Aussehen nach musste sie etwa das gleiche Alter wie Alia haben. Sie sagte etwas zu den Soldaten, woraufhin diese die Verletzte auf den Boden niederließen. Sie schaute nach Alias Verletzung, ehe sie mit ihr sprach.

»Você é diereito, conservá-la que a única possiebiliedade é, ques nóus courtamous foura o braçoi.« Dabei schüttelte sie ihren Kopf ein wenig und eine blonden Strähnen löste sich aus dem locker gebundenen Haarknoten. »Você pode me entender?«

Mike erkannte an der Betonung, dass es sich um eine Frage handeln musste, aber Alia gab keine Antwort, sondern blickte sie nur an. Daraufhin nickte die Frau mit dem Kopf.

Vielleicht konnte selbst sie die Sprache der Union nicht verstehen, aber irgendwie kamen Mike die Wortlaute bekannt vor. Er konnte sehen, dass die Frau Alia offenbar etwas injizieren wollte.

»Nein«, rief er aus Leibeskräften und versuchte diesmal erfolgreich, die menschliche Blockade der wachhabenden Soldaten zu durchbrechen. Die Frau an Alias Seite hielt inne, ließ sich aber sonst kaum von Mikes Aktion beeindrucken. Dafür folgten die Soldaten mit ihren Waffen und zielten auf ihn.

»Ela morrerá se você não ajudar me deixar«, erklärte sie mit ruhiger Stimme.

»Sie verträgt das nicht«, erklärte Mike panisch. Er konnte nur hoffen, dass die Ärztin auch Italienisch verstand, und deutete noch auf den Injektionsbehälter. Doch ihrem Gesichtsausdruck nach verstand sie ihn nicht.

»Doktor, sagen Sie es ihr.«

Doktor Edfuh nickte und wiederholte seine Worte in der Sprache der Konföderierten.

»Mike, lass es gut sein.« Alia sprach jetzt englisch, aber so leise, dass er sie kaum verstand. »Sonst werden sie dich erschießen.«

»Wenn ich nichts tue, wirst du sterben«, antwortete Mike ebenfalls auf Englisch.

Niemandem fiel der leicht irritierte Blick der Medizinerin auf, die das Gespräch fasziniert mitverfolgte.

Alia begann leise zu lachen.

›Jetzt dreht sie durch‹, überlegte er sich. »Was ist so komisch?«, fragte er dennoch.

Alia verstummte, und auch die freundlichen Gesichtszüge verschwanden und sie sagte: »Als mein Bruder starb, meinte mein Vater zu mir, dass ich an seiner Stelle in dem Grab liegen und von den Würmern aufgefressen werden sollte. Wenn er wüsste, dass es nun den Tatsachen entspricht …« Sie brach ab, und lächelte wieder. So viel Selbstironie hätte Mike selbst Alia nicht zugetraut.

»Wahrom Naen?« Überrascht blickte Mike die junge Ärztin mit den grauen Augen an. Die hielt ihm die Spritze vor das Gesicht. Ihre Worte klangen beinahe, als würde die Ärztin versuchen, Englisch zu sprechen. »Wahrom Naen?«, wiederholte sie ungeduldig. Mike schloss daraus, dass die Zeit nun wirklich drängte.

»Wir vertragen es nicht.« Mike versuchte, so gut es ging, einfache Worte zu benutzen. »Unser Körper arbeitet nicht so wie Ihrer. Es ist schlecht.« Die Ärztin nickte. Anscheinend hatte sie begriffen, was Mike meinte.

»Em eenfermarias trazs toudo, inimigous também. Precipitado! Líder deveria vir em enfermarias«, herrschte sie die umherstehenden Wachen an. Diese setzten sich umgehend in Bewegung, um Mike und den Arzt in Gewahrsam zu nehmen. Während die Blaukittel sich anschickten, die Tragen aufzunehmen, verschwand einer von ihnen durch den vor ihnen liegenden Flur.

Doktor Edfuh, der sich die ganze Zeit über bedächtig im Hintergrund gehalten hatte, kam einige Schritte auf die junge Frau und Mike zu, der Alia trotz der Aufforderung durch die Unionssoldaten nicht von der Seite wich.

»Conhecimento … outras enzimas«, sagte er nur und reichte dabei der Frau eine Art Kristall. Die Ärztin nahm den Kristall an sich. Mit einem nicht definierbaren Blick schaute sie zu Alia, als die Helfer ihre Trage hochhoben und sie vor Schmerzen das Gesicht verzog.

Schließlich sah Edfuh zu Mike und meinte nach einem Moment des Schweigens »Mein Wissen über Ihre Enzyme. Das wird der Ärztin helfen und macht mich endgültig zum Verräter.«

/////

Fragen über Fragen gingen der Unionsärztin über die Fremden durch den Kopf. Vor allem wollte sie wissen, woher die Menschen diese eigenartige Form eines alten Unionsdialekts sprachen. Er wurde in der heutigen Zeit so gut wie nicht mehr gebraucht und nur noch auf ein paar wenigen Planeten genutzt. Aber noch mehr machte sich Neith Gedanken darüber, ob die Frau überleben würde, die vom Einsatzteam gerade auf die Krankenstation gebracht wurde. Wer auch immer sie mit der energetischen Klinge verletzt hatte, war so tief in das Gewebe eingedrungen, dass nicht nur die Haut, sondern auch direkt das Fleisch der künstlich erzeugten Fäulnis ausgesetzt war.

Neith wusste, welche Schmerzen die Fremde aushalten musste, doch wenn sie den Mann in der Konföderationsuniform richtig verstanden hatte, konnte sie ihr nichts dagegen verabreichen, ohne sie vielleicht in noch größere Gefahr zu bringen. Aber eines stand fest, wenn die Frau überleben sollte, gab es nur eine Möglichkeit, bevor der Zerfall sich auf die inneren Organe ausweitete. Dass sie sich schon jetzt kaum noch bewegen konnte, zeigte deutlich, wie sehr der Zerfall des Körpers bereits begonnen hatte.

»Doktor … die Daten der Konföderierten sind übersetzt.« Die neue Kommunikationsoffizierin übergab Neith die Informationen, auf die sie so dringend gewartet hatte.

/////

Die Gruppe hatte sehr schnell die Krankenstation erreicht. Dort erwartete man sie bereits. Mike registrierte zwei Männer in

Uniform, aber mit viel mehr Abzeichen. Daraus schloss er, dass es sich um Offiziere handeln musste.

Die Ärztin sagte im Vorbeilaufen etwas zu ihnen. Sie nickten nur und ließen sie weiter ihre Arbeit tun.

Alias Trage wurde in eine Art Operationsraum gebracht, während man Lee in einen anderen Raum brachte. Mike war hin- und hergerissen und wusste nicht, wem er folgen sollte.

»Gehen Sie mit Alia, ich werde bei ihr bleiben«, sagte Doktor Edfuh und deutete auf Lee, die immer noch seelenruhig schlief. »Ich bin sicher, dass Ihnen keine Gefahr droht. Und solange ich hier helfen kann, werden sie mich wohl auch nicht erschießen«, fügte er etwas zu nervös hinzu.

Mike dankte dem Arzt und folgte Alia. Der Raum war dem des Konföderiertenschiff ähnlich, und genau wie dort waren auch hier Geräte vorhanden, die anscheinend ohne eine direkte Verbindung zum Körper Vitalfunktionen anzeigten. Von der Ärztin konnte er keine Spur entdecken. Dafür versuchten zwei der Sanitäter, Alia aus der Kleidung zu befreien, damit man die Wunde behandeln konnte. Mike schätzte sie kaum älter als Arthur, doch die geübten Handgriffe zeigten, dass sie wussten, was sie taten. Dennoch konnte es nicht vermieden werden, dass Alia dabei Schmerzen spürte. Mit der rechten Hand klammerte sie sich an den Rand der Trage, um nicht bei der kleinsten Berührung aufschreien zu müssen. Dabei schien sie schon richtig benommen zu sein. Ihre Augen waren halb geschlossen und seit man die Andockbucht verlassen hatte, war Alia stumm geblieben. Mike wollte ihr irgendwie helfen, doch das einzige, was er im Moment tun konnte, war ihre Hand zu ergreifen, auch wenn er nicht glaubte, dass Alia diese Geste annehmen würde. Doch zu seiner großen Überraschung drückte sie seine Hand fest.

»Mir hat … niemand mehr … die Hand gehalten … seit ich ein kleines … Kind war«, keuchte sie. »Danke.«

Mike wusste nicht so recht, was er darauf erwidern sollte, also drückte er ihre Hand kurz etwas fester.

Die Tür zum Raum öffnete sich, und die Ärztin von der Andockstation trat mit zwei weiteren Männern ein, die die gleiche Kleidung wie sie trugen.

»Weir helphen hir«, sagte sie zu Mike, trat an Alia heran und spritzte ihr etwas. »Shie whird schlafen«, fügte sie erklärend hinzu. »Wie ihst Name?«, fragte sie weiter.

»Alexandra Scott«, antwortete Mike beinahe automatisch.

»Alexandra Scott. Shie verstehen ich?« Alia nickte, doch mittlerweile hatte sie ihre Augen ganz geschlossen.

»Shie wherden verloer Arme.« Wieder nickte Alia nur, doch Mike schaute die Ärztin entsetzt an.

»Sie wollen den Arm amputieren?«, rief er panisch aus.

»Weir müssen. Odderi sie whird sterbenaa«, sagte sie daraufhin resolut. Der ruppige Tonfall signalisierte Mike, dass Eile geboten war. »Sie jets gaehen, whir ihr helfet, aeber schneall.« Mike bemerkte eher nebenbei, dass sich die Ärztin immer besser verständlich machen konnte. Offenbar war sie ähnlich begabt wie Alia.

Sie sagte etwas zu einer der Helfer, worauf man versuchte Mike aus dem Raum zu bringen. Die Ärztin selbst begann nun mit einer Art Vorbereitung und ließ sich andere Kleidung anlegen. Ein Blick auf die Anzeigen verriet, dass Alia immer schwächer wurde, bis sie kurz darauf das Bewusstsein verlor. Mike merkte, wie der Druck ihrer Hand plötzlich nachließ. Es blieb ihm keine andere Wahl, als den Ärzten Alias Leben anzuvertrauen, und er ließ sich von dem Pfleger widerstandslos aus dem Zimmer bringen.

Davor warteten bereits einige Soldaten der Union, die Mike und auch Doktor Edfuh in Gewahrsam nahmen. Eine Ansage hallte durch das Schiff. Mike konnte nur annehmen, dass hier Anweisungen für die gesamte Mannschaft gegeben wurden.

Von den Kämpfen im All bekam er nichts mehr mit. Die heftigen Treffer des feindlichen Beschusses, die das Schiff zum vibrieren gebracht hatten, waren nahezu verstummt. Gelegentlich wurde noch ein Schuss vom Unionsschiff abgefeuert.

Vor der Krankenstation bedeuteten die Soldaten nun Edfuh und Mike, ihnen zu folgen. Beide Männer leisteten keinen Widerstand, nur wünschte er sich insgeheim, dass er die Uniform des Gegners noch hätte ausziehen können, denn er befürchtete, dass sein Verhandlungsstand, sofern er davon überhaupt ausgehen konnte, allein durch diese Uniform erheblich geschwächt wurde.

»Was glauben Sie, wo sie uns hinbringen?« flüsterte Mike Doktor Edfuh zu. Er wusste nicht, ob die Union vielleicht doch ähnlich reagieren würde wie die Konföderationssoldaten, als sie auf deren Schiff gefangengenommen wurden.

»Was glauben Sie wohl?«, fragte Edfuh mit einem leicht verärgerten Unterton. »Sie in einer Konföderationsuniform und ich, eindeutig ein Verräter … uns steht die Arrestzelle bevor.«

Mike nickte. Eigentlich hätte ihm das klar sein müssen.

Auf der Erde hatte er nie nennenswerte Schwierigkeiten mit den Behörden gehabt, und selbst die Marsregierung, die in der Regel als eher schwierig mit Erdimmigranten galt, ließ ihn seine Arbeit machen. Und nun, Lichtjahre von seiner Heimat entfernt, wurde er von zwei im Streit befindlichen Parteien zuallererst ins Gefängnis gesteckt. Mike wusste nicht, ob er darüber lachen oder weinen sollte.

Die Gruppe erreichte nach kurzer Zeit eine schwere Tür, die sich langsam zur Seite schob. Es offenbarten sich Mike und Edfuh ein kleines, offenes Büro mit einem Tisch und einem Stuhl, und direkt dahinter war ein länglicher Gang, an dessen Seiten links und rechts jeweils eine Reihe von Türen zu erkennen war. Der Gefängnistrakt des Unionsschiffes.

Ein Mann trat näher und wechselte zunächst ein paar Worte mit einem der Soldaten. Kurz darauf widmete er sich den Gefangenen und begutachtete sie mit strengem Blick. Zuerst kontrollierte er Mike. Sein Blick verriet, dass er wahrscheinlich nur darauf wartete, dass er etwas Falsches sagte oder tat, damit er einen Grund hatte, ihn mit dem Knüppel zu bearbeiten, der Mike in diesem Moment unangenehm auffiel.

Insgeheim verfluchte er diese Uniform der Konföderation zum wiederholten Mal.

Als der Gefängniswärter schließlich enttäuscht zu Doktor Edfuh ging, hielt er plötzlich inne. Seine Stirn legte sich in Falten, als sein Mund langsam damit begann, ein Wort zu formen, das keiner Übersetzung bedurfte: »Edfuh?«

Der Arzt schaute auf und hatte einen seltsamen Ausdruck im Gesicht. Mike vermutete, dass er überlegte, woher er den Mann kannte.

Es schien endlos zu dauern, bis der Doktor endlich antwortete. »Ja.« Er sprach immer noch in dem etwas befremdlich klingenden

Italienisch. Der Gefängniswärter starrte den Arzt noch einen Momentlang schweigend an, dann nickte er und gab den Soldaten den Befehl, Mike und Edfuh in die Zellen zu bringen.

Was keiner der beiden hatte ahnen können, war, dass sie gerade dem Leiter des Sicherheitsdienstes, Mavis, gegenübergestanden hatten.

/////

Mavis begab sich vom Inhaftierungsblock direkt zum Dienstquartier des Mazan Taisod.

»Herein.« Aus der Stimme des Kommandanten schloss Mavis, dass er mit der Rettungsmission und dem kurzen Scharmützel mit den Konföderierten relativ zufrieden war. Er trat ein und traf Taisod hinter seinem Schreibtisch sitzend an.

»Die männlichen Flüchtlinge wurden in den Arrestzellen untergebracht, Mazan«, meldete der Sicherheitschef korrekt. Als er dabei Taisod ins Gesicht blickte, erkannte er die zurückliegende Angespanntheit. Der Mazan bedeutete ihm, Platz zu nehmen, was Mavis gerne annahm. Er und Taisod kannten sich nun beinahe eine halbe Ewigkeit, und da im Moment niemand anders anwesend war, erlaubten sich die beiden, die persönliche Ansprache zu nutzen.

»Wir haben das System verlassen können. Und obwohl die Konföderationsjäger zunächst die Verfolgung aufgenommen haben, ließen sie uns glücklicherweise ziehen«, berichtete Taisod schließlich und überprüfte dabei einige Daten auf seinem Monitor. »Ihre Verluste wurden wohl zu hoch, als ihre Jäger in die Reichweite unserer Geschütze gerieten. Die Auswertung belegt, dass einer nach dem anderen beschädigt, kampfunfähig geschossen oder zerstört wurde.«

»Die Konföderation hätte ihrerseits ihr Mutterschiff in den Kampf schicken müssen, um überhaupt eine Chance gegen uns zu haben«, antwortete Mavis eine Spur zu selbstsicher, was dazu beitrug, dass Taisod ihn stirnrunzelnd ansah.

»Wir sollten froh sein, dass sie das nicht taten. Was auch immer sie dazu veranlasst hatte, ihre Position nicht zu verändern, war Glück für uns.« Taisod wusste nicht, dass Alias massive Datenübertragung der Grund dafür war, dass der Computer des

Konföderationsschiffs lahmgelegt wurde. Zudem hatte Alia das Datenpaket als selbst installierendes Programm geschrieben, welches lediglich einen kleinen Zugang zum Bordcomputer benötigte, um sich anschließend wie eine Decke über andere Dateien und Befehlszeilen zu legen. Ein Umstand, der nicht unwesentlich dazu beitrug, dass die Union das Alpha-Centauri-System halbwegs unbeschadet verlassen konnte.

Nachdem sie sich beide darüber einig waren, dass sie bei dieser Begegnung viel Glück hatten, wollte Taisod auf die Fremden zu sprechen kommen.

»Was hast du in Erfahrung bringen können? Sind es Anhänger der Konföderation?«, fragte der Kommandant ungeduldig.

»Bei dem jüngeren Mann bin ich mir nicht sicher. Mein Instinkt sagt mir, dass er nicht dazugehört, seine Gesten und auch sein Auftreten sind nicht ...«, Mavis wusste nicht so recht, wie er das Verhalten genau beschreiben konnte. »Sie sind nicht typisch. Kein Aufbegehren, er fügt sich einfach den Anweisungen, und er hat offensichtlich keine Ahnung von unserer Sprache. Aber der Ältere ist definitiv ein Konföderierter«, erklärte er nachhaltig.

»Was veranlasst dich zu dieser Einschätzung?« Mazan Taisod wollte immer alles genau wissen. Lieber hinterfragte er mehrmals einen scheinbar klaren Sachverhalt, bevor er vielleicht zu eilig eine unüberlegte Entscheidung traf.

»Ich kenne ihn.« Einen Augenblick lang schwieg Mavis bedeutungsschwer, dann erzählte er, woher er den Mann kannte. »Ich war noch nicht lange im Dienst, als unser Schiff damals von der Konföderation aufgebracht worden war. Ich wurde mit einigen anderen gefangengenommen. Die Einzelheiten erspare ich dir lieber, was die Inquisition unternommen hat, um an angeblich wichtige Informationen zu gelangen.«

Der Kommandant nickte. Er hatte schon mehr als genug Männer und Frauen gesehen, die in die Fänge der Inquisition geraten waren.

»Auf jeden Fall war der Mann, sein Name ist Edfuh, damals ein junger Arzt an Bord des Schiffes. Wenn er nicht gewesen wäre, dann säße ich jetzt nicht hier an deinem Tisch. Er sorgte dafür, dass wir zumindest eine medizinische Grundversorgung und genug zu essen hatten. Ich weiß nicht, wie er es damals geschafft hat, aber er sorgte dafür, dass wir bei einem Transportschiffwechsel fliehen konnten.« Wieder schwiegen beide einen Augenblick, bevor der Mazan das Wort ergriff.

»Deine Einschätzung deckt sich mit dem kurzen Bericht, den ich von Doktor Neith erhalten habe. Die zwei Frauen und der junge Mann haben einen völlig anderen Metabolismus im Gegensatz zu unserem oder dem der Konföderationsangehörigen. Doktor Neith macht noch einen Abgleich mit dem Interplanetaren Genkatalog, aber die Merkmale weisen jetzt schon auf gänzlich untypische Entwicklungen hin. Und offensichtlich ist dein Retter von damals immer noch mehr Arzt als Konföderierter. Er gab Neith alle wichtigen medizinischen Informationen, um die Fremden richtig behandeln zu können.« Taisod war trotz Neiths kurzem Bericht froh, sich auf seine Leute und deren gute Einschätzung der Situation verlassen zu können.

»Wie geht es eigentlich den beiden Frauen?« Mavis hatte von seinem Untergebenen erfahren, dass die beiden Frauen noch auf der Krankenstation waren.

»Eine wurde bewusstlos aus dieser antiken Rettungskapsel geborgen. Sie zeigt schwere Misshandlungsspuren, aber laut Neith ist sie auf dem Weg der Besserung, ich vermute mal, ebenfalls dank Edfuh. Aber bei der anderen Frau sieht es nicht gut aus. Sie hat einen Blutwurmbefall im Endstadium. Neith muss ihr einen Arm amputieren. Aber sie operiert noch, und wir müssen abwarten bis sie sagen kann, ob die Frau überlebt.«

Mavis nickte nur. Er hatte zu viele Freunde und Kameraden am Blutwurmbefall elendig zugrunde gehen sehen.

»Dann bleibt mir vorerst nur, mich mit den beiden Männern zu beschäftigen. Ich nehme an, du willst auch mit ihnen reden?«

Der Mazan nickte und erhob sich. »Gehen wir. Ich will genau wissen, wen ich mir an Bord geholt habe.«

KAPITEL 21

›Wer nur in zwei Richtungen denken kann, hat den Lauf des Lebens nicht erkannt. Schwarz oder weiß, gut oder böse, ja oder nein? Wir sind keine Maschinen, die lediglich die Binärsprache beherrschen. Die Wahrheit aller Dinge findet sich meist zwischen den Extremen.‹

Die Wiege der Menschheit
Michael Barnetti

»Sie werden sich vor einem Militärgericht verantworten müssen«, brüllte Prendal Horet lautstark und ließ dabei seine geballte Faust auf die Kommunikationskonsole krachen. Splitternd flogen kleine Teile der Konsole durch den Raum, während plötzlich eine Fehlermeldung nach der nächsten auf dem Bildschirm aufflackerte. »Was Sie verbrochen haben, ist unentschuldbar, Cegat! Ein Vertrauensbruch sondergleichen.«

Cilyno ließ den Wutausbruch seines Vorgesetzten über sich ergehen. Im Grunde wartete er nur darauf, dass Prendal Horet von Verrat sprach, damit sein Vergehen endlich zu einer Anklage führen würde. Doch der Prendal vermied es, diesen Begriff zu verwenden. Von Sinnen nannte er Cilyno, verrückt und von allen guten Geistern verlassen. Nur das Wort Verrat kam ihm nicht über die Lippen.

Doch das brauchte es auch nicht, als sich schließlich Inquisitor Kardas zu Wort meldete.

»Hochverrat«, spie er Cegat Cilyno mit einem verachtenden Blick entgegen.

Doch Horet winkte sogleich ab. »Mischen Sie sich nicht ein, Kardas«, fuhr er ungestüm dazwischen und wurde sogleich von Kardas' Blick durchbohrt.

»Hätten Sie einen fähigen Mann geschickt oder die Angelegenheit gleich meinen Männern überlassen, wären die Gefangenen nicht entflohen, und wir hätten früher oder später die Geheimnisse der Union erfahren.«

Die Besatzung bemühte sich, unbeteiligt zu wirken, und Prendal Horet hätte im Normalfall nicht auf der Brücke, sondern in seinem Bereitschaftsraum über ein so heikles Thema diskutiert. Er wusste, dass es riskant war, einen Offizier vor versammelter Mannschaft zu rügen, denn was immer hier auch gesagt wurde, musste in letzter Konsequenz auch befolgt werden. Doch Kardas ließ ihm keine Wahl. Er bestand darauf, Cegat Cilyno umgehend, an Ort und Stelle, zur Rechenschaft zu ziehen.

»Welche Geheimnisse denn?« Horet war wütend. Wütend auf Cilyno, wütend auf die Menschen der Union und vor allem wütend auf Inquisitor Kardas, dem er sich ausgeliefert fühlte, da dieser sich außerhalb der Befehlshierarchie des Militärs befand und sogar die oberste Befugnis hatte, Befehle zu erteilen, die selbst Horet befolgen musste. Doch Horet wollte sich Kardas nicht bedingungslos beugen, sondern versuchte, ihm seine Grenzen aufzuzeigen. »Vielleicht das Geheimnis um ein veraltetes Schiff mit veralteter Technik? Oder das Geheimnis um ihre unzulängliche verbale Kommunikation?« Bei diesem Wort wanderte sein Blick auf die zertrümmerte Konsole, die mittlerweile von einem Techniker repariert wurde. Die Fehlermeldungen waren verschwunden, dafür zeigte der Monitor eine Reihe durchlaufender Diagnosekommandos.

»Das Geheimnis ihres Eindringens in den Bereich der Hochsicherheitszone um Proxima Centauri b, Prendal«, entgegnete Kardas scharfzüngig. »Und das Geheimnis um das Material, mit dem der Prototyp ihres Schiffes umgeben war und unseren Scannern enorme Schwierigkeiten bereitete, das Schiff zu orten oder anzuvisieren. Dass ich Sie überhaupt darauf stoßen muss, Prendal, lässt mich daran zweifeln, ob Sie derzeit überhaupt in der Lage sind, das Kommando über diese Mission zu leiten.«

Zornesröte stieg Horet ins Gesicht. »Wagen Sie es ja nicht, mein Kommando anzuzweifeln!« Er wirbelte mit drohendem Blick zu Kardas herum und zischte diesen warnend an. »Cegat Cilyno wird sich für sein Vergehen verantworten müssen, doch wagen Sie es nicht mir vorzuschreiben, wie ich mein Kommando zu führen habe. Wagen Sie es nicht, meine Urteilskraft infrage zu stellen, wenn Ihre eigene offensichtlich bei dem Anblick einer hilflosen Frau einem pervertierten Dominanzverhalten und demütigender Widerwärtigkeit weicht.« Seine Stimme blieb leise, doch der Ton verschärfte sich um ein Vielfaches, als er weitersprach: »Sie mögen rigorose Immunität durch die Generalvollmacht des Konföderationsrates haben, doch ich empfehle Ihnen dringend, nicht länger meine Kompetenzen anzuzweifeln und das Vergehen des Cegats nach den militärischen Richtlinien durch mein Urteil ahnden zu lassen. Andernfalls kann ich nicht garantieren, dass die Generalvollmacht sie auch mit Immunität vor der Spitze meines Stiefels schützt.«

Cilyno blieb in Habachtstellung. Seine Lage war misslich. Doch für einen kurzen, unbeobachteten Moment konnte er sich ein kaum wahrnehmbares Lächeln nicht verkneifen.

Mit zusammengekniffenen Augen starrte der Inquisitor Horet an. »Das werden Sie bereuen«, versprach er dem Prendal zischend und wandte sich von ihm ab, um die Brücke zu verlassen.

Kaum hatte sich die Tür hinter ihm geschlossen, holte Horet tief Luft, um diese schließlich laut wieder aus seinen Lungenflügeln zu entlassen.

»Alle herhören«, rief er der Brückenbesatzung zu und wartete einen kurzen Augenblick, bis er sicher war, dass er die ungeteilte Aufmerksamkeit seiner Untergebenen hatte. »Der Inhalt dieses eben geführten Gespräches unterliegt der Geheimhaltung, haben Sie das begriffen?«

Ein Blick in die Gesichter der Besatzung verriet ihm, dass die Order verstanden wurde.

»Dann führen Sie jetzt Ihre Arbeit fort. Sie«, dabei deutete er auf den Techniker, »reparieren schnellstens die Kommunikationsanlage. Cegat Cilyno, Sie folgen mir in meinen Bereitschaftsraum.«

»Zu Befehl, Prendal«, bestätigte Cilyno und folgte Horet.

Als sich schließlich die Tür hinter ihnen schloss, fuhr Prendal Horet seinen Offizier an. »Ihr Vergehen muss geahndet werden, Cegat. Ihnen ist hoffentlich klar, dass Ihre Insubordination einen Urteilsspruch durch ein Militärgericht verlangt?«

Cilyno nickte. »Wenn ich mich erklären darf, Prendal. Ich habe-«

»Sie haben eigenmächtig und aus irgendeinem gefühlsduseligen Grund meine Befehle missachtet und drei Gefangenen nicht nur zur Flucht verholfen, sondern auch das Überlaufen zum Feind ermöglicht.« Jetzt standen sich die Männer ganz nah gegenüber. Während Horet Cilyno musterte und in dessen Gesicht eine Antwort auf die Frage zu finden versuchte, warum sein Offizier derart gehandelt hatte, blieb der Cegat unbeweglich stehen. »Beten Sie, Cegat, dass Inquisitor Kardas keine ausreichend guten Beziehungen hat, um Ihren Kopf fordern zu können. Er hat verdammt noch mal recht damit, dass Ihr Verhalten als Hochverrat ausgelegt werden kann.«

Jetzt wandte sich Horet von ihm ab, ging zu seinem Tisch hinüber und nahm auf seinem Stuhl Platz, um Cilyno einige Minuten schweigend zu mustern, während dieser sich noch immer nicht rührte.

Schließlich unterbrach Horet die Stille: »Sagen Sie mir nur, warum Sie das getan haben, Cegat. Aber seien Sie ehrlich zu mir.«

»Mein Prendal, ich fürchtete um das Leben der Gefangenen. Egal, ob es sich um Spione der Union handelt oder ob ihre Geschichte stimmt. Prendal, Sie haben nicht gesehen, wie der Inquisitor die Frauen misshandelt hat.«

Horet nickte. »Das brauchte ich nicht, Cegat. Doktor Edfuh hatte mich darüber unterrichtet.« Er machte eine Pause und sah seinen Offizier noch einmal eindringlich an. »Dennoch kann ich Ihr eigenmächtiges Verhalten nicht durchgehen lassen. Sie erhalten hiermit den Befehl, sich umgehend im Arrestblock zu melden. Ich werde es Ihnen ersparen, Sie abführen zu lassen. Sehen Sie es als Zeichen meines Respekts für Ihre sonst tadellose Arbeit als Cegat an Bord dieses Schiffes an.«

Cilyno nickte Horet zu. »Ich danke Ihnen, Prendal Horet, und werde Ihrem Befehl Folge leisten.«

Mit einem korrekten militärischen Gruß verabschiedeten sich die Männer, und Cilyno verließ anschließend den Bereitschaftsraum des Prendals, wohl wissend, dass sein Leben mit Urteilsverkündung durch ein Militärgericht schon bald beendet werden könnte. Und wenn es nach Kardas ging, würde dies auch so geschehen … nach einem angemessenen Spezialverhör.

Er konnte nur hoffen, dass er das Richtige getan hatte.

KAPITEL 22

›Mythologie – Sagengestalten aus Legenden, Helden längst vergangener Tage, Geschichten aus der Antike, die doch für viele Menschen kaum mehr als Märchen sind. Auf unserer Reise nach Alpha Centauri, einer Reise, die fast Odysseus selbst hätte antreten können, sollte unser spärliches Wissen über eben jene Mythen und Legenden den Grundstein für eine Verständigung zwischen uns und dem Captain des Unionsschiffes bilden. In dem Moment, als ich einen Blick hinter die wahre Natur der menschlichen Zivilisation werfen konnte, musste ich mir selbst eingestehen, dass meine eigene Ansicht, dass Unwissenheit ein Segen sein kann, schlichtweg falsch war. Unwissenheit ist einfacher, aber ganz sicher kein Segen. Hätte die Menschheit auf der Erde gewusst, wie das Gefüge des Universums aussieht, wären wir selbst heute ebenfalls technisch, ethisch und moralisch weiterentwickelt, als es jetzt noch der Fall ist.‹

Die Wiege der Menschheit
Michael Barnetti

Alia wachte aus einer langen Vollnarkose auf. Die Ärzte hatten stundenlang operieren müssen, doch davon wusste sie nichts. Aber ihr linker Arm schmerzte sehr. Sie lag in einem Bett, befand sich allein in einem Raum, der so karg und kalt wie ein typisches Krankenzimmer eingerichtet war. Mühsam betastete sie die schmerzende Stelle und zog die Hand erschrocken zurück. Etwas stimmte nicht. Erneut berührte sie den Arm, und wieder fühlte er sich nicht richtig an. So glatt und kalt durfte sich die Haut nicht anfühlen.

Jetzt versuchte sie, den linken Arm zu heben, da sie noch nicht in der Lage war, sich aufzurichten. Doch was sie erblickte, erschreckte sie maßlos. Die Wunde war weg, ebenso die Taubheit in ihren Gliedern. Aber auch ihr linker Arm war nicht mehr da. Stattdessen hatte sie nun eine Art Prothese, die aus einem Material bestand, dass sie nicht zuordnen konnte. Kalt wie Stahl, flexibel wie Kunststoff, aber auch leicht, etwa wie Aluminium. Alia konnte einen Aufschrei nicht verhindern.

»Was ist das?«, rief sie panisch und fluchte erst auf Arabisch, dann Englisch. Sie wollte sich nicht beruhigen lassen, und die herbeieilenden Ärzte machten sich bereits ernste Sorgen, als sie versuchte aufzustehen, ließ man Mike, Lee und den Konföderiertenarzt eintreten.

Das Personal der Krankenstation hatte alle Hände voll zu tun, um Alia zu beruhigen, die ihrerseits nicht daran dachte, sich beruhigen zu lassen.

Lee und Mike stockte der Atem, als sie sahen, mit welcher Kraft Alias linker Ersatzarm plötzlich einen der Sanitäter beiseite fegte. Auch Alia war überrascht und hielt inne. Plötzlich brach sie in Tränen aus.

»Mein Arm«, schluchzte sie. »Was habt ihr mir angetan? Was soll ich mit diesem hässlichen Ding?« Sie blickte angewidert auf ihre Prothese und versuchte dabei, ihre Tränen zurückzuhalten.

»Das ist eine Schockreaktion«, flüsterte Doktor Edfuh Mike zu. »Aufgrund des fortgeschrittenen Befalls konnten die Ärzte sie nicht darauf vorbereiten, dass sie ihren Arm verlieren und diesen Ersatz bekommen würde. Ich selbst habe versucht, ihr zu sagen, dass sie behandelt werden muss, doch sie wollte den Ernst der Lage nicht erkennen.«

Mike nickte Edfuh zu. »Doktor, glauben Sie mir. Alia hatte durchaus den Ernst erkannt. Aber sie hätte deswegen nicht anders gehandelt. Immerhin ist die Prothese anscheinend voll funktionsfähig.«

Lee hatte sich derweil ein Herz gefasst und war zu Alias Bett gegangen, die ihrerseits niemanden an sich heranlassen wollte. Zu groß waren die Enttäuschung und die Verwirrung. Doch als sie Lee wahrnahm, die mittlerweile direkt neben ihr stand, wurde Alia etwas ruhiger.

»Was geschieht hier, Lee?« Sie wischte sich die Tränen aus dem Gesicht.

»Du warst mehr als eine Woche bewusstlos«, sagte sie schließlich. »Ich weiß gar nicht, wo ich anfangen soll … Zuerst hatten sie Mike und Doktor Edfuh als Konföderationsangehörige inhaftiert, doch in einigen Gesprächen mit dem Schiffscaptain und seinem Sicherheitschef haben wir zu erklären versucht, was uns passiert ist und wer wir wirklich sind.«

»Wer sind ›sie‹, und was haben sie mit mir gemacht?« Alia konnte nur mit großer Mühe einen erneuten Tränenausbruch unterdrücken. Sie war ein Monster. Auf der linken Seite ein künstlicher Arm, auf der rechten Körperseite alles voller alter Brandnarben. Jedoch schrie sie nun nicht mehr. Nach und nach wurde sie immer ruhiger, sodass die Sanitäter den Raum verließen, bis schließlich nur noch Mike, Doktor Edfuh, Lee und eine fremde Frau neben Alia im Zimmer waren.

»Wir sind auf einem Schiff der Union, und zurzeit befinden wir uns am äußeren Rand des Unionssektors.« Alia nickte andeutungsweise, aber schnell. Es interessierte sie reichlich wenig, wo sie gerade waren. Lee schien auf ihre unausgesprochene Frage keine Antwort geben zu wollen, da sie sich nach den anderen umschaute. Schließlich ergriff die unbekannte Frau das Wort und trat ebenfalls neben das Krankenbett.

»Wir mussten Ihren kranken Arm gegen dieses biomechanische Implantat austauschen. Die Infektion, die durch die energetische Klinge verursacht wurde, hatte sich bereits über alle Gliedmaßen ausgebreitet und begonnen, Ihre inneren Organe anzugreifen. Ohne Amputation wären Sie gestorben.«

»Dann hätte es so sein sollen. Sie hatten kein Recht, das zu tun«, schluchzte Alia. Sie interessierte sich weder für den Grund, warum die Fremde Englisch sprach, noch berührten sie die mitleidigen Blicke, mit denen sie von allen betrachtet wurde. Auch schien es ihr nicht wichtig, sich nach Lees Gesundheitszustand zu erkundigen oder wie es Mike ging.

»Alia, so etwas darfst du nicht sagen.« Lee wollte als beruhigende Geste die Hand auf Alias Schulter legen.

»Fass mich nicht an!«, brauste Alia auf. »Geh weg von mir!«

Alia war nicht in der Lage, in diesem Moment Trost oder jegliches Mitgefühl zu akzeptieren. In ihr schwoll viel eher ein kaltes Gefühl der Verachtung an welches sie nahe daran brachte, Lee einfach anzubrüllen und mit einer schallenden Ohrfeige zu verjagen. Doch der erschrockene Blick, mit dem Lee sie nun ansah, ließ sie in diesem Moment innehalten und plötzlich wurde Alia gewahr, wie sehr sie sich gerade von der Frau entfernt hatte, die sie selbst noch vor ein paar Tagen tröstend in den Armen hielt, nachdem sie in die Fänge des widerwärtigen Inquisitors geraten war. Wortlos wandte sie sich von Lee ab. Sie konnte weder sie noch sich selbst ertragen und wollte auch nicht zeigen, wie sehr sie sich in diesem Moment schämte.

»Es wird noch einige Zeit dauern, aber die Prothese wird Stück für Stück Ihre Haut nachbilden, sodass es nicht mehr zu erkennen ist, dass es sich um ein künstliches Gliedmaß handelt. Genauso werden sich die künstlichen Muskeln ebenfalls anpassen«, fuhr Doktor Neith ungerührt fort, während sie die Anzeigen des Geräts kontrollierte, dass die Vitalfunktionen aufzeichnete. Alia musterte sie dabei. Auch wenn das Ding irgendwann wie ein richtiger Arm aussah, sie würde immer noch wissen, dass es nur ein künstlicher Gegenstand war.

»Sie müssen noch ein oder zwei Tage hierbleiben, dann steht es Ihnen frei, aufzustehen.«

Alia gab keine Antwort, sondern drehte ihr Gesicht von den anderen weg, als ihr erneut die Tränen kamen. »Ruhen Sie sich noch etwas aus. Ich werde später nochmals nach Ihnen sehen.«

Neith gab Lee per Handzeichen zu verstehen, dass man Alia nun alleinlassen sollte. Auch Mike und Doktor Edfuh, die sich ruhig verhalten hatten, folgten der stummen Anweisung.

»Neith, wird sie wieder ganz gesund?« Mike hatte nicht erwartet, dass Alia so reagieren würde.

»Sie hat die Operation besser überstanden, als ich zuerst gedacht habe. Ihr Körper stößt das Implantat nicht ab, aber jetzt gilt es, dafür zu sorgen, dass sie es auch versteht und akzeptiert.« Neith wusste aus leidvoller Erfahrung, die ihr Beruf mit sich brachte, dass dies teilweise ein schwierigeres Unterfangen sein konnte als die eigentliche Operation.

»Ich habe ihr etwas gegeben, sie wird jetzt noch ein wenig schlafen. Danach sollten Sie mit ihr reden, Michael Barnetti.«

Etwas perplex schaute Mike die Ärztin an. »Warum ich?« Nicht dass er sich vor dieser Aufgabe drücken wollte, aber er konnte sich nicht vorstellen, warum ausgerechnet er Alia helfen konnte.

»Sie hat Ihre Unterstützung schon einmal akzeptiert. Unbewusst sieht sie in Ihnen den stärksten Teil ihrer Gruppe, und deswegen«, damit wandte sie sich an Lee. »wollte sie auch von Ihnen keinen Trost, Leandra. Sie hat ihre Schwäche auf dem Konföderiertenschiff noch zugut in Erinnerung. Es ist nichts Persönliches, was Sie beide betrifft, sondern nur die subjektiven Eindrücke, die Ihr Hirn nun zu verarbeiten versucht.«

/////

Das Unionsschiff hatte das Gebiet um Proxima Centauri b bereits seit Tagen verlassen. Der Kampf mit der Konföderation war nach der Bergung der Rettungskapsel abgebrochen worden, obwohl die Konföderation beharrlich versucht hat, die Union von der Flucht abzuhalten. Die Union zog sich jedoch zurück, während die Jäger der Konföderation dem Schiff noch eine Zeit lang nachsetzten. Dadurch, dass der Hauptcomputer des Konföderationsschiffs durch die Datenübermittlung von Alia jedoch zeitweilig lahmgelegt war, gelang es dem Unionsschiff schließlich, mitsamt den meisten Jägern das System zu verlassen.

Nachdem Mazan Taisod und Mavis, der Leiter des Sicherheitsdienstes an Bord des Unionsschiffs, Doktor Edfuh und Mike vernommen hatten, wurde kurzerhand eine Konferenz des Rates der Union per Hyperdatenübertragung anberaumt. Der Bericht, den Mazan Taisod an den Rat schickte, verlangte diesen Schritt.

Sowohl Taisod als auch Mavis befanden sich nun im Konferenzraum des Schiffes. Jedes Mitglied wurde über eine dreidimensionale holografische Projektion dargestellt, sodass es jedem Teilnehmer möglich war, direkt mit allen anderen zu reden.

»Ihr Bericht kann nicht den Tatsachen entsprechen«, begann der Ratsleiter und rügte damit sogleich Mazan Taisod, der sich brüskierte.

»Bei allem Respekt, Eded Sala. Wir haben die Angaben der Fremden mehrfach überprüft. Alle uns vorliegenden Beweise sprechen dafür, dass das, was sie uns berichtet haben, der Wahrheit entspricht.«

»Wissen Sie eigentlich, wovon Sie da reden, Mann?« Das war ein weiteres Ratsmitglied. »Wenn das stimmt, was Sie uns erzählen-« Er brachte den Satz nicht zu Ende, da ihm der Eded ins Wort fiel.

»Hören Sie, Mazan. Wir dürfen uns in dieser Angelegenheit keine Fehler erlauben. Wenn auch nur der geringste Zweifel an der Glaubwürdigkeit der Gefangenen besteht-«

»Der besteht nicht«, unterbrach diesmal Mavis. »Für den Doktor verbürge ich mich.«

»Und der andere? Dieser Michael Barnetti?«

Taisod räusperte sich. »Unsere Ärztin, Djawada Neith, hat einen sehr ausführlichen Bericht über die genetische Verwandtschaft vorgelegt. Oder besser gesagt, sehr entfernte genetische Verwandtschaft. Schon allein diese Tatsachen bestätigen ihre Aussagen.

Weiterhin hat sie Meldung darüber gemacht, dass sowohl er als auch die beiden Frauen sich häufig in einer alten Unionssprache miteinander unterhalten, die nur noch auf Randwelten als Dialekt am Leben gehalten wird. Überhaupt gab es anfangs Kommunikationsschwierigkeiten, die die Behauptungen der Fremden untermauern. Wären sie Spione der Konföderation oder einfach nur irgendwelche Unionsbürger, die uns vielleicht eine Geschichte erzählen wollen, hätten wir sie sicher entlarven können. An ihrer Glaubwürdigkeit besteht definitiv kein Zweifel.«

»Und das sagen Sie, obwohl Sie wissen, wie abenteuerlich sich diese ganze Sache anhört?« Der Eded war aufgebracht.

Mazan Taisod blieb jedoch bei seiner Einschätzung. »Absolut«, sagte er schließlich.

»Dann möchte ich Anon Gorn bitten, einige Erläuterungen bezüglich der Daten der Fremden abzugeben. Meine Damen und Herren, diese Informationen unterliegen der strengsten Geheimhaltung.«

»Verstanden«, bestätigten alle Konferenzteilnehmer. Die Blicke richteten sich nun auf die Anon, eine hochgewachsene alte Frau mit weißen Haaren.

»Wie Sie wissen, wurde von der Konföderation noch zu Zeiten vor dem Krieg mit der Union ein Registrierungssystem eingeführt, das die Planeten in Kolonien einteilte. Pegasus, die Zentralwelt, wird als einziger bewohnbarer Planet aus diesem Kolonieverzeichnis hervorgehoben, während die anderen Planeten, angefangen mit der nächsten Kolonie von Pegasus aus-«

Erneut unterbrach der Eded. »Bitte, kommen Sie auf den Punkt, Anon. Das System ist uns bekannt, da die Konföderation es noch immer benutzt.«

Anon Gorn bedachte den Präsidenten wegen dieser Unterbrechung mit einem grimmigen Blick, fuhr jedoch mit ihren Ausführungen an anderer Stelle fort.

»Dann wissen Sie sicher auch, dass Alfschiron die 83. Kolonie war. Interessanterweise haben die Fremden auch einen sehr ähnlichen Namen für das System gewählt, sie nennen es Alpha Centauri.«

»War, Anon, Sie sagen es.« Ein weiteres Ratsmitglied mischte sich ein. »Die Kolonie wurde vor etwa tausend Jahren durch einen Angriff zerstört, seitdem als Sperrgebiet deklariert und obendrein noch vermint. Millionen Menschen fanden den Tod.«

Anon Gorn nickte. »Richtig. Und das alles geschah, weil die Kolonie 85 geschützt werden sollte.«

»Kolonie 85 ist ein Mythos. Eine Legende!«, beschwerte sich das gleiche Ratsmitglied. »Wollen Sie jetzt etwa noch die Geschichte erzählen, wie die Kolonie 85 systematisch ausgegrenzt und jeglicher fortschrittlicheren Technik beraubt wurde? Ich habe keine Zeit für Märchenstunden.«

Die Anon geriet ob dieser Ignoranz des Ratsmitglieds in Wut. »Dann sollten Sie sich vielleicht etwas Zeit für die Fakten nehmen. Denn wenn Sie Ihre Augen nicht gänzlich verschlossen haben, werden Sie den unumstößlichen Tatsachen ins Gesicht blicken müssen.« Die Anon holte Luft und legte eine bedeutungsschwere Pause ein, bevor sie fortfuhr. »Die Koordinaten, welche die Heimatwelt der Fremden angeben, sind die Gleichen, welche die Kolonie 85 beschreiben.«

»Was?« Jetzt war es Taisod, der ungläubig reagierte. »Wollen Sie uns damit etwa sagen, dass die Fremden tatsächlich von Kolonie 85 kommen?« Er sah Mavis kurz an, der ihn ebenfalls fragend ansah. »Das würde bedeuten, dass-«

»Atlantis«, murmelte der Präsident.

»Atlantis ist untergegangen!« Erneut widersprach ein Ratsmitglied. »Falls Atlantis überhaupt jemals existiert hat.«

»Wir dürfen unsere Augen nicht davor verschließen«, beharrte Anon Gorn und schlug mit ihrer Faust auf den Tisch. »Wenn die Konföderation ebenfalls zu diesem Schluss kommen wird, und davon ist über kurz oder lang auszugehen, dann kann sich das, was seinerzeit mit Kolonie 83 geschehen ist, wiederholen. Doch bitte bedenken Sie, dass die Heimat der Fremden, ob Sie sie nun Erde, Atlantis oder Kolonie 85 nennen wollen, einer Invasion der Konföderation nicht gewachsen sein wird.«

Taisod erkannte die Gefahr, die sich aus der Datenübertragung durch die ›Voyager‹ an die Konföderation ergeben könnte »Auf jeden Fall müssen wir handeln«, entschied er für sich und erntete damit mehr Zustimmung, als er anhand des Widerspruchs einiger Ratsmitglieder vermutet hatte.

Daher fuhr er fort. »Wie wir aus den Befragungen erfahren haben, wurde das Schiff der Fremden untersucht, und es wurde auch versucht, die Daten, die sich im Schiffscomputer befanden, zu entschlüsseln. Dazu kommt, dass während des Fluchtversuchs von einem der Crewmitglieder eine nicht unerhebliche Datenmenge an das Konföderationsschiff gesendet wurde. Es ist zwar sehr unwahrscheinlich, aber trotzdem möglich, die Koordinaten von Kolonie 85 daraus in Erfahrung zu bringen sind.«

»Nach dem Bericht Ihrer taktischen Offiziere hatte dies zur Folge, Mazan, dass das feindliche Schiff eine lange Zeit manövrierunfähig war und Ihnen so einen schnellen Rückzug mit sehr wenigen Verlusten möglich machte, ist das richtig?« Offensichtlich war der Eded noch immer nicht so recht davon überzeugt, dass es sich bei den Fremden um keine Betrüger handelte.

»Ja, das entspricht den Tatsachen. Allerdings …« Taisod hielt inne und überlegte einen Augenblick, ob er sich mit seiner Aussage nicht vielleicht zu weit vorwagte. Doch nachdem Anon Gorn ihre Theorie über die Herkunft der Menschen schon ausgesprochen hatte, riskierte er es, seine Ansicht vorzutragen. »Allerdings, nach den neusten Erkenntnissen durch Anon Gorn, ergeben einige Berichte und Aussagen der Flüchtlinge einen völlig anderen Sinn und bestärken mich darin, dass die Anon recht hat.«

»Erklären Sie sich, Mazan Taisod«, forderte das gleiche Ratsmitglied, das schon die Anon zuvor rüde unterbrochen hatte. Taisod räusperte sich. Er war es nicht gewohnt, dass man in einem derart abschätzigen Ton mit ihm redete.

»Erstens scheint jedes einzelne Crewmitglied noch mindestens eine weitere Sprache zu sprechen. Doktor Neith, die ein großes Interesse an alten Sprachen hat, machte sich die Mühe, diese mit den uns bekannten Sprachen zu vergleichen und zu analysieren. Und wie es scheint, hat jede der fremden Sprache ihren Ursprung in einer der Hauptsprachen der Union oder der Konföderation.« Auf diese Aussage folgte zunächst eine beinahe unheilvolle Stille, und Taisod war sich nicht mehr sicher, ob es eine kluge Entscheidung war, von Neiths kleinem Forschungsprojekt zu berichten.

»Ich war der Meinung, dass Doktor Neith eine Fachkraft im Bereich der Medizin ist und nicht der Sprachwissenschaft. Daher bin ich der Meinung, dass wir auf diesen Einwand bei unseren Beratungen verzichten können.«

Bevor Mazan Taisod diesem ignoranten Ratsmitglied widersprechen konnte, hatte schon Anon Gorn das Wort wieder ergriffen.

»Ganz im Gegenteil. Das sind genau die Anhaltspunkte, auf die wir unsere Aufmerksamkeit richten sollten. Mazan Taisod, bitte senden Sie mir die Ergebnisse von Doktor Neiths Forschungen. Genauso sollten wir größtes Augenmerk darauf legen, was die Menschen uns von ihren unterschiedlichen Kulturen berichten. Verehrte Kollegen«, mit diesen Worten wandte sich Gorn abermals an den gesamten Rat, in der Hoffnung, dass man diesmal ihre Erklärungen anhören würde, »ich bitte Sie, mir in einem kurzen Gedankenspiel zu folgen. Gehen wir einmal davon aus, dass sie von Atlantis kommen und dass dort vor mehr als einem Jahrtausend die Vernichtung und Verwüstung aller Technik und fortschrittlichem Wissen stattgefunden hat, aber dennoch ein gewisses Bewusstsein zu den verschiedenen Kulturen übriggeblieben ist, die auf den unterschiedlichen Planeten herrschten und somit in die Kolonien gebracht wurden. Wie, glauben Sie, würde sich eine solche Welt entwickeln? Verschiedene Kulturen und Sprachen vermischen und verändern sich, neue Konflikte entstehen. Und …« Gorn machte eine bedeutungsvolle Pause. »Offensichtlich gab es auf diesem Planeten auch eine Institution der Inquisition, die fortschrittliche Ideen zu unterdrücken versuchte. Also, meine Damen und Herren, wie, glauben Sie, wäre nun diese Welt?« Gespannt wartete sie auf eine Antwort.

Stille herrschte. Anscheinend hatte die Anon die Ratsmitglieder zum Nachdenken animieren können.

»Rückständig«, antwortete schließlich ein Ratsmitglied.

»Es wäre eine Welt, die uns in allen technischen Belangen unterlegen wäre«, sagte ein weiteres Ratsmitglied.

Der Eded schien noch nicht ganz von der Theorie überzeugt

zu sein. Er rieb sich mit einer Hand das Kinn und sagte schließlich: »Wenn alle Technik zerstört worden wäre, hätte es doch aber Rückstände geben müssen. Die Menschen hätten doch gewusst, dass sie Technik benutzen konnten. Wie können sie das alles einfach vergessen und von null anfangen?«

»Nicht von Null«, widersprach die Anon. »Immerhin hatten sie die Kultur bewahrt. Und vergessen Sie nicht, was ich eben sagte. Wenn eine dortige Inquisition mit einer einflussreichen Religionslehre gekoppelt wurde, war es ein Leichtes, die Menschen dort davon zu überzeugen, dass so etwas wie Technik und Wissen reinster Aberglauben war. Sie wissen alle selbst, dass dies auch auf einigen unserer eigenen Welten zunächst funktionierte. Es würde nur wenige Generationen dauern, bis das ursprüngliche Wissen nach und nach verschwunden wäre.« Sie schien in irgendwelchen Unterlagen zu blättern, etwas zu suchen, das die anderen durch die holografische Übertragung nicht erkennen konnten.

»Dass es keine Rückstände oder Trümmer gab, lag letztlich vielleicht daran, dass die damalige Technik auf ganz anderer Grundlage basierte als die, die wir in der Rettungskapsel vorgefunden haben. Die Technik von vor über tausend Jahren hat sich sehr langsam weiterentwickelt. Auf Atlantis kann es jedoch leicht dazu gekommen sein, dass alles vernichtet wurde. Insbesondere, wenn die dortige Inquisition dafür Sorge getragen hatte.

Mazan Taisod, können sie etwas über die Beschaffenheit der Kapsel berichten?«

Taisod nickte. »Die Rettungskapsel besteht aus einem uns unbekannten Material, was letztlich dazu führte, dass unsere Zielsensoren Schwierigkeiten hatten, sie zu erfassen. Ähnliches gilt auch für das Raumschiff, das die Fremden benutzten, bevor es zerstört wurde. Ihre Technik basiert auf einer völlig anderen Grundlage als unsere. Es ist beispielsweise kein einziges Bauteil zu finden, dass Tormad enthält. Das wäre bei unserer Ingenieurskunst und allen uns bekannten Raumfahrtprojekten undenkbar. Zudem arbeiten ihre technischen Systeme auf einem ganz anderen Niveau, wodurch wir erhebliche Schwierigkeiten hatten, eine Schnittstelle zu finden, um ihre Daten überhaupt auslesen zu können.«

»Deshalb wurde auch das Konföderationsschiff lahmgelegt«, triumphierte Anon Gorn. »Die Menschheit auf Atlantis hat sich anders weiterentwickelt. Unabhängig und fern jeglicher direkter Kontrolle durch die Konföderation oder auch unserer Union.«

Der Eded beugte sich vor. »Das würde bedeuten, dass die Legenden wahr wären. Das zu glauben, fällt mir schwer.«

»Aber können wir es uns leisten, die Angelegenheit zu ignorieren?«, fragte die Anon. »Können wir es uns erlauben, der Konföderation Atlantis zu überlassen? Und denken Sie an die Überlieferungen. Merses, Uhrenos, Iubeth und Isvanos.«

»Glauben Sie an die Überlieferungen? An Merses?« Mavis stellte diese Fragen. Er zweifelte stets, wenn es um alte Legenden ging. »Ich dachte, Sie sind Wissenschaftler.«

»Das schließt doch aber nicht mein Vertrauen in die alten Schriften aus«, protestierte Anon Gorn beleidigt. »Bedenken Sie, dass die Konföderation früher oder später die Daten von dem Erdenschiff entschlüsseln und ganz sicher dorthin fliegen wird. Allein schon, um eine mögliche Bedrohung auszuradieren.«

Jetzt nickte der Präsident, und auch einige Ratsmitglieder stimmten der Einschätzung zu. »Viele Welten, die sich von der Konföderation lossagen wollten, wurden in die Knechtschaft der Schergen der Konföderation und ihrer Inquisition gezwängt.

Ich bin zu dem Entschluss gelangt, dass die Erde unseres Schutzes bedarf. Auch dürfen wir nicht außer Acht lassen, welch strategischen Vorteil die Ressourcen bieten, mit denen das Schiff der Erdenmenschen ausgestattet war. Wenn unsere Schiffe mit diesen Materialien ausgestattet werden könnten, hätten wir einen erheblichen Vorteil im Krieg. Und ich möchte hinzufügen, dass ein Planet, der tausend Jahre außerhalb jeglichen Zugriffs durch die Konföderation existieren konnte, möglicherweise noch andere Vorteile bieten könnte.«

Ein Ratsmitglied protestierte. »Aber bedenken Sie, wie weit entfernt diese Welt ist. Sie liegt weit außerhalb unseres Territoriums. Der Aufwand wäre enorm. Die Kosten, die der Schutz dieser Welt verursachen würde, könnte in maßlose Höhen steigen.«

»Möglicherweise haben Sie recht«, stimmte der Eded zu. »Doch hier geht es um mehr als nur Kosten. Das hier ist ein Rennen gegen die Zeit und die Konföderation. Stellen Sie sich vor, was passieren könnte, wenn die an unserer Stelle Atlantis zuerst erreichen. Es könnte den nun schon viel zu lange andauernden Konflikt entscheiden. Zu unseren Gunsten oder zu denen der Konföderation.«

Alle Konferenzteilnehmer schwiegen, denn sie wussten, welche Konsequenzen daraus entstehen würden. Atlantis würde ein weiteres Mal untergehen, und es wäre ungewiss, ob der Planet sich noch einmal von der Zerstörungskraft der Konföderation erholen könnte. Der psychologische Vorteil wäre für denjenigen überragend, der zuerst Atlantis erreichen und die Kolonie für sich gewinnen könnte.

»Mazan Taisod«, unterbrach der Präsident dann die Stille. »Sie werden mit Ihrem Schiff Atlantis anfliegen. Nehmen Sie an der Raumstation Delta 12 so viele Vorräte mit, wie Sie für diese Reise benötigen, und versuchen Sie, in Kontakt mit der dortigen Regierung zu treten. Auf Delta 12 wird Ihnen ein diplomatisches Korps überstellt, das die Verhandlungen und Gespräche mit der Erde übernehmen wird. Sorgen Sie dafür, dass Atlantis nicht der Konföderation in die Hände fällt. Nutzen Sie hierzu sämtliche Ihnen zur Verfügung stehenden Mittel. Genauere Anweisungen und Befugnisse erhalten Sie in Kürze schriftlich.«

Der Rat stimmte der Entscheidung zu, während sich Anon Gorn sichtlich erleichtert und zufrieden zurücklehnte.

Die Konferenz war beendet.

»Mavis, wir haben einiges zu erledigen.« Taisod blickte nachdenklich auf den Tisch, auf dem noch bis vor kurzem die Ratsmitglieder holografisch dargestellt worden waren Die Ereignisse schienen sich zu überschlagen, und nachdem Mavis den Raum verlassen hatte, um an die Arbeit zu gehen, fühlte er sich allein.

Taisod erlaubte es sich, seinen Gedanken nachzugehen.

Wie würden die Menschen der Erde wohl reagieren, wenn er mit seinem Schiff plötzlich in ihr Sonnensystem eindrang? Was würden sie denken, wenn ihnen erklärt wurde, dass sie eine verloren geglaubte Kolonie eines großen Sternenreiches waren? Und welche Konsequenzen mochte es haben, wenn sie erfuhren, dass die Menschheit in diesem System ihren Ursprung hatte?

Mazan Taisod wusste, welch schwere Bürde ihm vom Präsidenten übertragen worden war, und er war froh, auf der Raumstation Delta 12 diplomatische Unterstützung zu erhalten. Noch einige Zeit verbrachte er allein in diesem Raum, ohne ein Wort zu sagen, bis er schließlich entschlossen aufstand, seine Uniform überprüfte und den Raum verließ, um sich seiner nächsten Aufgabe zu stellen.

/////

Alia wachte auf, als einer der Arzthelfer, ihr Essen brachte. Doch sie verspürte keinen Hunger und schob es von sich.

»Sie essen, gut«, sagte er gebrochen mit einem merkwürdig klingenden Akzent und lächelte Alia dabei an.

Aber sie ignorierte den Mann und blickte demonstrativ in die andere Richtung. Darauf zuckte der Unbekannte nur mit den Schultern und verließ den Raum.

Als Alia sicher war, wieder allein zu sein, versuchte sie sich ein wenig aufzurichten. Zu ihrer Überraschung passte sich das Bett gleich diesem Umstand an und fuhr in eine beinahe aufrechte Position. Die Bewegungen verursachten ihr Schmerzen, und sie blickte auf ihren linken Arm. Die Prothese aus dem nicht definierbaren Material war noch immer deutlich erkennbar, aber auch die ersten Schichten der neu entstehenden Haut waren zu sehen. Alia war sich uneins darüber, ob sie angewidert oder verblüfft sein sollte. Das künstliche Gliedmaß hatte sogar begonnen, Fingernägel nachzubilden, und Alia hatte ein Gefühl im Arm, das eigentlich gar nicht da sein sollte. Zwar kannte sie die Erscheinung des Phantomschmerzes, aber das hier war anders. Es fühlte sich echt an, und es passte zu den Bewegungen, die sie auszuführen versuchte. Sie konnte ihren Arm noch nicht richtig heben, das verursachte ihr starke Schmerzen in der Schulter, aber sie konnte eine Faust ballen. Dann ließ sie den Arm wieder sinken und starrte an die gegenüberliegende Wand.

›Das habe ich jetzt davon‹, ging es ihr durch den Kopf. Sie rief sich ins Gedächtnis zurück, was Lee gesagt hatte, und dachte darüber nach. Die Crew saß auf einem Schiff dieser Union fest, und die Trümmer der ›Voyager‹ schwebten irgendwo bei Proxima Centauri b durchs All. Der einzige Vorteil bestand darin, dass der Captain oder Kommandant dieses Schiffes wohl nicht so versessen darauf war, alle der Spionage zu verdächtigen und schmerzhafte Befragungen durchzuführen.

Alia war so in ihre Gedankenwelt versunken, dass sie nicht bemerkte, wie Mike etwas später den Raum betrat. Erst als er dicht vor ihrem Bett stand, fiel es ihr auf.

»Alia?« Sie reagierte nicht sofort, und Mike wollte sie schon ein zweites Mal ansprechen, als sie langsam ihren Blick auf ihn richtete.

Mike trug nicht mehr die Uniform der Konföderierten, offensichtlich hatte er von den Unionsleuten neue Kleidung erhalten. Doch statt ihn zu begrüßen oder auch nur eine Antwort auf seine Ansprache zu geben, schaute sie ihn böse an.

»Verschwinde!« Alia wollte jetzt niemanden um sich haben. Weder Mike noch Lee noch jemanden von den Aliens.

»Alia, bitte.« Er redete mit ruhiger Stimme auf sie ein. Mike wollte ihr berichten, dass sie wieder nach Hause kämen, was er bis jetzt alles in Erfahrung gebracht hatte, und er wollte, dass sie bei den weiteren Gesprächen dabei war. Aus den Auszügen ihrer Personalakte wusste er, dass sie Altertumskunde studiert, sogar darin promoviert hatte. Sie konnte Antworten geben, die sich Lee oder ihm entzogen.

»Geh weg! Ich will dein Mitleid nicht«, fauchte sie Mike böse an und drehte ihren Kopf von ihm fort, um noch stärker zu unterstreichen, dass sie niemanden sehen wollte.

Mike überlegte kurz, ob er das Krankenzimmer wieder wortlos verlassen sollte. Ihm widerstrebte es, sich mit einer so widerspenstigen Person zu unterhalten – sofern das überhaupt als Unterhaltung angesehen werden konnte.

»Wie du meinst«, murmelte er dann. Er dachte an Neiths Worte, dass Alia insgeheim in ihm den stärksten Teil der Truppe sah, ihm vielleicht sogar mehr Vertrauen schenkte, als sie sich eingestehen wollte. »Aber bevor ich gehe, solltest du wissen, dass wir wieder nach Hause fliegen.«

Langsam drehte sich Alia um, und Mike blickte in ein Gesicht, das ihn mit funkelnden Augen musterte.

»Wir machen was?«

»Wir fliegen nach Hause, Alia.«

Ungläubig blickte sie Mike an. Offenbar musste sie die Konsequenz aus seinen Worten erst realisieren. »Du meinst doch wohl nicht etwa, dass wir mit diesem Schiff zur Erde fliegen?« Alia hatte ihre Stimme erhoben.

»Doch, genau das meine ich.« Mike war sich keiner Schuld bewusst. Wenn sie ihm nur einen Moment zuhören würde, könnte er ihr sicher erklären, was während ihrer Operation geschehen war. Doch dazu hatte er keine Gelegenheit.

»Habt ihr denn den Verstand verloren?«, brüllte sie ihn an. Mike wusste nicht, wie ihm geschah. »Habt ihr diesen Aliens die Koordinaten der Erde einfach so übergeben, ohne an die Konsequenzen zu denken? Nur weil sie euch vielleicht nicht gefoltert haben? Oder etwa, weil sie mich ›gerettet‹ haben«, sie deutete dabei auf ihren künstlichen Arm, »Oder weil sie dich nett angelächelt hat?«

»Mach dich nicht lächerlich, Alia. Du weißt nicht, was sie für uns getan haben.«

Alia stöhnte auf. »Du hast überhaupt keine Ahnung, was das hier für Leute sind. Vielleicht sind die hier noch gefährlicher als die Konföderierten.«

»Und vielleicht bist du einfach nur viel zu misstrauisch.« Inzwischen hatte auch Mike seine Stimme erhoben. »Hat man dir das auf der Militärakademie beigebracht, dass alles und jeder ein Feind zu sein hat? Warum musst du nur immer die harte, unnahbare Soldatin spielen?«

»Man hat mir strategisches und logisches Denken beigebracht«, schrie Alia zurück. »Wie kannst du es wagen, Kritik an mir zu üben? Du weißt gar nichts über mich.«

Mike konnte sehen, wie Alia die Zornesröte ins Gesicht stieg. Neith hatte ihn ausdrücklich gebeten, darauf zu achten, dass Alia sich nicht aufregte. Das hatte er gründlich vermasselt.

»Wer hat denn den Konföderierten alle Daten geschickt? Wenn ich mich nicht irre, warst du das«, konterte Mike. Zwar hatte er sich geschworen, Alia deswegen keinen Vorwurf machen zu wollen, aber mit ihrer momentanen Art reizte sie ihn bis aufs Äußerste. »Und wie kann ich etwas über dich wissen, wenn du nie etwas erzählst? Das einzige, was ich von dir weiß, steht in deiner Personalakte. Und dass deine Familie tot ist, weiß ich.«

»Meine Familie ist nicht tot, ich habe nur keine mehr«, gab Alia hitzig zurück und wollte sich gleich wegen ihrer Unbeherrschtheit auf die Zunge beißen. Sie konnte sich nicht erklären, warum es ausgerechnet immer Mike war, der sie dazu brachte, über sich zu sprechen. »Außerdem habe ich den Konföderierten nichts geschickt, was sie nicht schon hatten.« Sie glaubte mit Sicherheit, dass man die Daten der ›Voyager‹ während der Untersuchung kopiert hatte. »Aber das ist jetzt auch egal, wenn die Union die Koordinaten für die Erde hat.«

»Verdammt noch mal, Alia, sie haben dir das Leben gerettet. Warum hätten sie das tun sollen, wenn sie uns nur Böses wollen?« Mike hatte seine Stimme wieder etwas gesenkt.

Einen Moment lang sah ihn Alia nur an. »Nur weil man dir das Leben rettet, bedeutet es nicht, dass man es auch gut mit dir meint. Das Leben danach ist eine schlimmere Strafe als der Tod. Geh jetzt bitte«, sagte sie dann müde. Ihre Anspannung im Körper löste sich, und sie ließ sich zurück in die Kissen sinken. Mit diesem Satz hatte sie Mike mehr über sich erzählt als jemals einem anderen. Sie sah ihr Leben als eine Strafe an, und dass sie bis hierher überlebt hatte, bestärkte sie in diesem Glauben.

»Deswegen gibst du dich immer so unnahbar.« Alia konnte nicht sagen, ob Mike es als Feststellung meinte oder als Frage.

»Ja«, antwortete sie nur monoton.

»Ich werde nicht gehen. Was ist dir passiert, Alia?« Sie konnte hören, dass aus Mike sowohl die Neugier als auch ein gewisses Maß an Furcht sprach. Er war sich also nicht sicher, wie sie reagieren würde oder ob er es wirklich wissen wollte. »Du kennst dich mit medizinischen Sachen gut aus, sogar besser als Lee.«

»Während eines sechsmonatigen Krankenhausaufenthalts lernst du mehr als in einem zweiwöchigen Sanitätskurs.« Damit antwortete sie gleichzeitig auf beide Fragen, aber dadurch wurden noch mehr Fragen über sie aufgeworfen. »Versuchst du dich jetzt als Psychiater, Mike?«

»Nein. Aber ich habe gesehen, dass du auch anders sein kannst.« Er erinnerte sich an den Videorahmen in ihrem Raum auf der ›Voyager‹ und wie sie mit der schwer verletzten Lee umgegangen war. »Du scheinst ein gutes Verhältnis zu deinem Bruder zu haben.«

Ohne dass sich Mike dessen bewusst war, lösten seine Worte etwas bei Alia aus, und Tränen schossen ihr in die Augen.

»Ich hatte ein gutes Verhältnis zu meinem Bruder. Er starb vor mehr als fünfzehn Jahren, wenn man unseren Flug mitrechnet.« Sie atmete tief ein, ehe sie fortfuhr. »Es war meine Schuld.« Jetzt liefen ihr Tränen über die Wangen. Nach all den Jahren hatte Alia nicht geglaubt, dass es sie so mitnehmen würde, darüber zu reden. »Innerhalb eines Augenblicks habe ich alles verloren.«

»Es … es tut mir leid. Ich wollte keine alten Wunden aufreißen.« So verärgert er vorhin über Alia und ihre Sturheit gewesen war, so sehr tat sie ihm nun leid. »Aber wenn es nun schon so lange her ist, meinst du nicht auch, dass du dich langsam hinreichend selbst bestraft hast?« Mike wusste, dass Alia kein böser Mensch war, auch wenn sie sich oft egozentrisch und arrogant gab. Er hatte gesehen, wie sie mit Lee umgegangen war, aber genauso war ihm im Gedächtnis geblieben, was Alia im Hangar des Unionsschiffes zu ihm gesagt hatte.

Alia schüttelte den Kopf. »Deswegen bin ich überhaupt hier«, flüsterte sie. »Es war Davids Traum, an dieser Mission teilzunehmen. Ich hasse den verfluchten Weltraum und das Militär. Aber ich hatte keine andere Wahl«, fügte sie mit Bitterkeit in der Stimme hinzu.

»Und deswegen bist du zur Armee gegangen? Damit du an der Mission teilnehmen kannst? Du hättest auch als zivile Forscherin teilnehmen können.« Jetzt zeigte sich einmal wieder Mikes Ablehnung gegen jegliches Militär.

Doch wieder schüttelte Alia den Kopf und lachte bitter auf. »Ich hatte nichts mehr.«

»Aber was ist denn mit deiner Familie und deinen Freunden?« Mike dachte zu spät daran, dass Alia mit ihren Eltern möglicherweise in eine ähnliche Situation geraten war wie er selbst.

»Mein Bruder und ich waren die neuaufgehenden Sterne am Himmel der neu-ägyptischen Society. Wir waren klug, nicht gerade hässlich und hatten durch unser Elternhaus genug

Vermögen. Es war schrecklich. Wir wurden schon als Babys auf Cocktailpartys wie Trophäen präsentiert. Und mit jedem Jahr, mussten wir mit immer neuen Erfolgen glänzen. Versagen oder ein zweiter Platz war keine Option«, erklärte sie mit gefasster Stimme. »Ich … ich war mittellos. Und meine Eltern sind Spender für viele Projekte der Universität. Niemand hat es gewagt, gegen ihre Wünsche zu handeln. Ohne Einfluss zählt auch die Klugheit nichts mehr.«

Jetzt endlich begriff Mike.

»Jedenfalls sorgte mein Vater dafür, dass ich meinen Job an der Universität verlor und danach nirgendwo eine Arbeit finden konnte. Ich konnte meine Promotion nur abschließen, weil ich mich in der Armee verpflichtet hatte.« Alias Stimme war immer leiser geworden. »Er hat mir nie verziehen, dass David statt meiner gestorben ist. Und das hier«, sie schaute angewidert auf das künstliche Gliedmaß, »macht mich nur mehr zu dem, für was mich sowieso alle halten. Ein emotionsloses, kaltes Wesen.« Alias Verhalten war immer ein reiner Schutzmechanismus gewesen. Sie hatte sich vor anderen und die anderen vor sich schützen wollen.

Sie versuchte erneut, gegen die aufsteigenden Tränen anzukämpfen und wenigstens ein bisschen ihrer Selbstbeherrschung zu behalten. Aber als Mike sie mitleidig anschaute, fing sie an zu weinen.

»Hey.« Mike stand einen Moment reglos neben Alia und sah, wie ihr die Tränen langsam die Wangen herabliefen. Schließlich legte er ihr die Hand vorsichtig auf die Schulter, und als Alia nicht zurückwich, nahm er sie behutsam in den Arm. »Wir fliegen nach Hause.«

Er spürte, wie sie sich an seine Schulter drückte und ihren Tränen freien Lauf ließ. Nur ein kaum wahrnehmbares Nicken ließ Mike wissen, dass Alia letztlich froh zu sein schien, dass sie wieder nach Hause konnte. Nach ihrer Erzählung war ihm klar, dass sie sich ähnlicher waren, als gedacht, und er vermutete, dass sie ihrer Heimat mehr verbunden war, als sie zugeben mochte.

Er selbst war fasziniert vom Weltraum, doch nach den vergangenen Erlebnissen wünschte er sich ebenfalls nichts sehnlicher, als zurück nach Hause zu kommen.

Bevor er zu Alia gegangen war, hatte er sich noch mit Lee und Doktor Edfuh unterhalten. Der Doktor, der die Erde noch nie gesehen hatte, war einfach nur neugierig und erhoffte sich selbst eine Chance, seiner Überzeugung als Arzt weiter nachgehen zu können.

Lee hingegen war mehr als nur erleichtert, dass die Menschen an Bord des Unionsschiffes offenbar humaner waren, als es bei der Konföderation der Fall war. Noch zu tief lag der Schrecken über das, was ihr die Konföderation angetan hatte. Lee sprach nur wenig darüber, und jedes Mal brach sie in Tränen aus, wenn sie es tat.

Mike war überzeugt, dass sie durch ihre persönliche Hölle gegangen war.

Und dann war da noch Arthur. Der Jüngste unter ihnen, der mit dem geballten Stress nicht fertiggeworden war und in einer Kurzschlussreaktion sein Leben gelassen hatte. Mike schwor sich in diesem Moment, Arthur niemals zu vergessen.

Alia schlang ihre Arme um Mike, der diese Geste nun erwiderte. Sie kamen nach Hause. Was danach kommen würde, stand buchstäblich in den Sternen.

Sein Blick wanderte zum Fenster. Er spürte es nicht, doch die vorbeiziehenden Staubteilchen, die wie kleine Sternschnuppen aussahen, zeigten ihm, dass das Schiff nun beschleunigte. Obwohl er es nicht wusste, vermutete er, dass die Reise diesmal keine fünf Jahre dauern würde.

Antoine de Saint-Exupéry Der kleine Prinz
ta'puq mach
Eine klingonische Übersetzung
von Lieven L. Litaer
in Farbe und Bunt